心灵的焦灼

〔奥〕斯·茨威格 著
张玉书 译

Ungeduld des Herzens

Stefan Zweig

人民文学出版社
PEOPLE'S LITERATURE PUBLISHING HOUSE

Stefan Zweig
Ungeduld des Herzens

图书在版编目(CIP)数据

心灵的焦灼/(奥)斯·茨威格著;张玉书译.—北京:人民文学出版社,2022
ISBN 978-7-02-016419-6

Ⅰ.①心… Ⅱ.①斯…②张… Ⅲ.①长篇小说—奥地利—现代 Ⅳ.①I521.45

中国版本图书馆CIP数据核字(2022)第035408号

责任编辑 欧阳韬
装帧设计 刘 远
责任印制 宋佳月

出版发行 人民文学出版社
社　　址 北京市朝内大街166号
邮政编码 100705

印　　刷 三河市鑫金马印装有限公司
经　　销 全国新华书店等

字　　数 342千字
开　　本 880毫米×1230毫米 1/32
印　　张 14.5 插页3
印　　数 1—3000
版　　次 2022年4月北京第1版
印　　次 2022年4月第1次印刷

书　　号 978-7-02-016419-6
定　　价 65.90元

如有印装质量问题,请与本社图书销售中心调换。电话:010-65233595

目　次

心灵的焦灼

张玉书 译

同情恰好有两种。一种同情怯懦感伤，实际上只是心灵的焦灼。看到别人的不幸，急于尽快地脱身出来，以免受到感动，陷入难堪的境地。这种同情根本不是对别人的痛苦抱有同感，而只是本能地予以抗拒，免得它触及自己的心灵。另一种同情才算得上真正的同情。它毫无感伤的色彩，但富有积极的精神。这种同情对自己想要达到的目的十分清楚。它下定决心耐心地和别人一起经历一切磨难，直到力量耗尽，甚至力竭也不歇息。

“施与人者，天必与之”，格言集上的这句箴言，每个作家都可以心安理得地以下述的含义予以证实：“讲了很多故事的人，必有人讲故事给他听。”通常人们总以为，在诗人的头脑里，想象力运转奔驰，一刻不停，诗人从取之不尽用之不竭的库存里不断地杜撰出形形色色的事件和故事。这种想法，其实是最错误不过的了。事实上，只要诗人观察和谛听的本领日益增长，接连不断地总有各种各样的人物形象和事件需要他去复述，那他根本不必杜撰，只消把这些向他涌来的人和事予以再现就行了。经常试图解释别人命运的人，定会有许多人向他叙述自己的命运。

这本书里发生的事情也是从头到尾几乎原封不动由别人以书中复述的形式说给我听的，完全出乎我的意料。我最近到维也纳去，这一次因为事务庞杂，弄得我疲惫不堪。晚上我到市郊的一家饭馆去吃饭，满心以为，这家饭馆早已不是时髦酒家，问津者想必寥寥无几。可是我刚踏进门去，就懊恼地意识到我估计错误。在近门的第一张桌子旁边就有个熟人站起身来，用各种手势表现出他真诚的快乐。当然，我并没有报以同样的热忱。他邀请我在他身边坐下。如果说这位热心的先生是个令人不快或者招人讨厌的人物，那是不符合事实的。他只不过是死乞白赖硬要结交朋友的那种人。他们像孩子集邮那样孜孜不倦地积攒朋友，因而对他们收集的朋友当中的每一种样品都怀有特殊的骄傲。这个心地善良的怪人是个知识渊博、办事干练的档案管理员,这个职务反倒成了他操的副业。他全部生活的意义则仅仅限于这样一种微小的满足:碰到报纸上偶尔出现的每一个人名,他都能怀着虚荣心,以一种理所当然的口气补上一句:“他是我的一个好朋友。”或者“啊,昨天我还跟他见过面呢。”或者“我的朋友 A 君对我说,而我的朋友 B 君认为。”就这样一口气顺着字母表把他的朋友挨个介绍。在他的朋友们发表的新戏初次公演的时候,他总是忠实可靠地鼓掌喝彩,第二天早上准给每一个女演员打电话表示祝贺。他绝不忘记每一个朋友的生日,报上发表的使人不悦的评论他总瞒着不让朋友知道,而赞扬的评论他便出于好心关注一一寄给朋友。所以说,他不是一个令人不快的人物,他是真心诚意地对人热心。要是你偶尔求他帮个小忙,或者能让他把朋友熟人当作纪念物收藏起来的珍藏馆增添一件新的珍品,他就会感到无比幸福。

但是,没有必要对这位“百有份”朋友作进一步的描写(趋炎附势之辈种类繁多,五花八门,维也纳人通常用“百有份”这个轻松的讽刺字眼来概括他们当中那些心地善良的清客类型),因为谁都熟悉他们,大家都知道,你要是态度不粗暴,是无法抵御他们来亲近你的那些举动的。这些举动本身无害,而且动人。所以我无可奈何地在他身旁坐下,天南海北地瞎聊了一刻钟。这时有位绅士走进饭店。他身材颀长,脸色红润年轻,可是两鬓斑白,十分刺眼,看上去非常引人注目。他走起路来,腰板挺直,一望而知他当过军人。我邻座的朋友以他典型的巴结劲跳起身来忙着招呼。那位先生对他这热乎劲的回答,与其说是彬彬有礼,毋宁说是满不在乎。侍者急忙快步赶来,那位新来的客人还没点菜,我这位“百有份”朋友已经挪近我的身边,在我耳边轻声说道:“您知道他是谁吗?”我早已深知他这种收藏家的骄傲,他收藏中每一件稍微有趣一点的样品都要拿出来炫耀一番。唯恐他长篇大论地解释个没完,所以我只是冷淡地说了句:“不知道。”表示兴趣不大,一面继续切我的巧克力蛋糕。可是我的漠不关心的态度只有使得这位攀高枝拉关系的能手更加兴奋。他小心翼翼地用手遮着嘴,轻声轻气地对我说:“这位就是陆军总监部的霍夫米勒啊,您知道吧?他在打仗的时候荣获了玛丽亚·特蕾西亚勋章①。”这个事实似乎并未像他预期的那样使我深受震动,于是他便以一种爱国主义读本中弥漫着的热忱开始向我详细叙述,骑兵上尉霍夫米勒在战争中建立了什么样的赫赫战功:起先在骑兵中作战,后来在彼阿维河上侦察飞行的时候,独自击落三架飞机,最后在机枪连里,他占领并且坚守一段阵地达三天之久。所有这一切经他一讲,又平添许多花絮,我在这里都略而不提。讲述过程中他一再表示无比惊讶:我对这位杰出人物竟然一无所知,要知道卡尔皇帝②曾经亲自把奥地利军队中最稀罕的勋章授予他,以资褒奖。

我不由自主地受他诱惑,举目向邻桌望去,以便隔着两米远的距离观察一下这位一度盖上历史印记的英雄人物。可是我从那里碰上了一道严峻愠怒的目光,似乎想说:那个家伙向您胡诌了什么关于我的事情了吗?我脸上没什么可看的!与此同时,这位先生作了一个显而易见的不友好的动作,把椅子往旁边一挪,断然地把脊背朝向我们。我有些不好意思,收回我的目光,从此不再瞅他,哪怕只是出于好奇也决不去瞟一眼那张桌子的桌布。不久我就向我那位善良的饶舌朋友告辞,可是在我跨出门去的时候,就已经看

① 玛丽亚·特蕾西亚(1717—1780),奥匈帝国女皇,以她命名的勋章为最高军功章。

② 卡尔一世(1887—1922),奥匈帝国最后一个皇帝,一九一八年十一月被推翻。

见，他马上换了个座位，坐到他的主人公那里去了，大概是以同样的热心向那位介绍我，就像他向我介绍那位一样。

这就是全部经过。你看我一眼，我看你一眼，如是而已。这种萍水相逢的匆匆一面照理我一定会很快忘记，可是无巧不成书，第二天，我就在一个小型晚会上面对面地碰上了这位不久前拒人于千里之外的先生。不过这次他穿着晚礼服，这就比他穿那身更像运动服的家常便服更加引人注目，更加风度潇洒。我们两个都竭力掩盖脸上的微笑，大凡在一群人当中有两个人共同保守一个秘密，他们脸上就会露出这种诡秘的微笑。他也一眼认出了我，就像我认出他一样，很可能我们两个都同样想起了昨天那位企图给我们拉上关系，可惜遭到失败的朋友，并且为之忍俊不禁。我们起先都避免互相交谈，事实上要交谈也不可能，因为我们身边正在展开一场激烈的讨论。

如果我提一笔，这次讨论是在一九三八年进行的，那么实际上也就事先泄露了讨论的题目。编年史家们日后记载我们这个时代，将会确定，一九三八年，在我们这个惊慌失措的欧洲，每一个国家，人们每一次谈话的内容几乎都是推测新的世界大战是否可能爆发。这个题目不可避免地吸引着每次聚会的人们。人们有时候有这种感觉，仿佛并不是活生生的人在估计和希望中反映出自己的恐惧，而是气氛本身想借助语言震颤扩散，这种气氛实际上是一种激动的时代之风，蕴藏着秘密的紧张情绪。

主人引导着这次谈话，他的职业是律师，天生喜欢强词夺理，他以流行的论据证明着流行的胡言乱语，什么这一代新人深知战争是怎么回事，决不会毫无准备糊里糊涂地投入一场新的战争，就像参加上次大战那样。早在动员参军的时候，步枪就会向后开火，特别是像他那样的前线老兵，谁都没有忘记，等待他们的将是什么。就在他说话的时候，几万几十万个工厂里正在生产炸药和毒气，而他却以虚夸的、蛮有把握的口气轻描淡写，漫不经心地否定了发生战争的可能性，就像他食指轻轻一弹抖落了他烟头上的烟灰一样。这种神气使我恼火。我以相当果决的口气答道，我们不能老是相信我们愿意看到的事情，那些指挥战争机器的机关和军事部门也同样没有睡大觉，趁着我们用各式各样的乌托邦来自我陶醉的时候，他们充分利用了这段和平时期，事先就把群众严密组织起来，在某种程度上把群众武装就绪并掌握在手里。就在现在，还在和平时期，由于宣传工作日趋完善，民众当中的奴性已经增长到令人难以置信的程度，我们必须清楚看到这一事实，只要无线电把总动员令下达到各家各户，从这一刻起，不会遇到任何抵抗。人在今天不过是一粒灰尘，他的意志根本不再算回事了。

不言而喻，大家都一致反对我，因为在实践中屡试不爽的是，人们自我麻醉的欲望想要摆脱内心深处明明已经意识到的种种危险，最喜欢采用的办法总是竭力否认这些危险。再说隔壁房间里已经摆好了丰盛的晚餐，我的这种警告碰到廉价的乐观主义，势必听上去很不讨人喜欢。

出乎我意料的是，那位荣获玛丽亚·特蕾西亚骑士勋章的先生这时挺身而出支持我的论点，刚才我还本能地误认为他是我的一个对手呢。他神气激烈地说，人不过是件东西，今天这时势居然还把人的愿望也考虑在内，这纯粹是胡言乱语。因为在下一次战争中真正起作用的将是机器，人只不过沦落为机器的一个零件而已。早在上次大战的时候，他在战场上就没有遇到过多少明确肯定战争或者明确否定战争的人。大部分人都像是一股灰尘被风刮起似的卷进了战争，然后就像卷进了大旋风似的陷在战争之中，每个人都失去个人意志，颠来倒去，给晃得昏天黑地，宛如大口袋里的一粒豌豆。总的说来,因为逃避现实而遁入战争的人数也许会比逃出战争的人数更为可观。

我感到意外,侧耳倾听,尤其是他往下说时的激烈神气引起了我的兴趣。“我们不要自我欺骗。如果我们今天在某个国家为异国他乡进行一场战争——譬如说为一场在波利尼西亚进行的战争或者在非洲哪个角落进行的战争——擂鼓招兵,定会有成千上万人闻声跑来,也不清楚跑来干啥,说不定只是因为乐于逃避自己或者逃脱不愉快的环境。然而真正为反对一场战争而进行的抵抗,我只能说相当于零。个人反抗一个组织总比随波逐流要求更多的勇气,也就是个人的勇气,在我们这个组织日益完善,机械化程度日益提高的时代,这类勇气已经绝迹。我在战争中几乎只遇到群众性的勇气,也就是排在队伍里表现出来的勇气,要是仔细研究一下这个概念,就会发现稀奇古怪的成分:含有很多虚荣心、许多轻率甚至无聊,尤其含有许多恐惧,是的,生怕落在人家后面,生怕被人耻笑,生怕单独行动,特别是生怕和群众性的热情相对抗;那些在战场上公认为最勇敢的人,其中大部分在我后来私人接触的时候,作为平民全是些相当成问题的英雄。”“请您注意,”他彬彬有礼地转过脸去对主人说道,主人则做了一个鬼脸,“我自己也绝不例外。”

我喜欢他说话的这种态度,我很想向他走过去,可是这时女主人已经在招呼大家进晚餐。我们两人的座位隔得很远,无法再交谈。一直到大家动身回家的时候,我们在衣帽架旁才又碰在一起。

他对我微笑道:“我想,我们共同的保护人已经间接地为我们介绍过了。”

我同样微笑道:“而且介绍得颇为详尽。”

“他大概大大地吹嘘了一番,我是一个多么骁勇善战的阿喀琉斯①，而且大大地炫耀了一番我的勋章。”

“差不多。”

“是的，他对我的勋章感到无比骄傲，就像对您写的书那样骄傲。”

“可笑的怪人！不过比他恶劣的大有人在。话说回来——如果您方便的话，我们还可以一起走几步。”

我们一同往前走。他猛的一下子转过脸来对我说道：

“请您相信我，要是我说，几年来，我为这枚玛丽亚·特蕾西亚勋章受的罪比什么都厉害，这可的确不是说漂亮话，这枚勋章不大符合我个人的口味，我嫌它太显眼。不过，说老实话，我在战场上得到这枚勋章，把它挂在胸前的时候，我起先当然感到浑身热血沸腾。我毕竟是从小受军人教育长大成人的，在士官学校听人说起这种勋章就像听一则传奇似的。这种勋章每次战争也许只有十几个人能得到，所以的确像是一颗福星从天降落。不错，对于一个二十八岁的小伙子来说这当然是件了不起的事情。你一下子就站在全线官兵前面，大家都侧目而视，陡然间，你胸前有个东西耀眼生辉，活像个小太阳，那可望而不可即的皇帝陛下和你握手表示祝贺。可是您瞧，这种褒奖只有在我们军人世界才有意义，才算数，等到战争一结束，还一辈子作为一个盖了戳的英雄走来走去，未免可笑，因为你不过有那么一次的确很勇敢地行动了二十分钟之久——也许并不比上万个别的军人更勇敢，你只不过比他们运气好，让人看见了，说不定还有更令人吃惊的事，那就是你是活着回来的。人们到处都盯着看这块小小的金属片，然后满怀敬畏之情抬起眼睛来瞅我，这样过了一年，我可真的受够啦，我不愿再做一

① 希腊神话中的英雄。

个活动的纪念碑到处游荡。这样没完没了地引人注目实在叫我冒火，这也是为什么战争一结束我马上解甲归田的决定性的原因之一。”

他的步子越走越急。

“我说，这是原因之一，但是主要的却是私人的原因。这个原因您也许会更加容易理解。那就是我怀疑自己的资格，反正彻底怀疑我的英雄行为。我自己总比那些瞪着眼睛傻看傻瞧的陌生人知道得更加清楚，佩戴这枚勋章的那个人绝非英雄，甚至可说正好是英雄的反面。有些人想要脱出绝望的境地，因而狂热地投入战争，我就是其中之一。与其说是忠于职守的英雄，毋宁说是怕负责任的逃兵。我不知道您的感觉如何，我至少觉得头戴祥光和圣人光圈这样的生活是极不自然、难以忍受的。自从我用不着在我的军装上面挂着我的英雄业绩招摇过市以来，我真觉得如释重负。要是有人把我往日的光荣抖搂出来，我现在还会火冒三丈的。我何必不向您承认呢，昨天我差一点要走到您的桌边向那个饶舌的家伙嚷嚷，他要吹牛让他拿别人去吹，别吹我。整个晚上您那充满敬意的眼光一直叫我心里难受，为了更正这个饶舌的家伙的胡言乱语，我恨不得强迫您听我说，我是如何通过曲折的道路才当上这个英雄的——这是一段离奇的故事，但它至少可以证明，勇气往往不是别的，恰好是真正的软弱。反正，就是现在叫我把这故事坦率地讲给您听，我也毫无顾虑。一个人生活中二十五年前发生的往事，已经和他不再相干，早已是另一个人的事情了。您现在有空吗？您听着不觉得无聊吧？”

不用说，我当然有空；我们在早已阒无人迹的街道上踱来踱去，走了好久。接连几天我们还长时间地待在一起。他讲的故事，我只作了很少的改动，无非是把骠骑兵改成轻骑兵，把军营的位置在地图上挪动一下，以便叫人难以辨认，并且出于深谋远虑，预先把所有的真实姓名都划掉。但是本质的东西我一点也没有添枝加叶，现在不是我，而是讲这故事的人开始现身说法。

一

这个故事始于一件鲁莽行径，一件全然无辜的笨拙行为，或者像法国人说的，一件 gaffe①。然后我便试图挽回我干的这桩蠢事的影响。可是如果过于匆忙地想要修理手表的一个齿轮，往往会把整个表都毁掉。今天，事隔多年，我还说不清楚，我的鲁莽究竟在哪里结束，我真正的过错又从哪里开始。说不定我一辈子也没法把这事弄清楚。

我当时二十五岁，在轻骑兵某团当现役少尉。我不能说，我曾经对军官阶层有过特别的热情或者觉得自己天生该当军官。可是如果在一个旧式的奥地利公务员的家庭里，有两个姑娘和四个老是吃不饱的男孩围着一张伙食粗陋的饭桌等着喂养，那是不会去多问他们爱好什么，倾向何在，而是很早就把他们推出去就业，以免他们成为家庭包袱的时间拖得过长。我的哥哥乌尔里希，在上小学的时候因为看书过多弄坏了眼睛，他们就把他塞到神学院去学习。我因为筋骨结实，就给送进军官学校。一上军官学校，人生的道路就自动向前发展，不必再去过问。国家把一切都安排停当。不出几年，国家就按照规定的模式，把一个半大不小、脸色苍白的小子免费培养成一个长着乳毛胡子的候补士官，作为可用的成品，

① 法文：蠢事。

送到部队里去。有一天，正好是皇帝陛下寿辰，我从军校毕业，那时我还不满十八岁。不久我的领章上就缀上了第一粒金星①，就这样我达到了第一站。从此以后，我就可以隔一段适当的时间，按部就班地自动步步上升，直到得了痛风症告老还乡。就是在骑兵部队这种开销相当可观的部队里服役的事也并不是我个人的愿望，而是我伯母黛西的异想天开。她嫁给我伯父是第二次结婚，那时候我伯父刚离开财政部到收入较丰的一家银行去当经理。我这位伯母既有钱又势利，她不能容忍在她的亲戚当中，有人也姓霍夫米勒，可居然在步兵部队服役，“玷污”她家的门楣。她这异想天开害得她每个月得补贴我一百个克朗，所以我一有机会就得俯首帖耳地向她表示感激涕零。到底在骑兵部队服役或者当现役军官对我自己是否合适，这个问题谁也没有深思过，我自己想得最少。只要一骑上马鞍，我就怡然自得，我的思想从来也没有超出过马脖子以外。

一九一三年那年的十一月份想必有一道什么命令从一个衙门传到另一个衙门。我们的骑兵中队便一阵风似的一下子从雅罗斯劳调到匈牙利边境的一个小城去驻防。我究竟是不是用真实的地名来称呼这座小城，全无所谓。因为同一件军服上的两粒纽扣也不可能比两座奥地利外省的驻防小城更加相似。无论在此在彼都是按照规定拥有同样的设备：一座军营，一个练马场，一个操练场，一座军官食堂，外加三个旅馆，两家咖啡馆，一爿点心铺，一家酒店，一家简陋寒碜的歌舞剧院，献艺的是些被大剧院解雇的歌星，她们还操风流的副业，周旋于军官和服役一年的志愿兵②之间。

① 指少尉军衔。

② 十九世纪中叶普奥等国决定，凡受过教育的年轻人，只要自己负责服装、装备、伙食，可以志愿入伍，服役一年，即可进入预备役，根据其才能，还可提升为预备役军官。这类志愿兵大多是富家子弟。

无论在哪里，服兵役都是同样的忙忙碌碌，空虚单调，每一小时都是按照一百多年来铁板的死章程规定得死死的，便是空闲时间也变化不大。在军官食堂里看来看去尽是那么几张脸，说来说去还是那些话，在咖啡馆里打的还是那几种纸牌，玩的还是台球。有时候我们觉得奇怪，亲爱的天主竟然会有心思，至少让这么一座小城的七八百座屋顶上面布上另外一张苍穹，安排另外一番景致。

当然，我这个新的驻地和从前在加利西亚的那个驻地相比有一个优点：这里是个快车车站，一边靠近维也纳，另一边离布达佩斯也不太远。谁要是有钱——在骑兵里老有各式各样的阔少在服役，还有那些志愿兵，他们有的出身名门望族，有的是工厂主的子弟——只要及时溜号，就可以乘五点的火车上维也纳，然后乘两点半的夜车赶回来，他可以有足够的时间去上剧院，在环城马路①上溜达，扮演一下骑士的角色，偶尔还可以寻芳逐艳；最最受人艳羡的人当中有几个甚至于在维也纳留着个小公馆，或者一个落脚地。凭我每月菲薄的收入，这种使人心旷神怡的风流插曲可惜我都无福消受。只剩下进咖啡馆或者点心铺成了我唯一的消遣，既然我觉得玩纸牌往往输赢太大，我就在那儿打打弹子或者再便宜些，下下象棋。

有一天，大概是一九一四年五月中的一个下午，我正好也这样坐在点心铺里和人对弈。和我下棋的碰巧是黄金天使药房的老板，同时也是我们驻防的那个小城的副市长。例行的三盘棋我们早已下完，只是因为懒得动弹，还坐着有一搭没一搭地瞎聊——在这个无聊的小窝里还能上哪儿去呢？可是谈话也没精打采，就像一支快灭了的烟卷，有气无力地冒着烟。这时候突然有人打开店

① 维也纳的繁华街道。

门，一袭迎风飞舞向四下飘开的大裙子，夹着一股新鲜空气，把一个漂亮的姑娘带进屋来：这个姑娘长着一双褐色的杏仁形的眼睛，黑黑的皮肤，衣着讲究，丝毫不显得土气，主要是在这天可怜的平板单调的环境里出现了一张崭新的面孔。可惜的是这位俊俏的仙女对于我们这些满怀敬意凝神注视的人看也不看一眼，她迈着急促矫健的步伐，从铺子里的九张大理石小桌旁走过，径直走向柜台，在那里马上订了十几个各式蛋糕和一打烧酒。我立刻注意到，蛋糕师傅格罗斯迈耶先生①在她面前毕恭毕敬地鞠躬行礼，我从来没有看见过他燕尾服背后的衣缝绷得这样紧。甚至于他的太太，这位长得丰满结实的外省维纳斯，平时军官们向她献殷勤（往往一到月底，大家都欠她好几笔小小的账目），她都爱理不理，这时候也从她出纳台的位置上站起身来，彬彬有礼，满脸堆笑。蛋糕师傅在账簿上记下订货的时候，那位漂亮的姑娘心不在焉地嚼着夹心巧克力糖，并且和格罗斯迈耶太太随便聊天。我们两个也许不大得体地拼命伸长脖子在傻瞧，她可是一次也没看过我们。当然这位年轻的小姐不会去拿一个点心盒子来增加她那纤纤玉手的负担；格罗斯迈耶太太已经十分巴结地连连保证，所有的订货都将送到小姐府上，不会出任何差错。这位小姐当然一丝一毫也没有想到，要像我们这些凡夫俗子一样到那台钢制的自动收款机那里去交纳现金。我们大家马上就明白了：这可是位无比阔气、极其高贵的顾客！

等到她订完货品转身要走，格罗斯迈耶先生赶紧抢到头里，给她开门。我的药剂师先生②也从座位上站起，恭恭敬敬地向这位

① 也是点心铺的老板。

② 即药房老板，在德国、奥地利，药房老板大多自己就是药剂师。

从旁飘然而过的姑娘问好。她以雍容大方的态度客气地致谢。好家伙，好一双天鹅绒一样褐色的小鹿眼睛！——我简直迫不及待，等她饱受恭维，刚一离开点心铺，就好奇心切地向我的伙伴打听这位鹤立鸡群的人物是谁。

“什么，您不认识她？这就是……”呃，我将称他为开克斯法尔伐先生，实际上他的真实姓名是另一种叫法，“开克斯法尔伐的外甥女啊——开克斯法尔伐这家子您总认识吧？”

开克斯法尔伐：他像扔出一张一千克朗的巨额钞票一样说出了这个姓名，眼睛盯着我，仿佛他期待我用肃然起敬的口气说一声“原来如此！当然认得！”作为对他说出的这个姓名的理所当然的回答。可是我是个新提升的少尉，几个月以前才调到这个驻防地来，我不了解情况，对这位神秘的天神一无所知，便十分客气地请他进一步介绍。药剂师先生也就以那种外省人的自豪心情、安闲舒适的神气介绍了一番——不言而喻，自然比我在这里复述的要唠叨得多，详细得多。

他告诉我，开克斯法尔伐是这一带的首富。干脆说吧，什么都是他的产业，还不止那座开克斯法尔伐府邸呢。——“您想必知道这座府邸，从练兵场上就可以望见的，就是公路左边那座拥有一个平顶塔楼的黄色府邸，四周是座古老的花园，面积很大。”坐落在通往 R 去的大道旁的那个大制糖厂，开在勃鲁克的锯木厂，还有 M 地方的养马场，这一切都为他所有，另外在布达佩斯和维也纳还有六七幢房子。“可不是，大家简直都不能相信，在我们这儿还有这种家财万贯的大富翁，这人可真会像个真正的达官贵人那样过日子。冬天在雅尔金巷小巧玲珑的维也纳宫过冬，夏天在各个疗养地消夏，在这儿本地他只在春天住这么几个月，可是住的这所房子，我的老天爷，是什么样的气派啊！从维也纳来的四重奏乐队，香槟酒和法国的各色葡萄酒，全是百里挑一，千里挑一的珍品。”他说，如果我有兴趣，他将乐于为我引见，因为——他做了一个满意的手势——他和封·开克斯法尔伐先生是朋友，早年和他有很多商业上的交往，深知他一向乐于结交军官；他只消说一句话，我就会受到邀请。

何必拒绝呢？这样一个外省驻防地活像个发出霉味的虾米池塘，在这儿都快把人憋死了。散步道上所有的女人你见了面全都认识，每个女人夏天戴的帽子和冬天戴的帽子，出客的衣服和家常的衣服你也全都一目了然，因为永远是那么一身。每条狗、每个使女和孩子们你看不看全都认识。军官食堂里那位波希米亚胖厨娘的手艺你全都领教过，一看见饭馆里永远不变的那张菜单你的嘴巴就渐渐地觉得淡而无味。每一个人名，每一个胡同里的每一块招牌，每一张招贴你都可以倒背如流，还有每座屋子里开的每个铺子，每家商店里陈列的每个橱窗你全都了如指掌。你几乎已经和侍者领班欧根知道得一样精确，本地区法官先生几点钟在咖啡馆里露面，然后在左边靠窗的角落就座，四点三十分整他将要一杯混合酒，而公证人先生总要晚十分钟才来，也就是四点四十分整，然后因为胃弱，喝一杯加柠檬的茶——这可是换了个了不起的花样了——接着一面抽他那永世不变的维吉尼亚雪茄，一面讲他那些千篇一律的笑话。哎呀，整个地区所有的脸、所有的军装、所有的马、所有的马火夫、所有的乞丐你全认识，尤其是你自己，你认识到了厌烦的地步。何不从这负担沉重的磨盘旁抽身出来一会儿呢？再说，还有这个漂亮的姑娘，那双小鹿一样褐色的眼睛！于是我装出无所谓的样子（千万别在这个卖药丸的家伙面前显得喜出望外！）对我这位保护人说，若能结识开克斯法尔伐家，我肯定会觉得非常愉快。

果然不错，瞧，这位能干的药剂师没有瞎吹牛！两天以后，他就得意洋洋、带着骄傲的神气摆出施恩于我的架势把一张印好的卡片带到咖啡馆来给我。上面用精美的书法填上了我的姓名。这张请帖上写明，拉约斯·封·开克斯法尔伐先生敬请安东·霍夫米勒少尉先生于下星期三晚上共进晚餐。谢天谢地，我们这些人也不是没见过世面的，知道在这种情况下应该采取什么态度。星期天上午我就穿上我最讲究的那身军装，戴上白手套，穿上漆皮鞋，胡子刮得干干净净，口髭上还倒上一滴科隆香水，然后驱车前去登门拜访。仆人岁数很大，举止谨慎，穿了一身体面的号衣，接过我的名片，咕咕哝哝地向我表示歉意，他说他家主人错过了接待少尉先生的机会，一定极端遗憾，可是他们此刻全都在教堂里。我心里暗想，这样反而更好，初次登门拜访无论是公事还是私事都是最叫人发怵的。反正我已经尽了我的本分。星期三晚上你就去，但愿那天晚上过得不错。我心想，开克斯法尔伐这桩事情到星期三为止就算了结了。可是两天之后，也就是在星期二，我十分高兴地在我的房间里发现有人送来封·开克斯法尔伐先生的一张叠好的名片。真是无可指摘，我心里暗想，这种人做事真有派头。在我登门拜访后两天就对我这么一名小军官来个回访——就是一位将军也不能指望人家会向他表示更多的礼貌和敬意。我的确怀着美妙的预感，满心欢喜地等待星期三晚上。

可是从一开始，老天爷就对我恶作剧一番——其实我应该迷信一些，多注意一些这些细小的预兆就好了。星期三晚上七点半我已打扮整齐，穿上最讲究的军装，戴上新手套，穿上漆皮鞋，裤子烫得笔挺，裤缝就像刮脸刀的刀刃一样。我的勤务兵刚好给我把大衣的褶皱弄平，从头到脚审视一遍，看是否一切都无懈可击（我每次都需要勤务兵干这事，因为在我这间光线昏暗的小屋里只有一面小手镜），这时有人猛敲房门：进来的是个传令兵。我的朋友、值日军官斯泰因许贝伯爵有请，让我到士兵营房去一下。两名轻骑兵大概喝得酩酊大醉，突然吵起架来，结果一个用卡宾枪猛击另一个的头部。现在这个蠢货就躺在那里，血流不止，神志昏迷，张开大嘴。也不知道他的脑袋是否打碎了。团里的军医已经到维也纳去休假，上校也遍寻不得；好心的斯泰因许贝走投无路，他妈的，别人不找，偏偏把我叫来帮忙。他自己去抢救那个流血不止的士兵，我得去作谈话记录，并且向各处派出传令兵，以便在咖啡馆或者别的什么地方迅速找到一个医生。这一阵忙过，已经都七点三刻了。我看出来，一时半会儿我别想脱身。真他妈该死，不早不晚，偏偏今天会出这么一档子倒霉事，偏偏今天我又被人邀请！我一个劲地看表，越看心里越着急。我哪怕在这里再瞎忙五分钟，也不可能准时赶去了。但是公事高于一切私人的义务，这一条是深入我们骨髓的。我不能私自溜号，所以在这头绪纷乱的情况下，我采取了惟一可行的办法，这就是说，我派我的勤务兵乘一辆马车（这件趣事花了我四个克朗）出城到开克斯法尔伐家去，倘若我不得已而迟到的话，让他代我表示歉意，但是实在是发生了一件意想不到的公务上的事故，如是等等。幸亏军营里的这阵忙乱拖的时间不算太长，因为上校亲自赶到现场，还带来了一个匆匆找来的医生，于是我就可以不引人注目地溜走了。

可是又碰上新的倒霉事：恰好今天在市政厅前的广场上一辆马车也没有。我只好等人家打电话去叫辆双马车来。这一来，等我终于迈进开克斯法尔伐家那间宽敞的大厅时，墙上挂钟的长针已经垂直向下，不是八点而是八点半了。我发现衣帽架上厚厚地挂满了几层大衣。我从仆人有些局促不安的脸上看出，我可是迟到了好一会儿了。——不是滋味，不是滋味，偏偏初次登门拜访就发生这样的事情！

不管怎么着，仆人还是安慰我——他这次可是戴着白手套，穿着燕尾服，浆洗得僵硬的衬衫，脸上的表情也是僵硬的——他说，我的勤务兵在半小时前已经送来了我的消息，他把我带进客厅，这客厅有四扇窗，蒙上红绸的窗帘，屋里几盏水晶吊灯大放光明，陈设家具时髦已极，我从来没有看见过更华贵的客厅。可惜客厅里空无一人，使我十分羞愧，我清楚地听见刀叉碰击碟盘的清脆声音从隔壁屋里传来——恼火，真叫人恼火，我心里立刻想到，大家已经入席就餐了！

于是我振作起来，仆人在我前面把向两边滑动的门一打开，我就迈步走到餐厅的门槛上，使劲把我的脚后跟一并，立正鞠躬。大家全都抬头看我，有十对、二十对眼睛，全是陌生的眼睛，在打量着这个站在两个门柱之间、举止有些局促的迟到客人。立刻有个岁数比较大的绅士站起身来，准是主人无疑，他很快地摘下身上的餐巾，朝我走来，伸手给我表示欢迎。这位封·开克斯法尔伐先生丝毫不像我设想的乡间贵族那样，蓄着马扎尔式①的口髭，长得肥头胖耳，喝多了名酒佳酿，所以面颊发红，皮肉松弛。他戴着一副金丝边眼镜，眼镜后面在灰白的泪囊上面一双模糊的眼睛，多少有些疲劳的神气。两个肩膀有点向前拱起，嗓音微弱，听上去像在耳语，有时还轻轻地咳嗽几声；一张脸轮廓狭长，皮肤细嫩，颌下是一部稀疏的小山羊式白胡子，他更容易被人看成是个学者。这位老先生表示出来的特别殷勤好客的神气，对我内心的慌乱可是起了十分良好的镇静作用；他马上抢过我的话头说，哪里哪里，应该道歉的是他。他很了解，值勤的时候是什么事情都会发生的，我还特

① 即匈牙利式。

地派人通知他,这可实在是特别客气的表示;实在因为大家都吃不准,我究竟是不是会来,这才开始入席就餐的。可是现在我不能耽误时间,得马上入座。待会儿他再为我逐一介绍在座的女士先生们。就这位——说着他把我引到桌边——是他的女儿。这是一个身量未足的姑娘,肌肤娇嫩,脸色苍白,像他一样纤细文弱。她正在跟人谈话,这时抬起头来,两只灰色的眸子怯生生地扫了我一眼。可我在匆忙之中,只看见了一张娇小的、神经质的脸,我先向她鞠了一躬,然后向左右两边其余的人笼统地弯腰致意。他们用不着放下手中的刀叉,不必受繁文缛节的介绍仪式的打扰,显然十分高兴。

开头一两分钟我还觉得极不自在。我们团里的人一个也没有,既没个伙伴,也没个熟人,连这个小城里的乡绅名流也一个不见。全是陌生人,素昧平生的陌生人。似乎主要是附近一带的地主携同妻女,要不就是担任公职的官员。然而大家穿的都是便服,只有便服,除了我的军装,看不见别的军服,我的天,我这人笨口拙舌,腼腆怯生,叫我怎么跟这些素不相识的人交谈?幸亏我的座位安排得很好。那位漂亮的外甥小姐,那位长一双褐色眼睛,性情奔放的姑娘就坐在我的旁边。她似乎在点心铺那会儿就注意到了我向她投去的艳羡赞赏的目光,因为她对我友好地微笑,就像我是个老朋友。她那双眸子就像两粒咖啡豆,的确,她一笑就发出咯咯咯的声音,就像炒豆子的声音一样。在她浓密的美发下面长着一对小巧迷人的耳朵,薄得几乎透光。我心里暗想,这可像是长在一片苔藓上面的两株玫瑰红的樱草啊。她裸露着柔软腻滑的双臂,摸上去一定像剥了皮的桃子一样酥嫩。

坐在这样一个姑娘旁边是件惬意的事。她说起话来元音很重,满嘴匈牙利口音,几乎使我为之倾倒。在这样灯火辉煌的大厅里，坐在摆设如此华贵的餐桌旁就餐，背后站着身穿制服的仆人，面前是精美绝伦的佳肴，是件惬意的事。我左侧邻座的那位女客说起话来稍微带点波兰口音，我觉得也很妩媚动人，虽然长得过于丰满了一些。还是说，这只是酒意使我易于动心？先是金色透明的葡萄酒，接着是殷红如血的酒浆，现在又是像香槟酒一样泡沫翻滚的葡萄酒。戴着白手套的仆人，从你身后把盛在银壶和大肚酒瓶里的各色名酒简直可说十分挥霍地斟个不停；一点不错，这位能干的药剂师一点也没有瞎吹牛。开克斯法尔伐家的气派简直和皇家宫廷不相上下。我还从来没有吃过这样丰盛的筵席，我简直做梦也没有想到过，宴会上可以吃到这样精美、珍奇、丰盛的佳肴名菜。放在大盘里端上来的菜肴一道比一道味美，一道比一道名贵，简直无奇不有，美不胜收，金色的汁水里泡着浅蓝色的鲜鱼，鱼背上放着莴苣，四周镶了蟹肉片；一层层米饭，堆得高高低低的，上面摆着阉鸡；在甜烧酒发出的蓝色火苗里，各色布丁在熊熊燃烧。色彩鲜艳、味道甜美的冰淇淋球一个个都鼓得高高的。各色佳果想必已经游历了半个世界，密密层层地摞在银篮里，看上去逗人喜爱。真是名菜佳果，无穷无尽。最后斟上五颜六色的烧酒，或绿，或红，或白，或黄，真像一道七色彩虹，同时送上芦笋一样粗细的雪茄和一杯美味的咖啡。

这可真是一幢绝妙的、迷人的房子啊，那位好心的药剂师真该受到祝福！这可真是一个灯光明亮、声响悦耳的幸福喜悦的夜晚！我不知道我之所以觉得这样心情舒畅、无拘无束是不是因为我左右对面所有的人眼睛都变得闪闪发光、说话都扬起声音，是不是因为他们都同样忘记了矜持作态、故作高雅，全都争先恐后七嘴八舌地说起话来——反正，我平素的拘谨神气一扫而空。我毫无顾忌地谈天说地，同时向邻座的两位女士大献殷勤，举杯畅饮，纵声大笑，看起人来，目光大胆奔放而又轻松潇洒，我有时多少有些故意地用手触摸一下伊罗娜（这就是那个娇美标致的外甥小姐的名字）赤裸的臂膀，她似乎对这轻柔的接触丝毫也不见怪，她自己也和这丰盛筵席上我们所有的人一样，轻松愉快，情绪高涨，怡然自得。

我渐渐感到有一股轻飘飘的感觉向我袭来，这种感觉近乎忘情，简直近乎难以控制的疯劲。这是不是那些精美绝伦的美酒佳酿的作用，一会儿是托卡葡萄酒，一会儿又是香槟？就只差一点什么，我就完全觉得无比幸福，乐得飞向天边，狂喜不可自已了。我这无意识地要求的东西究竟是什么，过一会儿，我就完全明白了。这时突然从第三间屋里，也就是客厅过去的那间屋里，响起了轻柔的乐声——我们没有注意到，仆人把那滑动门又打开了——这是一个四重奏，恰好奏的是我内心深处所暗自希望的乐曲，舞曲，节奏鲜明而又轻盈柔美，是一支华尔兹舞曲，两把小提琴演奏着主旋律，一把音色低沉的大提琴忧伤地伴奏；一架钢琴不断发出尖锐的断音，强烈地奏出节拍。是的，音乐，音乐，就只差音乐！现在奏起音乐，说不定再随着乐曲婆娑起舞，跳一支华尔兹，让乐曲把你轻轻托起，随风飞旋，这就更能使人心醉地体验到内心轻飘飘的感觉。啊，说真的，这座开克斯法尔伐别墅想必是一座拥有魔法的屋子，你只消任意梦想，愿望就会实现。我们于是站起身来，挪开椅子，一对对一双双地走进客厅，我把手臂伸给伊罗娜，我又一次感到她那凉爽、柔软、丰腴的皮肤。这时客厅里所有的桌子似乎有童话里的小侏儒帮忙似的，都已搬走，椅子全放在四周的墙边。地板光滑铿亮，像一面褐色的镜子熠熠反光，这是跳华尔兹绝妙的滑冰场，从隔壁屋里响起视而不见的乐声，使人血液奔腾。

我转身朝向伊罗娜。她向我会心地一笑。她的眼睛已经说出了“好吧”二字，于是我们旋转起舞，两对，三对，五对舞伴也跟着在光滑的地板上飞旋起来，比较老成持重或者年龄较大的人则在边上观看或者闲聊。我喜欢跳舞，甚至跳得相当出色。我们搂在一起，轻盈地飘向前去，我觉得，我这一辈子从来没有比这次跳得更加出色。下一曲华尔兹，我和邻座的另一个姑娘跳舞；她也跳得十分精彩，我向她低下头去，微微带着一种陶醉的神气，呼吸着她头发里散发出来的香气。啊，她跳得妙不可言，一切全都妙不可言，几年来，我从来没有这样幸福过。我简直忘乎所以，乐不可支，我恨不得跟所有的人都一一拥抱，向每一个人都说几句亲切、感激的话，我觉得我是那么轻松，内心是那么充实，觉得自己是那样幸福而年轻。我像一阵旋风似的从一个姑娘身边跳到另一个姑娘身边，我又说又笑，不停地跳舞飞旋，内心幸福的暖流使我陶醉，我竟感觉不到时间的消逝。

我偶尔看了一下表，已经十点半，这时我突然惊慌地想起，我已经跳舞、闲谈、戏谑、作乐快一个钟头，可还没有向这家主人的女儿邀舞，我这个不知礼数的浑小子！我就只和我邻座的这两个姑娘，和两三位别的女士跳舞，也就是尽和我最喜欢的女士们跳舞，而把这家的小姐忘了个一干二净！这是多么失礼，是啊，多么侮辱人啊！现在得赶快，得马上弥补！

可是我根本想不起来，这位姑娘究竟长得是个什么模样，这可使我大吃一惊。我只在她面前站了一会儿，鞠了一躬，那时候她已经入席就座，我只记得她是个娇嫩纤弱的女郎，另外还记得她那双灰色的眸子向我飞快地投来好奇的一瞥。可是现在她待在哪儿呢？身为这家的小姐她总不会抽身走开吧？我心情不安地仔细打量靠墙坐着的所有妇女和姑娘，可是谁也不像是她。最后我走进第三间屋子，那个四重奏乐队就隔着一架中国式的屏风，在那儿演奏,我如释重负地舒了口气。因为她就坐在那里,没错,肯定是她,那纤巧娇嫩,弱不胜衣的身姿,穿着一身淡蓝色的衣服,坐在两位年老的太太当中,她们坐在房里太太们闲坐漫谈的角落里,面前放着一张孔雀石蓝的桌子,桌子供着鲜花,装在一个浅口的花钵里。她那小巧玲珑的头微微低垂,仿佛她正在出神地听音乐,正好衬着玫瑰花炽热红艳的色泽,我发现,她的额头在浓密的褐里透红的秀发下面,显得多么透明苍白。可是我不容自己悠闲地观赏。谢天谢地,我暗暗地舒了口气,一块石头落地,我总算侦查到了她的踪迹。这样,我还能及时弥补我的疏忽。

我走向那张桌子,旁边响起阵阵乐声。我鞠了一躬,彬彬有礼地表示邀舞。一双惊愕的眼睛抬起来深表意外地直瞪着我,嘴唇半开,只字不吐。可是她一动不动,丝毫没有跟我同去的样子。莫非她没有明白我的意思?我再一次向她鞠躬,脚上的刺马针轻轻一碰:"小姐,我可以邀您同舞吗?"

接下来发生的事情,却是可怕已极。她那倾向前面的上身猛地向后一缩,仿佛要躲开人家的沉重一击;同时从内心深处涌上一股怒气直冲她那苍白的双颊,刚才还张开的樱唇,这时抿得紧紧的,只有一双眼睛一动不动地死盯着我,眼里含着一种我这一辈子从来没有看见过的恐怖神情。紧接着她那猛烈痉挛的身体猛地一震,她用两手撑着桌子,挣扎着站起身来,桌上的花钵给晃得叮当乱响,同时从她坐的圈手椅上有什么东西沉重地掉在地上,像是木头或是金属。她还一直用两只手死命地抓住那张摇摇晃晃的桌子,她那像孩子一样轻飘的身子依然猛烈地颤动不已,可是,尽管如此,她并不逃走,只是更加拼命地死抓住那沉重的桌面。从那双痉挛地握紧的拳头一直到头上的秀发,不时发出一阵阵震颤,一阵阵哆嗦。突然发生了总爆发:一阵抽泣,狂野的、激烈的抽泣,宛如在窒息中发出的喊叫。

可是左右两位老太太已经围了过去，把她扶住，轻轻地抚摩她，好言哄她，竭力安慰这个浑身哆嗦的姑娘。她那双拼命使劲的手总算轻轻地从桌上松开，她又向后倒在圈手椅里。然而她痛哭不已；甚至哭得更凶，宛如血崩，或者恶性呕吐，一阵阵发作，痉挛性的，来势很猛。只要屏风后面的音乐（此刻乐声压倒一切哭闹之声）停顿片刻，这一阵阵的呜咽啜泣就是在舞厅里也能听见。

我站在那里，呆若木鸡，惊慌失措。到底、到底出什么事了？我一筹莫展地眼看着两位老太太千方百计地设法使那嘤嘤啜泣的姑娘平静下来。姑娘这时突然羞惭得无地自容，把头低垂着靠在桌上。可是依然不断地迸发出一阵阵新的呜咽，犹如阵阵波浪，透过她瘦削的身体，直达她的双肩，她每一阵猛烈的抽泣都震得花钵叮当乱响。可我还是手足无措地站在那里，仿佛手脚都冻成冰块，衣领活像一根炽热的绞索，箍在脖子上叫我透不过气来。

“对不起。”我最后对空中低声嗫嚅了这么一句。两位老太太忙着安慰那个不停呜咽的姑娘，看也不看我一眼，我脚步蹒跚地走回客厅。这里还似乎没有人觉察到什么事情，一对对舞伴像狂风似的旋转，我觉得房间在我身边旋转，我必须把身子紧靠柱子。到底发生了什么事情？我闯了什么大祸了吗？我的天，说到头来，我刚才在席间是喝得太多，也喝得太急了，现在昏昏沉沉地干了一件蠢事！

这时音乐戛然而止，一对对舞伴都分开走散，区长也鞠个躬把伊罗娜放开。我立刻向她冲去，几乎是用暴力把那惊诧不已的姑娘拉到一边：“请您给我帮个忙！看在老天爷的分上，帮帮忙，告诉我，这是怎么回事！”

显然，伊罗娜本来以为我把她拉到窗子跟前，是为了把什么有趣的事小声说给她听，因为这时候，她的目光突然严厉起来：我当时心情激动，神气想必一定很叫人同情，或者很叫人害怕。我心跳不已地把发生的事情一五一十地都告诉了她。奇怪的是，她的眼睛里也像屋里那个姑娘的眼睛，流露出同样强烈的惊恐。她向我厉声斥责：

"您发疯了还是怎么的……？您难道不知道……？您难道没有看见……？"

"没有，"我结结巴巴地说，这一阵新的恐惧，同样莫名其妙，把我彻底压垮了，"看见什么呀？……我可是什么也不知道啊。我可是第一次到府上来啊。"

"您难道没有看见，艾迪特……是个瘫子……？您难道没有看见她那两条可怜的残废的腿？她要是不拄拐杖连两步路也走不动啊……而您……您这个冒……"（她很快地咽下了火头上冲口而出的词）——"……您却跑去邀请这可怜的孩子跳舞……啊，真可怕，我得马上到她那儿去……"

"别走，"我在绝望之中一把抓住伊罗娜的手臂，"再等一会儿，就一会儿……您务必代我向她道歉。我怎么可能想到……我就刚才在席上看见她，而且就那么一转眼的工夫……请您好歹向她解释一下……"

可是伊罗娜已经挣脱了她的手臂，目光中还含着怒气，她人已经向那边跑去。我嗓子噎得慌，嘴里直想呕吐，站在客厅的门槛上，客厅里的人在那里从容自若地闲聊，谈笑（我突然觉得难以忍受），整个客厅人影晃动，婆娑起舞，人声嘈杂；我心想，不出五分钟，我干的蠢事就会尽人皆知。不出五分钟，讥诮、讽刺、不以为然的目光就会从四面八方向我射来，把我从头到脚仔细打量，而到明天，经过上百张嘴辗转相告，我干的这件粗鲁的笨拙行径便将传遍全城。一大清早这段闲话将跟牛奶一起送到各家各户的门口，然后在仆役的房间里传开，接着一直带进咖啡馆、办公室。明天我们团里的人就会统统知道这件事情。

这时候我仿佛透过一层浓雾看见了那位父亲。他满脸愁容——莫非他已经知道了？——正穿过客厅走来。他是向我走来？不行——现在就是不能和他见面！在他面前，在所有的人面前，我倏然感到惊恐万状。我自己也不知道我在干些什么，我跌跌撞撞地向通向门厅的门走去，这扇门通向这地狱般的屋子外面。

“少尉先生已经要回去了吗？”仆人惊讶地说道，同时做了个手势，既表示敬意，又表示怀疑。

“是的。”我答道，可是这话刚一出口，我已经吓了一跳。难道我真的就想走吗？紧接着，他从衣帽钩上给我取下大衣，我就已经清楚地意识到，我现在这样胆怯地溜之大吉，可又干了一件新的、说不定更加不可原谅的傻事。但是现在反悔已经来不及了。我总不能现在又一下子把大衣重新交还给他。他微微地鞠了一躬，已经给我把大门打开，我总不能又返回客厅去。于是我突然之间就站在这所陌生的、该诅咒的屋子门前，脸上感到晚风的凉意，因为羞惭，心里火辣辣的，呼吸急促，活像一个即将窒息而死的人。

二

这就是引起这段公案的那件倒霉的蠢事。如今我心情平静,而且事隔多年,我重新把这段幼稚的、带来一切灾难的插曲设想一下,我必须承认,其实我是完全无辜地跌进了这个误会之中;邀请一个下肢瘫痪的姑娘跳舞,这样的蠢事,即便是天资最聪明、经验最丰富的人,也在所难免。可是当时我刚受惊吓,一时发蒙,觉得自己不仅是个无可救药的蠢货,而且行为粗野,简直是个罪犯。我仿佛觉得自己用鞭子抽打了一个无辜的孩子。其实我当时只要镇定自若,泰然处之,所有这一切全都可以挽回;可我并未设法赔礼道歉,却干脆像个罪犯似的溜之大吉,这一来可是无可挽回地把事情弄糟了。我站在府邸门口,第一阵寒风吹拂我的额头时我就马上意识到这一点。

我站在府邸门口时的心境,简直难以形容。在那灯火辉煌的窗户后面,音乐已沉寂下去;大概只不过是乐师休息片刻而已。可是我自以为犯了大罪,所以立刻想到是因为我的缘故而中断了跳舞。现在大家都拥到那间小房间去安慰那个哭得泪人儿似的姑娘。所有的客人,太太们、先生们,还有姑娘们,都在那扇紧闭着的大门后面争先恐后、异口同声地谴责那个十恶不赦的小子,他跑去向一个身有残疾的姑娘邀舞,这样恶作剧之后又胆怯地逃之夭夭。明天——想到这里,我冒出一身冷汗,军帽下面又湿又冷尽是汗水——全城都会知道我如何当众出丑,大家传来传去,百般取笑。我眼前已经看见我的那些伙伴,费伦茨啊,米斯利维茨啊,尤其是那个该死的玩笑大王约茨西,他们将嘴巴啧啧连声地向我走来:"好哇,东尼,你表现得不错啊!只要一不管你,你就给全团丢脸!"这种讽刺挖苦在军官食堂将延续好几个月,我们当中只要有人在什么时候干过一件蠢事,就会在我们聚餐的桌旁叫人一再反复地讲上个十年二十年,每一件愚蠢的行径都会代代相传,每一个笑话都会被人牢记。事隔十六年后的今天他们还在讲骑兵上尉伏林斯基的无聊故事。这位上尉从维也纳回来,乱吹自己在环城大道上认识了T侯爵夫人,当天晚上就在她公馆里过夜。两天之后在报上登出了被T侯爵夫人解雇的那个使女的丑闻。她在各家商店里和艳遇中冒充侯爵夫人,招摇撞骗。除此之外,这位卡萨诺瓦[①]还不得不到团里的军医那里去治疗三个星期。谁要是在伙伴们面前丢过人出过丑,就永远成为可笑人物,他们不会忘记,也不会原谅。我越是描绘这种场面,越是想象这种景象,我便越发陷入无奇不有的胡思乱想。此时此刻,我觉得用食指迅速轻快地扳动一下手枪的扳机,远比以后几天经受这地狱般的苦刑要容易一百倍。这难熬的苦刑便是无可奈何地等着看,伙伴们是否已经知道我丢的丑,是否在背后窃窃私语,暗暗笑话。我也深知我的脾气,只要人们开始对我讽刺嘲笑,把我的事东传西传,我是绝对不会有力量来忍受这一切的。

我当时是怎么回家的,今天我已经记不清了。我只记得,回家第一件事便是一把拉开柜子,那儿放着一瓶我为客人准备的斯利

---

① 卡萨诺瓦(1725—1798),意大利冒险家、作家,善于追逐女性。这里以此讽刺上尉伏林斯基。

波维茨烧酒，我一口气灌下去两三大杯，压一压嗓子眼里那股讨厌的恶心的感觉。然后我就和衣倒在床上，身上穿着原来的衣服，设法细细思索一下。可是在黑暗中我头昏脑涨，奇思怪想纷至沓来，犹如温室里的花卉加温过度而疯长，在闷热的土地上飞速生长，长得乱七八糟、光怪陆离，变成刺眼的攀缘植物，使人窒息。在我那热昏的头脑里，最最荒诞不经的恐怖图像以做梦的速度飞快组合，交替出现。我心里暗想，这下子丢一辈子的脸，为社交界所摈斥，受伙伴们的讪笑，成为全城的话柄！我永远也走不出这个房间，永远也不敢走上大街，唯恐碰到那帮知道我这罪行的人当中的一个（那天夜里，神经过于激动，我觉得我这一桩无足轻重的傻事是个罪行，而我自己则成为众人揶揄嘲弄、紧追不舍的牺牲品）。最后我终于昏昏入睡，可是睡得很不踏实，很不安稳，我那惊恐的状况依然存在。因为我一睁开眼，面前就出现一张愠怒的女孩的脸庞，我看到她那颤抖不已的嘴唇，死命抓住桌子的双手，我听见木制物件掉地的撞击声，我事后明白，这掉地的想必就是她的拐杖。一阵愚蠢的恐惧蓦地从我心头升起，房门可能突然打开，她父亲身穿黑外套，白胸衣，架着金丝边眼镜，撅着稀疏的修饰整齐的山羊胡子踱到我床边来。我吓得直跳起来。看到镜子里我那睡了一夜吓得汗水淋漓的脸，我真恨不得向模糊的镜子里面的那个笨蛋劈头盖脸地打去。

幸而已经天亮。走廊里响起脚步声，楼下小推车从石块路上隆隆经过，玻璃窗上映着明亮的天光，人的头脑思考起来也比关在可恶的黑暗之中要清醒一些，黑暗是喜欢臆造出各式各样的鬼来的。我对我自己说，也许一切并不那么可怕。说不定根本就没有人知道这事。当然她是永远也不会忘怀，永远也不会原谅这事的，这可怜的脸色苍白的姑娘，这患病的瘫痪的姑娘！我的脑海里猛然闪过一个念头,很有用处。我急急忙忙梳理了一下我蓬乱的头发,套上军装,从我那惊诧不已的勤务兵身边跑过。而他用那蹩脚的带小俄罗斯口音的德语在我背后拼命叫喊:“少尉先生,少尉先生,咖啡已经煮好了!”

我像一阵风似的冲下营房的楼梯,像支飞箭从那些还没有穿戴整齐懒洋洋地站在院子里的轻骑兵身旁一掠而过,他们都来不及向我立正敬礼。我一口气飞快地从他们身边跑过,穿过军营的大门来到门外。我以不失少尉身份所允许的速度径直跑向市政厅广场上的那爿花店。早上五点半,所有的商店都还没有开门,我心里焦急,自然把这层忘得一干二净。幸而古尔特纳太太除了鲜花之外还兼卖蔬菜。一小车土豆停在门口,已经卸了一半,我使劲猛敲窗口,听到她已经趿着拖鞋下楼来了。急忙之中我编了个故事:今天是我好朋友的命名日,我昨天把这事忘了个一干二净。过半小时我们就要出发了,因此我希望能马上把花送去。快把花拿来,赶快,把她店里最美丽的花拿来!这位身躯肥胖的女店主还穿着睡衣,就马上拖了两只破了窟窿的拖鞋打开店门,把她最珍贵的宝藏拿给我看,这是一大蓬长柄玫瑰。她问我要多少。我说,都要,统统都要!她问我:就这样简单地把花捆在一起还是最好装在一个美丽的花篮里?好吧,好吧,来个花篮吧。我这个月剩下的饷银订了这篮美丽的鲜花就全报销了,这个月最后几天我就得省下晚饭,不上咖啡馆,要不就得借钱。可是此时此刻我觉得这些全无所谓,甚至可以说,我干的这件傻事能让我付出重大代价,我心里反而高兴,因为这段时间里,我一直感到一种恶意的乐趣,要好好惩治一下我这个蠢货,要让我为自己干出的双重蠢事付出沉重的代价。

可不是吗,一切都安排得妥妥当当!最娇美艳丽的玫瑰漂漂亮亮地安放在花篮里，并且立即十分可靠地派人送去！可是古尔特纳太太玩命似的追上了大街。她问我，叫她把这些花送到哪儿去，送给谁呀，少尉先生可是一句话也没说呀。原来如此，我这三重蠢货刚才一激动，忘了这事。我嘱咐她，送到开克斯法尔伐别墅去，感谢伊罗娜那时吃惊地一叫，我及时想起了我那可怜的受害者的名字：送给艾迪特·封·开克斯法尔伐小姐。

"当然，当然，封·开克斯法尔伐老爷家，"古尔特纳太太自豪地说道，"这是我们最好的主顾！"

我刚又准备迈步走开，她又提出了新的问题，问我是否还要附上一笔？附上一笔？那当然啰！附上寄信人，送花人的姓名！要不然叫她怎么知道这花是谁送的。

于是我又走进花店，取出一张名片，写上："敬请原谅。"不行——这怎么可能！这一写可就是我干的第四件荒唐事了，为什么还叫人想起我干的蠢事？然而不写这个又写什么呢？"深表真诚的遗憾。"——不行，这更要不得，末了她会以为这遗憾是针对她说的。所以最好不加任何附言，什么也不写。

"您只要把这张名片放在花篮里就行了，古尔特纳太太，除了卡片什么也没有。"

现在我心里轻松多了。我急急赶回军营，一口灌下我的咖啡，好歹熬过了训话时间，也许比平时更加心烦意乱，更加精神涣散。可是在部队里要是有个少尉早上萎靡不振地跑来值班，这并不特别使人感到奇怪，有多少军官在维也纳荒唐了一夜，精疲力竭地返回军营，眼睛都睁不开，在马匹快步小跑的时候竟然会骑在马上睡着。其实我觉得这段时间里得不断地发出口令、检查队形、骑马奔驰，对我真是求之不得。因为值勤多少驱散了我内心的不安，当然，我的两个太阳穴里，使人极不自在的回忆一直在翻腾，我的嗓子眼里总有挺大的一团什么东西像苦味的海绵似的堵在那儿。

可是中午，我正要到军官食堂去的时候，我的勤务兵使劲喊着“少尉先生”，跟在我身后急步追来。他手里拿着一封信，一个长方形的信封，蓝色的英国纸张，微微洒了点香水，反面精致地印着纹章，信上的字写得修长细密，一望而知是女人的笔迹。我急急忙忙地打开信封，念道：“尊敬的少尉先生：衷心感谢您馈赠的美丽鲜花，我实在愧不敢当。看到这些鲜花我喜不自胜，现在还在高兴。请您有空到舍下来喝茶，随便哪个下午都行。不用事先通报。我遗憾的是！—— 一直待在家里。艾迪特·封·开。”

一笔娟秀的字。我不由自主地回想起她那纤细的孩子一样的手指用力抓住桌子，我想起她那苍白的脸突然涨得红里透紫，就像有人把波尔多葡萄酒注进了一个杯子。我把这几行字读了一遍又一遍，一连读了三遍，深深舒了口气。她是多么审慎地避开了我干的蠢事！同时又多么巧妙，多么得体地暗示了自己的缺陷：“我遗憾的是！——一直待在家里。”再也没有比这样宽恕人家更高贵的了。丝毫没有受委屈的口气。于是我心里一块石头落地。我觉得我就像是一个被告，原来以为要判无期徒刑，可是法官站起身来，戴上平顶礼帽宣判：“无罪开释。”不言而喻，我不久就得出城去向她表示感谢。今天是星期四——那么星期天我到城外去拜访她。啊不，还不如星期六就去！

三

但是我并没有信守对自己的诺言。我太缺乏耐心。我心里急于想要一劳永逸地清洗我的过错，尽快摆脱我这忐忑不安的心境。因为我的神经始终为一种恐惧所刺激，生怕在军官食堂、咖啡馆或者不知道什么地方有人会谈起我的不幸遭遇："喂，你说说，城外开克斯法尔伐家里到底怎么样啊？"这时候我就希望我已经能够神情淡漠、居高临下地回答："迷人的一家子！昨天下午我又在他们家喝茶来着。"这下子每个人都马上可以看出，我在那儿并不是不受欢迎、遭到冷遇之辈。我一心只希望彻底结束这令人头疼的事件！只希望干脆利索地了结这段公案！这种内心的激动不安终于使我在第二天，也就是星期五便突然作出决定：今天就去登门拜访！当时我正跟我最好的两个伙伴费伦茨和约茨西一起在大街上溜达！我便突如其来地向他们告辞而去，弄得两个朋友诧异不止。

出城到他们家去，其实路并不特别远，如果迈开大步，最多只要半个钟头。先得挺无聊地在城里走上五分钟，然后就沿着灰尘的乡间大道往前走，这条大道也通向我们的练兵场，我们的战马一踏上这条大道，每块石头每道拐弯全都认识（我们简直可以松开缰绳由战马自己去走）。一直走到这条大道的中间才有一条比较狭窄的林荫道在桥头的小教堂旁边向左拐去，这条路被年代久远的栗子树遮盖得浓阴匝地，在某种程度上是条私人林荫道，很少有行人和车马路过，沿着一条有深潭的小溪旁边平缓地拐弯，舒坦徐缓地向前蜿蜒伸去。

可是说也奇怪，我越走近这座小小的府邸——府邸的白色围墙和划成方格的铁栅栏门已经在望——我便越发丧失勇气。就像人家刚走到牙科医生的门口，还没拉门铃就找个借口扭头往回走一样，我也一心只想赶快逃走。难道真的非今天去不可吗？收到那封信不就是叫我把这件令人难堪的事件一笔勾销了吗？我情不自禁地放慢了脚步；要往回走反正还有的是时间，如果你不想走直路，有条弯路总是受欢迎的；所以我就从一块摇摇晃晃的木板上跨过小溪，离开林荫道，拐向草地，打算先从外面绕着府邸走一圈。

坐落在高耸的石头围墙后面的那幢房子是一幢按后期巴罗克风格①建造的两层楼房，占地面积很大。楼房是以古老的奥地利的方式，涂上所谓的美泉宫②的黄色，配上绿色的百叶窗。隔着一个内院是几座比较低矮的楼房，显然用作仆役住房、管理处和马厩，一直向一座宏大的花园伸展过去，我那天第一次夜访丝毫没有看到这座花园。现在透过那些所谓的牛眼睛，也就是砌在高大石墙里的那些椭圆形空洞，我才发现，这座开克斯法尔伐府邸，根本不像我看到室内的装潢陈设之后所设想的那样，是一座摩登的别墅，而是一座地地道道的乡间地主的宅第，一幢旧式的贵族府邸，我在波希米亚参加军事演习的时候，骑马走过，有时看见过这类府邸。只有那座古里古怪的四方形塔楼显得有些刺眼，那形状使人有点想起意大利的钟楼，很不协调地耸立在那里，也许是多年前曾经坐落在这里的一座宫殿的残余部分。我现在事后想起，从练兵

---

① 欧洲的一种艺术风格，流行于十七世纪至十八世纪中叶，其特色为豪华雄伟。

② 维也纳郊外的著名宫殿。

场上我曾经多次看见过这座奇怪的塔楼，当然我一直以为，这不晓得是哪个村的教堂钟楼。现在我才注意到，塔楼上通常都有的那个球形塔顶不见了，古怪的六面形塔身上面盖了一个平顶，不是当作夏天乘凉的露台就是当作气象观测台。可是我越清楚地意识到这座贵族庄园的封建的、世代相传的特点，我心里越发觉得不自在。就在这里，在这个肯定特别重视礼节规矩的地方，我初次登台竟表现得如此笨拙！

最后，我在外面转了一圈，从另一侧又回到铁栏栅的门前，终于下了决心。我穿过碎石路走到屋门口，路的两边是两行树木，修剪得笔直高耸，我敲了一下门上一个沉重的包着青铜的木槌，按照古老的风俗，这是代替门铃的。仆人应声开门。奇怪的是，他对我没有预先通报，径自来访丝毫也不表示惊讶。他并不多问，也没接过我早已准备好的名片，就向我彬彬有礼地鞠一躬，请我到客厅里稍候，两位小姐还在自己房间里，不过她们马上就来。这么说，我将受到她们的接待，这点是毫无疑问的了。他把我当作一个预先通报过的客人那样，一直带我往屋里走。我一眼认出当时跳过舞的那个红绸裱糊的客厅，心里又重新感到极不自在。嗓子眼里那股苦涩的滋味使我想起，隔壁想必就是那个房间了。发生那场灾难的角落就在那间房里。

当然，现在有一道奶油色的装饰着精致的金色图案的滑动门紧闭着，叫人看不见我干傻事的现场，而我自己脑子里一切都历历在目。刚过了几分钟我就听见这扇门后面有椅子挪动的声音，低声耳语的声音，轻手轻脚地来回走动的声音。我立刻听出，隔壁屋里有好几个人。我设法利用这坐等的时间，仔细观察一下这间客厅：屋里放着一套路易十六式的富丽堂皇的家具，左右两边墙上挂着古老的哥伯兰壁毯①,几扇玻璃门直接通向花园,门边的墙上有几幅古老的名画,画的是英吉利海峡和圣马可广场。尽管我对此道一窍不通,我也觉得这是珍品。话虽如此,我并没有对这些艺术宝藏细加区分,因为我同时正聚精会神地在那里窃听隔壁的响动。那里发出轻微的杯盘声,有扇门砰地关上,现在我觉得也听见了拐杖不规则的笃笃笃笃生硬地敲击地板的声音。

终于从门背后有一只还看不见的手把两扇滑动门左右推开。向我迎面走来的是伊罗娜。“您真客气,少尉先生,来看我们。”她说着马上就把我领进那间我熟悉到了极点的房间,在同一个太太小姐们憩息闲谈的角落,在同一张孔雀石蓝的桌子后面那同一把圈手椅上(她们为何要重复这使我如此难堪的情景?)坐着那位瘫痪的姑娘,一条雪白的毛皮毯子沉重地盖在她的膝上,严严实实的,这样就看不见她的双腿——显然是不让我想起“那件事”。艾迪特从她的病榻上笑吟吟地向我招呼,毫无疑问,事先就准备好了这亲切友好的态度。然而这初次见面毕竟是令人难堪的一次重逢。她隔着桌子把手伸给我,稍稍有些费劲,我立刻从她这拘谨的样子中觉察到,她也在想“那件事”呢。第一句客套话我们两个谁也说不出口。

幸亏伊罗娜迅速地提出一个问题,打破了令人窒息的沉默:

“您想喝点什么,少尉先生,茶呢还是咖啡?”

“啊,我随你们。”我回答道。

“不,看您喜欢喝什么,少尉先生!千万别拘礼,都不费事的。”

“如果方便的话,就喝咖啡吧。”我作出了决定,心里高兴的

① 法国出产,因哥伯兰一家而得名,始于十七世纪。

是，我的声音听上去并不过于嘶哑。

这个褐眼姑娘真是个机灵鬼，她用这样一个不带任何色彩的问题打破了最初的僵局。可是她紧接着就离开房间，去吩咐仆人备茶，这下又很不照顾人了。因为这一来我就和我的受害者单独相处，颇不自在。现在可是开口说话的时候，无论如何得谈点什么。然而我的嗓子眼里堵了个塞子，我的目光想必也显得有些尴尬，因为我根本不敢往沙发的方向望去，一望，她就会以为，我在盯着看那块盖在她两条瘫痪的腿上的毛皮。幸而她显得比我更能自持，她用多少有些焦躁的口气开口说话，她的这种焦躁的样子我可是第一次领教。

"您怎么不坐呀，少尉先生？那儿，您把椅子挪过来一些呀。您为什么不把佩刀解下……我们不是打算和解吗……放在那边桌上，或者放在窗台上……随您的便。"

我有些笨手笨脚地把一把圈手椅移了过来。我还一直没有能够让我的目光显得大方自然。可是她继续给我有力的帮助。

"我还得谢谢您送的那些非常美丽的鲜花……这些花的确美极了，您瞧瞧，插在花瓶里多好看啊。另外……另外……我也得请您原谅，我那天很失态，真愚蠢……我那天的行为实在可怕……整整一夜我都没有睡着，我实在羞愧极了。您实际上是一番好意……您怎么可能预先感到呢。再说"——她突然神经质地尖声笑了起来——"再说您也猜着了我内心深处的思想……我是故意坐在那儿，这样我就可以看人跳舞。您走来的那会儿，我正什么也不想，只想跟着去跳舞……我对跳舞是十分着迷的，别人一连跳几个小时舞，我也可以一连看上几个小时。一直看到我自己身上也体会到跳舞的每一个动作……真的，每一个动作。那就不是别人在跳，而是我自己在那儿旋转，弯腰，后退，让人带着移动，摇摆……您简直想象不出，一个人会傻到这种地步……话说回来，从前我还是个孩子的时候，我已经跳舞跳得很好，而且爱跳极了……我现在每次做梦都梦见跳舞。是啊，听上去够傻的，我在梦里也跳舞呢，我现在这样……出了这样的事，也许对我爸爸倒是件好事，要不然我会从家里出走，跑去当舞蹈演员的……别的任何事情都没有使我这么着迷，我心想，每天晚上用自己的身体、自己的动作、自己的全部身心去打动成百上千个人，触动他们的心弦，使他们精神振奋，一定妙不可言……另外，我还收集所有大舞蹈家的照片，您看，我有多傻。什么萨哈蕾、巴甫洛娃、卡尔萨维耶，我应有尽有。我有她们的照片，扮演各式各样的角色，摆出各式各样的姿势。您等等，我给您看……那儿，就搁在那个首饰匣里……在壁炉那儿……那儿，在那个中国漆匣里"（她的嗓音突然变得急躁烦乱）——"不，不，不，在左首那堆书旁边……哎，您真不机灵……对了，就是它。"——我终于找到了那个匣子，递给她——"您瞧，这张，搁在最上面的这一张，是我最心爱的相片，巴甫洛娃扮演的垂死的天鹅……要是我能到她那儿去，只要能看她一眼，我想，这就是我最幸福的日子了。"

后面，伊罗娜刚才出去的那扇门，开始轻轻地在铰链上转动起来。艾迪特就像被人当场捕获似的，急急忙忙地把匣子砰的一声使劲关上。现在她对我说的话，听上去就像是道命令：

"别跟人家说起这事！我告诉您的事，一个字也不许说！"

进来的是一头白发的仆人，蓄着修剪得整整齐齐的弗兰茨·约瑟夫[①]式的颊须。他小心翼翼地打开房门，后面跟着伊罗娜，推着一辆橡皮轮的餐车，车上放着丰盛精美的茶点。她斟完咖啡，就

① 一八四八年至一九一六年间的奥匈帝国皇帝。

在我们身边坐下，我马上又觉得踏实多了。一头肥硕的安哥拉母猫悄无声息地跟着餐车溜进屋来，这会儿大模大样亲亲热热地在我腿上蹭来蹭去，这猫可给我提供了很好的话题。我连连赞赏这只大猫，接着她们便开始东问西问，问我在这儿多久了，在这个驻地觉得怎么样，我是否认得某某少尉，是否经常上维也纳去。无意之中我们就轻松随便地聊起家常来了，原来那阵讨厌的紧张空气不知不觉地随之消散。我渐渐地甚至敢于稍稍从侧面端详一下这两个姑娘。她们两个长得完全不一样，伊罗娜已经完全是个成熟的女性，肉感柔媚，丰腴健美；和她相比艾迪特半似孩子，半似少女，大约十七岁光景，也许已经十八岁，反正还没有怎么长足。两人形成奇怪的对比：你跟这个姑娘在一起，只想跟她跳舞，亲吻；而另一个姑娘呢，你只想把她当作病人一样地疼她，只想轻轻地抚摩她，保护她，尤其想安慰安慰她。因为从她身上散发出一种奇怪的焦灼不安的情绪。她的神色几乎一刻也不平静；她不时地左顾右盼，一会儿直坐起来，一会儿又颓然向后靠去；她说话也和她的动作一样神经质，总是突然迸发，总是 staccato①，永远没有间歇。我心想，她这样控制不住自己，这样烦躁不安，说不定是对她的双腿被迫不能活动的一种补偿，也说不定是一种经常不退的轻微的寒热，使她的手势和说话的语流节奏都更加急促。可是我没有多少时间来仔细观察。因为她善于用她连珠炮似的提问和她轻快飘逸的叙述方式把人们的注意力完全吸引到她身上。我完全出乎意外地卷进了一场使人振奋、饶有兴味的谈话之中。

谈话延续了一小时，甚至说不定达到一个半小时。然后陡然间从客厅那边出现了一个人的身影；有人小心翼翼地走进屋来，似

① 意大利语：钢琴演奏中急促的断音。

乎唯恐打扰我们。来人是开克斯法尔伐。

“请坐，请坐。”我正想恭恭敬敬地站起身来，他一把按住我，然后弯下腰去在姑娘的额上轻轻地吻了一下。他穿的还是那件带白胸衣的黑外套，领结也是老式的（我从来没有看见他有过别的装束）；他那副金丝边眼镜后面那双仔细观察的眼睛使他看上去活像个医生；他也的确像个医生坐在病人的床边一样，小心翼翼地坐到那个瘫痪姑娘的身边。说也奇怪，自从他来的那一瞬间起，房里似乎笼罩了一层更加忧郁的阴影。他有时温情脉脉地带着审视的目光从旁看他女儿一眼，这种战战兢兢的样子使我们一直无拘无束的谈话节奏受到阻碍，受到限制。过一会儿，他自己也感觉到我们的拘谨，便自己设法勉强找出些话题来谈。他也同样问我团里的情况如何，问起骑兵上尉，向我打听从前的那位上校，据说他现在在陆军部里当师长。使人惊讶的是，他似乎对多年来我们团里的人事问题了如指掌。我不知道为什么，但是我有这种感觉，他提到每一个高级军官总是出于一定的目的，特别强调他和他们熟悉。

我心想，再坐十分钟，然后我就可以不引人注目地告辞了；这时有人在门上轻轻敲了两下，仆人悄无声息地走进屋来，仿佛他是赤脚走路的。他在艾迪特耳边说了点什么。她按捺不住，暴跳起来。

“叫他等着。不用了，叫他今天干脆就别打扰我吧。叫他回去，我用不着他。”

她的激烈态度使我们大家都很窘迫。我站起身来，心里十分难堪地感到，待的时间太久了。可是她就像对仆人一样毫无顾忌地对我嚷道：

“别走，待着！什么事也没有。”

事实上这种发号施令的口气含有粗鲁无礼的味道。做父亲的似乎也感觉到了这种难堪的滋味，他满面愁容一筹莫展地提醒女儿：

“哎，艾迪特……”

也许是从她父亲惊慌失措的神情，也说不定是从我尴尬地站在那里的姿势，姑娘现在自己也感觉到，她控制不住自己的神经，失态了，她突然转过脸来对我说：

“对不起。约瑟夫的确满可以等一会儿，不必风风火火地闯进来。没别的事，无非是每天例行的折磨，是按摩师来跟我做伸屈肢体的运动。纯粹是胡来，一，二，一，二，伸，屈，屈，伸；说是这样一练我的病就会霍然痊愈。这是我们大夫先生的最新发明，完全是多此一举的麻烦。跟所有其他的措施一样毫无意义。”

她带着挑衅的神气看着她父亲，像要叫他负责似的。老人狼狈地（他在我面前感到羞惭）向她俯下身去。

“孩子……难道你真的以为，康多尔大夫……”

可是他已经把话打住了，因为她的嘴角又开始抽动起来，她那瘦削的鼻翼翕动不已。那次她的嘴唇也是这样痉挛抽搐，我正担心她又要开始发作，突然她脸涨得通红，顺从地喃喃低语：

“好吧，好吧，我这就去，虽然一点意思也没有，毫无意义。请原谅，少尉先生，我希望您不久能再来。”

我鞠了一躬，打算告辞。可是她又改变了主意。

“不，请您在我走出去的时候，还跟我爸爸待一会儿，等我走出去。”最后三个字“走出去”，她强调得语气尖锐而又斩钉截铁，听上去像是一句威胁。然后她就拿起放在桌上的小铜铃摇了一下——后来我才发现，这屋里所有的桌子上全都放着这种铜铃，让她随手够着，这样她随时都可以叫人进来，用不着等候片刻工夫。

铃声尖锐刺耳，那个仆人马上又走进屋来。刚才她发脾气的时候，仆人很知趣地退出屋去。

“帮帮我的忙，”她命令仆人，并且一把把毛皮毯子掀开。伊罗娜弯下身去，在她耳边低声说了几句，可是姑娘显然激动起来，她火气很大地向她的女伴嚷道：“不嘛，约瑟夫只要把我扶起来就行了。我要自己走。”

下面发生的事情，真叫可怕。仆人向她俯下身去，双手伸到她的腋下，用显然十分熟练的动作，把她轻得没有分量的身体一下扶起，她于是直挺挺地站在那里，两手握着圈手椅的扶手，先用挑衅的眼光把我们逐个打量一番，然后操起两根拐杖——拐杖原来盖在毯子底下——狠狠地咬住嘴唇，把全身撑在两根拐杖上面，便的的笃笃，一瘸一拐，摇摇晃晃，向前走去，步子走得歪歪斜斜，怪模怪样，仆人紧紧跟在后面，向前伸出双臂，要是她一下滑倒或是腿脚一软，就立刻把她接住。的的笃笃，走了一步，又走一步，走的时候还发出叽叽喳喳叮叮叮叮的轻微响声，好像是绷紧的皮革和金属发出的声响，她想必在脚踝关节上带着什么支撑的机簧。我简直不敢往她那两条可怕的腿上看。看到她这样拼命挣扎着向前迈步，我的心似乎被一只冰手抓住，紧缩起来。因为我立刻明白她不让人帮忙，也不坐在轮椅里，让人推出去，其明显的目的乃是要让我，恰恰是让我看，让我们大家看，她是个残废。出于某种神秘的绝望的报复心，她要让我们痛苦，她要用她的痛苦来折磨我们，不去控告天主，而来控诉我们这些身体健康的人。然而，恰好在这可怕的挑衅里我感觉到，她在这种困苦的状况中一定受了无穷无尽的痛苦，我这时的感觉远比上次我请她跳舞，她绝望地发作时要强烈一千倍。她把她那备受摧残的瘦小身体的全部重量使劲地从一根拐杖上挪开，压到另一根拐杖上，身子东摇西摆地，终于迈完那几步路，走到门口，好像走了一生一世；我没有勇气向门口看上一眼。那拐杖生硬、刺耳的声音，迈步时，拐杖击地的笃笃声，机簧和皮带的摩擦声，再加上她因使劲而发出的沉重喘息声使我心里无比压抑，也非常激动，以至我都感到，我的心脏已经跳出胸膛，碰到我的军装上了。她已经走出了房间，可我还一直屏息倾听。在紧闭着的门后，那可怕的声响越来越弱，最后完全消逝。

等到周遭完全沉寂，我才又敢举目四顾。这时我才发现，老人想必在这段时间里已经悄悄地站了起来，正用力向窗外眺望——他向窗外眺望得太用力了一些。从那游移不定的逆光中，我只看见他身影的轮廓。但是这弯腰曲背的身影，肩头正一起一伏地在瑟瑟颤动。他这个做父亲的，每天看着自己的孩子这样活受罪。此刻看到这番景象，他也彻底崩溃了。

屋里我们两人之间的空气完全凝结不动。过了几分钟，这个昏暗的身影才终于转过身子，步履不稳地轻轻走来，仿佛走在很滑的地面上："少尉先生，倘若这孩子有唐突之处，请您不要见怪，但是……您不知道，这些年，人家让她受了多少折磨……每次总换个法子，进展又缓慢得可怕，我也明白，她失去耐心了。可是叫我们怎么办？总得什么法子都试一试，不试不行啊。"

老人站在他女儿刚才离去的桌前，说话的时候，并不抬眼看我。他那双几乎被灰色的眼睑完全盖住的眼睛直愣愣地望着桌面。像个梦游人，他把手伸进开着盖的糖罐，抓出一块四方形的糖块，捏在指头里转来转去，毫无意识地盯着看，又把它放开；他的举动看上去有些像醉汉。他的目光一直盯着桌面，收不回来，仿佛桌上有什么特殊的东西把他的目光禁锢在那里。他无意识地取过一把汤匙，把它举起，又放下，然后像是对着汤匙说道：

"您要是知道这孩子从前是什么样子就好了！整天从楼梯上

跑上跑下，上楼下楼，进屋出屋总是快跑，像阵风一样，我们看了都心惊肉跳。十一岁就骑着她的小马在草地上飞奔疾驰，谁也赶不上她，她是这样大胆，这样奔放，手脚是这样轻捷灵敏，我的亡妻和我常常心里害怕。我们总有这样一种感觉，她只消把双臂伸开，就可以凌空飞起…… 可是偏偏是她遭到这样的不幸，偏偏是她……”

他那盖着稀薄的白发的头顶越来越低地垂向桌面。他那神经质的手依然一个劲地在散放在桌上的东西当中摸来摸去，现在他放下汤匙抓起了一把闲置在桌上的糖钳，在桌上画出奇奇怪怪的圆形古字（我知道，这是羞惭，窘困，他生怕抬头看我）。

“再说，就是在今天，要使她开心，又是多么容易啊。哪怕是最最微不足道的小事一桩，她也会像个孩子似的高兴起来。哪怕是最愚蠢的笑话她听了也会开怀大笑，读一本书也会兴奋不已——我真希望您能看到，您的鲜花送来的时候，她是多么兴高采烈啊。她总怕侮辱了您，这下她不再害怕了……您简直难以想象，她对一切的感觉是多么细腻……她对任何东西的感受都比我们这些人强烈得多。我清楚知道，她刚才这样失去自持，为此她现在比任何人都更加痛苦。可是你叫她……你叫她怎么能控制得住自己呢？……病情这样不死不活地慢慢拖着，一个孩子怎么能一再表现出耐心来呢，天主给她这样沉重的打击，她怎么能安安静静地待着不吭一声呢，她可是什么坏事也没干过……从来没有伤害过什么人啊！”

他一直呆呆地望着他那簌簌直抖的手用糖钳在桌上凭空画出的幻想图像。突然他像吃了一惊，叮当一声把糖钳放到桌上。仿佛他倏而惊醒，这时才意识到，他不是单身独处，而是和一个素昧平生的陌生人在谈话。于是他用另外一种声音，清醒而又压抑的

声音,颇为笨拙地表示歉意:

"真对不起,少尉先生……这是怎么搞的,我竟然用我们家的忧愁来麻烦您!之所以这样,是因为……我心里憋得慌,脱口而出……我只是想跟您解释一下……我不愿意您对她有不好的想法……您……"

我不知道我怎么会有勇气打断这个窘迫地结结巴巴地说话的老人,向他身边走去。可是突然之间我伸出双手握住了这个陌生老人的手。我一言不发。只是抓住他那只瘦骨嶙峋的、不由自主地直往后缩的冷手,紧紧地握了一下。他不胜惊诧地直瞪着我,眼镜的两块镜片从下斜着往上发出闪光,镜片后面有一道游移不定的目光柔和而困窘地探索着我的目光。我真怕他这时要说些什么。可是他并没有开口;只有那两只圆圆的灰色的瞳仁张得越来越大,似乎泪水就要夺眶而出。我自己也感觉到有一种从未体验过的感动之情从我胸口涌起,为了摆脱这种感动的状态,我匆匆忙忙地鞠了一躬,走出屋去。

仆人在前厅里帮我穿上大衣。我忽然感到背后吹来一阵风。我没有转过身去,可我知道,老人跟着我走了出来,此刻正站在房间门口,渴望向我致谢。可是我不愿陷入羞惭的境地,假装没有发现他站在我的背后。我迅速离开了这幢悲惨的房子,脉搏跳得飞快。

四

第二天清晨——灰白的晨雾还悬挂在千家万户的屋顶上，百叶窗严严实实地关着，为了让居民能安静无扰地酣睡——我的骑兵中队和每天早上一样，出发到练兵场去。我们先用慢腾腾的步伐，策马在高低不平的石头路上前进；我的轻骑兵坐在马鞍上摇来晃去，还都有些瞌睡蒙眬，人发僵，心绪恶劣。不久我们就慢步骑过了四五条胡同，一上宽阔的公路，我们就轻快地小跑起来，然后向右一拐，面前是空旷的草地。我向我这排骑兵发出口令："快跑！"扬蹄腾跃的坐骑猛地一挣，便喷着鼻子向前飞奔。这些战马已经认得这柔软、肥美、辽阔无边的田野，这些聪明的骏马，根本用不着再催它们快跑，你完全可以放松缰绳，因为这些战马只要感到你双腿一夹，它们就竭尽全力向前奔驰。它们也感到心情激动和全身放松的快乐。

我一马当先。我狂热地酷爱骑马。我感到跳动不已奔流不息的热血从腰部像溪流似的潺潺流来，像真正生命的暖流，在我肌肉放松的全身循环流动。与此同时，凉爽的清风扑面而来，吹拂着额头和双颊。美妙无比的清晨的空气，你还能尝到里面有夜露的滋味，松软的泥土气息和花草繁茂的田野的芳香；同时急促呼吸的马鼻喷出的温暖，肉感的蒸汽包围着你。清晨第一次疾驰总使我重新振奋起来，它使劲晃动你睡意未消、僵硬发直的身体，使你感到通体舒泰，把你身上的麻木状态像滞重的浓雾似的一扫而空。充塞我全身的那种轻飘飘的感觉不由自主地扩展着我的胸腔，我张开嘴唇痛饮这迎面吹来的清风。“快跑！快跑！”——我感到眼睛变得更加明亮，感官变得更加活跃。在我身后响起节奏均匀的佩刀撞击声，战马喷鼻声，马鞍摩擦发出的柔和的叽叽喳喳的声音和节拍分明的沉重的马蹄声。这群风驰电掣的战士和战马，生气勃勃，充满活力，汇成一体，变成一个半人半马的怪物。一个劲地向前！向前！向前！快跑！快跑！快跑！啊，就这样骑着马一往直前，一直骑到世界的尽头！我成了这种欢乐的主人和创造者，我就怀着这种秘密的骄傲，坐在马鞍上不时回过头去看看我手下的士兵。霎时间我发现，我的这些好样的轻骑兵全都换了另一副面貌。小俄罗斯人身上的那种沉重压抑迟钝呆滞的神气，那种睡眼惺忪的模样，全像煤烟似的从他们的眼里一扫而净。他们觉得有人在观察他们，一个个身子都坐得更加挺直，他们咧嘴微笑，回答我眼里流露出来的喜悦。我感到，就是这些感觉迟钝的农家子弟也浑身浸透了这种飞快运动的快乐，这可是人体飞行的前身啊。他们大家都和我一样十分快活地感觉到一种肉体上的幸福，因为自己年轻，拥有既能紧张又能放松的力量。

可是我突然发出口令：“停——住！缓步前进！”大家出乎意外地一把勒紧缰绳。全排活像一架突然急刹车的机器，用比较迟缓的步伐前进。轻骑兵有点惊愕地斜眼瞟我。因为——他们了解我，也知道我那控制不住的跑马欲——平时我们就一口气飞马狂奔越过草地，直达做了标记的练兵场。然而我觉得，仿佛有一只陌生的手猛的一把拉住我的缰绳：我忽然想起了一件事情。我想必是无意识地在地平线的边缘看见左边那片围墙构成的白色方框，府邸花园里的树木和高塔的平顶，于是像有一颗子弹打中了我的心口:也许有个人正在那儿望着你呢!你曾经以你的跳舞狂伤害过这个人,如今你又用你的跑马欲重新伤她的心。这个人双腿瘫痪,被紧紧地拴住,看见你像小鸟一样轻快地向前飞驰,会对你艳羡不止的。反正突然之间我因为自己这样健康地、无拘无束地、如醉如迷地纵马奔驰感到羞愧。这种过分的肉体的幸福我看成是上天很不适宜的优待,我为此感到羞愧。我让我那些大失所望的小伙子跟在我身后迈着沉重的步伐慢吞吞地跑过草地。我没有看他们,但是我感觉到,他们正等我发出口令,让他们重新振奋起来,然而他们白等了一会儿。

当然,就在我感到心里有这种特别的障碍的同时,我也已经清楚地知道,这种苦修磨炼是愚蠢而无用的。我知道,因为别人不能得到某种享受,所以不让自己获得这种享受,因为别人不幸,所以不许自己幸福,这是毫无意义的。我知道,每一秒钟,正当我们嬉笑戏谑之际,不知什么地方有一个人正在病床上痰喘,死去,在千万扇窗户后面正躲藏着贫困,人们正在挨饿;正当我们嬉笑戏谑之际,世界上还有许多医院、采石场和矿井,在医院、机关和监狱里,无数的人们时刻被迫从事沉重的苦役,即使有人在无谓地折磨自己,别人谁也不会在自己的苦难之中感到轻松一些。我心里很明白,只要有人开始设想,在同一时间内世上有什么样的苦难,那他定会感到窒息,彻夜不眠,嘴角笑意顿消。然而使人惊慌失措、心灰意懒的并不总是那臆想出来的、想象中的苦难;只有人的心灵以同情的眼睛看到的苦难才能真正震撼人的心灵。正在我兴高采烈之际,我似乎蓦然间看到了那张苍白的、痛苦得变形了的脸,它是那样近,那样真,像在幻觉之中。我看到她拄着拐杖拖着脚步慢慢走过大厅,同时听见拐杖击地的笃笃笃笃的声音和在她病残的足踝上暗藏的机簧发出的叮叮当当、叽叽喳喳的声音。我不假思索,考虑也没有考虑，就一把拉住缰绳，仿佛吃了一惊。现在事过境迁，我对自己说，当时你不去令人鼓舞、使人振奋地纵马疾驰，却让战马这样愚蠢地踏着沉重的步伐一路慢跑，又能帮得了谁的忙？然而，这一击却打中了我心里的某一处，就在良心的附近；我再也没有勇气，力量充沛地、自由自在地、身心健康地享受我肉体的欢乐。我们慢腾腾地、无精打采地骑着马一直走到通向练兵场的横马路上。一直等到完全看不见那座府邸了，我才振作起来，自语道："胡扯！别来这些愚蠢的感伤情绪！"发出口令，"快步前进！"

五

事情就是从这突然一下勒住缰绳开始的。它仿佛是那种由同情而引起的特殊中毒的第一个征兆。起先我只是朦朦胧胧地感觉到,就像一个人得了一场重病苏醒过来,头脑还处于昏迷状态,觉得自己出事了或者正在出什么事。迄今为止,我在范围很小的生活圈子里一天天漫不经心地打发光阴。我只关心在我同事和我上级眼里显得重要或者逗乐的事。我自己并未亲自关心过什么事,也没人关心过我。事实上也从来没有什么事情使我感到震动。我的家庭关系很正常,我的职业和我的前程都安排得妥妥帖帖。我现在才理解,这种无忧无虑的状况,使我对什么都漫不经心。现在陡然间有件事情落到我的头上,我遇到一件事,并不是外表上看得见的事情,并不是表面上看来殊为重要的事情。然而,我在这个深受伤害的姑娘的眼睛里看出了人的痛苦,我从来没有想到这痛苦是如此深沉。这双眼睛愤怒的一瞥在我心里打开一个缺口,于是从内心深处涌出一股强烈的暖流,流贯我的全身,激起了那种我自己也难以解释的激情,犹如病人无法解释他的疾病一样。我起先只理解到,我现在已经突破了我迄今为止无拘无束逍遥度日的那个固定的圈子,跨进了一个新的领域,它像一切新鲜事物一样,使人心情激动,同时又使人忐忑不安。我生平第一次看见一个感情的深渊在我面前裂开。测量这个深渊的深浅,一步跳进深渊里去,在我看来竟显得那样诱人，简直难以解释。然而与此同时我的一种本能警告我，不可向这种放肆大胆的好奇心屈服。它提醒我："够了！你已经表示过歉意了。你已经把你干的傻事挽回过来了。"但是另外一个声音在我心里低声怂恿："再去一次！再去体验一下使你脊背发冷的寒噤滋味，这种交织着害怕和紧张的寒噤！"于是本能再次警告："算了吧！别再凑上去！别再闯进去！像你这样阅世不深的年轻人，是不能胜任这种过分的要求的，到头来你还要干出比第一次更加严重的傻事。"

出乎意料的是，我竟用不着自己作出决定，因为三天之后有一封开克斯法尔伐的信放到我的桌上，问我是否愿意在星期天到他家里去吃晚饭。他说这次被邀的尽是男客，其中有他向我说起过的那位在陆军部供职的封・F中校，当然他的女儿和伊罗娜也会因我前去而特别高兴。我并不羞于承认，这份请帖使我这个平素相当腼腆的年轻人感到非常得意。这么说，他们并没有忘记我。信上有一句话，说封中校要来，甚至于像是暗示，开克斯法尔伐（我立刻明白，是出于一种什么样的感激之情）想用一种很审慎的方式为我谋求一种职务上的保护。

当然，我立即答应前去，这事我用不着后悔。这个晚上可真是过得非常舒服。我这个职务卑下的军官，在团里谁也不关心我，在这里却觉得，这些年岁较大、细心保养的先生都以一种特别的、完全异乎寻常的亲切态度对待我——显然，开克斯法尔伐已经以一种特别的方式让他们注意到我。一位职位较高的上级军官丝毫不以等级的优越感来对待我，这在我一生中还是第一次。他向我打听，我在我们团里是否满意，我有些什么晋升的希望。他鼓励我，只要我到维也纳去，或者以后不论需要什么，尽管去找他。而那位公证人，一个性格活泼的秃头男子，长着一张脾气很好闪闪发亮的圆脸，邀请我到他家去。制糖厂的经理一再跟我说话——这种谈话和我们军官食堂里的谈话是多么不同啊！在我们军官食堂，上级的每一个意见我都必须“极端恭顺地”表示赞同！一种踏实的感觉顿时从我心头升起，半小时以后，我已经完全无拘无束地参加到谈话中去了。

两个仆人又一次把珍馐美味端上桌来，这些佳肴我过去只有在别人谈天说地、有钱的伙伴吹牛摆阔的时候听见过；味道鲜美的冰镇鱼子酱我是第一次尝到，还有鹿肉馅饼和雏鸠，再不时斟上各色名酒，叫人喝了心旷神怡，浑身舒畅。我知道，被这些酒食弄得眼花缭乱是愚蠢的。可是为什么要否认呢？我这个地位低下、出身清寒的年轻少尉，简直可说是怀着孩子气的虚荣心和这些享有声望的年长先生同坐一席，共享宛如来自仙境的山珍海味。不得了，真不得了，我一再暗自思忖，真不得了，应该叫瓦弗卢希卡来瞧瞧，这个长得像干酪一样脸色苍白的志愿兵老是向我们吹嘘，他们在维也纳萨赫尔饭馆吃得何等阔气！应该叫他们到这样一座府邸来见见世面，那他们就会瞠目结舌，惊愕不止了。是啊，这些嫉妒成性的家伙，要是他们能在这儿旁观，看我如何谈笑风生地坐在席上就好了，让他们看看，陆军部的中校如何向我敬酒，我又如何和制糖厂的经理亲切友好地讨论，然后他又非常严肃地说道：“您对这些事情都这么熟悉，我大为吃惊。”

在太太小姐们休息的房间里摆好了黑咖啡，冰镇的上等白兰地斟在鼓肚子的大酒杯里源源不断地端上来，外加品种繁多的各色烧酒，不言而喻还有各种牌子的粗雪茄，每根烟上都带一个华丽考究的纸箍。大家正在谈话，开克斯法尔伐走到我的身边，俯下身子，很审慎地问我，是愿意和他们一起打纸牌，还是宁可和小姐们闲聊。我立即表示宁愿和小姐们聊天，因为，叫我冒险和一位陆军部的中校玩一局纸牌，我心里总感到不怎么自在。倘若赢了，说不定会得罪他，若是输了，那我这个月的预算可就吹了。再说，我想起来了，我钱包里总共超不出二十个克朗。

所以旁边牌桌一摆开，我就坐到两个姑娘身边去，奇怪——究竟是因为饮了美酒还是心情舒畅？——我觉得一切都光彩夺目。她们两个今天在我眼里显得特别漂亮。艾迪特今天看上去不像上次那样脸色苍白、萎黄，病容满面。可能是因为宴客，她淡淡地施了一点胭脂，或许她的确情绪高涨，所以双颊升起了红晕，反正不管怎样吧，她嘴边那道紧绷的、神经质地连连抽动的纹路和她双眉执拗的抽动消失得无影无踪。她身穿玫瑰色长裙坐在那里，没有用毛皮或者毯子掩盖她的残疾，可是，我也罢，我们大家也罢，心情舒畅，谁也没有想到“这事”。至于伊罗娜，我甚至微微有些怀疑，她已经有了三分醉意，她的眼睛真是分外明亮，每当她娇笑着把她那丰满美丽的双肩往后一甩，胸部一挺，我真不得不往边上挪开一些，免得受到诱惑，假装偶然、实则故意地去触摸她的裸露的玉臂！

一杯白兰地下肚，使人感到浑身温暖，妙不可言，再点上一支上好的浓烈的雪茄，青烟直冲鼻管，舒服已极，刚吃了这么丰盛的一顿晚餐，身边又坐着两个花容月貌、情绪高涨的姑娘，即便是最愚蠢的笨蛋也会高高兴兴地跟人谈天。我知道，一般说来，我还是颇能闲聊的，只要我那该死的腼腆劲儿不来捣乱。可是这一次我谈得特别顺利，说起话来简直可说是有灵感。当然我说的尽是些愚蠢的小故事，恰好就是我们军营里新近发生的琐事，譬如上星期我们上校在邮局关门之前还想捎封信到开往维也纳的快车上去，他就叫来一个轻骑兵，一个真正来自小俄罗斯的农家小伙子，嘱咐他，这封信得马上送到维也纳去。这个傻小子就连奔带跑地跑进马厩，给他的马儿装上马鞍，顺着大道径直向维也纳快马急驰。倘若不打电话关照下一个兵站，这条蠢驴真会骑马一口气飞奔十八小时。凭良心说，我滔滔不绝地说出来给她们听的并不是什么思想深邃的真知灼见，的确全是一些尽人皆知的平常故事，在军营里流传的老掉牙的陈年旧事和最近的新闻。可是，连我自己也惊讶不止，这些故事竟使两个姑娘听得开心已极，两人笑个不停。艾迪特的笑声像银铃一样，声调特高，听上去特别疯，有时候又尖又高，微微地劈了，然而她身上的这种欢快情绪想必的确真实地发自内心，因为她双颊上像细瓷一样薄而透明的皮肤泛出越来越鲜艳的红晕，一阵健康甚至美丽的色泽映亮了她的脸庞，她那两只灰色的眸子，平时有点像钢铁一样冷峻、锋利，这时闪烁着天真的快乐。在她忘却她那受到束缚的身体时，看她一眼，真是美好，因为这时候她的动作变得越来越自由无羁，她的手势越来越柔和轻松；她无拘无束地把身子朝后一靠，开心地笑笑，举杯喝口酒，把伊罗娜拉到身边，用胳臂搂着她的肩膀。的确这两个姑娘听了我的这些无聊的废话简直乐不可支。讲故事如果效果甚好，总会使讲故事的人受到鼓舞；早已忘却的一大堆故事，这时又都涌入我的脑海。我平时其实腼腆成性，胆子也小，这时却突然找到了一种崭新的勇气：我也跟着她们哈哈大笑，并且逗她们笑。我们三个像疯疯癫癫的孩子，在那个角落里挤作一堆。

可是，就在我这样一刻不停地说笑逗乐，似乎完全沉浸在我们这个欢乐的小圈子里的时候，我同时有意无意地感觉到有一道目光在仔细观察我。这道目光是越过眼镜的玻璃片，从牌桌那边射来的，这是一道温暖的、幸福的目光，更增长了我自己的幸福感。这位老人悄悄地（我觉得，他在别人面前羞于这样做）、相当小心地不时越过他的纸牌，斜着眼向我们这边张望；有一次，我和他目光相遇，他便亲切地向我点点头。他的脸上此时此刻有一种全神贯注神采奕奕的表情，宛如一个谛听音乐的人脸上的神情。

就这样，一直持续到将近午夜，我们的聊天几乎片刻也没有停过。这时又端上来精美的夜宵，味道佳美的夹肉面包，奇怪的是不仅我一个人狼吞虎咽，两个姑娘也大嚼一气，那美味浓烈、黑里透红的陈年英国红葡萄酒她们也开怀畅饮。可是最后毕竟得告辞。艾迪特和伊罗娜同我握手，就仿佛我是个老朋友，是一个亲爱的、可靠的伙伴。不消说，我得答应她们不久再来，明天就来，要不然就后天。然后我就和其他三位男客一同走到前厅。主人要派汽车送我们回家。我自己取下我的外套，这时仆人则忙着帮中校穿大衣。蓦然间，我觉得有人在我披外套时想帮助我：这是封·开克斯法尔伐先生，我大吃一惊，极力推让（我怎么能让他帮我的忙呢？我这毛头小伙子让一位老先生帮忙？）他却硬要帮我，一面低声耳语：

“少尉先生，”老人怯生生地对我低声说道，“啊，少尉先生，您真不知道。您没法想象，又一次听见这孩子这样开怀大笑，使我多么幸福。她平时整天郁郁不乐。今天她几乎和从前一样，如果……”

这时中校向我们走来。“怎么样，咱们走吧？”他向我亲切地笑道。开克斯法尔伐当他的面当然不敢再说下去，但是我感觉到，老人的手突然抚摩我的衣袖，轻轻地、怯生生地抚摩我的衣袖，就像人家爱抚一个孩子或者一个女人一样。一种难以估量的柔情，难以估量的感激之情正好寓于这种怯生生的抚摩所表达的偷偷摸摸和躲躲闪闪的劲头之中；我从中感觉到那么多的幸福和那么多的绝望,再一次深受震动。我以军人的姿态毕恭毕敬地跟在中校先生身边,迈下三步台阶,走向汽车,这时候,我不得不努力控制住自己,不让人家看到我内心的慌乱。

六

那天晚上，我过于兴奋，不能马上睡觉。表面看来，尽管没有多少理由——归根结底，无非是一个老人温情脉脉地抚摩了一下我的袖子，此外并没有发生什么事情，但是这种表示热烈感激的克制的手势已足以使我心潮澎湃。我在这种激动人心的接触当中感到一种纯洁而又发自内心的柔情，我甚至在女人那里也没有体验过这种柔情。我这个年轻人，生平第一次清楚地意识到我在世界上帮助了一个人；我这么一个平平庸庸、缺乏自信的小军官居然真的拥有使别人这样幸福的力量，这使我无比惊讶。这突如其来的发现，使我自己都有些陶醉。为了解释这点，也许我得再回忆一下：我觉得自己活着完全多余，谁也不会对我发生兴趣，对谁都全然可有可无。从孩提时起，再没有比这种想法更压抑我的心灵的了。在士官学校，在军事学院，我总是属于那些不好不坏、毫不显眼的学生之列，从来不是讨人喜欢，或者特别受到优待的学生。在团里，情况也并不更妙。所以我一直深信，如果我突然销声匿迹，譬如从马上摔下，摔断了脖子，我的同伴们也许会说："他真可惜"，或者说声"可怜的霍夫米勒"，但是一个月以后，谁也不会真的觉得少了我这个人。另一个人会调来担任我的职务，骑我的战马，干我的工作，或好或坏，跟我一样。在我服务过的两个驻防地和我有点爱情关系的几个姑娘也会和我的伙伴一模一样。在雅罗斯劳我结交了一个牙科医生的女助手,在维也纳结交了一个身材娇小的女裁缝;我们一起出去玩,在安纳尔休假的日子,我把她带到屋里来,她生日的时候,我送她一个小小的珊瑚项链;我们彼此说过一些平常的绵绵情话,说不定这些话也确实是真心诚意的。可是等我一调防,我们两个又很快各自作了自我安慰:开头三个月我们彼此有时还通上几封例行的书信,然后我们各自又都交上新的朋友。全部差别只在于,她柔情激荡之际管另外一个人叫费德尔而不叫东尼。时过境迁,全都忘了。迄今为止还从来没有在一个地方因为我这个二十五岁的青年而引起一阵强烈的、激烈的感情,而我自己归根到底对人生也别无希求,只想尽到我的职责,绝对不要受人指摘。

可是现在意想不到的事情竟然发生了。我怀着被这事激起的好奇心,惊讶不已地望着自己。怎么?我这平庸的年轻人也拥有支配别人的力量?我这么个口袋里连五十克朗都没有的人竟然能给一个富翁带来快乐,比他所有的朋友给他的快乐更多?我,霍夫米勒少尉真能给人帮助,给人慰藉?要是我在一个下肢瘫痪、心情烦乱的姑娘身边坐上一两个晚上,和她聊聊天,她的眼睛就会发亮、她的双颊就会泛红,整幢阴森凄惨的房子就会因为我在那里而大放光芒?

我在心情激动之中,就这样快步走过黑暗的小巷,真走得我浑身发热。我的心扩张得厉害,我恨不得敞开我的外套。因为在这件意想不到的事情里,出乎意料地又夹进另一件新的更使人陶醉的事,那就是,这么轻而易举,发疯一样地轻而易举,就能赢得这些素昧平生的陌生人的友谊。我到底作了多少贡献?我只不过表示了些许同情,在府邸里度过了两个夜晚,虽然是快活开朗轻松愉快的夜晚,而这已经足够了!成天在咖啡馆里把全部自由时间浑浑噩噩地打发掉,跟无聊的伙伴们玩沉闷的纸牌,或者在散步道上来回溜达,这是多么愚蠢！不行,从现在开始不能再这样昏昏沉沉地瞎混！我这个突然觉醒的年轻人一面在柔和的夜色中往前走,步子越来越急,一面以真正的激情暗下决心:从现在起我要改变我的生活,我将停止玩那愚蠢的塔洛克牌和弹子,我将断然结束所有这些对谁也无益,而使我自己变蠢的消遣。我宁可去多多探访这个病人,我甚至每次都特别做些准备,以便我总能有些好玩的、快活的事情说给两个姑娘听。我们将一起下下棋或者用别的什么方式来舒舒服服地度过这段时间。我决心助人,从现在起使我有益于别人,单单这个决心就激起我心里的一种热情。我恨不得纵声歌唱,由于这种昂扬高涨的情绪,我真想干出点荒诞不经的事情来。一旦你知道,你对别人也还有些用处,你才感觉到自己生活的意义和使命。

七

就是这样，也只是这样，所以我在后来几个星期总在开克斯法尔伐家里度过傍晚，大多数情况下也度过晚上的时间。不久，这种友好的闲谈已经变成一种习惯，而且也是一种对我来说不无危险的娇纵。对于一个从小由一个军事学校送到另一个军事学校去的年轻人来说，突然在冷冰冰的营房和烟雾弥漫的军官俱乐部之外，出乎意料地找到了一个家，一个心灵的故乡，这是怎样的诱惑啊！每天下了班，四点半或者五点，我出城去，手还没有怎么敲着门上的木槌，仆人就已经欢欢喜喜地打开大门，仿佛他透过一个魔术的窥视孔早已看见我走来。一切都十分亲切而明显地向我暗示，他们已经如何自然而然地把我算作这家的成员。我的每一个小小的弱点和癖好都已被亲切地考虑到了。总是备好了我爱吸的那种烟卷，我上一次偶然提到某一本书我很想读一读，那么这本书就像碰巧似的放在小凳上，崭新的，可是书页已经很周到地裁开；艾迪特的躺椅对面有一把特定的圈手椅不可争辩地算是“我的”座位——不错，这一切全是琐碎小事，无足轻重，但就是这些小事使得一个陌生的房间充满了宾至如归的家庭般的温暖，不知不觉地使人感到轻松愉快。我就坐在那里，心里比坐在我的伙伴们的圈子里更踏实。我一面聊天，一面开玩笑，心里怎么想就怎么说，第一次感觉到，任何形式的羁绊都会束缚住心灵本身的力量，一个人只有在无拘无束时才能显示出他心智才具的本来面目。

但是另外还有一样更加神秘的东西在无意识地起作用，使我每天和这两个姑娘待在一起便情绪大为高涨。从我早年参加军事学校起，也就是十年十五年以来，我一直生活在男人当中，生活在男性的环境里。从早上到夜里，从夜里到清晨，无论在军事学院的宿舍里、军事演习的帐篷里、军营里、餐桌旁还是行军途中，在骑术学校还是在讲堂里，我总是呼吸着弥漫在身边的男性气息。起先是些男孩，后来是些成年小伙子，反正总是男人，男人，我已经习惯于他们果决有力的手势，坚定沉重的步伐，粗犷的嗓音，浓重的体臭，他们的不讲礼仪，有时甚至猥亵下流。不错，我的大部分伙伴我都非常喜欢，我的确也不能抱怨，说他们不是同样亲切地待我。但是在这种氛围里总缺少最后的一点生气，这种气氛总好像含氧不足，没有足够的紧张、刺激、激动人心的力量。就像我们出色的军乐队一样，尽管演奏起来节奏鲜明，准确无误，毕竟只是冷冰冰的铜管乐，所以生硬、粗鲁，只是按节拍奏乐而已，因为这种音乐缺少小提琴的柔情脉脉、肉感动人的弦乐声调。我们这些伙伴待在一起也是这样，即便是最美妙的时刻也缺少那种柔和优雅的气氛。只要有女性在场，哪怕女性只是从我们身边一掠而过，也总会使每次社交活动具有这种气氛。早在当年，我们还是十四岁的士官生，我们每两个人一同穿着丝绦镶边大小合身的制服在城里散步的时候，看到别的小伙子和姑娘们调情，或者随随便便地谈话，我们总怀着渴望的心情感觉到，通过这种神学院式的军营生活，我们的青春被人用暴力夺去了一些东西，这些东西是我们的同龄人每天在大街上、散步道上、溜冰场上和跳舞场上自然而然会得到的，那就是大大方方地和年轻姑娘们交往，而我们这些遭到隔离、受到囚禁的人只能目送这些身穿短裙的仙女，把她们看作有妖术的生灵，梦想和一个姑娘谈一次话，就像是梦想得到不可企及的东西似的。这种渴望我是不会忘记的。后来和各式各样讨人喜欢的女人发生的大多是迅速的廉价的艳遇，并不能代替这种柔情脉脉的少年时代的梦想。我每次在社交场合只要碰巧遇到一个年轻的姑娘，我就发傻，笨嘴拙舌，讷讷不吐（虽然我已经和十几个女人发生过关系）。我从我的傻相感觉到，由于和女性不相交往的时间太长，那种天真的、自然的、大大方方的态度我已永远不可得，永远毁掉了。

现在突然之间，这种自己也不承认的孩子气的要求——不跟胡子拉碴、举止粗鲁的男性伙伴为伍，而去领略一下年轻妇女的友谊——终于以最完美的方式实现了。每天下午，我作为唯一的男子，坐在两个姑娘当中；她们清亮的女性嗓音使我（我没法用别的方式表达）简直产生肉体上的快感，我怀着一种难以描绘的幸福感第一次感受到我和姑娘们在一起的落落大方的态度。年轻男女只要单独相处的时间稍长，总会势所必然地出现一种电火爆发式的接触。由于特殊情况，这种接触被排除了，这只增加了我们关系中特别幸福的成分。我们持续很久的闲聊时间没有丝毫撩人的气氛，这种气氛通常会使半明半暗中的男女独处变得非常危险。当然起先——这点我很乐于承认——伊罗娜丰满诱人的樱唇，柔嫩丰腴的玉臂，她那柔软轻捷的动作所泄露的马扎尔人的肉感，曾经使我这个年轻人受到最愉快的刺激。我好几次都不得不尽力约束住我的双手，抵御那强烈的欲望：把这肌肤温暖柔软、长着一双会笑的褐色眼睛的姑娘一把搂在怀里，拼命狂吻一气。可是在我们相识的最初的日子里，她就告诉我，她和贝斯克莱特一个候补公证人已经订婚两年，只等艾迪特身体复原或者病情好转就和他结婚——我猜，开克斯法尔伐一定答应给这个穷亲戚一笔嫁妆，如果她肯坚持到那个时候。再说，倘若我们并不真正钟情，却试图在她那楚楚动人的、无可奈何地拴在转椅上的女伴背后偷偷摸摸地亲吻，或者动手动脚，我们这行为是多么粗野，多么卑劣啊。所以开头的时候，调情撩人的刺激很快就烟消云散，我所能够感觉到的好感，越来越深情地倾向于那病弱无援、受到命运歧视的姑娘，因为在这种神秘的感情化学里，对于一个病人的同情总是不知不觉地和柔情结合在一起的。坐在这个下肢瘫痪的姑娘身边，和她谈话让她快活起来，看见一丝笑意掠过她的嘴角，使得两片不安的薄唇又趋平静，或者，有时候，她一时脾气上来，焦躁地发作起来，只消把手放在她身上，就能使她羞惭满面地顺从，从她那双灰色的眸子里还能得到一瞥感激的目光——在这个无力抵抗、无力自卫的姑娘那里得到一些小小的亲昵的表示，比和她的女友一起演出最激烈的风流韵事更加使我幸福，因为这些亲昵的表示来自心灵的友谊。通过这些轻微的内心的震颤，我发现了许多更加温柔的感情领域，这些领域我完全陌生，从未料到——在这短短的几天里，我获得了多少知识啊！

感情上那些陌生的、更加温柔的领域——可是当然也是更加危险的领域！因为，一个健康的男子和一个患病的女子，一个自由的男子和一个受到囚禁的女子之间的关系，天长日久，是不可能永远晴朗无阴翳的，即使再卖力气再体贴也是徒劳。遭受不幸容易使人感到受辱，老受痛苦容易使人偏颇不公。债主和负债人之间总有一种难堪的关系，不可消除，因为一方注定了要扮演施舍者的角色，另一方注定了要扮演接受者的角色。

同样，在病人身上暗藏着一股火气，时刻准备对任何露骨的关怀发作起来。必须非常小心，不要越过这难以辨认的界线，致使关心非但没起安慰的作用，反而使那容易受到损害的姑娘遭到更深的创伤。像她这样娇生惯养的姑娘，一方面要求大家像侍候公主一样地侍候她，像娇纵孩子一样地娇纵她，可是转瞬之间这种体贴又会使她恼火，因为这种体贴使她更清楚地意识到自己困苦无援的状况。譬如你好心好意地把小凳移过来，让她尽可能不费劲就能拿到书和茶杯，她就眼里冒火，厉声呵责："您以为，我自己没法拿到我想拿的东西？"关在笼里的野兽有时候会无缘无故地扑向看守人，平时它可是老围着看守摇头摆尾地转来转去的。同样，这个下肢瘫痪的姑娘也会不时心血来潮，突然无缘无故地说自己是个可怜的残废，叫我们听了难受，就像野兽冷不防伸出利爪，把我们无拘无束的气氛撕得粉碎。在这种空气紧张的时刻，你真得竭尽全力控制住自己，免得因为她情绪恶劣，咄咄逼人而对她作出不公正的结论。

可是，使我自己也不胜惊讶的是，我总能控制住我自己。对于人之常情有了初步认识之后，其他的认识也就不知不觉随之产生。你只要对人间苦难的一种形式真能表示同感，你就能通过这种魔术般的教训，理解一切形式的人间苦难，连最最古怪，看上去最最荒唐的形式也包括在内。所以我并不因为艾迪特时而脾气发作而茫然不知所措。相反，她的脾气发得越是没有道理，越是痛苦，我内心受到的震撼也越深。我渐渐地也明白了，为什么这位父亲和伊罗娜欢迎我来，为什么全家都那么欢迎我跟他们待在一起。一般说来，久病不仅使病人精疲力竭，也使别人的同情日益迟钝，逐渐减弱。强烈的感情不可能无限期保持下去。如今父亲和女友显然也和这个可怜的焦躁不耐的姑娘同样深深地受苦，直到灵魂深处。但是他们已经以一种精疲力竭、无可奈何的方式在受苦。在他们眼里，病人总归是病人，瘫痪已经是事实，事已至此，只能认命。她每次发火，他们都垂下眼皮，等着这短暂的神经爆发的风暴趋于平息。但是他们已经不再像我这样，每次都重新大吃一惊。

而我正巧相反，她的痛苦只有我一个人感到又是一次新的震撼。过不多久，她只在我一个人面前因为自己脾气放纵而感到羞惭。每次她控制不住自己发起火来，我只消简短地说句话提醒她一下："喂，亲爱的艾迪特小姐。"她的目光立刻顺从地垂了下来。她满脸通红，你会看见，如果她的双脚没有把她拴住的话，她真恨不得逃走，没脸看见自己。每次我向她告辞，她都要以某种恳求的方式对我说："您明天还再来吧？我今天说了这些蠢话，您不生我的气吧，是不是？"使我内心深受感动。在这种时刻，我感到一种谜样的惊讶：我这个人除了真挚的同情再没有什么别的东西可以分赠给别人，竟然对别人拥有这么大的力量。

然而，每一种新的认识都可以使年轻人精神振奋，只要一旦受到某种感情的鼓舞，他就可以从中取之不尽，这正是青春的意义。我一旦发现，我的这种同情是一种力量，这种力量不仅使我自己兴致勃勃地振奋起来，也能够越过我自己对别人发生抚慰的作用。于是在我身上开始发生一种奇怪的变化：自从我心里第一次意识到同情的这种新的能力，我觉得，仿佛有一种毒素侵入我的血液，使得我的血液变得更加温暖，鲜红，流得更加迅猛有力。猛的一下子，我不能再理解那种麻木呆滞的状况了。迄今为止，我一直这样吊儿郎当地在这种麻木呆滞的状况中苟且偷生，犹如生活在一层灰蒙蒙、死沉沉的暮霭之中。从前我熟视无睹的成百件事情，现在都开始使我激动，使我动心。仿佛匆匆一瞥别人的痛苦，我的心里便睁开了一只更加目光犀利、善解人意的眼睛，我到处都看见各式各样使我沉思、使我兴奋、使我受到震撼的事情。我们整个世界，一条条街道，一个个房间，都充满了看得见摸得着的命运，并且直到最深的底层都充斥着火烧般的苦难。所以如今我每天都一刻不停地神情专注，精神紧张。譬如在练骑新马的时候，我发现自己突然之间不再像从前那样用出全身的力气朝一匹犟头倔脑的马儿的屁股上狠抽一鞭,因为我内疚地感觉到由我引起的痛苦,鞭痕在我自己的皮肤上灼人地作痛。还有一次我们火暴性子的骑兵上尉因为一个轻骑兵没有把马鞍装好,就一拳朝那可怜的小俄罗斯小伙子的脸上打去,我的手指头不由自主地一阵痉挛,紧握起来。那小伙子立正站着,两手贴着裤缝,旁边围着其余的士兵,有的干瞪眼,有的傻笑,而我,我一个人却看见,在这迟钝的小伙子因为羞惭而低垂的眼帘上,睫毛湿润了。我突然之间再也受不了我们军官食堂里对那些行动不甚机灵、举止相当笨拙的伙伴们说的笑话;自从我在这个无援无力的姑娘身上体会到了弱者的痛苦,每一种残暴行为都激起我的仇恨,每一种无援状况都引起我的同情。自从偶然的机遇把这滴炽热的同情点进我的眼睛,过去我一直视而不见的无数小事,现在我都注意到了。这都是些微不足道的简单的事情,但是每件事都使我感到紧张和震撼。譬如说,我注意到,那个卖烟卷的老太太,我总是在她那儿买烟卷的,她总要把人家给她的钞票放到那副磨得挺圆的眼镜跟前去看,凑得很近,我立刻心里一动,怀疑她可能得了白内障。明天我要小心翼翼地盘问她一番,说不定也请求团里的军医哥尔特鲍姆给她检查一下。另外我发现,最近一个时期,志愿兵都明显地不理睬那个红头发的小个子K,我想起来了,报上登着,他叔叔因为贪赃枉法被关进监狱(这可怜的小伙子,他又有什么罪过?),我在吃饭的时候故意坐到他身边去,和他长谈了一次。我从他感激的目光里感觉到,他明白,我这样做,只是为了向别人表示,他们对待他是多么不公平,多么卑劣。还有一次,我为我排里的一个士兵求情,要不然,上校会毫不留情地罚他干四小时苦役的。我每天做的新试验总是使我享受到这种突然从我心里油然而生的乐趣。我对我自己说:从现在起,尽你所能，帮助每一个人！再也不许无精打采，再也不许麻木不仁！献身的同时，自己也会升华，把自己和别人的命运结合起来，通过同情去理解并且经受别人的痛苦，自己也会内心丰富。我的心对自己的现状惊讶不止，因为感激这个生病的姑娘而颤抖不已，我无意之中伤害了她，而她却通过自己的苦难把同情这种使人积极行善的魔术教给了我！

八

然而不久我就从这种浪漫主义的感情中清醒过来，而且是最彻底地清醒过来。事情是这样的：那天下午我们在一起玩多米诺牌戏，然后又聊了很久，大家谈得如此投机，谁也没有注意到究竟几点钟了。最后，到十一点半的时候，我看了一下表，不觉大吃一惊，便匆匆忙忙地起身告辞。可是那位父亲送我到前厅去的时候，我们已经听见屋外狂风怒吼，就像有千万头公牛在那儿哞哞乱叫。一场名副其实的倾盆大雨倾泻在屋檐上。开克斯法尔伐安慰我："我派车送您进城。"我推辞说：这完全没有必要。一想到司机单单因为我的缘故现在十一点半还得再把衣服穿起来，把已经开进车库的汽车开出来，我就觉得很不是滋味（对别人的体贴和关心在我身上完全是新的感情，我是在这几个星期里刚学会的）。可是，在这样的鬼天气，坐在一辆座位柔软、弹簧很好的小轿车里，舒舒服服地飞快地驰回家去，用不着穿着一双薄薄的漆皮轻便长靴，浑身湿透，高一脚低一脚地在遍地泥泞的公路上跋涉半个小时，这还是相当诱人的，所以最后我让步了。老人不由分说，坚持冒雨送我到车边，给我围上毯子。司机发动引擎，霎时间，我就冒着狂风暴雨，风驰电掣地乘车回家。

汽车轻捷无声地向前滑动，坐在里面非常舒服，十分惬意。可是，正当我们像魔术一样朝营房飞速驰去的时候，我敲敲窗玻璃，要司机在市政厅广场上就把车停下。因为最好还是不要乘坐开克斯法尔伐的时髦轿车开进军营里去！我知道，如果一个小小的少尉像个大公爵似的坐着一辆富丽堂皇的轿车神气活现地开到楼前，让一名身穿号衣的司机侍候着走下车来，影响不好。这样大的派头我们这儿戴金领章的老爷们可是不爱看的。除此之外，我的本能早就劝我，我的这两个世界尽可能少搅在一起。一方面是城外的豪华奢侈，我在那儿得其所哉，独立无羁，受人娇惯；另一方面是我的军营世界，我在这里得低声下气，我不过是一个可怜虫。要是这个月是三十天而不是三十一天，就大大减轻了我的负担。我的这一自我无意之中并不怎么想知道另一个自我。我有时候自己也分辨不清究竟谁是真正的东尼·霍夫米勒，是在军营里值勤的那一个还是在开克斯法尔伐家的那一个，是城外的那一个还是城里的那一个。

司机按照我的愿望在市政厅广场上停车，离军营两条马路。我下了车，把衣领高高竖起，打算快步越过这宽阔的广场。可是正在这时暴风雨变得加倍地狂暴，狂风挟着暴雨向我劈头盖脸地袭来。所以宁可在一所屋子的门洞里等上几分钟，不忙跑过两个小巷赶到军营里去。那个咖啡馆说不定还没关门，我可以在那里安安稳稳地坐到老天爷把他最大的喷水壶倒光为止。距离咖啡馆不过隔着六幢房子，瞧，在那模模糊糊的玻璃窗后面还闪烁着昏黄的煤气灯光。我的伙伴们还都坐在他们的老位置上。这可是恢复老交情的绝妙机会，因为我早就该在他们当中露露面了。昨天，前天，整整这一个星期加上上个星期我都没上咖啡馆。他们其实完全有充分的理由生我的气。我既然已经对朋友不忠了，那么至少在礼节上要过得去。

我开门进去。咖啡馆的前半部分为了节省的缘故已经熄灯，摊开的报纸乱七八糟地放在桌上。账房欧根正在清点当天的营业收入。可是我看见后面玩纸牌的房间里还亮着灯光，还有发亮的军装纽扣在闪光。一点不错，这几个玩塔洛克的老搭档还坐在那里，约茨西中尉、费伦茨少尉和团部军医哥尔特鲍姆。显然他们已经玩完了他们那局纸牌，只是因为懒得起来，还瞌睡蒙眬歪七竖八地斜靠着坐在那里。这种咖啡馆的懒劲我是十分熟悉的。我的出现打断了他们那百无聊赖的昏昏欲睡的状态，对于他们不啻是真正上天的赠礼。

"喂，东尼来了，"费伦茨向另外两个大声通报，团部军医随即慢声吟诵一句："阁下光临，蓬荜增辉。"我们老嘲笑这位军医害了慢性引经据典腹泻症。六只睡眼惺忪的眼睛顿时闪闪发光，满含笑意直盯着我："不胜荣幸！不胜荣幸！"

他们的快乐也感染了我。我心里暗想，他们的确是好样的。这段时间我没打招呼也未作解释悄悄溜走了，他们竟然一点也不生我的气。

侍者瞌睡蒙眬地拖着脚步走来，我要了一杯黑咖啡，把椅子挪挪正，说道："怎么样，有什么新闻？"我们每次坐在一起，必然用这句话做开场白。

费伦茨把他的大宽脸拉得更宽，两只忽悠忽悠直闪的眼睛几乎消失在像红苹果一样的面颊肉里。他的嘴慢吞吞地像面团拉开似的张开。

"要说新闻嘛，那么最新的新闻便是阁下这位贵人又一次仁慈地光临咱们这个陋室。"

团部军医把身子往后一靠，用凯因茨①的声调开口说道："马

---

① 约瑟夫·凯因茨（1858—1910），维也纳宫廷剧院的著名演员。

哈德，这位大地之神——最后一次降临尘寰，化身为凡人中的一员，以便体验其欢乐和痛苦。”

他们三个饶有兴味地瞅着我，我心里立刻不自在起来。我暗自寻思，最好趁他们还没有开口盘问我，为什么这些天我老不在这里，我今天又是从哪儿来，我现在赶快自己先开口。可是我还没来得及搭上话茬，费伦茨已经怪里怪气地眨眨眼，碰碰约茨西。

“你瞧瞧，”说着，他指指桌子底下，“怎么样，你有什么说的？这样的鬼天气他竟然穿漆皮轻便长靴和漂亮制服！是啊，东尼可真有两下子，他真会拣高枝啊！在城外那个老讨债鬼那儿日子听说过得阔气极了！药房老板说，每天晚上都是五道菜，鱼子酱、阉鸡，货真价实的波尔斯名酒，精美绝伦的雪茄烟——跟咱们红狮饭馆的猪狗食可有天渊之别啊！是啊，这个东尼，我们大家都把他小瞧了，这小子可是个机灵鬼啊。”

约茨西马上帮腔：“可就是在讲咱们哥们义气方面，他差点事。可不是吗，我亲爱的东尼，你满可以对你城外那个老头这么说：‘嘿，老爷子，我在军营里有几个好伙伴，都是些体体面面的正派人，不是拿着刀子狼吞虎咽的粗坯，我请他们来一次让你看看。’可你没这么干，却暗自寻思：让他们去喝那酸不拉唧的皮尔森啤酒吧，让那乏味的土豆烧牛肉把他们的喉咙辣得冒烟吧！可不是嘛，这叫做满够义气，这话我可非说不可！尽顾自己，一点也不想到别人！怎么样——你至少给我带根粗雪茄来了吧？那么今天就饶了你吧。”

他们哈哈大笑，三个人都咂起嘴来。可是我突然间血往上涌，从颈脖一直升到耳根。因为，真见鬼，这该死的约茨西从什么地方猜出来，开克斯法尔伐——他每次都这样干——在前厅和我道别时的确把他吸的那种精美雪茄塞一根给我？莫非这根雪茄从我上装前胸的两粒纽扣中间露了出来？但愿这帮小子什么也没注意到才好！我在窘困之中，勉强自己哈哈大笑：

"当然—— 一支粗雪茄！再便宜一点你是不干的！我想，一支三等烟卷你也会接受吧。"说着，我伸手把烟盒递给他。可是就在这一瞬间我的手一抽搐。因为前天是我二十五岁生日，两个姑娘不晓得怎么搞的，探听到了这件事情。晚餐的时候，我从盘子里拿起我的餐巾，觉得里面包着沉甸甸的一样东西：原来是一个烟盒，这是给我的生日礼物。可是费伦茨已经瞅见了这个新烟盒——在我们这个小圈子里即便是鸡毛蒜皮一样的小事也会变成大事一桩。

"喂，这是什么？"他咕噜了一句，"一件新的装备！"他二话不说，干脆从我手里把烟盒拿过去，摸一会儿，瞧一会儿，最后放在手掌心里掂掂分量，"嘿，我觉得，"他扭过头去对团部军医说道，"这居然是真金的呢。给，你拿去好好瞧瞧——听说令尊大人就是干这行的，那多少也懂点行吧。"

团部军医哥尔特鲍姆确实是德罗霍比茨地方一位金匠的儿子，他把夹鼻眼镜架在有点肉乎乎的鼻子上，取过烟盒，掂掂分量，左右上下仔细看了半天，很在行地用指关节敲敲它：

"真的，"他终于作出论断，"这是真金的，刻了花，而且沉得要命。用这些金子满可以给全团装上金牙。价值在七百到八百克朗之间。"

这一判决使我自己大为惊讶，我的确只把它当作镀金的呢。军医说完把烟盒又传给约茨西，约茨西接住的时候，神气比另外两人要恭敬得多。（啊，我们这些年轻小伙子对一切珍贵的东西怀着多么大的敬意啊！）他来回看了半天，照了又照，摸了又摸，最后一摁红宝石打开烟盒，不觉傻了眼：

“嚯——还题了字！听听，你们听听！我们亲爱的伙伴安东·霍夫米勒生日纪念。伊罗娜、艾迪特。”

现在这三个人都直着眼睛瞪我。最后费伦茨喘了口气：“了不起，你新近倒是好好挑选了一下你的伙伴！真有两下子！你从我这儿最多只能得到一个铜制的火柴盒，这号东西是得不到的。”

我感到喉头一阵痉挛。我从开克斯法尔伐家得到一个金烟盒做礼物的这条使人难堪的消息明天会不胫而走，传遍全团，而且盒上刻的题词大家也会倒背如流。费伦茨在军官食堂为了拿我来显露一手，会说：“把你那高贵的烟盒拿来看看。”而我只好乖乖地拿去给骑兵上尉先生看，乖乖地给少校先生看，说不定甚至于还得拿去给上校先生看。他们大家都会把烟盒放在手里掂掂分量，仔细估量，带着揶揄的微笑看看题词，然后不可避免地要盘问个没完没了，并且百般打趣，而我当着上级长官的面又不得失礼。

我在窘迫之余，急于结束这次谈话，就问道：“怎么样——你们还有兴趣玩一盘塔洛克吗？”

可是一听这话，他们脸上好意的微笑顿时绽开，大笑起来。约茨西碰碰费伦茨：“你听见过这么妙的主意吗，费伦茨？这工夫十二点半，铺子都关门了，他还想从头打一局塔洛克！”

团部军医懒洋洋地往后一靠，坐得舒服些：“是啊，是啊，幸福之人哪分白昼黑夜。”

他们仰天大笑，对这句乏味的笑话又回味再三。可是账房欧根已经走来很委婉地催我们走了：“戒严的时候到了！”门外的雨已经小了，我们一同走到军营，互相握手道别。费伦茨拍拍我的肩膀：“好啊，你又来归队了。”我感觉到，他这句话出自内心。我刚才为什么对他们生那么大的气？他们一个个不都是十分善良、正派的人吗，丝毫没有嫉妒或者恶意。如果他们和我开点玩笑，也决非出于恶意。

九

他们的确不是出于恶意，这些善良的小伙子——然而，他们愚蠢的惊愕和耳语把我心里有样东西不可挽回地摧毁掉了，那就是我踏实的心境。因为到这时为止，我和开克斯法尔伐家的那种奇怪的关系一直奇妙地提高着我的自信心。我生平第一次觉得我是一个施惠于人的人，给人帮助的人；而现在我发现，别人是如何看待我们这种关系的，或者不如说，别人不了解全部内在的联系，从外表上，不可避免地一定会如何看待这种关系的。同情之心已经成为我的一种朦胧的激情（我不可能用别的说法来称呼），我已染上了这种激情，并且从中得到细腻的快乐，可是局外人又怎么能理解这种快乐。他们会以为，我之所以盘桓在这座豪华、好客的房子里，只是为了和这些豪门富翁亲近，为了省下一顿晚饭，取得丰厚的馈赠，这已是铁定的事实了。而与此同时，他们内心深处并无恶意，这些善良的小伙子赞同我得到一个温暖的角落，精美的雪茄；毫无疑问，在他们看来我让这些“阔佬”殷勤款待，百般奉承，并没有丝毫不名誉或者不体面之处——恰好这点使我恼火——因为按照他们的观点，我们这些骑兵军官如果在一个商人的宴席上坐下，那真是给这商人面子；费伦茨和约茨西赏玩那只金烟盒的时候，丝毫也没有不以为然的意思——相反，我善于这样大敲我的赞助人的竹杠，甚至还引起他们一定程度的敬意。可是现在使我恼火的乃是,我开始对我自己也糊涂起来了。我的行为不是的确像个食客吗?我作为一个军官,一个成年人,可以这样一夜一夜地离开军营,受人款待吗?譬如那只金烟盒,我无论如何也不该接受。不久前,外面风特别大,她们围在我脖子上的那条丝围巾,也同样不该接受。我作为骑兵军官就不应该让人把雪茄塞在我口袋里,在回家路上抽。还有,我的天啊,那匹马的事,我明天就得马上跟开克斯法尔伐讲开!我现在才注意到,他前天嘀咕了几句,说我那匹棕色的阉马(当然,我是逐月拨还马钱的)体形已经不复神骏,他这话还真说对了。他打算从他的马厩里挑一匹三岁的小马借给我,一匹出色的快马,骑上它我可以大出风头,可是他的这个打算我觉得不合适。不错,"借给我",我明白了,他这话是什么意思!就像他答应给伊罗娜一笔嫁妆,只是为了让她守着那可怜的孩子,照料她一样,他也想收买我,用现金收买我的同情、我的笑话、我陪她度过的光阴!我这头脑简单的家伙差点上当,我没有看到,这样一来我就降低身份,变成了一个食客!

可是继而我又对我自己说:胡扯,我想起来,老人如何深受感动地抚摩我的衣袖,每次我刚跨进房门,他又如何变得容光焕发。我想起把我和两个姑娘连接在一起的那种真诚的、亲如手足的友谊。她们肯定从来也不注意我是否多喝了一杯;倘若看见了,她们也只会满心欢喜,因为我在她们那里能吃能喝。胡扯,荒唐,我连连对自己说:纯粹胡扯——老人爱我胜过我的父亲呢。

但是一旦内心失去平衡,无论我怎么自我说服、自我打气全都无济于事!我感觉到,约茨西和费伦茨鼓舌咂嘴、满脸惊愕已经彻底摧毁了我那良好的、微弱的无拘无束的心境。我不禁怀疑地反躬自问:你难道的的确确只是出于同情,只是出于怜悯才到这个富翁家里去的吗?在这后面是否也隐藏着相当分量的虚荣心和享乐欲？反正得把这事弄弄明白。我决定采取的第一个措施乃是，从现在起，我对他们的访问要隔开一段时间，明天下午对开克斯法尔伐家的例行访问就先取消。

十

所以第二天我就没到城外去。一值完勤我就跟费伦茨和约茨西两人溜溜达达地走进咖啡馆,我们看看报,然后按照老规矩开始玩塔洛克。可是我玩牌玩得糟透了,因为在我正对面,在那镶了护壁板的墙上装了一台圆形的挂钟:四点二十,四点三十,四点四十,四点五十,我不去准确地计算塔洛克的点数,却在数钟点。通常一到四点半我就走近茶桌,杯盘已经摆好,茶点已经就绪,倘若我迟到一刻钟,她们就要发问了:“今天出什么事了?”我的准时到达已经成了这样天经地义的事,以至于她们认为我像忠于职守一样,定会准时到达。两个半星期以来,我每天下午都去,没有误过一次,说不定她们现在也和我一样焦灼不安地看着钟,等了又等。我是不是至少应该给城外挂个电话,告诉他们我不去了? 还是说,最好派我的勤务兵……

“喂,东尼,你今天尽在胡打些什么牌啊,真是丢人! 仔细看好你的牌。”约茨西火了,怒气冲冲地直瞪着我。我的漫不经心害他丢了一副好牌。我连忙振作起来。

“喂,我能跟你换个位置吗?”

“当然可以,不过为什么要换?”

“我不知道,”我撒了个谎,“我想,这小屋里太闹,弄得我这样烦躁。”

实际上我是不想看那座钟,不想看分针一分钟一分钟无情地向前移动。我觉得我的神经有一种麻麻辣辣的感觉,我的思想不时飘向别处,一个念头老是不断地折磨我:我是不是还是应该去挂个电话,打声招呼。我第一次开始预感到,真正的关心是不可能像电路开关一样随意插上拔下的;凡是关心别人命运的人,一定要失掉一些自己的自由。

可是,见他妈的鬼,我骂了自己一声,我又没有义务,每天老远地颠簸半个钟头到城外去。根据感情交叉反应的秘密法则,一个发火的人不自觉地总要把他的火气发泄到不相干的人身上,就像一个弹子自己受到撞击之后总要传到别的弹子上去。同样,我的恶劣情绪不是针对约茨西和费伦茨,却去怪在开克斯法尔伐一家身上。让他们就等我一回吧!我叫他们看看,我不是用礼品和殷勤款待所能收买的,我不会像按摩师或者体操教师那样按钟点准时来到的。千万别创造出先入为主的先例,养成习惯便成了义务,我可不愿把自己拴在某个义务上。我这愚蠢的倔强脾气使我在咖啡馆里坐了三个半钟头,白白浪费了时间,一直待到七点半,仅仅为了说服我自己并且证明我是完全来去自由的,我爱什么时候来去由我自己决定,开克斯法尔伐家的好吃好喝和高级雪茄对我全都可有可无。

七点半我们一起站起身来。费伦茨建议到大街上去散会儿步。可是我跟在两个朋友后面刚走出咖啡馆,有个熟悉的身影很快地从旁走过,扫了我一眼。这不是伊罗娜吗?一点不错——我刚好在前天欣赏过她的这身深红色的连衣裙和这顶宽檐的巴拿马草帽。即使我没见过她这身衣帽,从她走路时腰肢柔软而有弹性的摆动我也可以从背后认出她来。可是她这样急急忙忙地赶到哪儿去呢?这哪是什么散步的步伐,简直是跑步冲锋啊——不管怎么样，快追上这只漂亮的鸟儿，不论它飞得多快。

“对不起。”我有点粗鲁地向我的伙伴们告辞，他们不胜惊愕。我便快步走去，尾随那条已经飘然飞过大街的裙子。因为，在我的军营世界巧遇这位开克斯法尔伐的外甥女，我的确喜出望外。

“伊罗娜，伊罗娜，站住，站住！”我在她身后直喊，她走得出奇的迅疾。最后她到底还是停住了脚步，脸上丝毫也没露出惊讶的神情。她刚才从旁走过的时候，自然早已看见我了。

“在城里遇见您，伊罗娜，可真是妙极了。我早就希望能和您一起在我们城里散散步。还是说，咱们不如到我们非常熟悉的点心铺去待一会儿？”

“不了，不了，”她低声说道，神情有些尴尬，“我有急事，家里等着我呢。”

“啊，这样，那就让他们多等五分钟吧。实在不行，我甚至于可以给您开张假条，只是为了让他们不罚您立壁角。来吧，别摆出那么严肃的神气。”

我真恨不得挽起她的胳臂。因为我真诚地高兴，在我的另一个世界里恰好遇见她，遇见这两个姑娘当中能够拿得出来的一个。如果别人，那些伙伴，撞见我和她，和这个如花似玉的姑娘在一起，那就更好了！可是伊罗娜有些坐立不安。

“不行，我真的得回家了，”她急急忙忙地说道，“汽车已经等在那边了。”果然不错，汽车司机在市政厅广场那边已经毕恭毕敬地在向我致意。

“可是我至少可以送您到汽车跟前去吧？”

“那当然，”她低声说道，神情特别心不在焉，“那当然……话说回来……您今天下午到底为什么没来啊？”

“今天下午？”我故意慢吞吞地问道，仿佛我得好好回想一下，

“今天下午？啊，是啦，今天下午真叫倒霉。上校想新买一匹战马，我们大家就都得去看一看，骑一骑。”（事实上这是一个月以前的事，我这谎撒得可真叫拙劣。）

她犹豫了一会儿，想回我一句什么。可是她为什么把手套扯个没完，她的脚为什么这么神经质地颠个不停啊？然后她突然急急忙忙地说道：“您愿不愿意至少在现在和我一起出城去吃晚饭呢？”

顶住！我赶快在心里对我自己说。不许让步！至少这仅有的一天要顶住！于是我唉声叹气表示遗憾。“真可惜，我真的非常乐意到府上去。可是今天的事都弄拧了，我们晚上有个社交晚会，我不参加不行啊。”

她盯着我，目光十分锋利——奇怪的是，在她的眉心现在也显出了一条焦躁不耐的皱纹，就像艾迪特脸上的那条皱纹一样。她一声不吭，我不知道是有意识的无礼还是不好意思开口。司机给她打开车门，她砰的一声把门关上，然后隔着车窗玻璃问道：“那么您明天来吧？”

“好吧，明天一定来。”说着，汽车已经开走了。

我对我自己不怎么满意。伊罗娜为何显出这种奇怪的匆忙样子，这种拘束的神气，仿佛她怕让人看见她跟我在一起，为什么这样急急忙忙地把车开走？再说，我至少出于礼貌也应该叫她给那位父亲捎个好，给艾迪特捎上一句什么亲切的话啊，他们可是没有招我惹我啊！可是另一方面，我对我自己的这种收敛的态度也很满意。我坚持住了。现在他们至少不能把我设想成是我硬要他们接纳我了。

十一

虽然我已经答应伊罗娜第二天下午老时间去看她们，可是为了谨慎起见我还是事先打电话去通报一下。宁可严格遵守礼仪，礼仪是安全装置。我想以此表明，我不愿做任何人的不速之客，我想从现在起，每次都询问一下，他们是否接待我的访问，我的访问是否受欢迎。当然这一点我这次去是不必怀疑的，因为仆人已经敞开大门在那儿恭候，我一进门，他就急切巴结地告诉我："小姐们在塔顶的露台上，她们请少尉先生一到就立刻上去。"他又补充了一句，"我想，少尉先生还从来没有在上面待过吧。少尉先生，那儿的景致简直美极了，您会大吃一惊的。"

这个忠厚老实的老约瑟夫说得不错。我的确从来还没有踏进过那座塔顶露台，尽管这座引人注目、奥妙莫测的建筑物常常引起我的兴趣。我在前面已经说过，这座结结实实、四四方方的塔楼，原来是一幢早已坍塌或者拆除的府邸的角楼，若干年下来，一直闲置无用，当作库房。艾迪特童年时代为了吓唬她的父母亲常常沿着相当破损的楼梯往上爬，一直爬进阁楼，那里睡眼惺忪的蝙蝠在杂货什物当中扑过来，飞过去，在那些年久朽坏的地板上每走一步，都扬起厚厚的一层灰尘和一股浓烈的霉味。这个天生喜欢想入非非的孩子正因为这座毫无用处的阁楼神秘而又闲置无用，就把它选作自己的游戏世界和捉迷藏的好地方，从阁楼透过污秽不堪的窗户可以一览无余地眺望远方。后来发生了这场灾祸，她这两条腿当时丝毫动弹不得，她再也不能希望还能用这两条腿重新爬上那些架在高处的罗曼蒂克的杂物间，她觉得自己简直像被剥夺了财产一样不幸。她父亲常常观察她如何抬起她那痛苦的目光，仰望她童年时代的这个心爱的乐园，如今这乐园突然失去了。

为了给她一个意外的惊喜，开克斯法尔伐便利用艾迪特在一所德国疗养院休养的三个月，委托一位维也纳的建筑师改建这座塔楼，在塔顶上布置一个舒适的观赏风景的露台。秋天，艾迪特的状况并无明显好转，等她回到家里，这座加高的塔楼已经安装了一部电梯，像疗养院里的电梯一样宽敞，这就使病人有机会随时坐着轮椅一直上升到她心爱的观景台。她就这样突然夺回了她的童年世界。

这位有点匆忙的建筑师当然考虑技术上的方便甚于风格上的协调，他在直统统的四边形的塔楼上扣上了一个光秃秃的六角形屋顶，这个屋顶的形状完全采用几何学上的直边，其实更适合一个船坞或者发电厂，而不大适合这座府邸的闲适惬意、纤巧花哨的巴罗克风格的形式。这座府邸大概可以追溯到玛丽亚·特蕾西亚女皇时代。但是做父亲的主要愿望确实实现了。艾迪特对这座露台欣喜若狂，它出乎意料地把她从病室的狭窄和单调之中解救出来。从自己的这座观景台上她可以用望远镜把广袤平展的原野尽收眼底，可以看到周遭发生的一切，看到播种，刈草，人们忙忙碌碌，热热闹闹。度过了与世隔绝的悠长岁月，如今又和外界建立了联系，她便一连几小时从这座观景台上俯瞰下面像灵活转动的玩具一样的火车，正吐着小小的烟圈越过原野，公路上没有一辆车能逃过她那懒洋洋的好奇的眼睛。我后来听说，她曾经好多次也用她的望远镜观看过我们骑马行军，操练，阅兵。出于一种奇特的嫉妒心，她把她这偏僻的郊游地当作她私人的小天地隐藏起来，不让他们家任何客人知道。我从这忠心耿耿的约瑟夫表现出来的本能冲动的兴奋情绪看出来，应邀进入这平素外人不得擅入的塔顶，应该看成是一种特别的褒奖。

仆人要用安装在塔里的电梯送我上去。可以从他脸上看出他的骄傲，这部价钱昂贵的运输工具是交给他一个人驾驭的。他告诉我，除了电梯之外还有一部小旋转梯子直通屋顶露台，每层楼都在旁边伸出一个小阳台，射进来的光线把转梯照亮。我一听说有小转梯，便拒绝乘电梯上去。我立刻为自己描绘出这种景象：一级级楼梯走上去，下面的原野便随之向远方延伸展开，看到这番景象，该是多么吸引人。这些狭小的未装玻璃的天窗的确每一扇都向人展现一幅迷人的图画。空气静止、晴朗炎热的夏日像一层金色的蛛网笼罩在大地上。屋舍农庄散布田野，烟囱里升起的袅袅炊烟卷成大大小小的圆圈，几乎静止不动地虚悬中天。我看见一座座屋顶铺草的茅屋，每一道轮廓都像用一把锋利的刀子从湛蓝的天穹刻画出来，屋脊上照例都筑有鹳巢，谷仓前面的养鸭池塘像磨亮的金属闪闪发光。犀舍中间蜡黄色的田野里，尽是些小人，宛如小人国里的居民。花色斑斑点点的母牛在田里吃草，妇人在除草、洗衣，阡陌纵横、田埂整齐的田野里，牛儿拉着沉重的大车，轻快的小马车一阵风似的疾驰而过。等我迈上大约九十级楼梯，我的眼睛饱看了一番远近一大片匈牙利平原，直到薄霭笼罩的天边。远处，微微升起一带青山，犹如苍茫的蓝色烟霞，也许是喀尔巴阡山，左边闪耀着我们的小城和它那蒜头形的教堂塔楼，全都缩小了，显得玲珑剔透。我单凭肉眼就认出了我们的营房、市政厅、学校、练兵场，自从我调到这个驻防地来，我第一次感觉到这偏僻世界朴素的美。

但是，不容我从容不迫地观赏这美好的景色，因为我已经登上了平整的露台，我得准备向病人问好。一开头我根本没有发现艾迪特。她坐的那把软和的圈手椅正好让那宽阔的椅背朝我，这椅背活像一个花纹斑驳的拱形贝壳把她那瘦削的身体全部遮住了。我只从旁边那张堆满书的小桌和那台开了盖的留声机看出她在这里。我迟疑，是否不要太突如其来地闯到她的跟前。这很可能使正在休息或者熟睡的姑娘吓一大跳。所以我就沿四方形的露台走了一圈，宁可面对面地径直向她走去。可是等我小心翼翼蹑手蹑脚地走到她前面，我发现，她正在睡觉。人家把她这瘦削的身体精心安放在椅子里，腿上盖了一条柔软的毯子，她那张鹅蛋形的孩子脸旁边围着微微发红的金发，靠在一个雪白的枕头上，微微侧向一边，已经西沉的落日给她的脸涂上了一层琥珀色金灿灿的健康的光泽。

我身不由己地站住脚步，利用这迟疑等待的时间仔细观看这睡着的姑娘，就像鉴赏一帧图画。因为尽管我们常在一起，我其实还从来不曾真正有过机会正眼看她。就像一切敏感的、过分敏感的姑娘一样，她总无意识地拒不让人观察。即使我在谈话过程中仅仅偶然地瞅着她，她的眉心立刻绷出那条小小的生气的皱纹，眼睛游移不定，嘴唇连连颤动，她的面部侧影几乎没有一刻静止不动。现在，她双目紧闭躺在那里，不作抵抗，一动不动，我才能观察她那张稍嫌尖削，仿佛还没长成的脸盘（我看她的时候好像在干一件不得体的事，在偷东西似的）。在她这张脸上，稚气和女性的成分掺和在一起，还加上些许楚楚动人的病容，简直迷人已极。她的樱唇微微张开，活像一个人久渴欲饮，小嘴呼吸轻柔，然而这样微微使劲已经使她那像孩子一样平坦的胸部起伏不停。那张苍白的脸，好像因为用力呼吸而精疲力竭，血色全消，靠在枕头上，旁边围着浅红色的秀发。我小心翼翼地向前走了几步。她眼睛下面的阴影,太阳穴上的蓝色血脉,鼻翼透出的玫瑰色的光泽暴露出,她那雪花石膏一样苍白的皮肤是用一种多么单薄、色泽全无的表皮在抵御外界的侵袭。我暗自寻思,一个人的神经这样无遮无拦地贴近皮下跳动,这人该会是多么敏感啊!这样轻若羽毛的躯体应该属于花仙树精,仿佛生来就该轻飞快跑,婆娑起舞,空中飘浮,可是现在却被残忍地牢牢锁在这坚硬、沉重的大地上,她得忍受多么难以估量的痛苦啊!可怜的被锁链拴住的姑娘——我又一次感到从我内心深处涌出滚滚热流,同情之心在翻腾激荡,使人痛苦地牵肠挂肚,同时又使人无比激动。我一想到她的不幸,我心里的同情心便汹涌澎湃。我的手瑟瑟直抖,渴望温柔地抚摩一下她的手臂,向她俯下身去,仿佛等她醒来一认出我,我就要从她唇边摘去那一丝微笑。每次我想到她或者看到她,在我心里,同情怜悯之中,总掺着柔情。此刻,这种感情催我走近她身边。可是别打扰她的睡眠,这睡眠使她摆脱自己,不复感到她肉体的存在!在病人睡觉的时候接近他们的心灵深处,恰好这点是妙不可言的。这时,一切使他们担惊受怕的思想全都驱散,他们的残疾忘得干干净净,于是有时候在他们半开半合的唇上落下一丝微笑,就像一只蝴蝶飞落在一片娇弱纤细的叶片上,这是一缕陌生的微笑,根本不属于他们自己,一醒过来,也就立刻吓走了。我心里暗想,一切残疾在身、肢体伤残,被命运剥夺了健康躯体的人,至少在睡梦中不知道他们的身体畸形与否,那温柔的骗人的酣梦至少在梦乡里赋予他们美丽匀称的身体,蒙骗他们,那受苦受难的病人至少在这四周昏黑的酣梦世界里能够逃脱和他的肉体紧密相连的诅咒。然而最最使我动心的是那双手,这双手叉在一起在毯子上,手指伸开,隐隐约约可以看见皮下的血管,手上的关节脆弱瘦削,尖尖的指甲泛出淡淡的蓝色—— 一双纤小娇嫩的手,血色全无,荏弱无力,它的力气也许只够用来抚摩小动物,什么鸽子啊,小兔啊,可是要抓住什么,握住什么,就嫌力气不足了。我内心深受震动,暗自思忖:用这样荏弱无力的一双手,又怎么能抵御真正的苦难?怎么能赢得什么东西并且牢牢抓住?我一想到我自己的一双手,简直有些反感。我这双手结实、沉重、肌肉发达、强壮有力,只消一勒缰绳,就能驯服最不听话的烈马。我的目光这时也不由自主地落在那条毯子上。这条毛茸茸的毯子,沉重地压在她那两个瘦骨嶙峋的膝盖上,对于这个像小鸟一样轻巧的姑娘实在过于沉重。就在这块不透明的外壳下面,一动不动地搁着她两条无力的腿,就像死腿一样,拴在那个钢铁的或者皮制的机簧上面,我不知道这两条腿是砸烂了,瘫痪了,还是只不过虚弱无力,我从来没有勇气去问一声。我想起来了,她每走一步,这套残忍的机器就像拴在脚镣上的铁球似的沉甸甸地悬挂在行动不便的脚关节上,她得不断地拖上这套令人恶心的东西,叮叮当当叽嘎乱响地往前走,这个娇嫩异常、弱不禁风的姑娘,恰好是她,大家觉得,她快步迅跑,随风轻飏,空中飘浮远比慢步走路来得自然!

想到这些我情不自禁地打了一个寒噤,浑身猛地一颤。当下我从头到脚一阵哆嗦,颤动得这么厉害,以至我的刺马针也随之叮叮乱响。这清脆的叮叮声只可能是一阵十分轻微、难以听见的声响,可是似乎已经穿透了她那淡淡的睡梦。姑娘受到惊扰,深深地吸了口气,还没有睁开眼睛,可是她的双手已经开始惊醒:两手松松地舒展开来,伸直,绷紧,就仿佛十个指头一觉睡醒在打呵欠。然后她的一双眼皮眯成一条缝,模样迷人,眼睛向四下探视,愕然不知身在何处。

她的目光突然发现了我,立刻就呆住了。这仅仅是视觉接触到了观察的对象，还没有传到大脑，形成有意识的思维和回忆。可是她身体猛地一震，她完全清醒过来，认出了我，热血一下子从心脏直往上涌，她的双颊绯红，红里透紫。又好像是在一只水晶杯里陡然间斟进了红葡萄酒。

“真该死，”她说着，眉头紧蹙，伸出手，神经质地一把抓住滑下去的毯子往身上一拉，仿佛我撞见她赤身裸体似的，“我真该死！我一定睡着了一会儿。”说着，她的鼻翼就已经开始轻轻翕动。我知道这是山雨欲来的信号。她直愣愣地望着我，一脸挑衅的神气。

“为什么您不马上把我叫醒？人家睡觉的时候不应该看人家！这是不合适的。每个人睡着的时候都很可笑。”

我体贴她，反而惹她生气，这使我非常难堪，我便设法说句愚蠢的玩笑话来给自己解围。我说：“宁可睡着显得可笑，也别醒着显得可笑。”

可是她已经用双手撑着扶手把自己身子抬高，眉心的皱纹刻得更深，此刻她的嘴唇也颤动不已，预示风暴即将来临。她的目光锋利地逼视我。

“您昨天为什么没有来？”

这猛然一击来得如此突然，我竟一时语塞。可是她已经像宗教裁判长那样继续诘问：

“我看，您一定有个特殊的原因，才让我们干坐着傻等。要不然您至少会打个电话来关照一声。”

我这个笨蛋！恰好这个问题我应该事先料到并且预先准备好一番话来回答啊！可我无言以对，只是窘迫地倒换脚步，来回重复那老一套的遁词，说我们突然要检查新来的后备马匹。我到五点钟的时候还存着溜走的希望，可是上校还叫人牵匹新马给我们大家看看,如此这般,如此这般。

她的目光呈铁灰色,冷峻而又锋利,直盯着我,一动不动。我唠叨得越是拖泥带水,她的目光便显得越加怀疑。我看见她放在扶手上的手指一张一合,抽动不已。

"是这样,"末了她冷峻而生硬地答道,"那么这个检查后备马匹的动人故事后来是怎么收场的呢?上校先生临了买下了这匹崭新的战马了吗?"

我已经感觉到,我说漏了嘴,捅了娄子。她用她那只空手套在桌上敲了三下,仿佛她想把她关节里的不安情绪摔掉。然后她抬起眼睛,用威胁的神情望着我。

"现在您快收起这愚蠢的谎话吧!您说的这番话没有一句是真的。您怎么敢把这些胡言乱语说出来给我听?"

空手套敲在桌面上,越敲越使劲。后来她干脆毅然决然地把它用力扔掉。

"您说的这派胡言没有一句是真的!全是假话!您根本没到养马场去过,您也没有检查过什么后备马匹。四点半钟您就已经坐在咖啡馆里了,据我所知,没人把马骑到咖啡馆里去过。您别蒙骗我!我们的司机很偶然地在五点半还看见您坐在那儿玩纸牌呢。"

我还一直无言以对。可是她猛地把话锋一转:

"话说回来,我为什么要在您面前躲躲闪闪?难道因为您没说实话,就要我跟您捉迷藏?我可不怕说实话。好吧,为了让您知道实情——不是,我们的司机并不是碰巧在咖啡馆里看见了您,而是我特地派他进城去打听一下,您到底出了什么事。我原来以为,您是病倒了或者遭遇了什么不幸的事情,因为您连电话也没挂一个……好吧,您也可以想象一下,我这人是神经质的……人家叫我等,我受不了,这种事我干脆就受不了……所以我派司机进城去。但是他在军营里听说,少尉先生身体蛮好,正在咖啡馆玩塔洛克。于是我又请伊罗娜去打听一下,您为什么这样粗暴地对待我们……是不是我前天说了什么,得罪了您……我这人真该死,说话老控制不住自己,有时候的确很胡来……就说这些,为了让您看到这情况——我可并不羞于向您坦白承认这一切……而您却端出这些幼稚可笑的遁词——您难道自己不觉得,朋友之间这样漫天撒谎是多么丢脸?"

我想回答几句——我相信,我甚至有勇气把费伦茨和约茨西的那桩愚蠢的故事原原本本地说给她听。但是她暴躁地命令我:

"现在别再编新的动人故事了……千万别再说新的假话,我可再也受不了啦!我每天都吞进去大量的谎话,都撑得我要吐出来了。大家从早到晚总拿定心丸喂我:'你今天气色好极了,你今天走路利索极了……好极了,情况已经大大好转,好多了。'——老是同样的定心丸,从早喂到晚,没有一个人发现我都快被这些丸药憋死了。您为什么不直截了当地说:'我昨天没空,没有兴趣。'我们又没有把您长期包下来,您只要打个电话,通知我一声:'我今天不到城外来了,我们宁可在城里快快活活地溜达溜达。'再没有什么别的比您这样做更使我高兴的了。每天在这里扮演一个慈悲为怀的看护,有时候定会使您受不了。一个成年男子宁可策马出游或者迈动健康的双腿散步闲逛,也不愿成天坐在陌生人家的椅子里打发光阴。您以为我傻到这步田地,竟连这点道理都不懂得?只有一件事我深恶痛绝,我受不了:那就是谎话连篇,撒谎骗人——这种谎话把我浑身上下都盖得严严实实的。我并不像你们大家想的那样愚蠢,一句两句真情实话我还是经受得起的。您瞧,几天前我们新雇了一个波希米亚的洗衣妇,原来那个死了。第一天——她还没有跟任何人说过话呢——她看见人家帮我拄着拐杖走过去坐到圈手椅里。她吓得把毛刷子都掉在地上，大叫起来：‘老天爷啊，多不幸，多么不幸啊！这么有钱、这么高贵的一位小姐……竟是个残废！’伊罗娜像个疯子一样大骂这个诚实的女人，他们马上就想把这可怜的女人辞退，撵走。可是我呢，我却觉得非常高兴。她的惊慌失措使我心情舒畅，因为一个人毫无思想准备看到我这副样子，大吃一惊，是真诚的，是人之常情。我也就立刻送她十个克朗，她马上就跑到教堂里去，为我祈祷……我一整天都还为这件事情感到高兴呢。是的，的的确确感到高兴，因为我终于了解到，如果一个陌生人和我初次见面，他心里真正的感觉到底是什么……可是你们，你们总认为应该用你们虚假的细腻感情来‘体贴’我，你们自以为用你们那些该死的体贴到末了还使我心里好受呢……可是你们难道以为，我头上没长眼睛？你们难道以为，我从你们喋喋不休、讷讷不吐的废话后面，没有感觉出在那个正派女人，那个唯一的诚实女人身上表现出来的同样的惊慌和不安？你们以为，我没有觉察到，我一去抓住拐杖，你们就突然屏住呼吸，然后又急急忙忙地勉强自己没话找话地聊天，只是为了让我无所觉察——你们老是让我吃安神剂加白糖，白糖加安神剂，老让我吃这些叫人恶心的玩意，就好像我没有把你们看透似的。啊，我知道得一清二楚，每次你们在自己身后关上房门，让我像条死狗似的躺在那儿，你们就松了口气……我知道得很清楚，你们虚情假意地叹息：‘这可怜的孩子。’可是同时你们对自己又极端满意，因为你们这样体贴入微地为这‘可怜的、患病的孩子’牺牲了一两个钟头，可是我不要任何人的牺牲！我不愿意你们觉得有责任每天端一盘同情心给我吃——我对这种慈悲为怀的同情心嗤之以鼻——断然地嗤之以鼻——我不要任何人的同情！如果您愿意来，那么就来，如果不愿意来就不来。但是请您老老实实,不要编什么检查后备马匹呀,试骑新马呀这样的故事!我实在……我实在再也受不了谎话连篇,再也受不了你们那些叫人恶心的体贴了!”

她把最后几句话像连珠炮一样射了出来,完全失去了自持,眼睛冒火,脸色惨白。然后突然爆发一阵痉挛。她的头似乎精疲力竭,倒在椅子靠背上。隔一会儿,她那因为激动还在瑟瑟直抖的嘴唇才渐渐泛出血色。

“好了,”她轻轻地舒了口气,似乎有点害臊,“这些话总得说出来才好!现在这事算了结了。咱们别再往下谈这件事了。请您……请您给我一支烟。”

接着我便碰上了一件怪事。我平时一向很能控制自己,两只手有力而又坚定。可是她这番出人意表的感情发作使我深受震动,我觉得手脚都像瘫痪了一样。在我一生中还从来没有什么事情使我这样惊慌失措过。我十分费劲地从烟筒里取出一支烟,递给她,点燃一根火柴。可是把火柴递过去的时候,我的手指哆嗦得那么厉害,都没法把燃着的火柴拿稳,火苗一偏,火就灭了。我只好再点第二根火柴。这第二根也在我那哆哆嗦嗦的手里晃了一阵,才把她的烟点燃。她看见了我这明显的笨手笨脚的样子,大概清楚地觉察到我内心的震动。因为她突然用另外一种声音轻声问我,声音里流露出惊讶和不安:

“您怎么啦?您直哆嗦……什么……什么事叫您这么激动?……这一切跟您又有什么相干?”

火柴棍上的小火苗熄灭了,她颇为惊愕地喃喃自语:“您怎么会因为我说了这一篇蠢话便大大激动起来?……爸爸说得对:您真是一个……一个非常古怪的人。”

这一瞬间,在我们身后响起轻微的嗡嗡的声音。这是一直通到我们露台上来的电梯的响声。约翰[①]打开电梯门,开克斯法尔伐走了出来,还是那种负疚、胆怯的样子,这使他一走近这个患病的姑娘老是莫名其妙地缩着肩膀。

---

① 仆人约瑟夫,原文误写成约翰。

十二

我连忙站起来,向走来的开克斯法尔伐问好。他拘束地点点头,马上俯下身子,吻吻艾迪特的前额。然后出现了一片奇怪的沉默。在这所房子里,人人都能互相感觉到发生在别人身上的一切。毫无疑问,这位老人想必也感觉到,刚才在我们两人之间曾经出现过危险的紧张气氛。所以他此刻低垂着眼睛,忐忑不安地坐在那里。我发现,他恨不得马上又逃回去。艾迪特设法打破僵局。

"你想想看,爸爸,少尉先生今天还是第一次看见这个露台呢。"

"可不是,这儿简直美极了。"我便说道,可是立刻我就很难堪地意识到,我说了一句应景的陈词滥调,令人羞愧,我马上住口了。为了摆脱这种拘谨的局面,开克斯法尔伐向圈手椅俯下身子。

"我担心,过一会儿这里对你会太凉。我们不如下楼去好吗?"

"好吧。"艾迪特答道。我们大家都很高兴,这样一来,可以胡乱忙一气,分散一下注意力,把书摞起来,给她围好披肩,摇摇小铃。这幢房子里每张桌子上都有一个小铃,这儿也有一个。两分钟以后电梯隆隆地开了上来,约瑟夫小心翼翼地把这下肢瘫痪的姑娘坐的圈手椅一直推到电梯里。

"我们马上就下来,"开克斯法尔伐温情脉脉地向女儿招手,

"你是不是梳洗一下准备吃晚饭？我可以在这段时间里和少尉先生一起在花园里再散会儿步。"

仆人关上电梯的门。载着瘫痪姑娘的轮椅直往下沉，就像降入一个墓穴。老人和我都不由自主地别过头去。我们两个都沉默不语，可是倏然间我感觉到，他畏畏缩缩地向我走近。

"倘若不打扰您的话，少尉先生，我很想和您谈件事情……这就是说，我有件事求您……咱们到对面管理处我的办公室去好吗……我的意思当然只是，如果您不觉得厌烦的话……否则……否则我们当然也可以在花园里散散步。"

"怎么说厌烦，我只是深感荣幸，开克斯法尔伐先生。"我答道。这时电梯又隆隆直响地开回来接我们。我们乘电梯下去，迈步走过院子向管理处走去。我发现，开克斯法尔伐小心谨慎地挨着房子，贴着墙根，轻手轻脚往前走，缩着身子，好像他怕被人当场捕获似的。我没有别的办法，也身不由己地迈着同样轻悄、谨慎的步伐跟在他身后。

他在这座低矮的、粉刷得不甚干净的管理处的尽头打开一扇门。这扇门通向他的账房，这房间的布置也不见得比我在军营里的那间房间讲究多少：一张便宜的写字台，木头都糟了，用了有些年头了，几张污渍斑驳的旧草垫沙发，墙上的糊墙纸破破烂烂，外面挂着几张旧的表格，显然已经多年没用了。屋里发出的霉味使我很不愉快地想起我们自己政府部门的办公室。我扫了一眼就看出——这短短几天我学会理解多少事情啊——这位老人把一切奢侈品，一切舒适的条件全都给了他的女儿，而他自己生活简朴，活像个吝啬成性的农民；因为他走在我前面，我第一次看到他的黑上衣肘部已经磨得发亮，大概这件衣服他已经穿了十年或者十五个年头了。

开克斯法尔伐把账房的一张宽敞的、黑皮高脚椅子推给我，这是唯一的一张舒服椅子。“请坐，少尉先生，您请坐。”他说道，口气温柔而又急迫，同时他自己趁我还没来得及伸手，又把一只摇摇晃晃的草垫沙发拉过来。于是我们坐着，挨得很近，他可以开口了，他现在应该开口了，我怀着一种可以理解的焦灼不耐的心情等他开口说话，因为他拥有万贯家私，是个百万富翁，他又能有什么事情有求于我这么一个穷酸的少尉呢。但是他执拗地低着头，仿佛他正在热心地观察他脚上穿的鞋。我只听见他向前微倾的胸中发出阵阵呼吸，费劲而又急促。

开克斯法尔伐终于抬起头来，额上湿淋淋的，布满了汗珠，他摘下了罩上雾气的眼镜。没有这层闪光的镜片的保护，他的脸立刻变了样，仿佛显得更赤裸，更可怜，更富悲剧性。近视眼往往是这样，没戴加强视力的眼镜，就显得呆滞得多、疲劳得多。我从他微微发炎的眼睑也看出，这位老人睡眠很少、很坏。我又感觉到在我内心深处，那股热浪翻滚——我现在知道了：这是同情之心油然而生。霎时间，我不再是坐在封·开克斯法尔伐这位富翁面前，而是坐在一个愁肠百结的老人面前。

现在他干咳两声，开口说：“少尉先生，”他的嗓子似乎生了锈，还一直不听他的使唤，“我想求您帮我个大忙……我当然知道，我没有权利麻烦您，您几乎还不怎么认识我们……话说回来，您完全可以拒绝……不言而喻，您可以拒绝……我这个说不定是非分之想，是强人所难，但是我从第一眼看见您，我就信任您。谁都立刻感觉到，您心地善良，乐于助人。是的，是的，是的。”我想必作了一个推辞的手势——“您心地善良。您身上有一种东西，使人心里踏实，有时候……我有一种感觉，仿佛您是派来帮助我的，是被……”说到这里他打住了，我感觉到，他是想说“天主派来的"，只是没有勇气说出来罢了——"派您到我这里来，让我能和您说说心里话……话说回来，我向您请求的东西并不多……瞧我这样一个劲地说啊说啊，也不问问您是否愿意倾听我的话。"

"当然愿意。"

"谢谢您……人老了，阅世深，只要把一个人看上一眼，就能洞察他的肺腑……我知道，心地善良的人是什么样子，我是从我妻子身上了解这一点的，愿天主保佑她幸福……她先我而死，这是我遭受的第一个不幸，可是我今天对我自己说，也许这样反而更好，她用不着亲眼看见这孩子遭到的厄运……她要活着，是受不了这个打击的。您知道吗？这事在五年前是怎么开始的……我起先根本不相信，这种状况会持续这么长久……你叫人怎么能想象，这个孩子和其他所有的孩子一样，又跑又玩，飞来转去，活像个陀螺……可是突然之间说是这一切全都完了，永远完了……另外，我们从小到大，都对医生怀着敬畏之情……在报纸上读到，他们能够创造什么样的奇迹，他们能缝补心脏，移植眼睛，说是这样……所以我们这种人也就坚信，把一个孩子……一个生来健康，并且一直非常健康的孩子，很快地治愈，应该是再容易不过的事情，他们一定能够办到……因此我开头的时候并不吃惊，因为我从来也不相信，一刻也没相信过，天主会干出这种事情来，他会把一个孩子，一个无辜的孩子永远击毁……可不是，要是落在我的头上——我的双腿带着我东跑西颠的时间已经够长了，我现在还要它干啥……再说，我不是什么好人，我干过许多坏事，我也……唉，什么呀，我刚才都说了些什么呀？……是的，不错，要是落在我的头上，我还可以理解。然而天主怎么能打得这么'偏'，去打在冤枉的、无辜的人身上……又怎么能叫我们这些人理解，一个生龙活虎的人，一个孩子身上两条腿会突然死去，就因为无缘无故的，有这么种细菌,大夫们是这么说的;他们认为,这样一来就说出了什么名堂……然而这只是一句空话,只是一个借口,另一方面实实在在的是,孩子躺在那里,一下子肢体发僵,不能再走,不能再动,而你自己站在旁边,一点抵御的能力也没有……这事我怎么也不能理解啊。”

他用手背使劲地擦去汗湿的、凌乱的头发上的汗水。“当然,我请教了所有的名医……只要哪儿有一位高手名医,我们就驱车前往……我把他们大家都延请到我家来,他们侃侃而谈,用拉丁文发表意见,讨论,会诊,这一位用这种方法试试,另一位又用那种方法试试,然后他们就说,他们希望,他们深信,如何如何,说罢拿了钱就走,一切又依然如故。这就是说,病情有所好转,其实已经大大好转。从前她一直不得不仰卧平躺在床上,全身都已经瘫痪……现在至少双臂、上身恢复正常,她可以独自撑着拐杖走路……有所好转,不,应该说,大大好转,我不能冤枉人家……但是还没有一个人帮助她痊愈……所有的大夫都无可奈何地耸耸肩膀,说道:耐心一点,耐心一点……只有一个医生始终坚持给她治病,这就是康多尔大夫……我不知道您是否听到过他的名字。您不也是从维也纳来的吗?”

我只好说不认识。我从来没有听见过这个名字。

“当然啰,您怎么会认识他呢,您身体健康,无病无痛,而他也不是那种为自己大吹大擂的人……他根本不是教授,连讲师也不是……我也不相信他的诊所生意兴隆……这就是说,他并不去给许多病家治病。他本来就是个奇人,一个非常特别的人……我不知道,我是否能把这点给您解释清楚。他对那些寻常的病例,每一个庸医都能治疗的病例,不感兴趣……他感兴趣的只是那些疑难病症,别的大夫耸耸肩膀扬长而去的那些病症。我这人不学无术,我当然不能说康多尔大夫远比别的大夫高明……我只知道，他的心地比别人更加善良。我第一次和他相识是在我内人患病的时候，我看见他为救治她而奋斗……他是唯一的一个直到最后一刻都不愿屈服的人。我在当时就已经感受到了——这个人亲身经历了每个病人的生与死。他，我不知道，我是不是把话说清楚了……他正好有某种激情，要比疾病更加顽强……不像别的大夫，野心勃勃，只想挣钱，只想当上教授和宫廷顾问……他并不是从自己出发来考虑问题，而总是为别人着想，为病人着想……啊，他真是个奇妙的人。”

老人说着说着，激动起来，他的眼睛，刚才还显得疲倦，此刻闪着强烈的光芒。

“真是个奇妙的人，我跟您说吧，他绝不丢下任何人不管。对他来说，每一个病例都是一种责任……我知道，我没能把这些话表达清楚……可是在他身上的确是这样，他要是帮不了病人的忙，就觉得仿佛欠了这个病人一笔债似的……他觉得自己欠了病人的债……因此——您会不相信我这番话的，但是，我向您发誓，这事的确是真的——有这么一次，他的意图未能成功……他答应一个行将失明的女人，一定把她治好……等到她后来真的双目失明，他就娶了这个瞎眼女人为妻，您想想看，他年纪轻轻的竟然娶了一个瞎眼的女人，这女人比他大七岁，长得不美，也没财产，是个歇斯底里的女人，现在成天拖累他，而且对他丝毫没有感激之心……可不是吗，这事让人看出，他是个什么样的人，您这就明白了，找到这样一个人，我是多么幸运……这个人关心我的女儿就像我自己一样。我也把他写进了我的遗嘱……要是有什么人会帮助我的女儿，那就是他，愿天主保佑！天主保佑！”

老人把双手合并起来，像在祈祷。然后他猛地一震，向我身边更挪近一些。

“现在您听我说，少尉先生。我是有件事情求您。我刚才已经跟您说了，这位康多尔大夫是多么关心别人……可是您瞧，您明白吗……正因为他心地如此善良，这也就使我心里十分不安……我总担心，您明白吗……我担心他为了体贴我没有跟我说实话，没有把全部真情告诉我……他总是一个劲地向我许愿，安慰我，说这孩子的病情一定会好转，她一定会完全恢复健康……可是，只要我仔细追问，什么时候她会病愈，这病还要拖多久，他就避而不答，只是说：耐心点，耐心点！可是我总得心里有数啊……我老了，而且身上有病，我总得知道，我是否能看到这一天，她是否真能复原，完完全全地恢复健康……啊不，请您相信我，少尉先生，我再也不能这样生活下去了……我必须知道她是否确有病愈的把握，什么时候能够痊愈……我必须知道这一点，这种心里不踏实的状况我再也忍受不下去了。”

激动之余，他站起身来，急匆匆地使劲迈了三步，走到窗前。我已熟悉他的这种动作。每当他热泪盈眶之际，他就这样猛地扭过头去，企图掩饰。他也不要别人的同情——因为父女俩是相似的啊！与此同时，他的右手笨拙地伸进他那阴森森的黑上衣背后的口袋里，掏出一块手绢，然后他就假装擦汗，似乎只是从额上拭去汗水，可是白费力气！我已经清清楚楚地看见了他那发红的眼圈。他在房里来来回回地踱了一两圈，只听见一阵阵低声呻吟，我不知道是年久朽坏的地板在他脚下给踩得直响，还是他自己，这年迈老朽的人发出的叹息。然后他就像一个游泳的人在蹬足游出去之前又吸了口气。

“请您原谅……我想说的并不是这个……我想说什么来着？啊，是这样……明天康多尔大夫又要从维也纳来，他已经打电话来通知过了……他总是定期隔那么两三个礼拜来一趟,看看情况如何……要是依着我,我压根儿就不让他再走……他完全可以住在这儿,住在这幢屋子里,我可以付给他任何报酬。可是他说,他需要有一定的距离来观察,为的是……一定的距离,为的是……是啊……我想说什么来着?……我知道了……就是说他明天要来,明天下午他要给艾迪特检查身体。他每次来都要留下来吃晚饭,夜里乘快车回去。这样我心里就盘算起来,要是有这么个人,一个素昧平生的人,一个完全不相干的人,一个他根本不认识的人,完全出乎偶然地问他……完全是巧合,就像人家碰巧打听一个熟人的近况似的……问他,这种瘫痪症究竟是怎么回事,问他究竟这孩子是否会恢复健康,完全恢复健康……您听见吗?完全恢复健康。究竟他认为,这要多少时间……我觉得,他是不会对您说假话的……他总用不着照顾您的情绪,总可以把真实情况说给您听吧……在我身上,他也许有所顾忌,我是做父亲的,我是个有病的老人。他知道,听见实话会使我心碎……可是当然啰,您不能让他觉察到您已经跟我谈过了……您必须非常碰巧地谈起这件事情,就像人家顺便向大夫打听什么似的……您愿意……您会为我做这件事吗?”

我怎么能拒绝呢?我面前坐着一位眼泪汪汪的老人,等我说个“行”字就像等待末日审判的号角声一样。不消说,我满口答应。他猛的一下子向我伸出双臂。

“我早就知道了……那时候,您去而复回,并且待我的女儿那么好,那时候我就知道了,在……之后,好了,您明白了……我早就知道了,您是个了解我的人……您,只有您会为我去问他……我答应您,我向您发誓,无论事先事后,谁也不会知道这件事情,艾迪特也罢,康多尔也罢,伊罗娜也罢,都不会知道……只有我会知道,您帮了我一个多大的忙,效了多大的劳。”

“何必这么说呀,封·开克斯法尔伐先生……这的的确确只是小事一桩啊。”

“不然,这不是小事……您这是帮了我一个非常大的忙……很大的忙……重大的效劳,如果……”说到这里他缩了一下身子,他的声音也仿佛有点羞怯地缩了回去——“……如果我这方面有朝一日……能为您做点什么……也许您需要……”

我想必作了一个大吃一惊的动作(莫非他想马上付钱给我?),因为他结结巴巴地匆匆补充了几句,每次他十分激动,说话总是结结巴巴的。

“不,不,请您别误会我……我指的……我指的并不是物质方面的东西……我指的只是……我是说……我有很好的关系……我在政府各部认识好些人,在陆军部也有熟人……在今天这年头,有个把熟人,必要时可以找他帮忙,总是件好事……我说的自然只是这个意思……每个人都会有需要人家帮忙的时刻……就是这个意思……我想说的就是这个意思。”

他十分羞怯、狼狈地把他的双手伸给我,这种神情使我感到难为情。整个一段时间里他没有正眼看过我一眼,而总是低头敛目,像在同他自己的双手讲话。直到现在他才忐忑不安地抬起眼来,手指瑟瑟直抖地摸到他那搁在一边的眼镜戴上。

“也许咱们现在,”他接着喃喃地低声说道,“还是到那边去好,要不然……要不然我们走开这么长时间,会引起艾迪特注意的。可惜对待她得无比地小心谨慎;自从她生病以来,她……她不晓得怎么搞的,感觉比别人敏锐得多。她待在自己的房里,足不出户,可以知道家里发生的所有事情……你还没有把话说出来,她就猜到了你的全部心思……到末了她会……所以我想建议,趁她还没有产生怀疑,我们就到那边去吧。”

我们就到那边去。艾迪特坐在轮椅里,已经在客厅里等着了。我们进去的时候,她抬起她那灰色的锋利的眼光,仿佛想从我们有些尴尬地低垂着的额头上看出我们两个方才谈了些什么,因为我们一点口风也不露,所以她整个晚上明显地沉默寡言,沉思默想。

十三

开克斯法尔伐希望我尽可能大大方方地向这位我还没见过面的医生打听这个瘫痪姑娘是否可能康复，这件事我在老人面前说成是“小事一桩”，表面上看来，这也的确只不过给我添了一点微不足道的麻烦而已。但是我很难描绘，这个出乎意料的使命对我个人具有多么重大的意义。一个年轻人意外地发现自己面临一个任务。他得完全凭他自己的首创精神和个人力量去完成这一任务，还有什么别的东西比这更能提高他的自信心，促进他性格的形成呢？不消说，以前也已经有责任落到我身上过，可是这总是一种公务上的责任，一种军事上的责任，仅仅是我作为军官，奉上级长官的命令，得在一个规定得很狭小的影响范围内执行的任务，譬如指挥一个骑兵中队啦，领导一个运输队啦，采购马匹啦，调解士兵的纷争啦。所有这些命令及其执行可都是在国家规定的标准之内的，总是和手写的或者印就的训令联结在一起的，碰到疑难的情况，我也只消请教一下一位年岁较大、阅历较多的同事，就能极有把握地完成我的任务。开克斯法尔伐的请求则相反，它不是诉诸我身上作为军官的我，而是那个我自己还把握不住的内在的我，这个我的能力及其限度还有待我去发现呢。而这个素昧平生的人在困厄之中恰好在他所有的朋友和熟人当中选中了我。这种信任比我迄今为止所获得的一切公务上的褒扬或者伙伴们的赞美更使我感到幸福。

当然,这种喜悦也和某种惊愕交织在一起,因为它最近让我看到,我迄今为止的关心同情是多么迟钝和疏忽。我和这家子交往了好几个星期,怎么竟然会连最自然不过,最不言而喻的问题都没有问过:这可怜的姑娘会老是这样瘫痪下去吗?妙手回春的医术就不能为这肢体的衰弱找到一种治疗方法吗?我竟然一次也没有向伊罗娜,向病人的父亲,向我们团里的军医打听过这件事,我完全宿命论地把瘫痪这一事实当作现实接受下来,这真是难以忍受的耻辱。因此,多年来折磨这位父亲的不安心情像一颗枪弹一直射进我的心里。倘若那位大夫真能把这姑娘从她的苦难中解救出来,该有多好啊!倘若这两条可怜的被束缚住的腿又能自由自在地迈开大步,这个被上苍欺骗的造物又能再一次在迅跑时飘然飞起,上楼下楼,像阵轻风似的在空中追逐她自己的笑声,满怀喜悦,幸福无比,该多好啊!这种可能性像一阵令人陶醉的醉意控制了我。我心里暗自描绘,那时候,我们就两个人、三个人一起,骑马在田野上奔驰,她不再在她的囚室里等待我,而已经能够在大门口欢迎我,并且陪我一起出去散步,想想这些,真是其乐无比。我现在焦躁不耐地数着钟点,只想尽快地向那个陌生的医生去打听,也许比开克斯法尔伐自己更加焦躁不耐。在我一生中没有一项任务对我有这项任务这么重要。

因此第二天我比平时到得早(我为此特地请了假)。这次就伊罗娜一个人接待我。她对我说,大夫已经从维也纳来了,此刻正在艾迪特房里,这次似乎在对她进行特别仔细的检查。他在那里已经两个半钟头了,估计艾迪特在检查以后身子会过于疲乏,不会再过这边来,这次我只好权且和她一个人做伴了——这就是说,伊罗娜又添了一句,如果我别无更好的打算的话。

我愉快地从她的这句话里知道（只有两个人共同保守一个秘密，总是使人虚荣心得到满足的），开克斯法尔伐并没有让伊罗娜知道我们两人之间达成的协定。可是我丝毫不动声色。我们下象棋消磨时间，就这样过了好大一会儿，我们才焦躁不耐地听到隔壁房里响起脚步声。开克斯法尔伐和康多尔大夫终于一边热烈地谈论着，一边走进屋来。我必须拼命控制住自己，为了把某种惊愕的情绪硬压下去，因为我一看见这位康多尔大夫，我的第一个印象便是大失所望。如果我们还不认识某个人，而已经听人说起过这个人许多有趣的事情，那么我们的视觉想象力总会事先悬想出一个形象，并且毫不吝惜地把它记忆中最珍贵、最罗曼蒂克的材料用来使这个形象充实丰满。开克斯法尔伐给我把康多尔描绘成一个天才的医生，为了给我自己设想出一个天才医生的形象，我就死死抓住那些公式化的特征，平庸的导演和剧院理发师就靠这些特征把“大夫”这一典型送上舞台：一张脸绝顶聪明，目光犀利逼人，举止矜持自尊，言语光彩夺目、才气横溢——我们总是一再不可救药地陷入这样一种妄想，似乎大自然总是用一种特别的姿态来使特殊人物与众不同，叫人第一眼就能看出。因此当我猝不及防地得跟一位矮个子、一个胖乎乎的先生鞠躬敬礼时，我简直像肚子挨了一拳那样难受。这位先生近视眼、秃脑瓜，一套发皱的衣服沾满了烟灰，领带打得歪歪扭扭，在那副廉价的钢架夹鼻眼镜后面向我射来的并不是我原来梦想的那种诊断如神的犀利目光，而是一道无精打采，甚至可说是瞌睡蒙眬的眼光。开克斯法尔伐还没有跟我介绍，康多尔就已经把一只汗津津的小手伸给我，并且马上又转过身去，在烟桌旁点燃一根烟卷，然后懒洋洋地伸欠伸欠他的四肢。

“好了，事情办完了。不过，我得立刻向您承认，亲爱的朋友，我已经饥肠辘辘。要是我们待会儿就能有饭吃，那就妙不可言了。

倘若晚饭还开不出来，也许约瑟夫可以先给我端点什么点心来，来块黄油面包或者随便什么。”说着，他大模大样地在圈手椅里坐了下来，“我老是忘记，恰好是下午的这班快车没有餐车。这又是咱们典型的奥地利国家漫不经心的表现……”接着，“啊，好极了，”康多尔一见仆人推开餐厅的活动门便中断自己的话头，“你的准时我们是完全可以放心的，约瑟夫。为此我也要给你们的大师傅一点面子。今天我真该死，急着赶来赶去，连吃午饭的工夫都没有。”

说着，他就干脆大踏步走进餐厅，也不等我们，就径自坐下，胸前塞好餐巾，急急忙忙地喝起汤来。我觉得他喝汤的声音太响了一点。在他慌慌张张地忙着吃饭那工夫，他既不跟开克斯法尔伐交谈一句，也不跟我说句话。似乎他专心致志地只忙着吃饭，与此同时，他两只近视眼则瞄准着酒瓶。

“好极了——你们名闻遐迩的斯错莫罗特纳酒①再加上一瓶九七年②的佳酿！这种酒我上次来就品尝过了。单单为了这种酒就应该乘火车到你们这儿来。别斟，约瑟夫，先别斟酒，最好先给我来杯啤酒……好，谢谢。”

他大吸一口，干了这杯啤酒，然后，从很快就端上来的大盘子里夹了几大块菜肴放在自己盘里，就开始慢条斯理、舒舒服服地咀嚼起来。他似乎根本就没有注意到我们的存在。于是我就有时间从侧面观察这个埋头吃喝的客人。我十分失望地发现，这位受到人家热情称赞的大夫，长了一张俗不可耐、臃肿不堪的脸，圆得像个满月，上面布满了坑坑洼洼和大小脓疱，鼻子长得像个土豆，下

① 一种匈牙利酒。

② 一八九七年酿造的酒，在故事发生时（一九一四年）已是陈年佳酿。

巴松弛，看不见轮廓，红红的面颊上黑乎乎的一片胡子楂，脖子又圆又短——总而言之，就是维也纳人用方言称之为“酒肉朋友”的那号人，也就是一个享乐派，脾气挺好，唠叨个没完。他就是这样舒舒服服地坐在那里大吃大嚼，西装的背心揉皱了，纽扣解开了一半，渐渐地，他咀嚼时的那股坚韧不拔不慌不忙的劲头惹我生起气来——可能是因为我回忆起来，就在这同一张餐桌旁，中校和那位工厂主如何殷勤热情、彬彬有礼地对待我。可是也可能是因为我心里有某种顾虑，这个喜欢大吃大喝的胖家伙，每次把酒送到嘴里咂吧着品味之前，总把酒杯举起来对着灯光照一照，如果向他提出这样机密的一个问题，能从他那里骗出一个精确的回答来吗？

“怎么样，你们这一带有什么新闻没有？庄稼还长得不错吧？最近几个星期不太旱吧，也不太热？我是在报纸上读到这些东西的。工厂里怎么样？你们在食糖联合会里又把价格提高了吧？”——康多尔就这样懒洋洋地，我甚至要说，懒汉似的有一问没一问地提些问题，也不需要人家给予认真的回答，提问的时候他才偶尔停止他那匆忙的咀嚼，不往嘴里猛塞东西。他似乎执着地对我这个人视而不见，尽管我对典型的医生的粗野无礼早有种种传闻，可是在我心里也对这个好脾气的粗鲁汉子激起一股怒气。因为怄气，我一声不吭。

可他却丝毫不因我们在场而感到拘束，最后我们都来到客厅里，那儿已经摆好了咖啡，康多尔便舒舒服服地叹着气，一屁股正好坐到艾迪特的病榻里。为了方便病人，这把椅子装了各式各样特殊设备，例如一个可以旋转的书架、烟灰缸和可以调节高低的靠背。恼火不仅使人变得恶毒，也使人眼光敏锐，所以在他伸脚伸腿地赖在躺椅上时，我不禁怀着某种满意的心情发现，他脚上穿一双松松垮垮的短袜，腿是那么短，肚子又是那么松软臃肿，而我这方面为了表示我对进一步和他结识是多么不在乎，便把圈手椅转过来，使得我实际上只把背朝向他。可是康多尔对我这种明显的沉默和开克斯法尔伐神经质地走来走去满不在乎——老人一刻不停地像幽灵似的在屋里晃来晃去，只是为了把雪茄烟、打火机和甜酒放在康多尔手边，让他相当方便地一抬手就能够着，——康多尔立刻从烟匣里取出三支进口雪茄，把两支放在咖啡杯旁边备用，不论这张座位很深的圈手椅如何顺从地适应他的身体，他似乎还一直觉得椅子不够舒服。他坐在那儿扭来扭去，直到他找到最惬意的姿势为止。等到他喝完了第二杯咖啡，他才像一头吃饱喝足的动物，舒舒服服地舒了口气。恶心，恶心，我心里暗自思忖。这时他突然把手脚一伸，甩揶揄的神情向开克斯法尔伐眨巴眼睛。

“好啊，我看您急得简直如坐针毡，因为您无法指望我最后会给您打个报告！您大概不让我抽我的高级雪茄了吧！不过，您是了解我的，您知道，我不喜欢把吃饭和治病掺和在一起——再说，我刚才的确太饿、太累。我今天从早上七点半起，就一刻不停地在路上奔波，我已经觉得，仿佛不仅是我的肚子饿扁了，我的脑袋似乎也干枯了。好吧，”——他慢悠悠地吸着雪茄，喷出一个个灰色的烟圈——“好吧，亲爱的朋友，咱们谈谈吧。各方面情况都很好。走路练习，伸屈练习，一切都很像样。比起上次来，也许好那么一丁点。就像我跟您说过的，我们可以对此满意。只不过，”——他又吸了一口雪茄——“只不过从她总的素质来看……也就是在人们称之为心理因素的素质上，我发现她……可是请您别害怕，亲爱的朋友……我发现今天有些变样。”

尽管康多尔警告在先，开克斯法尔伐还是吓得要死。我看见他手里握着的汤匙开始抖动不已。

“变样……您什么意思……怎么变样？”

“喏——变样就是变样呗……亲爱的朋友，我可并没有说：变坏啊。就像歌德老爹①说的：您可别把我的话任意解释，妄加注解。我自己暂时还不清楚，究竟发生了什么事情，可是……可是总有什么东西不怎么对头。”

老人还一直把汤匙握在手里，显然，他没有力气把汤匙放下了。

“什么……什么东西不对头啊？”

康多尔大夫挠挠脑袋。“是啊，要是我知道就好了！您无论如何不要着急！我们现在谈的全是正经话，不开任何玩笑，我宁可再说一遍，说得清清楚楚：我觉得病状并没有变样，而是在她心里有什么东西变了样。她今天心里有事，什么事，我不知道。我第一次有这种感觉，不晓得怎么搞的，她从我手里溜掉了。”——他又吸了一口他的雪茄，然后用他锋利的小眼睛，很快地瞟了开克斯法尔伐一眼，“您知道吗？最好我们立刻开诚布公地谈谈这件事情。我们相互之间总用不着不好意思。我们完全可以把牌亮出来。好吧……亲爱的朋友，请您告诉我，请您现在老老实实清楚明了地告诉我：你们在这段时间内由于焦急得沉不住气，是不是请了另外一位医生？有没有另外一个人在我不在的时候给艾迪特检查或者治疗过？”

开克斯法尔伐霍地跳了起来，仿佛人家指控他犯了滔天大罪似的。“看在天主分上，大夫先生，我凭我孩子的生命发誓……”

“行了……行了……千万别发誓赌咒！”康多尔很快打断他

① 戏指德国大诗人歌德。

的话头，“您就是不发誓我也相信您。我这问题，就算了结了！Peccavi[1]！我这下可是打偏了——诊断错误，归根结底就是宫廷御医和教授们也在所难免。这么件蠢事……我简直要发誓……要是这样，一定发生了另外什么事情……可是奇怪，非常奇怪……您允许我……”——说着他给自己斟了第三杯黑咖啡。

“是啊，可是她发生什么事情了呢？什么东西变样了呢？……您到底是什么意思？”老人嘴唇发干，嗫嚅着说。

“亲爱的朋友，您可真叫我为难了。任何担忧都是多余的，我再一次向您保证，人格担保。倘若真发生什么严重情况，我总不会当着一个外人……对不起，少尉先生，我说这话不是不客气，我的意思只是……要真是那样，那我总不能坐在圈椅里随便说说，一面这么舒舒服服地喝着您的上等甜酒——这可真是味道奇佳的美酒啊。”

他又把身子往后一靠，把眼睛闭上片刻。

“是的，要我这样凭空解释，她身上什么东西变样了，这很困难，因为这事已经处于可以解释的上限或者下限。我起先估计，有个陌生的医生干涉了我们的治疗——说实在的，这一点我已经不相信了，封·开克斯法尔伐先生。这我可以向您起誓——不过，我起先之所以这么估计，因为在艾迪特和我之间有一点东西不怎么起作用了——正常的联系不复存在……您等等……也许我能够表达得更清楚一些。我的意思是……经过比较长时期的治疗，在医生和病人之间，不可避免地会出现某种特定的联系……也许把这种关系称为一种联系，甚至有些过于粗鲁，因为说到头来，联系指的是‘接触’，也就是肉体方面的东西。在这种关系里信任很奇怪

---

① 意大利语：您搞错了。

的是和不信任掺杂在一起的，一物克一物，又吸引又排斥，不言而喻，这种交错的关系这一次和下一次各不相同——我们对此是习以为常的。有时候大夫觉得病人变了，有时候病人觉得大夫变了，有时候两人只消四目对视，便心领神会，有时候两人各谈各的，合不到一块……是的，两人之间的这种感情交流是极端奇怪，极端微妙的，不能捉摸，更难以测量。也许打个譬喻解释起来最为方便，不过得冒这样的危险，那就是这是个非常粗俗的譬喻。这么说吧——和病人的关系就像您出门好几天，回到家里，取过您的打字机，表面上这台打字机似乎运转如故，丝毫未变，打起字来还跟平素一样灵便轻巧；尽管如此，您从一个小地方，您都说不清道不明的小地方感觉到，在这段时间里另外有个人用它打过字了。或者就说您吧，少尉先生，要是有人把您的马借去骑了两天，您毫无疑问会感觉出来。不是马的步态就是神气，总有点什么不对头，不晓得怎么搞的，这匹马脱出了您手心的掌握，您大概也同样讲不清楚，到底从什么上面可以看出变化来，因为这些变化都小得微乎其微，我知道，我刚才举的都是一些非常粗俗的譬喻，因为一个大夫和他病人之间的关系不消说要细微得多。我刚才已经跟您说了，如果现在要我跟您解释清楚，自从上次到现在，艾迪特身上有什么东西变样了，那我的确——狼狈不堪。但是确实发生了什么事情，在她身上确实有东西变样了——使我恼火的是，我没有把这东西找出来。”

“可是这……这变化是怎么表现出来的？”开克斯法尔伐气喘吁吁地问道。我发现，康多尔再三请求也没能使他平静下来，他的额头亮晶晶的布满了汗水。

“怎么表现出来的？当然是从一些小地方，从一些把握不住的小事情上表现出来的。在做伸屈练习的时候我就发现她在反抗我;我还没有能够开始好好检查她就已经造反了:‘用不着检查,还是跟原来一样。’而平时她是急不可耐地等待我的检查结果的。等我建议做一些运动练习的时候,她又说了不少傻话,什么:‘唉,这也不会有什么用处的’,或者‘做这种训练也不会有多大进展’。我承认——这些话本身并没什么了不起——无非是脾气恶劣,神经激奋所致——但是,亲爱的朋友,以前艾迪特从来没有向我说过这样的话。好吧,说不定也的确只不过是心绪不佳……人人都可能发生这种事情。”

“嗯,没错吧……病情并没有朝更坏的方面变化?”

“还要我向您人格担保几次?要是真有一丁点儿恶化的迹象,我作为大夫一定和您做父亲的同样着急,可是您看见了,我可丝毫也不着急啊。正好相反,她对我的顶撞一点也没使我不高兴。应该承认——这位小千金比几星期以前火气大多了,激烈多了,也焦躁不耐多了——大概她也给您几个硬钉子碰过。但是另一方面,这样一种反抗又表示生活意志在加强,希望恢复健康的意志在加强。只要人的机体开始运转得越强有力,越正常,他自然也就越加迫切地希望一劳永逸地把病治好。请您相信我,我们并不像你们以为的那样,特别喜欢那些听话的‘乖’病人,百依百顺的病人。这种病人从自身出发对大夫的帮助最少。我们这种人要是看到病人发出强烈的,甚至是狂暴的反抗意志,我们只会表示欢迎,因为奇怪的是,这种看上去很荒唐的反应有时候比我们最高明的药物更有效果。所以我再说一遍——我心里一点也不着急。要是现在有人譬如说要开始对她使用一种新的治疗方法,完全可以要求她吃大苦,卖大劲;现在来动用她全部心理上的力量,说不定甚至是最合适的时刻呢。处于她这种情况,心理力量是举足轻重的。我不知道,”——他说着抬起头来望我们——“你们是否完全明白我的意思了?”

“当然。”我不由自主地说道。这是我对他说的第一句话,他说的这一番道理我听起来是这样自然而然,清清楚楚。

可是老人依然僵坐在那里,一动不动。他眼睛望着前方,可是眼神空荡。我感到,康多尔想给我们解释的事情,他一点也没听懂,原因乃是:他根本不想听明白。因为他的全部注意力和担心只集中在这决定性的问题上:她会恢复健康吗?很快就复原?什么时候复原?

“那么什么治疗方法呢?”——他只要一激动,总要口吃,讷讷不吐——“什么新的治疗方法……您不是刚才说到什么新的治疗方法吗……您想试验什么新的治疗方法啊?”(我现在马上就插一句,他死死抓住这个“新”字,因为他觉得这个字里有什么预示新希望的东西。)

“亲爱的朋友,我做什么试验,什么时候试验,请您让我安排——千万别催我,别老逼着我干什么,这种事情变戏法是变不出来的!你们的这个‘病例’——这是我们当大夫的说法,别人听起来不太舒服——现在是,并且永远是我所有关心的事情中最关心的事情。我会想出办法来解决这个问题的。”

老人一声不响,愁容满面。我发现,他使了很大的劲强迫自己别再把他那些无谓的执拗的问题提出来,可是心里又非提不可。康多尔想必也多少感觉到了这种沉默的压力,因为他突然站了起来。

“今天这事算了结了,可不是。我已经把我的印象告诉您了,再说下去就是空话连篇,胡诌乱吹了……即使最近时期艾迪特果真变得火气更大了,您也别马上就吓坏了,我会很快弄明白究竟哪个螺丝钉松了。您要做的只有一件事:别老这么心神不定、忧心忡忡地围着病人悄悄地溜来溜去。然后第二点:请您彻底注意您自己的神经。您看上去好几夜没睡好了,我怕您这样追根究底、钻牛角尖,会把自己彻底搞垮,您在您女儿面前负不起这个责任来的。您最好马上就这样办:今天晚上早早上床,临睡前喝几滴安神剂,这样,您明天早上又能神清气爽。这便是我的全部忠告,今天的出诊就到此结束!我把我这根雪茄抽完,然后我就开路。"

"您真的……真的打算就走了吗?"

康多尔大夫主意已定。"是的,亲爱的朋友——今天就到此结束!今天晚上我还得去看最后一个病人,一个有点操劳过度的病人,我给他开的药方是作一次长距离的散步。您已经看见了,我从早上七点半起就马不停蹄,整个上午待在医院里,有个奇怪的病例,就是说……可是咱们别谈这个……然后我就乘上火车,然后就在府上。恰好是我们这号人得不时换换肺里的浊气,以便保持头脑清醒。所以请您今天别拿您的小轿车送我,我宁可溜达着徒步进城!今天刚好月圆,月色皎洁。不消说,我并不想把少尉先生给您带走。倘若您不顾大夫的禁止还不想上床睡觉,少尉先生肯定还可以再陪您一会儿。"

然而我马上就想起了我的使命。我便连忙宣布:"不了,明天我得一大清早就去值勤,我本来早就想告辞了。"

"那好吧,如果您觉得合适的话,咱们就一起步行进城。"

这时候,在开克斯法尔伐灰色的眼睛里才第一次闪现出一粒火花:这个使命!这个问题!这次打听!他也想起来了。

"我马上就去睡觉。"他说道,口气出乎意料地顺从,同时在康多尔背后偷偷地跟我递眼色。他的提醒是不必要的,我从我的袖口上已经感觉到我的脉搏在猛烈地跳动。我知道,我的使命现在开始了。

十四

康多尔和我刚走出大门,我们就身不由己地在第一级台阶上站住了,因为门前的花园呈现出一片令人惊异的景致。就在刚才我们激动地在屋里度过的这几小时里,我们谁也没有想到抬起头来看看窗外。此刻景色全变,使我们惊愕不止。一轮巨大的满月高悬中天,犹如一个磨光的银盘,光华四射,天宇清澄,群星黯然无光。被白天的太阳晒热的空气吹在我们身上暖烘烘的,颇有夏意,而与此同时,由于那刺眼的光线,又似乎有个具有魔力的冬天来到人间。林荫道上的碎石像新雪一样闪闪发亮,两旁修剪得笔直的树木向空旷的甬道上投下黝黑的阴影。这些树木挺立着,好像屏住呼吸,僵立在那里。它们时而沐浴在月光里,时而沉浸在黑暗中,像发亮的桃花心木和玻璃一样熠熠反光。我想不起来,曾经感到过月光如此鬼气森森,就像在这里看到的这样:月光如潮,恍若寒冰,花园淹没在晶莹清冷的光华之中,周遭万籁俱寂,万物静止不动、月光看上去像冬日的雪光,这种变幻的魅力是如此欺人眼目,以致我们走下这闪光的台阶时都不由自主地迟疑地探着脚步,仿佛这是滑不留步的玻璃。可是等我们沿着像铺了雪花似的碎石林荫道向前走时,突然间,我们不再是两个人,而是四个人在走路,因为受到强烈的月光的照射,我们的影子伸展在我们前面。我不由自主地仔细观察这两个执拗的漆黑的同伴,这两个活动的影子把我们每一个动作都事先描画出来，我们的感情有时候真是幼稚得奇怪——我发现我的影子比我同行人的那个又矮又胖的影子来得修长、苗条，我甚至要说，来得“优美”，这使我得到某种满足。我觉得，通过这种优越感（我知道，要向自己承认这种幼稚的傻事，是要有相当大的勇气的）心里踏实了不少。一个人的心灵总是随时由千奇百怪的偶然事件决定，恰恰是最最微不足道的外在因素往往会增强或削弱我们的勇气。

我们默默无言地一直走到大铁门前。为了把铁门关上，我们不得不转身向后看。府邸的正面像是涂了青磷，发出蓝幽幽的微光，活像一整块晶莹的坚冰，月色如银，清辉炫目，竟使人难以分辨哪几扇窗户是屋里点灯照亮的，哪几扇窗户是月光从外照亮的。只有门把的弹簧撞上时发出的刺耳的咔嚓一声打破了周遭的寂静。在这鬼气森森的沉寂之中响起的这一尘世的声响似乎使康多尔受到鼓舞，他向我转过脸来，神气无拘无束，这倒是我没有料到的。

“可怜的开克斯法尔伐！这段时间我一直在自我责备，是不是对他态度太生硬了一点。我当然知道，他恨不得再留我待几个小时，问上千百件事情或者把同一件事情问上个千百遍。可是我实在受不了啦。今天这一天实在太辛苦，从一大清早直到夜里，——一直在跟病人打交道，而且尽是些没有多大进展的病例。”

我们说着，已经走上林荫道，两旁的树木枝叶交错，汇成浓阴一片，透过隙缝，洒下点点月光。林荫道中间的碎石，洁白如雪，显得分外炫目刺眼。我们两人沿着这明亮的光流迈步向前。我对他充满敬意，所以没有答话，而康多尔也似乎根本没有注意到我。

“再说，有那么几天，我简直忍受不了他那股牛劲。您知道吗？操我们这种行业，难对付的根本不是病人。最后你会学会正确地和病人打交道，你会练出一套技术来的。而且归根到底——如果病人怨天尤人，盘问催逼，这干脆属于他们的病状之内，就像发烧、头痛一样。我们从一开始就估计到他们会焦躁，我们对此有思想准备，有充分的精神武装，每个大夫为此都准备好了某些抚慰病人的花言巧语和哄人的谎话，就像他们手里的安眠药片和止疼药水。但是，使我们日子这么难过的不是别人，而是病人的亲友和家属，他们多管闲事，硬要在大夫和病人之间横插一杠，总想知道'真实情况'。他们大家都是那副神气，仿佛眼下在这个世界上就只有这一个人生病，仅仅只需要关心这一个人就行了，不用管别人。我对开克斯法尔伐的再三盘问的确并不生气，但是您知道吗？如果焦躁不耐成了一种慢性病，那么有时候要想忍耐也不可能。我已经跟他解释过不下十遍，我现在正好有个重病人在城里，正好处于性命攸关的时刻。他明明知道这事，也还是一天天打电话来催了又催，想用武力逼出点希望来。而与此同时，我作为他的医生，心里有数，这种激动对他会发生什么样灾难性的影响，我其实心里很着急，比他想象的要着急得多。幸亏他自己不知道情况有多糟。"

我大吃一惊。这么说情况很糟！开克斯法尔伐要我从他那里巧妙探听的消息，他现在竟直言不讳、完全自发地说给我听了。我激动万分，便追问了一句：

"请原谅，大夫先生，不过您会理解，这使我很不安……我丝毫没有料到，艾迪特的病情如此恶劣……"

"艾迪特？"康多尔不胜惊讶地转过脸来朝向我。他似乎才第一次发现，他在和另外一个人说话。"怎么扯到艾迪特身上？我可一句话也没有说到艾迪特啊……您完全误会我的意思了……

不，不是这个意思，艾迪特的状况的确非常稳定——可惜还一直是稳定的。可是使我担忧的却是他，是开克斯法尔伐，而且使我越来越担忧。您难道没有注意到？最近几个月他的模样变得多么厉害吗？瞧他脸色多坏，一星期比一星期显得憔悴。”

“这点我当然很难判断……我荣幸地认识封·开克斯法尔伐先生，才几星期，而且……”

“啊——不错！请您原谅……那您当然难以断定，……可是我认识他已经多年，今天冷不丁地看了一下他的双手，真叫我吓了一大跳。您难道没有注意到？这双手完全是皮包骨，像透明似的——您知道吗，看死人的手看多了，在活人的手上看到这种白里泛青的颜色，总叫人惊愕。还有……他动不动就大动感情，这我也不喜欢。稍微触动一下感情，他就眼泪汪汪，略微受了点惊，他就脸色苍白。恰恰是开克斯法尔伐这类男子，过去性格坚忍，强硬有力，如今变得软弱退让，这就使人担忧了。如果硬汉子一下子心肠软了，甚至突然之间变得慈悲为怀，可惜总不会有什么好事，我不喜欢看见这种样子。总有什么东西出了岔子，里面总有什么东西不协调了。当然——我早就打算，为他作一次彻底的体格检查——可是我不大敢跟他谈这件事。因为，我的天，如果现在还把他的思路引过去，让他想到他自己病了，甚至想到，他可能死去，而把瘫痪的女儿撇下，这简直难以想象！就是不想这些，光是没完没了地想他女儿的病，心急如焚，六神无主，他也会把自己彻底毁了……错了，错了，少尉先生，您误会我的意思了——我主要担心的不是艾迪特，而是他本人……我怕，这老人的时间不长了。”

我完全被他这番话压倒了。这种事情我从来没有想过。我当时二十五岁，还从来没有看见过一个亲人死去。所以我没法想象，好端端的一个人，你刚才还和他同桌吃饭，谈话，喝酒，明天会直挺挺地躺在那里，蒙上裹尸布。这种想法，我没法立刻理解。同时我的心窝里像有一枚很细的尖针突然扎了一下，我于是感到，我的确已经爱上了这个老人。我心里又激动，又窘迫，只想说几句话作为回答。

“真可怕，”我说，脑子迷迷糊糊的，“那就太可怕了。一个这样高贵、这样慷慨、这样仁慈的人——的确是我遇见的第一位真正的匈牙利贵族……”

可是这时候发生了一件意想不到的事情。康多尔陡然站住脚步，使得我也身不由己地停步不前。他直愣愣地看着我，两个眼镜片因为猛然转身而闪闪发光。过了好几秒钟他才不胜惊讶地问道：

“一个贵族？……而且还是个真正的贵族？您说开克斯法尔伐吗？请您原谅，亲爱的少尉先生……可是您说这话……是当真的吗……您说的真正匈牙利贵族这句话？”

我没有完全理解这个问题。我只感觉到，好像说了什么蠢话。所以我窘态毕露地说道：

“我只能从我这个角度来判断，封·开克斯法尔伐先生对我总随时随地显得无比高贵、极为仁慈……在我们团里，人家总把匈牙利贵族给我们描绘得特别傲慢专横……可是，我……我还从来没有遇见过一个比他心肠更仁慈的人……我……我……”

我打住话头，不吭气了，因为我感觉到，康多尔还一直在旁边十分注意地打量我。他那张圆圆的脸映着月光，微微发亮，两块镜片一闪一闪，其大无比，眼镜后面我只能模模糊糊地觉察到一双眼睛正在探索、搜寻。这使我感到很不自在，我好比一只拼命挣扎的昆虫，正放在纤毫毕见的放大镜下面供人观察。两个人面对面地站在公路当中，倘若路上不是阒无一人，我们两人可真构成了一副奇怪的景象。接着康多尔垂下头，又迈步往前走去，并且像是自言自语似的喃喃说道：

“您可真是……一个奇人——请您原谅，我说这个字，绝不是坏的含义。可是事实上这确实是奇怪的，这点您自己也不得不向我承认，非常奇怪……我听说，您和这家来往已经好几个星期了。而且您还是住在一个小城里，一个鸡窝里，一个咯咯乱叫的鸡窝里——您竟然把开克斯法尔伐当做一个显贵……难道您从来也没有在您的伙伴当中听到过某些……我不想说是贬抑的——反正总是一些评论，说他的贵族家世并不那么久远？……人们想必总跟您传过一些什么话吧。”

“没有，”我断然回答，并且感到，我已经冒火了（被人评价为“奇怪”“古怪”，总是叫人不舒服的），“很遗憾——我没有叫任何人给我报道过什么新闻。我也从来没有跟我的任何一个伙伴谈论过封·开克斯法尔伐先生。”

“奇怪，”康多尔喃喃说道，“真奇怪。我一直以为，他在描写您的人品时有点言过其实。我坦率地跟您说吧——今天看上去是我连连作出误诊的日子——我看他对您热情赞扬，总有些怀疑……我不能完全相信，您到他们府邸去仅仅是因为跳舞时闯的那个祸，后来又一再前去……纯粹是出于同情，出于关心。您不知道，这个老人被人家剥削得多么厉害——我原来存心（我何不把这话告诉你呢？）探个明白，究竟是什么东西吸引您到这家人家去的。我心里暗想，他要么是一个非常——我该用什么客气的字眼来表达呢—— 一个非常有心计的青年，想来捞点好处，而如果他是出于真心实意，那么他必然是一个心灵还很年轻的青年，因为悲惨、危险的东西只对年轻人产生这样一种奇怪的吸引力。话说回来，非常年轻的人的这种本能往往差不多总是对的，您已经非常正确地感觉到了……这位开克斯法尔伐的确是一个特殊人物。我很清楚地知道，人家会说些什么话来反对他，只有一点我觉得，请原谅，有点滑稽，那就是您把他称作贵族。不过，请您相信我，我对他的了解胜过其他任何人。——您对他和这可怜的姑娘表示这么多的友谊，您用不着为此感到羞愧。不论人家跟您传些什么话，都不应该使您晕头转向。这些话的确和今天叫做开克斯法尔伐的这个令人感动、使人震惊的人毫无关联。”

康多尔一面往前走，一面说了这番话，说时也不正眼看我一下。过了一些时候，他才又放慢脚步。足足有四五分钟之久，我们一声不吭，并排往前走。一辆马车向我们驶来，我们只好往边上靠，这个农家的马车夫好奇地直瞪着我们这奇怪的一对，看见这个少尉和他身边的这个矮个子、胖乎乎、戴眼镜的先生，深更半夜在这条乡间公路上默默无言地散步。我们让马车从我们身边走过，然后，康多尔突然向我转过身来。

“请您听着，少尉先生。做事半途而废，说话有头无尾都是坏事。这世界上的万恶之源乃是半吊子精神。也许我刚才脱口而出，话已经说得太多。您思想纯正，我丝毫不想激怒您，另一方面我已经大大激起了您的好奇心，您势必会到别人那儿去打听。可惜我不得不担心，人家不见得会照实际情况一五一十告诉您。结果就会出现一个很难堪的局面：您将长此以往和一家人家来往，却不知道这家里都是些什么人——说不定您以后也就无法保持您过去的那种落落大方的态度。倘若您真有兴趣想知道一些我们这位朋友的情况，我很乐于为您效劳。”

“那还消说吗？”

康多尔掏出怀表。“现在是十点三刻。我们足足还有两个多钟头时间。我的火车要到一点二十才开呢。可是我认为，公路上不是谈这些事情的合适地方。您也许知道在什么地方有个清静的角落，我们可以在那儿安安静静地畅谈一番。”

我考虑了一下。“最好到腓特烈大公街的‘提罗耳酒家’去。那儿有些单间，不受外人骚扰。”

“太好了！就上这家吧。”他回答道，并且重新加快了他的步伐。

我们没有再说什么，闷头走完乡间大道。不多一会儿，城里的房子在明亮的月光下向我们夹道欢迎。大街小巷早已空无一人，我一个伙伴也没有碰见，这可真是一个令人愉快的巧合。我也说不上为什么，可是万一伙伴们第二天向我打听，和我同行的那人是谁，我会觉得很不自在的。自从我陷进这件头绪纷乱的奇事之后，我总战战兢兢地把那根可能会给我指出通向迷宫之门的线索藏匿起来，我感觉到，这座迷宫会引诱我陷进更新的、更为神秘莫测的深渊。

十五

那个“提罗耳酒家”是个舒适的小酒馆，名声不是太好，坐落在一条古色古香的弯曲小巷里，地势偏僻，属于一家二三流旅馆。这家旅馆在我们军官这个圈子里特别受人称赞，因为看门的宽厚健忘。虽然警察局有明文规定，客人向他要双人房间——哪怕是在青天白日——他总故意忘记让客人填写来客登记单。对于或长或短的幽会时间还有一个保密的安全措施，谁要想进到那些艳穴中去，用不着通过那扇惹人注意的大门（小城市里耳目众多），而是大大方方地从酒店的正厅，直接登上楼梯，就能达到那秘密的目的地。这座酒家，固然名声不是最好，然而在楼下酒店里卖的泰拉纳酒和穆斯卡特酒则相反，酒味浓烈，无可指摘。每天晚上，市民们聚坐在不铺桌布的笨重的木头桌子旁边，喝上几杯烧酒，总要纵谈天下国家乃至本城的大事，时而激烈，时而和缓。这间长方形的房间布置得有点俗气。这里进进出出的都是些老老实实的酒客。他们在这里无非是喝喝酒，大家在一起很沉闷地坐一坐。房间的四周比正厅高出一级，安置了一排所谓的“包厢”，各个包厢之间都用相当厚的隔音木墙隔开，墙上还多此一举地用几幅烙铁画①和幼稚的祝酒辞作为装饰。八个小单间正对中间正厅的那一面都

① 画家用烧红的铁笔在木板上烙印作画。

用厚厚的门帘遮得严严实实，简直可以称为 Chambres séparées①，在某种程度上也是这种用处。如果驻防地的军官和服役一年的志愿兵想和来自维也纳的几个姑娘玩一玩、乐一乐而不让人看见，就预先订好这么一个包厢，据说，连我们一向严格注意军风军纪的上校对这项明智的措施也表示赞许，因为这一来，老百姓基本上不可能了解他手下那些年轻小伙子花天酒地的情况。在这家酒家内部的规矩里，保密也是至高无上的法则：根据酒家老板费尔赖特纳先生的严格指令，那些身穿提罗耳地方民族服装的女侍者如果事先不在门口大声干咳几声，就不得掀开神圣的门帘或者以任何其他方式打扰军官先生。除非他们打铃明确招呼侍者才得进入包厢。这样，既维护了军队的尊严，也保障了军官的娱乐，真是互相配合，相得益彰。

这样一个包厢仅仅用来安静地谈话，这在那家酒店的历史上大概也是不常发生的事情。可是在康多尔大夫向我叙述这件重要事情的原委之际，要是闯进来几个伙伴，打打招呼，好奇地七问八问，搅得无法往下谈，或者进来一个上级军官，我还不得不毕恭毕敬地跳起来立正敬礼，那就未免太煞风景。我和康多尔一起穿过酒店的正厅，单单这件事，就已经叫我感到浑身不舒服——我独自一人跟一位陌生的胖先生这样亲密无间地溜进一间密室，这在明天不知会引起人们一阵什么样的揶揄讪笑！——可是一迈进酒店的大门，我就十分满意地断定，店里顾客稀少，景象萧条，在一个小小的军队驻扎地，每到月底，都必然是这幅景象。我们团里的人一个也没有，所有的包厢都空着供我们挑选。

显然为了让女侍者不要再来，康多尔一下子就要了半立升白

① 法文：隔离室。

葡萄酒，立刻把账付清，并且扔给姑娘那么多小费，她于是感激地说了声“谢谢”，就此再也不露面了。门帘垂落，只不过有时候从中间正厅的那些桌子上传来含糊不清的说话声或者一阵笑声。我们在小单间里，完全与外界隔绝，不受任何干扰。

康多尔先把我的高脚杯斟满酒，然后给自己斟了一杯；他的动作表示出某种凝神沉思的样子，我从中看出，他正在打腹稿，把他想告诉我的一切（也许也包括他想瞒我的事情）在心里预作安排。等他把脸一转向我，先前他脸上那种叫我十分厌恶的瞌睡惺忪，颟顸迟钝的神气已一扫而空，他的眼神变得十分专注。

“我们最好从头讲起，先把贵族大人拉约斯·封·开克斯法尔伐完全搁在一边。因为那时候还根本不存在这么一个贵族呢。既不存在身穿黑上衣、眼戴金丝边眼镜的地主，更不存在这么个显贵。在匈牙利和斯洛伐克边境的一个贫穷不堪的村子中只有一个瘦小的犹太少年，胸部狭窄、眼光犀利，名叫莱奥波尔特·卡尼兹，我想，大家一般只管他叫莱默尔[①]·卡尼兹。”

我听了大概直跳了起来，或者用什么别的方式表示了我的极度惊讶，因为我对什么都有思想准备，唯独对于这点大出意料。可是康多尔面含微笑，泰然自若地往下讲道：

“是的，他叫卡尼兹，莱奥波尔特·卡尼兹，这点我无法更改。直到很久以后，才根据某位部长的申请，把姓名改成这么响亮的匈牙利姓氏，并且缀以贵族的标记[②]。您大概根本没有想到，一个人长期住在这里，只要势力大，门路广，就能蜕皮新生，把姓名变成匈牙利文，有时甚至还能让自己当上贵族。细想一想——您这么个

---

① 意思是傻小子。

② 即加上“封”字。

年轻人又怎么能知道这种事呢，再说岁月悠悠，这已经是很多年以前的事了。那时候，这个无名小卒，这个目光犀利、机灵狡猾的犹太少年在农民进酒店痛饮的时候，给他们照看马匹或者车辆，要不就给市场上的女商贩把篮子提回家去，换得几枚土豆。

“所以说，开克斯法尔伐，或者不如说卡尼兹的父亲绝不是一位显贵，而是一个穷困潦倒，鬈发卷曲的犹太人，在这座小城的城关地区靠近乡间公路租了一家烧酒店。伐木工和马车夫每天早晚都要在这酒店里歇歇脚，喝上一杯或者几杯七十度的烧酒，以便在进入喀尔巴阡山之前或者从喀尔巴阡山回来之后暖暖身子，挡挡寒气。有时候这种流体的烈火把他们烧得火气太旺，那他们就把椅子、杯子全都砸烂。在一次这样的喧闹之中，卡尼兹的父亲挨了致命的一击。有几个喝得烂醉的农民从市场上来，开始斗殴。酒店主人想保住店里这点可怜的家当，试图把这帮打架的人劝开。有个彪形大汉，是个马车夫，猛的一拳把他撂在角落里。他躺在地上爬不起来，直哼哼。从这天起，他就咯血不止，一年之后，他死在医院里。身后没有留下一文钱。母亲是个勇敢的女人，她给人当洗衣妇、接生婆，勉强养活了自己和岁数很小的孩子们。同时她还捎带做点小买卖，这时候莱奥波尔特就跟在她身后帮她背包裹，另外，莱奥波尔特只要有可能，还去挣三五个铜板。他给商人跑腿，挨村送信。在他这年龄，别的孩子还在兴高采烈地玩玻璃球，而他已经知道各式各样的东西卖什么价钱，这些东西在哪儿买卖，怎么买卖，怎么样才能使自己对别人有用，不可缺少。除此之外，他还能找到时间学点东西。犹太人拉比教他念书、写字，他领会得很快，十三岁上就已经在一个律师那儿充当文书，临时帮忙，为小商小贩起草呈文，填写税单，挣上几个铜板。为了节省灯油——每用一滴煤油对于贫寒人家都是浪费——他就一夜一夜地坐在巡路工人住的小屋的信号灯旁——村里没有自己的火车站——细心阅读被别人扔掉的破报纸。早在当时,村里的老大爷就都点头晃脑,胡须直颤,表示赞赏,并且预言,这小子准会有出息。

“他后来是怎么起家的,怎么离开这座斯洛伐克的村庄到维也纳去的,我就不得而知了。可是等他二十岁上在这一带露面的时候,已经是一家颇有声望的保险公司的代理人了。他办事不知疲倦,所以在这项公开活动之外,他还兼办成百件小业务。这样,他就变成了在加利西亚被叫做‘买办’的那号人,经营各种买卖,介绍各种业务,到处为买卖双方牵线搭桥。

“起先人们容忍他。不久就开始注意到他,甚至已经缺他不可。因为他无所不知,无所不精。这里有个寡妇想给女儿找门亲事,他就立刻摇身一变,成为婚姻介绍人,那里有人想移居美国,希望得到有关的消息和证件,莱奥波尔特就给他打听消息,办理证件。另外他还出售旧衣服、钟表和古玩,帮人给田产、货物、马匹估价并进行交换,若是有个军官要人担保,他就帮他办到。就这样,一年年过去,他的知识和他的影响范围也就随之扩大。

“一个人这样不辞辛劳、坚忍不拔,是会挣大钱的。然而真正的财产总只能通过收支、盈亏之间的特殊关系才能得到。而这又成了我们的朋友卡尼兹飞黄腾达的过程中的另一秘密。在这些年里,他除了资助过一大批亲戚并且供他弟弟上大学之外,几乎没花过什么钱。他为他自己购置的仅有的重要东西乃是一身黑外衣和那副您也非常熟悉的镀金的金丝边眼镜。戴上这副眼镜,他在农民那里,就为自己赢得了念书人的威望。可是他景况富裕之后许久,还是小心谨慎地一直以小小代理人的面貌出现。因为‘代理人’是个奇妙不过的字,简直是件肥大的大氅,什么东西都可以藏在这件大氅下面。开克斯法尔伐在这大氅下面首先隐藏了这一事实，那就是他自己早已不是介绍人，而已经是金融家和企业主了。他认为发财致富本身要比在人前摆阔来得重要得多，也正确得多（他好像读过叔本华那几段明智的补遗：关于人的真实的情况以及冒充的样子）。

"一个人既勤奋又聪明，同时还节约成性，迟早会挣得一副家产，我觉得对此无须作特别的哲学上的探讨。另外也不值得赞赏。我们当大夫的终归知道得最清楚，在生死关头，一个人的银行存折是帮不了他多少忙的。在我们的卡尼兹身上，从一开头就确实使我佩服的乃是他那简直可说是魔鬼似的意志：他在增长财富的同时，也定要扩大知识。乘坐火车时的漫漫长夜，在汽车里，旅馆里，在徒步赶路的空闲时间，他都用来念书学习。他钻研了所有的法典，从贸易法到工商法，为了充当他自己的律师。他像一个职业的古董商一样注意伦敦和巴黎拍卖的行情，并且像一个银行家一样熟谙各种投资或者交易，因此他的事业也就自然而然地逐渐经营得规模越来越大。他从农民那里跑到佃户那里，又从佃户那里跑到贵族大地主那里。不久，他就给人介绍买卖全年收获的庄稼和整片森林的林木，向几家工厂提供原料，建立银行财团，末了甚至某些军需物资也归他供应。于是在政府各部的接待室里便越来越经常地可以看见这件黑外套和这副金丝边眼镜。这时候他也许已经拥有二十五万，说不定五十万克朗的财产。可是本地人还一直把他当作一个微不足道的代理人。在胡同里遇见'这个'卡尼兹打招呼，还是极其怠慢地回个礼，直到有一天，他突然福星高照，从莱默尔·卡尼兹猛的一下子摇身一变，成了封·开克斯法尔伐先生。"

十六

康多尔顿了顿。“就这样，到现在为止我说给您听的，只是第二手材料。下面这段故事却是他亲口告诉我的。那天夜里他妻子做了手术以后，我和他一起在疗养院的一个房间里，从晚上十点一直等到天亮。就在这天夜里他把这个故事说给我听。从现在开始，我可以为每一句话担保，因为在这种瞬间，说话的人是不会撒谎的。”

康多尔慢条斯理地、深思熟虑地喝了一小口酒，然后点燃一支新的雪茄。我想，这已经是这天晚上他抽的第四支雪茄了，他这样一刻不停地抽烟，引起了我的注意。我开始理解，他作为大夫，装出来的那种特别迟钝缓慢和蔼可亲的样子，说起话来慢条斯理，表面看来，随随便便，其实是种特别的技巧，以便争取时间，比较平心静气地考虑问题（或者从旁观察）。他那肥厚的、简直有点懒洋洋的嘴唇在雪茄烟上吸了三四口，带着一种近乎梦幻的神情目送袅袅上升的青烟。然后他的身子猛然振作一下。

“莱奥波尔特或者莱默尔·卡尼兹如何变成开克斯法尔伐庄园的主人和老爷的，这个故事是在从布达佩斯到维也纳的一次客车里拉开的序幕。我们的朋友尽管那年已经四十二岁，头发也已经开始斑白，可是大部分时间还一直是在旅途上度过的——生性悭吝的人连时间也是节省的——至于他毫无例外地总是乘坐三等车厢，这点无须我再强调了。因为他长年累月仆仆风尘，早已为夜间旅行给自己安排了一套技术。首先他在硬邦邦的木头座位上铺开一条苏格兰花格子呢的旅行毯子，这是他有一次在拍卖行里当便宜货买来的。然后他就把他那不可缺少的黑外套仔仔细细地挂在衣钩上，免得弄皱，把金丝边眼镜放进眼镜盒，从麻布的旅行袋里（他从来舍不得用皮箱）取出一件粗绒布的旧睡衣，最后紧接着把帽子低低地扣在脸上，免得灯光射进眼睛。这样，他就蜷缩在车厢的角落里，早已习惯于就是坐着也能打瞌睡。莱默尔还是个孩子的时候，就已经学会了夜里没有床、不舒服也照样睡觉。

"可是这一回我们的朋友却没有睡着，因为在这节车厢里还坐着另外三个人，正在讲生意经。只要有人谈生意，卡尼兹就不能充耳不闻。他的求知欲和他的黄金欲并没有因为年岁的增长而有所减弱，两者就像老虎钳上的两个钳夹，给一个铁螺丝钉牢牢地连在一起。

"其实，他本来已经快睡着了，可是有一个字把他猛然吓醒，他就像战马听见号角，一下惊醒，这个字是个数目：'你们想想看，这小子真走运，因为一件少有的蠢事，他一下子就白挣了六万克朗。'

"什么，六万？谁挣了六万？——卡尼兹顿时睡意全消，就像有桶冰水当头一浇，把他的睡意都从眼睛里赶跑了。不消说他很注意，不让这三个旅伴觉察到他在偷听。相反，他把额上的便帽再往下拉一拉，以便帽影把他的眼睛完全盖住，好让其他的人以为他睡着了；与此同时，他诡计多端、小心地利用列车的每一次震动，渐渐往前挪动，以便一字不漏地听人说话，尽管车轨之声隆隆。

"那个年轻人讲得慷慨激昂，吹出了那阵愤怒的号角声，多亏这声号角卡尼兹才清醒过来。最后听下来，这个年轻人原来是一位维也纳律师的文书，他对他东家一口鲸吞这么多钱十分生气，这就使他十分激动地高谈阔论起来：

"'这家伙实际上把这事彻底办坏了、弄糟了！就因为他要参加一次非常愚蠢的法院的会议，这次会议也许使他有五十克朗的进项，于是他就晚一天动身前往布达佩斯，而在这期间那头愚蠢的母牛受了人家的欺骗。其实原来一切都安排得天衣无缝——遗嘱无可指责，最好的瑞士证人，两份无懈可击的医生证明，证明莪罗斯伐尔夫人立遗嘱的时候神志清醒，完全能够思维。她的几个侄孙和拐弯抹角的冒牌亲戚雇用的律师在下午出版的小报上塞进去好些篇张扬丑闻的文章。尽管如此，这帮暴徒其实永远也别想拿到哪怕一个小钱。而我那个笨牛东家稳操胜券，因为要到星期五才开庭，所以他心安理得地再一次返回维也纳去参加一次愚蠢的法院会议。这时候，对方的律师维茨纳这个狡猾的流氓就悄悄地溜到那女人跟前作了一次友好的访问，这头天真的母牛神经就受不了啦，'——'我并不想要这么多钱，我其实只想求得太平，'——那个年轻人操着某种北方方言，学着那女人的腔调说道。——'现在她可是求得了太平，而那帮人呢，平白无故地得了她该得的那份遗产的四分之三！这个傻瓜女人也不等我东家回来，就在一份协议上签了字，这可是自古以来最荒唐、最愚蠢的协议。她这么大笔一挥就送掉了五十万克朗。'

"现在请您注意，少尉先生，"康多尔转过脸来对我说，"此人连连痛骂的时候，我们的朋友卡尼兹像头刺猬，缩成一团，待在角落里，默不作声，把软帽一直拉到眉毛上，专心致志地听着每一句话。他立刻明白，谈的是怎么回事，因为莪罗斯伐尔这桩案子——我在这里用了一个假名，因为真实的姓名人们过于熟悉——当时成为匈牙利所有报纸的大字标题，的确是件哄传一时的案件。我现在只作一番简单扼要的叙述。

“莪罗斯伐尔老侯爵夫人从乌克兰某地来的时候，已是富甲天下，她比她丈夫足足多活了三十五年。这老婆子脾气像牛皮一样富有韧性，像戴胜鸟一样乖张刻毒。自从她自己仅有的两个孩子一夜之间双双死于白喉，她就打整个心眼里仇恨莪罗斯伐尔家所有其他的人，因为他们比她两个苦命的孩子活得长。有人说，她只是因为恶毒成性，心里恼火，存心不让她的急不可耐的一批侄儿侄孙女继承遗产，才活了八十四岁。我觉得这话确实可信。倘若这些觊觎遗产的亲戚当中有人登门求见，她拒不接待，即便是家里人写来的措辞最最亲切动听的书信也都扔到桌子底下，从不回答。孩子和丈夫相继死去之后，她变得愤世嫉俗，怪僻乖张，每年在开克斯法尔伐庄园总是只住上两三个月，没有一个人上门。其余的时间她到处旅行，足迹遍历各国，在尼斯和蒙特勒[①]住下来，排场奢华，不啻君王，衣衫一日几换，雇人梳头，修剪指甲，涂脂抹粉，阅读法文小说，购买大量衣服，从一家店铺进到另一家店铺，讨价还价，骂骂咧咧，活像一个俄国市场上的女商贩。不消说，她留在身边绝无仅有的那个人，她的伴娘，日子很不好过。这个可怜的、不声不响的女人每天得给三头叫人恶心、爱叫爱闹、长得跟狐狸一样的小狗喂饭、洗刷、带出去散步，给这傻老婆子弹钢琴，念小说，并且无缘无故地被她痛骂。要是这位老夫人——这习惯她是从乌克兰带来的——有时候多灌了几杯烧酒或者伏特加，据可靠的传说，那可怜的伴娘大概甚至还得忍受老婆子的鞭打。在所有这些豪华场所，在尼斯和戛纳，在埃克斯累班[②]和蒙特勒大家都认识这个身

---

① 位于日内瓦湖畔，著名疗养地。

② 均为著名疗养地。

躯肥胖的老太婆，长了一张上了油漆似的哈巴狗脸，染了头发，总是直着嗓子大声嚷嚷，从来不管是不是有人听她说话，像个下级军官一样跟侍者争吵不休。哪些人她看着不顺眼，她就粗鲁无礼地对他们做鬼脸。在这些可怕的旅行途中，那个伴娘总是到处跟随她，如影随形。这个面色苍白、身材瘦削的金发女人长了一双神色慌张的眼睛，老得跟在她后面，和几只小狗走在一起，不许走在她旁边。大家看得出来，这个女人对她主人那种粗野作风一个劲地感到羞愧，可是同时就像怕活生生的魔鬼一样怕她。

“这位莪罗斯伐尔侯爵夫人在她七十八岁那一年，就在台里台特①的一家旅馆里，也就是伊丽莎白皇后一直居住的同一家旅馆里，得了严重的肺炎。这个消息究竟是以什么方式一直传到匈牙利去的，始终是个谜。但是各房亲戚不约而同全都急如星火地纷纷赶来，住满了整个旅馆，追随大夫打听消息，迫不及待地等她死。

“但是恶意使人起死回生。这个像龙骑兵一样身体健壮的老婆子缓过来了。焦躁不耐的亲戚一听说，恢复健康的老太太这天将第一次下楼到客厅里来，就在当天全部撤走。莪罗斯伐尔夫人已经听到风声，知道她的那些继承人过于担忧，全都已经赶到。这老婆子刻薄成性，首先买通了侍者和使女，叫他们把她那些亲戚说的每一句话都向她报告。情况一点不错。这些过于性急的继承人简直像群狼互夺一样地彼此争吵不休，谁该得到开克斯法尔伐庄园，谁得珍珠，谁得乌克兰的田庄，谁得那幢坐落在奥夫纳大街的宫殿。这是向她射来的第一枪。一个月以后，布达佩斯一个姓德骚儿的票据经纪人给夫人写来一封信，声明他向她侄孙德斯川提

① 著名疗养地。

出的票据兑现的要求已经不能再延期,除非夫人向他书面保证,证明这位侄孙也是她继承人当中的一个。这可是达到放肆的顶点了。莪罗斯伐尔夫人立即打电报把她自己的律师从布达佩斯请来,和他一起写了一份新的遗嘱,而且是当着两名医生的面——恶意使她明察秋毫——两名医生明确证明,侯爵夫人立遗嘱时头脑非常清楚。律师便把这份遗嘱带回布达佩斯。这份遗嘱封存在律师的事务所里,已足足有六年之久,因为莪罗斯伐尔老夫人并不急于寿终正寝。等到遗嘱终于可以开启之日,大家全都深感意外。立为全部遗产唯一继承人的竟是她的伴娘,一位从威斯特法伦来的名叫安奈特·贝阿特·狄岑荷夫的小姐。这个姓名像雷鸣一样第一次可怕地灌入全体亲戚的耳朵。开克斯法尔伐庄园归她所有,还有莪罗斯伐尔庄园、制糖厂、养马场、布达佩斯的那座宫殿。只有坐落在乌克兰的那些田庄和她的现款,夫人遗赠给她在乌克兰的故乡城市,用来建造一座东正教教堂。她的亲戚当中没有一个人得到一粒小小的纽扣;这次遗产过户还恶毒地把这点以下述理由明确写进遗嘱:‘因为我那些亲戚等不及我去世。’

“这下可产生了一桩内容精彩的丑闻。众亲戚狂呼乱叫,说有人谋财害命。他们冲到律师那里求援,那帮律师就提出一些司空见惯的抗议,说留遗产人当时神志不清,她是在重病期间立的遗嘱,此外,说她久病卧床,对她的伴娘言听计从。这个伴娘,毫无疑问,一定十分狡猾地通过暗示,强奸了病人真正的意志。与此同时,这些律师还试图把这件事情闹大,使之成为一个民族纠纷;这些匈牙利的田庄,从阿尔帕德①时代起就为莪罗斯伐尔家所有,现

① 统一的匈牙利各部族的第一位大公(890—907 年在位),他建立的王朝一直延续到一三〇一年。

在要落到外国人，落到一个普鲁士女人的手里，而财产的另外一半甚至落进东正教教会的腰包。整个布达佩斯不再谈论别的，都在议论这事，各个报纸也整栏整栏地报道这条新闻。然而尽管有关人员大吵大闹，喧嚷怒吼，情况并不美妙。这些继承人在两级法院里已经败诉；使他们倒霉的是，台里台特的两位医生还都健在，他们重新证实，侯爵夫人当时头脑十分清楚。其他的证人在反复讯问之下，也不得不承认，年迈的侯爵夫人在最后几年虽然脾气怪僻，可是头脑一点也不糊涂。律师各式各样的花招和威胁恐吓全都归于失败；可以指望，王家最高法院不会推翻迄今为止已经作出的有利于狄岑荷夫小姐的各种裁决，这是有百分之百的必胜把握的。

"卡尼兹自己当然也读过这场官司的报道，但是他竖起耳朵，仔细倾听每一句话，别人的金钱事务是他学习的对象。他对此极感兴趣；另外，在他充当代理人的时候，他就已经认识开克斯法尔伐庄园了。

"'你可以想象，'这时候那年轻的文书又继续往下说，'等我东家回来，看到人家已经骗过了那傻女人，他可真是火冒万丈。这女人已经在文件上签字，放弃莪罗斯伐尔庄园，放弃奥夫纳大街的宫殿，得到开克斯法尔伐庄园和养马场她就满足了。那条狡猾透顶的老狗答应她，以后再也不用跟法院打任何交道了，这一诺言显然给她留下了特别的印象。那些继承人甚至还要慷慨地把她延请律师的费用也承担下来。从法律上看，对这项协定还是可以提出非议的，归根结底，它不是当着公证人的面签订的，签字时只有证人在场；其实不费吹灰之力就可以用饿饭的方式把这帮贪婪的家伙陷入困境，他们已经身无分文，新的法院把案子一拖就可以把他们拖垮。我的东家当然有不可推卸的责任，把这帮家伙撵走，并且为了这个女继承人的利益反对这个协定。可是这帮家伙可善于抓住他的要害——他们暗地里塞给他六万克朗的律师酬金,只要他别再吱声。我的东家本来就对这个傻女人一肚子火,怪她在半个钟头里面叫人花言巧语骗去了足足五十万克朗的财产,所以他就宣布这份合同有效,并且收下了他那笔钱——六万克朗。你有什么说的,就因为他愚蠢地到维也纳去跑了一趟,结果把他女当事人的事给弄糟了,他自己却为此得了六万克朗!是啊,人得走运,头号的流氓恶棍,在睡梦中天主也会赐福!现在这女人从那笔价值几百万的遗产中只得到开克斯法尔伐庄园,据我对她的了解,就是这座庄园过不多久也要被她搞得乱七八糟,真是一头其蠢无比的笨牛!'

"'她有了这座庄园怎么办呢?'另一个人问道。

"'搞得乱七八糟,我跟你说吧!肯定胡来一气!话说回来,我已经风闻,糖业同业公会的人打算把她的制糖厂骗过去。我估计,后天吧,那位总经理就要从布达佩斯赶来。而那座庄园呢,据说有个叫彼得罗维契的打算租下,他在那儿当总管。可是说不定糖业同业公会的人也想把庄园拿过来自己管理。他们有的是钱,据说有家法国银行——你们在报上没有看见吗?——正在筹备和波希米亚工业界的联合……'

"谈话到此扯到一般性的问题上去了。可是我们的卡尼兹已经听得够多了,连他的耳朵都听得着火发烧了。没有几个人像他这样熟悉开克斯法尔伐庄园的情况,早在二十年前他就到过那里,为府邸的动产保险。他也认得彼得罗维契,甚至从他最初经营买卖的时候起,就认得这人。这个表面上忠厚老实的家伙多年来管理庄园,把一大笔钱塞进自己腰包。通过卡尼兹的介绍,他把这笔钱存放在哥林格博士那里。但是对于卡尼兹最重要的是:他非常清楚地记起了那口装满中国瓷器的柜子,一些涂了釉的雕塑和一些丝织品,这些东西都是莪罗斯伐尔侯爵夫人的祖父传下来的,他在北京当过公使。只有卡尼兹一个人知道这些东西价值连城,还在侯爵夫人生前,他就打算代表芝加哥的罗森费尔把这批东西买下来,这都是些稀世珍品,也许每件值两三千镑。莪罗斯伐尔老夫人当然一点也不知道,这几十年在美国买东亚的艺术珍品要付怎样的价钱。可是她粗暴地把卡尼兹打发走,说她什么也不卖,叫他见鬼去。倘若这些东西现在还在——想到这里,卡尼兹浑身哆嗦——那么在财产所有权转移的时候,可以用便宜得惊人的价钱弄到手。当然最好能取得购买府里全部家具的预先购买权。

"我们的卡尼兹装得好像突然醒来——三个同行的旅伴早在谈论别的事情——他颇为艺术地打了个哈欠,伸伸懒腰,掏出表来看看:半小时内列车就要在您驻防的这个城市停下。他急急忙忙地把睡衣叠好,穿上他那从不离身的黑外套,把一切收拾停当。两点三十分整他下车,驱车前往红狮旅社,要了一个房间。我用不着强调,他像每一个统帅面临一场胜负未卜的战役一样,睡得很不安稳。早上七点——千万别耽搁一秒——他就起床,穿过我们刚才走过的林荫道,大踏步地向府邸走去。他心里暗忖:赶在前面,一定要赶在别人前面。在兀鹰从布达佩斯飞来之前得把一切办妥!得赶快说服彼得罗维契,倘若要出卖这些动产,必须立即打个招呼。实在不得已就和他一起买下整个府邸,分的时候自己独得那些家具。

"自从侯爵夫人去世之后,府邸里已经没有多少仆役。所以卡尼兹可以不慌不忙地走到府邸跟前,仔细观察一切。他暗自思忖,真是一座漂亮的庄园,确实维护得很不错,百叶窗新上了油漆,墙壁涂了美丽的颜色,篱笆是新装的——不错,不错,这个彼得罗维契心里有数，为什么他让人进行这么多的修理工程，每笔账都有大量的佣金落进他的腰包。可是这小子跑哪儿去了？府邸的大门是锁着的，管理处的院子里不管怎么使劲敲门，一点动静也没有——真该死，要是这家伙临了已经自己乘车到布达佩斯去跟这个头脑简单的女人狄岑荷夫签订合同，那可糟了！

“卡尼兹急躁地从一扇门走到另一扇门，又叫喊，又拍手，可就是没人搭理！最后，他从一扇小小的边门溜了进去，一眼瞥见玻璃暖房里有个女人。透过窗玻璃他只看见她在浇花——终于找到了一个人可以给他点消息。卡尼兹粗鲁地敲敲玻璃。他向里面叫了声‘喂’，拍拍巴掌，为的是让那女人注意到他。那女人正在屋里忙着浇花，不觉吓了一跳。过了一会儿，她才走到门口来，一副怯生生的神气，就仿佛她闯了什么祸似的。这是个身材瘦削的金发女子，年纪已经不轻，穿了一身朴素的深色衣衫，外面系了一条印花布围裙，她现在站在两根木柱之间，花剪还半张着，握在手里。

“卡尼兹有些不耐烦地对她嚷道：‘您可叫人久等啊！彼得罗维契在哪里？’

“‘您说谁？’瘦弱的姑娘问道，眼里流露出惊慌失措的神气；她不由自主地往后退了一步，把花剪藏在背后。

“‘谁？！这里到底有几个彼得罗维契啊？我指的是彼得罗维契——那个管家！’

“‘啊，对不起……管家……管家先生……是的……我自己也还没有见过他呢……我想，他是到维也纳去了……可是他太太说，她希望今天傍晚他能回来。’

“希望，希望——卡尼兹心里恼火地暗想。一直等到晚上。在旅馆里再白白浪费一夜时间，又是几笔不必要的开销，而到底会弄个什么名堂出来，心里一点数也没有。

“‘真倒霉！偏偏今天这家伙要走开！’他低声嘟囔着，然后转过脸去对那姑娘说，‘这工夫可以参观一下这座府邸吗？有人有钥匙吗？’

“‘钥匙？’她惊愕地重复了一遍。

“‘是的，见鬼，是钥匙！’（他心里暗想，她的身子为什么这样傻乎乎地来回直晃啊。大概彼得罗维契嘱咐她，不得让任何人进去。好吧——大不了塞点小费给这头胆小怕事的笨牛。）卡尼兹立刻装出和蔼可亲的样子，用那种粗俗的维也纳方言说道：

“‘哎呀，您甭那么害怕！俺一定不会拿走您什么东西的。俺只不过想瞅一眼。怎么样，您说——您到底有钥匙没有？’

“‘钥匙……我当然有钥匙，’她结结巴巴地说，‘……可是……我不知道，管家先生什么时候……’

“‘我已经跟您说过了，这事，我用不着您的彼得罗维契。好了，别再瞎磨蹭了。这屋子您熟悉吗？’

“这笨嘴拙舌的女人更加窘迫不堪。‘我想还可以吧……我有点熟悉……’

“‘笨蛋一个，’卡尼兹心里暗忖，‘这个彼得罗维契尽雇用了一些什么样的宝贝用人啊！’

“‘好，现在咱们走吧，我没多少时间。’

“他走在头里，果然，她跟来了，样子局促不安，谦卑拘谨。走到大门口，她又迟疑起来。

“‘我的老天爷，您就把门打开吧！’这女人为什么装出这么一副傻样，这么一副尴尬样子，卡尼兹心里暗暗恼火。她从她那干瘪的、用旧了的皮包里掏钥匙的时候，卡尼兹为了慎重起见再打听一次：

“‘您到底平时在这府邸里是干什么的？’

“这女人吓得畏畏缩缩，她站住脚步，脸涨得通红。‘我是……’她刚开口，马上又改口，‘……我过去是……侯爵夫人的伴娘。’

“这下轮到我们卡尼兹透不过气来了（我向您起誓，要想叫他这号人手足失措是困难的）。他不由自主地往后退了一步。

“‘您该不是……狄岑荷夫小姐吧？’

“‘我是她。’她答道，神色惊慌，好像人家揭了她的短似的。

“卡尼兹这一辈子还从来不懂什么叫狼狈。可是在这一秒钟他可是狼狈得无地自容。他真是瞎碰瞎撞，一脑袋正好撞上了这位传奇式的狄岑荷夫小姐，开克斯法尔伐庄园的女继承人。他立刻改变说话的腔调。

“‘对不起，’他讷讷地说，神情慌张，手忙脚乱地摘下帽子，‘对不起，小姐……可是没有一个人通知我，说小姐已经来到这里……我一无所知……请您原谅……我到这儿来，只是为了……’

“他顿住了，因为现在可得编点让人可以相信的话来。

“‘只是为了保险的事……原来我在多年前已经多次造访过这个庄园——还是在已故的侯爵夫人健在的时候。可惜当时没有机会见到小姐您……我来就是为了这件事，只是为了保险的事……只是瞧一瞧，看全部地产是否完整无损……我们有义务这样做。不过话说到底，这事也并不着急。’

“‘啊，请看吧，请看吧……’她说道，显得非常胆怯，‘这种事情我当然搞不清楚。也许您还是跟彼得维茨①先生谈谈。’

“‘当然，当然，’我们的卡尼兹连声回答，他还没有完全镇定

---

① 狄岑荷夫小姐把管家的姓记错了。

下来，'……我当然要等彼得维茨先生（何必去纠正她，他心里想）。不过，小姐，如果对您不是太费事的话，我也许可以很快地把府邸视察一遍，那么一切都可以很快办完。大概家具没有什么变动吧。'

"'没有，没有，'她急忙说道，'一点也没有变动。如果您想亲眼看一看的话……'

"'那太好了，小姐。'卡尼兹鞠了一躬，两人走进屋去。

"进了客厅他第一眼就看您已经认识的那四幅瓜尔迪[①]的名画，到隔壁艾迪特的起居室里，就看那口装中国瓷器的玻璃柜，看丝织的壁毯和小巧玲珑的玉雕。一块石头落地！这一切全都还在。彼得罗维契一件没偷。这个愚蠢的家伙宁可在收获燕麦、苜蓿、土豆的时候，在修缮房屋的时候，捞一点摸一点。狄岑荷夫小姐，显然觉得在这位陌生先生紧张地左顾右盼的时候打扰了他，心里很窘，便打开了关得严严的百叶窗。阳光顿时涌入室内，透过高敞的玻璃门可以远远地看到花园深处。赶快和她攀谈，卡尼兹暗自思忖。别放她走！和她搞好关系！

"'花园一览无余，真是好景致啊。'他深深地吸了口气，开言道，'住在这儿，真是妙哉！'

"'是的，是很美。'她顺从地随声附和，但是她那赞同的口气听起来不是那么真实。卡尼兹立刻觉察出来，这个吓得畏畏缩缩的女人已经不会公开反驳人家的意见，过了一会儿，她才补充了几句，作为纠正：

"'当然，侯爵夫人住在这里一直觉得不舒服。她总说，平坦的原野使她心情忧伤。她其实一直只喜欢群山和大海。这一带她

---

① 弗朗切斯科·瓜尔迪（1712—1793），意大利著名画家。

觉得太孤寂，而人呢……’

“说着她又顿住了。可是——接着攀谈、攀谈，卡尼兹提醒自己。和她保持联系！

“‘但愿您现在在我们这儿长住下去了吧，小姐？’

“‘我？’——她不由自主地举起了双手，仿佛她想把什么不想看见的东西从身边推开，‘我？……不！啊，不！叫我孤零零的一个人住在这么大的房子里做什么？……不，不，等到所有的事情都安排好，我马上就离开这里。’

“卡尼兹小心翼翼地从旁边斜着眼睛瞅她。她站在这间大屋子里显得多么瘦小啊，这个可怜的女主人！她看上去脸色过于苍白了一点，神情也太惊慌畏缩，除此之外简直可说她还漂亮；她那张瘦削的长脸，眼帘低垂，看上去就像被连绵的阴雨糟蹋了的一片美景。一双眼睛似乎呈娇嫩的矢车菊的蓝色，眼神柔和而又温暖，但是不敢尽情地放射光芒，总是一再躲进眼帘后面。卡尼兹善于观察，训练有素，他立刻看出：这是一个被人折断了脊梁骨的可怜虫。一个没有自己意志的人，你可以叫她百依百顺。所以和她攀谈！和她攀谈！他皱着眉头，一脸同情关切的神情，继续打听：

“‘那么这份漂亮的产业怎么办呢？要经营这么一份产业需要有个领导，有个坚强的领导！’

“‘我不知道，我不知道。’她急躁地说道。惶惑不安的情绪使她瘦弱的身体震颤。在这一瞬间卡尼兹明白了，这个女人多年来一直依人为生，她是绝对没有做出独立决断的勇气的。这份遗产只是像一只满盛忧虑的口袋，压在她瘦削的肩上，她对这笔遗产与其说是满心喜悦，毋宁说是心惊胆战。卡尼兹闪电般地盘算了一下。这二十年里他学习买卖，学习兜生意，抢生意并不是白学的。你得鼓动买主去买，还得说服卖主肯卖：这是干代理人这行的第一法则，于是他立刻弹起劝人出售的老调来了。他心里暗忖，得让她对她的产业‘倒胃口’。临了就可以抢在彼得罗维契之前把她全部产业一股脑儿都租下来；这小子恰好今天跑到维也纳去了，说不定这是我运气。于是卡尼兹毫不迟疑，立刻装出一副深表遗憾，无比关切的表情。

“‘是的，您说得一点不错！一个大庄园也总是一个大负担。有了它你就永远不得安生。每天得跟管家、仆役和邻居打架，再加上各式各样的赋税和律师！只要人家感觉到那里有一点产业，有一点钱财，他们就要把你最后一个钱搜刮了去。你身边只有敌人，不管你对每个人心眼多好。毫无办法，毫无办法——他们只要嗅到钱就个个都变成了贼。遗憾，真遗憾啊！您说得一点不错：要经营这么一个庄园，得有一副铁腕，要不然你是搞不好的。而这是需要有天赋的，而且即便你有铁腕那也免不了还得没完没了地搏斗。’

“‘唉，是啊，’她长长地叹了口气。看得出来，她回忆起了什么令人不寒而栗的事情，‘可怕，人真可怕，只要一牵涉到钱！这事我从前一点也不知道。’

“人？这些人跟卡尼兹有什么关系？人好、人坏，跟他有什么相干？要紧的是把整座庄园都租下来，而且租得越快越占便宜越好！他侧耳倾听，并且彬彬有礼地频频点头，可是就在他听她说话并且回答问题的同时，他却在他脑子的另外一个角落里连连盘算怎么才能最迅速地把这事敲定。建立一个财团，把整个开克斯法尔伐庄园租下来，包括农田、制糖厂、养马场。然后再把这一切全部转租给彼得罗维契也无所谓，只要保住屋里的家具就行了。最要紧的是：立刻向她提出租佃的建议，并且用那些麻烦事好好地吓唬吓唬她！她就会接受人家提出的一切建议。她不会打算盘，她从来没有挣过钱，所以也不配得到很多钱。他头脑里正用全部纤维和全部神经紧张工作，他的两片嘴唇却似乎十分关切地继续聊个不停。

"'然而最可怕的是打官司，一打起来，你想讲和也没用，你就陷在没完没了的争执之中，永远不能自拔。这点也老是吓得我不敢去买任何产业。老是打官司，老得请律师，老是出庭，审讯，丑闻……可别这样，宁可过着淡泊简朴的生活，安全踏实，用不着生气烦恼。有了这么一个庄园，你自以为拥有了一笔财产，实际上只是成了为别人奔走角逐的猎犬，永远也得不到真正的平静。其实就这事情本身而言是妙不可言的，瞧这座府邸，这座漂亮的古老庄园……美妙已极……但是，那你就需要有冷静的头脑和铁腕，否则你得到的只是无穷无尽的负担……'

"她低着头听他说这番话，蓦然间抬起头来；从她肺腑深处迸出一声沉重的叹息：'是啊，是副沉重的负担……要是我能把它卖掉就好了！'"

十七

康多尔大夫突然打住话头。“我在这里必须中断一下我的叙述，少尉先生，为了向您弄清楚，那短短的一句话在我们朋友的生活中具有什么样的意义。我已经告诉过您，开克斯法尔伐是在他一生中心情最沉重的一夜把这个故事说给我听的。那天夜里，他妻子死去了，这种瞬间每个人也许一辈子只能经历两三次——在这种时刻，即便是最最奸刁狡猾的人也感觉到需要在另外一个人面前无保留地吐露真情，就像在天主面前忏悔似的。我现在还清清楚楚地记得他当时的模样，我们一同坐在疗养院楼下的候诊室里。他把椅子紧紧地移到我的跟前，低声迅急地叙述，情绪激动，滔滔不绝。我感觉到，他是想这样一刻不停地讲啊讲啊来忘记他妻子正在楼上死去，他用这种无休止的诉说来自我麻醉。但是，当他讲到狄岑荷夫小姐对他说‘要是我能把它卖掉就好了’这句话的时候，他突然顿住了。请您想想看，少尉先生——那不复年轻的姑娘，浑然无知，竟天真地向他承认，她只求赶快、赶快把开克斯法尔伐庄园卖掉。事隔十五六年，这一瞬间还使他大为激动，他顿时脸色苍白。他差不多以同样的语调向我重复了两三遍这句话：‘要是我能把它卖掉就好了！’当年的那个莱奥波尔特·卡尼兹凭他那迅速统观全局的本领，立刻明白，他这辈子最大的一笔交易简直可说直接掉到他的手里，他根本用不着做什么，只消伸出手去一把抓住就行了。现在不是仅仅租佃这座美好的庄园，而是可以独自买下。他一面假装若无其事地东拉西扯，掩盖内心的惊慌，一面开动脑筋，左思右想。他暗自盘算：不消说，趁彼得罗维契，或者那个布达佩斯来的总经理还来不及插手就得把庄园买下来。我不能把她放走。我得切断她的退路。不当上开克斯法尔伐庄园的主人，我绝不离去。我们的思维能力在某些紧张的时刻具有一种神秘的双重性，所以他一方面脑子里为自己着想，只为自己着想，而同时，跟狄岑荷夫小姐说话，却说的是另一种意思，完全相反的意思，说得慢条斯理，显出精于盘算的样子：

"'卖掉……当然，小姐，卖总是好卖的，什么都能卖……卖掉本身并不难……但是要卖个好价钱，这可是个艺术……事情的关键就在于卖个好价钱！要找一个诚实的主顾，他熟悉这一带，无论这里的土地还是居民他都熟悉……要找一个有门路的主顾。天主保佑千万别找那些律师，他们平白无故一心只想迫使你去打官司……然后——恰好在这种情况下还有一点非常重要，这就是：一定要现金买卖。一定要找到一个不用汇票和债券支付的主顾。要是收了汇票和债券，你还得扯几年皮呢！……要卖得稳当，卖个合适的价钱。'（同时他计算了一下：我一直出价可以出到四十万克朗，最多可以出到四十五万克朗，话说到底，还有那些画也值五万，说不定值十万克朗呢，还有房子，养马场……只是还要检查一下，这些东西转账了没有。还得从她那儿打听出来，是不是有人赶在我的前面已经出过一个价钱……）他于是突然把心一横：

"'您是否已经，小姐——请您原谅，我这样轻率地向您提问——您对于价钱是否有个大概的设想？我的意思是，您是否想过，希望得到一个什么确切的数目？'

"'没有。'她不知所措地回答道，眼神惊慌地望着他。

“啊,糟糕!坏事了!——卡尼兹暗自思忖。这下可坏了!最难不过的就是跟那些提不出价钱的人做买卖。他们接着就东跑西颠,到处打听,每个人都来估价,七嘴八舌,瞎说一气。要是给她时间去打听,那就全完蛋了。他心里这样翻腾不已,可是嘴巴却十分巴结地说个不停:

“‘可是您想必已经有了一个大致的设想,小姐……归根到底,咱们总得知道,这个产业有没有抵押出去,抵押了多少……,‘抵……抵押?’她重复了一遍。卡尼兹立刻觉察到,她是平生第一次听到这个字。

“‘我的意思是……大概总有某种暂时的估计吧……就从缴纳遗产税这个角度来看……您的律师有没有跟您——请原谅,我也许显得有些多管闲事,不过我是真心诚意地想给您出些主意——您的律师难道没有跟您报过什么数目字吗?’

“‘律师?’——她似乎朦朦胧胧地想起了什么,‘啊,是的……您等等……是的,律师是给我写过什么,为了一次估价给我写过什么东西……不错,您说得对,是为了缴税,可是……可是这都是用匈牙利文写的,我不识匈牙利文。对的,我想起来了,我的律师写道,我应该把文件拿去叫人翻译。我的天主啊,这些日子乱糟糟的,我把这事忘得干干净净了。这全部文件想必还在,一定搁在那边我的皮包里了……那边……我是住在管家住的那幢房子里,我总不能睡在侯爵夫人住过的房间里啊……不过,如果您真的那么好心,愿意和我一起到那边去,我把一切都给您看……这就是说……’她突然哽住了——‘这就是说,如果我的这些琐事不太麻烦您的话……’

“卡尼兹激动得浑身发抖。这一切都以惊人的速度向他涌来,只有在梦里才会看到这样的快速——她自己心甘情愿地把全部文件、全部估价拿给他看。这一来他可是毫无争议地取得了预先购买的权利。他谦恭地鞠了一躬。

"'可是,小姐,能为您提出一些忠告,我只感到荣幸。我可以毫不夸口地说,在这种事情上我稍微有些经验。侯爵夫人,'——(说到这里,他决意撒谎)——'如果在财政方面需要了解什么情况,总是找我。她知道,我除了向她提供最好的忠告之外,别无其他个人利益……'

"他们一起走到对面管家住的房子里。果然,这个案子的全部文件都乱七八糟地塞在文件袋里,还有她和她律师的全部来往信件,交税的单据,协议的副本。她心烦意乱地把文件翻了一遍,卡尼兹呼吸沉重地在旁边看着她,紧张得双手瑟瑟直抖。她终于打开一张信纸。

"'我想,这大概就是那封信了。'

"卡尼兹拿过信纸,上面还别了一份匈牙利文的附件。这是维也纳那位律师写的一封短信:'我的匈牙利同事刚才通知我,他已经成功地通过他的一些关系为了交纳遗产税对遗产作出了特别低的估价。我认为,这里作出的估价大约只相当于实际价值的三分之一,有的物件的估价甚至只相当于四分之一……'卡尼兹双手瑟瑟直抖地把这张估价单拿过来。单子上他感兴趣的只有一项,那就是开克斯法尔伐庄园。这个庄园估价是十九万克朗。

"卡尼兹变得脸色苍白。他自己算出来的也差不多,正好是这人为地压低了的估价的三倍,也就是六十万到七十万克朗,而这位律师对于那些中国瓷花瓶还一无所知呢。现在该向她提出一个什么价钱呢?数目字在他眼前欢蹦乱跳、飞舞盘旋。

"可是在他身边有个声音惴惴不安地问道:'这个文件对吗?您能看明白吗?'

“‘当然,当然,’卡尼兹惊醒过来,‘没问题……呃……律师告诉您……开克斯法尔伐庄园估价共值十九万克朗。当然这只是估计的价格。’

“‘估计的……价格?……请您原谅……可是,估计的价格是什么意思?’

“现在得把绝招使出来了,要么现在使出来,要么永远也不使出来,卡尼兹使劲地把呼吸调匀起来。‘估价嘛……是啊,估价……总是很玄的……是个很暧昧的东西……因为……因为……官方的估价从来也不完全和出售价格相吻合。人们从来也不能指望,这就是说,不能确切地指望,达到全部估价……有时候当然可以达到,有时候甚至还可能超过……但是这只是在一定的情况下才有可能……这始终只是一种碰运气的事,就像每次拍卖的时候那样……估价说到底无非只是一个支点,当然,是个非常靠不住的支点……譬如说……咱们譬如说可以估计……’——卡尼兹浑身发抖,现在出的价别太少,也别太多!——‘像这座庄园这样的一个对象,如果官方估价值十九万克朗……那么咱们总能估计,在卖出的时候,无论如何一定能得到十五万克朗,无论如何!这是随便怎么样也能指望得到的。’

“‘您说,多少?’

“卡尼兹的两个耳朵突然热血上涌,嗡嗡直响。她猛然转过身去看他,神气非常古怪,问他的时候,活像竭尽最后的力气拼命控制住自己的怒气。莫非她已经看透了他的骗人把戏?我是不是赶快再把价钱提高一点,再增加个五万克朗?可是他内心深处有个声音说道:试试看!于是他便孤注一掷。尽管他的脉搏像敲锣打鼓似的在他太阳穴上轰鸣,他却用十分谦恭的表情说道:

“‘是的,这个数目字我是无论如何一定要求的。十五万克

朗,我想,是一定可以得到的。'

"可是这一瞬间他的心脏已经停止了跳动,刚才还不断轰鸣的脉搏,这时完全停顿。因为他身边的这个毫不知情的女人以最真挚的惊诧神情惊叫起来:

"'这么多?您真的认为……会有这么多?……'

"卡尼兹得停顿片刻,才重新控制住自己的心神。他得使劲稳住自己的呼吸,才能用那种忠厚老实人确信无疑的口吻回答道:'是的,小姐,这点我是完全可以担保的。这个数目反正是一定可以争取得到的。'"

十八

康多尔大夫方才又打住话头。我起先以为，他停下来，只是为了点支雪茄。可是我发现，他突然一下子烦躁起来。他摘下夹鼻眼镜又戴上，把他稀薄的头发像什么讨厌的东西那样往后一甩，眼睛直视我。这可是长长的一瞥，惶惑不安地打量我。然后他猛地向后一靠，深深地坐进软椅里。

“少尉先生，也许我告诉您的事情已经太多了——反正比我原来打算告诉您的要多。但是，希望您不至于误会我。我把开克斯法尔伐当时对这个毫无所知的女人要的这个花招老老实实地告诉您，决不是为了让您对他产生反感。这个可怜的老人，今天留我们在他家吃了晚饭，我们看见，他身患心脏病，惊慌失措，他把他的女儿托付给我。为了治好这可怜的姑娘，他会拿出他财产中的最后一个大钱，这个人早已不再做那种不干不净的买卖，我是绝不会在今天来控告他的。恰好在现在，他在绝望之中的确需要帮助的时候，我觉得重要的是，您从我这儿听到真实情况而不是从别人那儿听到恶意的风言风语。所以请您坚持一点——开克斯法尔伐（或者不如说卡尼兹，当时他还叫这个名字呢）那天到开克斯法尔伐庄园去，并不是抱着从这个不明世故的女人手里凭着花言巧语便宜地买下这个庄园的目的。他只是想顺便做一笔他常做的那种小买卖，并无其他奢望。那个惊人的机会简直可说是向他突然袭来的，他要是不充分利用这个机会，也就不成其为他了。但是您马上就会看到，接着事态便多少有了些变化。

“我不想长篇大论地大讲一气，宁可省掉一些细枝末节。只有一点我想向您透露，那就是这几小时成了他一生中神经最紧张、心情最激动的时刻。您不妨自己想想当时的形势：这个人一向仅仅是个不大不小的代理人，一个不知名的生意人，突然之间，机遇犹如一块陨石从天空落到他头上，使他一夜之间可以变成巨富。他在二十四小时之内可以比过去二十四年惨淡经营、锱铢必较的薄利小本买卖挣钱更多，而且，惊人的诱惑在于，他用不着去追逐这个牺牲品，用不着去拴住它，麻痹它——而是那个牺牲品自觉自愿地来上他的圈套，简直可以说还来舔那只已经举起了屠刀的手呢。唯一的危险在于，另外会有个人跑来干扰。因此，他一秒钟也不能把这女继承人从手里放走，不能让她有空闲的时间，他必须趁管家还没回来就把她从开克斯法尔伐带走，而在采取这些预防措施的过程中，一秒钟也不得泄露他自己对于庄园的出售感兴趣。

“在援军到来之前发起冲锋，一举攻克陷入重围的开克斯法尔伐堡垒，此举简直像拿破仑的战役一样大胆，也像拿破仑的战役一样危险。然而机缘巧合总乐于为冒险的赌徒助一臂之力。连卡尼兹自己也没有预料到的一种情况，悄悄地为他铺平了道路，这就是那个非常残酷可是又极其自然的事实：这个可怜的女继承人在她到达她继承到的这个府邸的最初几小时里已经受了那么多屈辱，遇到那么多仇恨，以至她自己只有唯一的愿望，那就是：离去，赶快离去！奴颜婢膝之徒看到他们的邻人好像驾着天使的翅膀从同样沉重的徭役中脱身出来，于是满怀嫉恨，再也没有比这表现得更卑劣的了：渺小的心灵容易原谅一个君王获得令人头晕目眩的财富，不容易原谅和他们受到同样重压的同命运的难友获得微不足道的一点自由。开克斯法尔伐府邸里的仆役看到，恰巧是这个北德的女人如今突然之间要做开克斯法尔伐庄园的主人，从而也将成为他们的女主人，实在难压心头的怒火。他们清清楚楚地记得，那个动辄盛怒的侯爵夫人在梳头的时候常常连梳子带刷子都扔到她的头上呢。彼得罗维契一听到女继承人到达的消息，马上乘火车走掉，免得非去欢迎她不可。他的妻子，一个下贱的女人，从前是府邸里的厨娘，用下面这番话向她表示欢迎：'好吧，您反正也不愿意在咱们这里住的，这地方对您是不够体面的。'男用人把她的箱子叭的一声扔在门口，她只好自己把箱子拖进门槛，而管家的老婆也不来帮她一把。午饭没有准备，谁也不管她，夜里她可以清楚地听见大家在她窗前相当大声地谈话，谈某一个'骗取遗产的女人''女骗子手'。

"这个可怜的女人性格软弱，她从这最初的见面礼看出，在这座府邸里她是永远也不会有一小时太平的。仅仅因为这个缘故——这点卡尼兹是没有料到的——她才欢欣鼓舞地接受卡尼兹的建议，当天就驱车前往维也纳，据说，他知道那里有个可靠的买主。这个神情严肃、态度和蔼、博闻多识的男子，长着一双忧郁的眼睛，在她看来，不啻天国的使者。所以她不再继续发问，她感激地把所有的文件全都交给他，睁着一双也像在静静谛听的蓝眼睛，她听他为这笔钱如何投资给她出的主意。他叫她只取稳定的票证，国家发行的公债券，存款绝对安全的票证。哪怕是她财产当中的一丁点也不要托付给私人，全部财产都得存进银行，让公证人，一个奥匈帝国的公证人来负责管理。而现在还把她的律师找来，那是毫无意义的。律师的事务除了把一目了然的事情弄得复杂不堪之外还有什么？不错，不错，他一再热心地插话道，三五年内她可能卖得一笔更多的钱，这是可能的。但是在这期间要付出什么代价,在法院和官府方面又会遇到什么样的麻烦;因为他从她方才惊恐万状的眼神里看出,这个生性平和的女人对于法院和买卖是多么厌恶,所以他就把他的各种论据从头到尾来回重复,最后都落脚到:赶快行动!赶快行动!下午四点钟,彼得罗维契还没有回来,他们两个已经取得一致意见,乘快车前往维也纳。这一切来得简直像暴风骤雨一样迅急,以致狄岑荷夫小姐根本没有机会请问这位陌生的先生尊姓大名,而她已经把她得到的全部遗产都委托他去出售。

“他们乘坐的是头等快车——开克斯法尔伐这是生平第一次坐在这蒙着红丝绒的弹簧车座上,在维也纳他也把她安顿在克尔特纳大街的一家上等饭店里,自己也同样在那里要了一个房间。现在卡尼兹一方面有必要在当天晚上就让他的伙伴,那个叫哥林格博士的律师准备一份购买的契约,以便在第二天就能把这块到手的肥肉加上一个在法律上无懈可击的形式,另一方面他又不敢让他的牺牲品单身独处哪怕一分钟之久。于是他就想到了一个——我得老实承认——天才的念头。他向狄岑荷夫小姐建议,趁晚上没事,不妨到歌剧院去,根据预告,有个外来的歌舞团要在那里上演一场耸人视听的剧目,而他则打算在当天晚上还把那位买主找到。据他所知,这位先生正在到处寻找一座规模宏大的庄园。狄岑荷夫小姐为他的热心关怀所感动,高高兴兴地表示赞同。他就把她安顿在歌剧院里,这一来,她就足足四个钟头给钉在那里,卡尼兹便可以乘坐一辆马车——同样是他生平第一次——飞快地赶到他的伙计和窝主哥林格博士那里。此人不在家。卡尼兹在一家酒店里找到了他,答应给他两千克朗,要他在当天夜里就把购买契约的各项细节全都草拟就绪,第二天晚上七点带着写好的购买契约把公证人约来。

“卡尼兹在谈判的过程中，让马车等在律师家的门口——他这是生平第一次挥金如土。发布指示以后，他就驱车赶回歌剧院，还能及时在前厅里截住那个兴奋得晕头转向的狄岑荷夫小姐，送她回家。这一来就开始了他第二个不眠之夜。他越接近他的目标，疑虑就使他越发烦躁，他担心那个到现在为止一直百依百顺的女子是不是还会中途脱逃。他一次次地翻身起床，详尽地制定出第二天的包围战略。首要的一条是：不能有一刻让她单身独处。得租一辆马车，让它到处等着，一步也不要步行，免得她临了碰巧在马路上遇到她的律师。要防止她读到报纸——说不定在报上又会登载什么有关莪罗斯伐尔案件中那个协定的消息，那她就会产生怀疑，是不是第二次受到了欺骗。可是实际上所有这些担忧害怕和小心谨慎全属过虑，因为这个牺牲品根本不想脱身。她就像拴在一根玫瑰色带子上的羊羔那样驯服地跟在那邪恶的牧羊人身后。当我们的朋友折腾了一夜困顿不堪地走进饭店的早餐厅时，她已经坐在那里耐心等待，身上还穿着那身自己缝制的衣衫。接着便开始了一场奇特的木马轮旋戏，我们的朋友完全多此一举，把那可怜的狄岑荷夫小姐拖着从早到晚转圈子，为的是制造出一些人为的困难来骗她，这些困难都是他在那不眠之夜挖空心思为狄岑荷夫小姐想出来的。

“那些细节我跳过去不说了。他拖着狄岑荷夫小姐到他的律师那里去，在那里打了好多电话，谈的全是别的事情。他带她到一家银行去，让人把银行的全权代表请来，商量投资的事情，并且给她开了一个户头；他又拽着她到两三个抵押银行和一家值得怀疑的地产公司去，仿佛他要到那里去打听什么消息。狄岑荷夫小姐跟着一起去，安静地、耐心地在那些前厅里等待，而他则假装在谈判：在侯爵夫人那里受了十二年的奴役，这样等在外面对她来说早已成了不言而喻的事情，这并不使她感到压抑、屈辱，她静静地合着双手等着，等着，有人从旁边走过，她就马上垂下她那双蓝色的眼睛。卡尼兹劝她做的事情，她全都照办，耐心、听话，活像个孩子。她在银行里在表格上签字，签完后也不再看一眼，还没收到款项，她毫不考虑就签署收据，以至有个邪恶的念头开始折磨卡尼兹，这个傻女人是不是给她十四万，甚至十三万克朗，也会同样满意。银行的全权代表劝她买铁路股票，她说'好吧'，他建议她买银行股票，她也说'好吧'，每次她都胆战心惊地抬起头来向她的大圣人卡尼兹看上一眼。显然，所有这些买卖活动、签字和表格啊。看到赤裸裸的现金，在她身上引起了不安，既含有敬畏之情，同时也使她感到难堪。她只渴望能逃脱这莫名其妙的忙乱，重新安安静静地坐在一间屋子里念念书，打打毛衣，或者弹弹钢琴，而不要思想冥顽不灵、心灵忐忑不安地置于这种责任重大的决断面前。

"但是卡尼兹不知疲倦地驱赶她在这人为的圈子里转来转去，一方面真像他答应的那样，帮她把卖庄园得来的这笔钱变为最最稳妥的投资，另一方面也是为了把她弄得头晕目眩。这事从早上九点一直干到晚上五点半。最后他们两个都精疲力竭，他便向她建议，到一家咖啡馆去歇一会儿。他说，一切实质性的事情都已经了结，卖庄园这件事可说已经差不多就绪。她只消在七点钟到公证人那里去在契约上签个字，把卖得的款项取来就行了。她听了立刻容光焕发。

"'唉，那么末了我在明天早上就可以动身啰？'她的两只蔚蓝色的眼睛闪闪发光地望着他。

"'那是当然啰，'卡尼兹安慰她，'一小时之内您就是世界上最自由自在的人了，再也用不着为金钱和财产而发愁。您的六千

克朗的年金存放得非常安全。您现在爱上哪里就可以上哪里,爱怎么生活就可以怎么生活。'

"他出于礼貌打听一下,她打算到哪里去。她刚才还容光焕发的脸顿时阴沉下来。

"'我想过,最好我还是先到我在威斯特法伦的亲戚那里去。我想,明天一早有班列车开往科伦去。'

"卡尼兹立刻大忙特忙起来。他在侍者领班那儿要了一份行车时刻表,仔细查了一遍行车时间,把各条线路连接起来。先乘维也纳经法兰克福到科伦的快车,然后在奥斯纳布吕克换车。最方便的是乘九点二十分的早车,晚上就到法兰克福,他劝她在那里过夜,以免过于疲劳。他心烦意乱地忙着,接着往后翻,在广告栏里找到一家耶稣教办的寄宿舍。他跟她说,车票她用不着操心,这由他办。他明天还要送她上火车,她尽可放心。这样解释来,解释去,时间过得比他希望的还快;他终于可以瞅一瞅表催她:'现在咱们可得到公证人那儿去了。'

"在那里不到一小时就把一切手续办完。不到一小时,我们的朋友就从那位女继承人那里把她财产的四分之三敲了过来。他的老搭档哥林格博士看见契约里填上开克斯法尔伐府邸的名字,接着又看到低廉的收购价格,就闭上一只眼,带着钦佩的神情,向他直眨巴眼睛。狄岑荷夫小姐可一点也没注意到他的表情。这种同行的赞赏要是用语言表达出来,大概是这样的意思:'了不起啊,你这流氓!你取得了多大的成功啊!'公证人也饶有兴味地从他眼镜后面直看狄岑荷夫小姐。他和大家一样也从报纸上读到了为争夺莪罗斯伐尔侯爵夫人的遗产而展开斗争的消息,这个经办法律事务的人觉得这样匆忙的转手出售总不是什么好事。他心里暗想,可怜的女人,你可是落到坏蛋的手里了!然而,在签订购买契约的时候去警告卖主或者买主，这可不是公证人的义务啊。他该做的就是盖上印章，给契约登记，让当事人缴税。他已经亲眼睹了多少可疑的事件，还不得不给这些事盖上皇家的鹰徽[①]——所以这个老实人只是低下脑袋，把购买契约一丝不苟地摊开，彬彬有礼地请狄岑荷夫小姐第一个签字。

“这个怯弱的女人惊醒过来。她犹豫不决地抬起眼睛看看她的导师卡尼兹，一直等到他摆摆手鼓励她签，她才走到桌边，用她清秀明晰端正的德国字写下了‘安奈特·贝阿特·玛利亚·狄岑荷夫’这几个字；随在她后面签字的是我们的朋友。于是一切就绪，文件已经签上字，购买的款项存放在公证人手里，银行户头已经开好，第二天支票就要汇到这个账号上去。这么大笔一挥，莱奥波尔特·卡尼兹的财产就增加了两倍或者三倍。从这时起，开克斯法尔伐庄园的主人和所有者不是别人而是他了。

“公证人仔细地把墨迹未干的签名吸干，然后三个人都跟公证人握手，下楼，走在最前面的是狄岑荷夫，后面是屏息静气的卡尼兹，卡尼兹后面跟着哥林格博士。使卡尼兹十分恼火的是，他的伙计在背后老是用拐杖杵他的肋骨，并且用他那喝啤酒喝得沙哑不堪的嗓子装腔作势地以庄严的语调喃喃低语（只有卡尼兹一个人听得明白）：‘Lumpus maximus，lumpus maximus！’[②]尽管如此，当哥林格博士在大门口就带有讽刺意味深深鞠躬，向他们告辞而去的时候，卡尼兹反倒又觉得很不自在。因为这样一来，他就和他的牺牲品单独待在一起了，这可把他吓了一跳。

“但是，亲爱的少尉先生，您必须设法理解这种出其不意的感

---

① 奥匈帝国的国徽，这里是指官方印鉴。

② 拉丁文：最大的流氓，最大的流氓！

情转变——我不想用夸张的言辞来表达我的思想，说什么，我们的朋友突然天良发现。然而自从那支钢笔一划，这两个对手之间的外在形势便发生了决定性的变化。请您考虑一下：整整两天两夜，卡尼兹是作为买主在跟这个作为卖主的可怜姑娘进行斗争。她曾经是他的敌人，他必须从战略上把她包围起来，让她陷进圈套，迫使她缴械投降；可是现在这场财政军事上的战役已经结束。拿破仑卡尼兹已经凯旋，全面胜利，这一来，这个走在他的身边、穿过鲸鱼胡同的衣衫简朴、文雅娴静的姑娘，就不再是他的对手，不再是他的敌人。那么——尽管这话听起来很奇怪，其实在他迅速得胜的这一瞬间，使得我们朋友感到特别压抑的乃是：他的受害者使他过于轻易地取得了胜利。因为，如果你对一个人做出一点不公道的事情，那么，要是你能找出材料证明，或者自以为有材料证明，此人某件小事做得不对或者做法有失公道，你就会很奇怪地感到心安理得。只要能怪受骗者有错，至少有个小小的过错，你的良心总会感到平安。但是卡尼兹对这个受害者实在无可指责，一点可指责的也没有。她是捆绑了自己的双手向他投降的，而同时还不断地用她那浑然无知的蔚蓝色的眼睛不胜感激地望着他。你叫他现在事后跟她说什么呢？莫非还祝贺她出卖了庄园，这岂不就是祝贺她蒙受损失吗？他心里觉得越来越不自在。他迅速地考虑了一下：我还送她到旅馆去；然后就完事大吉，一切全都过去。

“但是，走在他旁边的牺牲品显然也心绪不宁起来。她的步伐也变了样，变得思虑重重，犹犹豫豫。尽管卡尼兹低头走路，这种变化并没有逃过他的眼睛，他从她迈步时迟迟疑疑的样子（她的脸，他是不敢看的）看出，她也在使劲地思考什么事情。他不觉害怕起来。他对自己说，现在她终于悟过来，我就是那个买主。看样子她现在大概要责备我了，大概她已经后悔自己愚蠢地匆忙行事，说不定明天她还是要跑到她的律师那里去。

“可是这时候——他们已经影子挨着影子，默默无言地并排走完了整条鲸鱼胡同——她终于鼓起了勇气，干咳了两声，开口说：

“‘请您原谅……可是因为我明天一早就要动身走了，我很希望把一切都处理得妥妥帖帖……我尤其要感谢您出了大力……我想……请您，最好现在就马上告诉我……为您做的这番努力我还欠您多少钱。您为了从中介绍浪费了这么多时间……我明天一早就动身……我希望把一切都处理得妥妥帖帖。’

“我们的朋友脚挪不动，心脏也跳不动了。这可是万万没有想到的事情啊！他怎么也没料到会来这一下子。他心里涌起了一阵痛苦的感觉，就仿佛一个人盛怒之下打了条狗，可是这条挨了打的狗却匍匐着爬过来，睁着一双哀哀求饶的眼睛仰望他并且舔那只残忍的手。

“‘别这么说，别这么说，’他慌乱地推辞，‘您什么也不欠我。一点也不欠我。’与此同时，他感到浑身直冒冷汗。他事先早把一切全都加以周密计算，多年来，学会了预先考虑对方可能有的任何反应，可是这次却遭遇了崭新的局面。在担任代理人的那些茹苦含辛的岁月里，他曾经经历过，人家如何拒他于门外，他跟人家打招呼人家也不搭理，在他那地区有些胡同他还是避而不进为妙。可是有人居然还向他表示感谢——这种事情他还从来也没有碰到过呢。在这个人面前，他破天荒第一次感到羞愧，在他和这个人之间尽管做了这么一笔交易，可人家还信任他。他一反自己的本意，感到需要向她道歉。

“‘别这么说，’他结结巴巴地说道，‘您千万别这么说，……您什么也不欠我……我并不是……我只希望，我没有把事情办糟而是完全按照您的意思采取行动……也许再等一等会更为有利，是啊，我自己也感觉到如果您……如果您不是那么着急的话，完全可以……完全可以卖个更好的价钱……可是您希望赶快脱手——我想，这样做对您更为有利。凭良心说，我认为这对您更为有利。'

"他又顺过气来，在这一瞬间他可真变得诚心诚意。

"'像您这样对生意一窍不通的人，这种事情最好及早撒手。宁可少得点钱，可是稳稳当当。……您现在可别……'——他使劲地咽了一口唾沫——'我恳求您，现在事过境迁，如果别人对您说，您吃亏了，卖得太便宜了，您可千万别受他们蒙骗。每次卖东西都是这样，事后总有人跑来装腔作势地胡说什么，他们原来可以出更大的价钱，大得多的价钱……可是真到他们付钱的时候，他们又不付了；他们大家都会把汇票或者债券、股票塞给您……这些东西对您来说是一文不值的，的确一文不值。我向您起誓，我在这儿，当您的面起誓，我给您找的银行是第一流的，您的钱是万无一失的。您会按期得到您的年金，一天不差，一小时不差，不会出任何差错。请您相信我……我向您起誓……这样对您有利得多。'

"他们说着已经走到饭店门口。卡尼兹犹豫着，心想，我至少总应该请她一次吧。请她吃顿晚饭或者看场戏。这时候她已经向他伸出了双手。

"'我想，我不该再多耽搁您了……您为我牺牲了这么多时间，这两天我一直心里不安。两天来，您一直忙我的事，我的确有这种感觉，谁也不可能比您更全心全意地帮忙的了。我再一次……衷心地感谢您。还从来……'——她脸上微微泛起了红潮——'还从来没有一个人对我这样好，这样帮助过我……我从来也没想到，我能这样迅速地摆脱这件事情，一切会给我安排得这样好，这样轻巧……我非常感谢您，非常感谢您！'

“卡尼兹握着她的手，情不自禁地抬起头来看看她。她原来那种战战兢兢的神气已经被感情的温暖所祛除。原来那么苍白、神色那么惊惶的脸，突然生气勃勃，容光焕发，她长着那双表情丰富的蓝眼睛，挂着一丝感激的淡淡微笑，看上去简直像孩子一样天真。卡尼兹想找一句话，可是没有找到。而她点点头，已经飘然而去，步履轻盈、飘逸、稳重。和从前走路的样子截然不同，这是一个卸去重负、无牵无挂的人的步态。卡尼兹目送她，心里很不踏实。他还一直有这种感觉：我不是还想跟她说点什么吗？可是门房已经把房门钥匙递给她，小厮领她到电梯门口。一切都过去了。

“这是受害者辞别屠夫的场面。可是卡尼兹却觉得，他这一斧子砍下去是打在他自己头上。他迷迷糊糊地站了几分钟，眼睛直勾勾地瞪着空旷无人的饭店大厅。最后，街上熙来攘往的人流把他裹走，他不知道身往何处。从来没有一个人这样看过他，目光里充满了人情，充满了感激。从来没有一个人这样跟他说过话。他的耳边不由得又响起了‘我非常感谢您’这句话的声音；可是他恰好把这个人抢了，正好把这个人欺骗了！他一再停下脚步，拭去额上沁出的汗水。他像梦游似的沿克尔特纳大街踉踉跄跄地走着，步履蹒跚，漫无目的，突然在街上的那家规模很大的玻璃商店前，在橱窗的镜子里迎面看到了他自己的脸，他目不转睛地凝视自己，就像人家仔细端详登在报上的一个罪犯的照片，想看出来，在这人的面部轮廓里那种罪犯的特征究竟在哪里，是在那翘起来的下巴上，凶恶的嘴唇上，还是在冷酷的眼睛里。他目不转睛地凝视自己，在他眼镜后面，他看到了自己那双惊惶失措地睁得大大的眼睛，蓦地记起了先前另外的那双眼睛。他深受震动地想到，要有这么一双眼睛才好，不要像我这样的眼睛，眼圈红红的、贪婪而又焦躁。要有那样一双眼睛，清澈碧蓝，晶莹明亮，被一种内在的信念激动得生气勃勃（他回忆起来：‘我妈妈有时候看起东西来眼光就是这样的，譬如在星期五。’）。是啊，人活着得做个人啊：宁可受人欺骗，也不欺骗别人——做个为人正直、不怀邪念的人。只有这种人才受到天主的祝福。他心里暗自思忖，我的全部聪明才智并没有使我幸福，我不依然是一个备受打击惶惶不可终日的人吗？莱奥波尔特·卡尼兹沿大街继续往前走。他自己也觉得自己变得陌生了，他从来还没有像在他取得最大胜利的这一天那么心情凄苦。

“最后他终于在一家咖啡店里坐了下来，因为他以为，他饿了，点了菜。可是一口也难于下咽。他一个劲地在那里苦思苦想：我要把开克斯法尔伐庄园卖掉，马上转手卖掉。我拿这庄园怎么办，我又不是庄稼汉。叫我单身一人住十八间房，跟那个骗子手彼得罗维契成天厮打？这岂不是荒唐。我其实应该为一家抵押公司买下这座庄园而不该买在我自己的名下……因为要是她最后知道，买主就是我……再说，我根本也不想在这笔买卖上多赚钱！她如果同意，我就抽取百分之二十，甚至百分之十的红利，把庄园又归还给她。如果她反悔，她随时可以把庄园收回。

“这个念头减轻了他心里的负担。明天我就写信给她，或者，话说回来——我明天一早趁她还没动身，可以亲自向她建议啊。不错，这是个好办法：我自愿给她重新买回庄园的决定权。于是他以为这一来他可以心情平静地睡觉了。可是尽管前两夜辗转不眠，这天夜里卡尼兹也睡得糟糕极了。他耳边老是听见‘非常’‘我非常感激您’的声调，北德口音，显得陌生，可是听上去真心诚意，使他激动得神经直颤；在以往二十五年中，没有一笔买卖像这笔他经营的最宏大、最幸运、最没有良心的买卖那样给他带来这样的忧愁。

“七点半他已经上了大街。他知道，经过帕骚的快车九点二十分开出。所以他还想赶快去买点巧克力或者一包糖果。他迫切需要表示一下他的感激之情，也许暗中渴望听她用动人的外地口音再说一遍这句他从没听见过的话：‘我非常感激您。’他买了一大盒巧克力，装饰最漂亮，价钱最昂贵的那一盒，即便是这一盒他也还觉得拿来做送别的馈赠不够漂亮。于是他在第二家铺子里另外还买了些鲜花，很大的一捧鲜艳的红花。他左右两手一手拿一样回到饭店，嘱咐门房，马上把这两样东西都送到狄岑荷夫小姐房里。可是那个按照维也纳的方式一开头就用贵族称号称呼他的门房，态度恭顺地答道：‘好的，好的，封·卡尼兹先生，小姐已经在餐厅用早膳了。’

“卡尼兹考虑了一下。昨天晚上的告别对他来说是如此动人心魄，他都害怕，重新见面可能会破坏这美好的回忆。可是接着他到底还是下了决心，两只手分别拿着糖果和鲜花走进了早餐室。

“她坐在那里，背朝着他。即使没有看见她的脸，仅从这瘦小的女子孤零零地坐在一张桌子旁的那种谦逊、文静的样子，他感到有种楚楚动人的东西，不由自主地使他内心深受感动。他怯生生地走过去，很快地把糖果和鲜花放在桌上：‘为您旅途准备的一点小意思。’

“她吓了一跳，脸涨得通红。这是她有生以来第一次从别人那里接受鲜花，或者这么说吧，有一次那批鬼鬼祟祟地转遗产念头的亲戚当中的一个，希望争取她做同盟者，送了几朵瘦巴巴的玫瑰花到她房间里。可是侯爵夫人这只狂暴的野兽立刻命令她把花退回去。而现在有人给她送来了鲜花，没有人能禁止她接受这些花了。

“‘唉，不必了，’她嗫嚅着说，‘我怎么担当得起啊？这对我来

说实在太……实在太美了。'

"然而她还是感激地抬起眼来看他。不知是鲜花的反光还是涌起的热血——反正有一道玫瑰色的光辉越来越强烈地掠过她那窘迫的脸庞;这个年岁已大的姑娘在此时此刻看上去简直可说娇美动人。

"'您请坐吧!'她慌乱之余说道,卡尼兹笨手笨脚地在她对面坐下。

"'这么说,您真的要走了?'他问道,声音里情不自禁地有些颤抖,听得出里面夹着一股真诚感到遗憾的声调。

"'是的。'她说道,垂下了头。在这声'是的'里面并不包含任何快乐,可是也并不含有悲哀。既无希望也无失望。这句话是文文静静地说出来的,无可奈何,平平淡淡,语气里并没有任何特别强烈的感情起伏。

"卡尼兹窘迫之余,并且也出自为她效劳的愿望,打听她有没有拍出电报预先通报她到达的消息。她说:没有,啊,没有,这只会使她的亲戚受惊,他们家里几年也难得收到一份电报。卡尼兹继续问道:他们总是至亲喽。至亲——不,根本不是至亲。算是个外甥女吧,是她已经故世的同父异母姐姐的女儿。这外甥女的丈夫她根本没见过面。他们有个小田庄,还养蜂,他们两个很客气地写信告诉她,她可以在那儿有间房间,爱住多久就住多久。

"'可是您想到那儿去干什么呢,在这么个无比偏僻的小地方?'卡尼兹问道。

"'我不知道。'她垂下眼睛答道。

"我们的朋友渐渐地激动起来。在这个女人的周围是如此空漠、荒凉,她那手足无措的样子又有一股漠然置之的神气,她就以这种神气对待自己和自己的命运。这使卡尼兹想起了他自己,想起他自己颠沛不定、无家无室的生活。从她的漫无目标,卡尼兹感到了他自己生活的漫无目标。

"'这不是很荒唐吗,'他说道,语气几乎近乎激烈,'不要住到亲戚家去,这是不会有好结果的。再说,您不是已经不用再把自己埋葬在这么一个小窝里去了吗?'

"她凝视着他,眼里既含有感激,也含有悲哀。'是啊,'她叹了口气,'我自己也有点怕到那儿去。可是不去又叫我干什么呢?'

"她语气漠然地说了这句话,然后抬起她的蓝眼睛来望着他,仿佛指望从他那里得到一个忠告——(昨天卡尼兹对他自己说,人得要有这样的眼睛)——他也不知道自己是怎么搞的,突然感到有个念头,有个愿望急于脱口而出。

"'那么您还是待在这里为好。'他说。他不由自主地补充了一句,声音压得更低了:'您就待在我这里吧。'

"她大吃一惊,眼睛直瞪他。现在他才明白,他刚才说了句话,这句话可不是他有意识想说的。这句话是脱口而出,事先并没有像他平素那样经过周密思考,细心盘算,详加考究。一个他自己既不明确,也没向自己承认过的愿望,突然变成有声有色的语言说了出来。她脸涨得通红,卡尼兹这才注意到,他说了什么。他立刻担心,她会误会他。她可能会这样想,我是要她当我的情妇。为了使她不致想到他是有意侮辱她,他慌忙补充道:

"'我的意思是——做我的妻子。'

"她猛的一下直起身子,嘴唇直哆嗦。他不知道,她是想哭呢还是想恶狠狠地骂他一声。接着她突然跳起来,跑出房去。

"这是我们朋友一生中最可怕的瞬间。直到现在他才懂得他干了件傻事。他把一个好心人,唯一的一个向他表示信任的人,贬低了，得罪了，侮辱了，因为像他这样一个人，差不多都是个老头了，一个犹太人，长得猥猥琐琐，其貌不扬，一个到处兜揽生意的代理人，一个在钱眼里打转的家伙，怎么能向一个内心如此高贵、思想如此纤细的女子提出和她结合！他情不自禁地觉得她这样满腔厌恶地跑开，完全是有道理的。好啊，他恶狠狠地对自己说，我这是活该。她终于把我认清楚了，终于表现出我应得的轻蔑来了。我宁可她这样也比她为我的流氓行径而向我表示感谢好。卡尼兹丝毫也没有因为她逃走而感到受辱，相反，在此时此刻他甚至感到很高兴——这点是他亲自向我承认的。他感到他受到了惩罚。她从此想到他的时候，会怀着轻蔑，就像他自己轻视自己一样，这是公平的。

"可是这时，她又出现在门口，她的眼睛泪痕未干，情绪无比激动。她的肩膀瑟瑟直抖。她走到桌子跟前，不得不用双手紧握着椅子扶手，然后重新坐下。她轻声呼吸，眼睛抬也不抬：

"'对不起……请您原谅我刚才这样直跳起来，太失礼了。可是我刚才实在吓了一大跳……您怎么能？您根本一点也不了解我啊……您根本一点也不了解我啊……'

"卡尼兹无比惊愕，竟一句话也说不出来。他感情受到强烈的震动。他只看到她并没有发怒而只是害怕。他这样荒唐地突然求婚：她和他自己一样大吃一惊。两个人谁也没有勇气和对方说话，谁也没有勇气看对方一眼。可是这天上午她没有动身。他俩从早到晚待在一起。三天之后他再一次向她求婚，两个月以后他们结婚了。"

十九

康多尔大夫停了一下。“就是这样，现在还有最后一句话——我马上就说完了。只有这点再重复一遍——这里的人风言风语，说我们的朋友当时费尽心机，靠阿谀奉承接近了这位女继承人，然后用婚约为圈套，让她上钩，骗得了开克斯法尔伐庄园。可是我再说一遍：这不符合真实情况。您现在已经知道，卡尼兹当时已经把这座府邸掌握在自己手里，他根本用不着娶她，他求婚的时候丝毫没有打什么算盘。他这个小小的代理人是永远不会有勇气出于狡猾的心计去追求这个清秀文雅的碧眼姑娘的。他当时心里突然产生一种真挚的感情，这完全违背他的初衷。奇妙的是，这种感情后来始终真挚如初。

“从这个荒谬的求婚产生出一段罕见的幸福婚姻。事实上，恰好是冰火两极，只要互相补充，配合得当，才会产生最完美的和谐。表面看上去，最最出人意料之事，往往是最自然不过的事情。

“这两个人突然成了一对，他们最初的反应自然是互相担心害怕。卡尼兹怀疑，有人会把他过去经营暧昧生意的事情说给她听，说不定，她在最后一瞬间还会满怀轻蔑地把他从身边推开。他简直使出九牛二虎之力来掩饰他的过去。他停止了一切令人怀疑的买卖，自己蒙受损失，把手头的公债券转让给别人，断绝和他从前的伙伴来往。他受了洗礼，选择了一个有势力的教父，并且出了一大笔钱，在他的姓名卡尼兹后面缀上听起来有贵族气派的“封·开克斯法尔伐”字样。这样摇身一变，他原来的姓名不久就从名片上消失得无影无踪，改名换姓者大多如此。可是到结婚的那天为止，他一直惴惴不安，心神不定。说不定今天，明天，或者后天她还会大吃一惊，收回她的信任。而她呢，从前的女主人有十二年之久，每天责怪她无能、愚蠢，恶毒、浅薄，以刻毒恶劣的专横暴戾摧毁了她的一切自尊自信，估计她的新主人也会一刻不停地斥责她，嘲弄她，辱骂她，轻视她。她事先就听天由命，估计定会受到奴役，仿佛这是她不可避免的命运。可是瞧，她做的一切都是对的。她把自己的一生放在这个男子手里，由他安排。这个男子每天都向她表示感谢，他总是以同样毕恭毕敬的羞怯神情来对待她。这个年轻的女人惊愕不止；这么多的温柔体贴，她简直难以理解。这个姑娘原来像朵早已枯萎了一半的残花，如今又渐渐地像鲜花怒放。她变得娇艳美丽，身姿丰腴柔软。又过了一两年，她才敢真正相信，她这个没人注意、被人践踏、遭人压迫的女子，也能够像其他所有的女子一样被人所爱。但是对于他俩自己，真正的幸福是从得了这个女儿的那天才开始的。

“在那几年，开克斯法尔伐又以新的激情来从事他的商业活动。过去那个小代理人早已成了往事，他的业务现在都具有相当规模。他把制糖厂加以现代化，在维也纳新城的轧钢厂里参加了股份，在酒精业联合企业里进行了那次令人头昏目眩的谈判，对此曾经哄传一时。他成了富翁。现在的的确确是个富翁，这一事实丝毫也没改变这对夫妇退隐安分、节俭朴素的生活方式。他们似乎不希望人们过于想到他们，所以很少邀请客人到家里来。您已经见过的那幢房子，当时看上去比现在简朴得多，土气得多，简直不可同日而语。——当然，也比今天不知幸福多少！

“然后，第一次考验落到他的头上。他的妻子很长一段时间一直觉得肚子疼，东西吃不下，人一天天消瘦，越来越乏，越来越精疲力竭；可是她唯恐因为她这么一个微不足道的人而使她工作繁忙的丈夫受惊不安，每逢发病，她总抿紧嘴唇，隐瞒她的痛苦。等到最后，再也瞒不住了，可惜已经太晚。用救护车把她送到维也纳，以为她患的是胃溃疡——其实得的是胃癌——准备给她动手术。我就是这时候认识开克斯法尔伐的，我从来没有在一个人身上看到过比他更狂烈、更惨酷的绝望心情。他不能相信，干脆就不愿意相信，医药居然回天无术，再也救不了他的妻子。我们当医生的再也无能为力，再也无法救助，这在他看来，只是医生怠惰无能，麻木不仁。他提出给教授五万十万克朗，只要他能把病人治好。在动手术那一天，他还打电报到布达佩斯、慕尼黑和柏林去延请第一流的名医，只是为了能找到一个大夫说他也许可以使病人免挨这一刀。等到这无法医治的病人就像我们预料的那样，终于在手术刀下死去的时候，他对我们大叫大嚷，说我们是一帮刽子手。我这辈子永远也忘不了他当时那双目光狂乱的眼睛。

“这件事情成了他生活中的转折点。从这天起，这个商业方面的苦行僧身上发生了一点变化。他从小侍奉的一个神明——金钱——对他来说业已死去。现在他在世界上还剩一个神，这就是他的女儿。他雇用了好些家庭女教师和用人，把府邸加以翻修。他过去如此节俭，这时觉得任何奢侈都嫌不足。女儿才十来岁，他就带着她到尼斯、巴黎、维也纳去，对她宠爱娇惯，达到最最荒诞不经的程度。他过去攫取金钱时狂热已极，现在他同样狂热地把钱大把大把地扔出去，仿佛根本不把钱财当回事——您刚才说他高贵、典雅，也许并不是完全没有道理，因为多年来他的确渐渐养成了一种对赚钱和蚀本异乎寻常的满不在乎的态度。他用几百万巨款也无法买回他妻子的生命，从此以后，他学会了轻视金钱。

“时间不早了，我不打算把他对女儿的偶像崇拜向您详加描述。话说到头，这种崇拜也是可以理解的，因为小姑娘那几年一天天长大，出落得迷人已极，的确是个仙女，娇嫩轻灵，婀娜多姿，一双灰色的眸子，看见谁都是那样明亮、和蔼。她从她母亲那里继承了羞怯腼腆的温柔劲，从父亲那里继承了透彻犀利的理解力。她在那种奇妙的无拘无束的状态中像朵鲜花欣欣向荣，成长得思想开朗，温婉可爱，这种无拘束的状态是那些在生活中从来没有经历过敌意或者艰苦的孩子们所特有的。这个日益衰老的男子，从来不敢希望他那沉重、浑浊的血液里竟然会产生出这么一个性情欢快、对宇宙人生满怀友好和悦之情的小人儿，不觉心醉神迷。只有理解了这一点，才能充分衡量那第二次灾祸落到他头上时他的绝望心情。他不能，也不愿意理解，——直到今天也还不能理解——恰好是这个孩子，他的孩子得受到这样的打击、成为终身残废、我的确不愿意把他在极度绝望之中干的荒唐事情全都说出来。他的执拗劲把世界上所有的医生都弄到绝望的境地，他似乎企图用大得惊人的款项逼得我们马上就能妙手回春。他每隔一天打一次电话给我，完全没有任何意思，只是因为控制不住他那疯狂的焦灼不安的心情，这一切，我都不想再一一细讲。但是，最近有个同事很秘密地告诉我，这位老人每星期都上大学的图书馆，坐在大学生当中，笨手笨脚地从字典里把所有的外来字抄下来，然后一连几小时翻遍一切医学手册，脑子里乱糟糟的，可是抱着一线希望，说不定他自己能发现什么我们这些医生忽视了的或者忘记了的东西。从别的方面我又听说——您听了也许会发笑，但是总是先看到了这种疯狂才能让人体会到一种激情的伟大——为了让孩子恢复健康，他既答应捐献给犹太教堂一大笔钱，也答应捐给此地的本堂神父一大笔钱。他心中无数,不知该找哪个天主,是找他祖祖辈辈信奉的而被他遗弃了的那个主呢,还是去找他新近皈依的主,同时他又生怕跟这个天主或者那个天主搞僵闹翻,这种恐惧使他心惊胆战,他干脆同时向两个天主宣誓效忠。

“但是,我把这些近乎可笑的细节说给您听,绝不是因为喜欢飞短流长,不是。我只是要让您明白,对于这么一个受到沉重打击、心力交瘁、精神崩溃的人,您这样一个人具有什么样的意义。您竟然愿意倾听他的苦衷,他觉得您从内心深处理解他的忧愁,或者至少愿意理解他的忧愁。我知道,他那固执的样子,他那唯我主义的疯狂劲使人很为难。看他那样子,就仿佛在我们这个灾祸不幸比比皆是的世界上就只有他的不幸,只有他女儿的不幸。然而,恰恰是在眼下,我们不能把他丢弃不管,因为这种疯狂的困苦无援的状况已经开始把他自己也搞病了,您的的确确——的的确确,亲爱的少尉先生,您的的确确干了一件好事,您多少把您的青春、活力、无拘无束的态度带进了这座悲惨的房子。我只是因为,只是担心您听了别人的风言风语,会头脑糊涂,我才把他的私生活说给您听,也许多说了几句,超过了我能够负责的程度;但是我相信,我可以这么指望——凡是我告诉您的一切,严格地限于您知我知。”

“那还用说。”我木头木脑地说。在他整个叙述过程中,这是从我嘴里说出来的第一句话。我像麻醉了似的昏头昏脑——并不仅仅是因为这些意外地披露出来的材料,这些材料固然使我对开克斯法尔伐的设想像只手套似的,从里到外翻了出来。同时我也对我自己的感觉迟钝和愚蠢感到惊讶。这么说,我都二十五岁了,还睁着这么一双浅薄的眼睛在世界上晃荡!一连几星期之久,每天在这幢房子里做客,完全被我自己的同情心蒙住了眼睛,我出于愚蠢的审慎,从来不敢打听一下,既不敢探问姑娘的病情,也不敢打听她母亲的去向,显然母亲并不在屋里。我也不敢问一声,这个怪人的财富从何而来。我怎么竟然会没有看出,这双蒙蒙眬眬、神情忧郁的杏仁形眼睛并非匈牙利贵族的眼睛,而是属于犹太种族,经过一千年悲惨的斗争,其目光磨炼得锋利无比,同时又因而疲惫不堪,我怎么会没有发现,在艾迪特身上又混杂着其他元素,我怎么会没有看出,这幢屋子里准有什么奇怪的往事鬼气森森地在散布阴影?一系列琐碎的细节这时飞快地涌现在我的脑子里,虽说迟了一步:我们上校有一次见到开克斯法尔伐以何等冷淡的目光回答他的问候,上校只举起两根指头触了一下帽檐,还有,伙伴们如何坐在咖啡馆的桌子旁边称他为一个"老摩尼教徒"①。我当时的心情就仿佛置身暗室之中,突然拉起一道窗帘,阳光蓦地直射进人的眼睛,照得你眼前金星直冒,紫花飞舞。由于猛然一下子被刺目的光线照射,难以忍受,于是头晕目眩,脚步踉跄。

可是康多尔好像已经料到我心里在想什么,就弯身向我凑过来。他那只柔软的小手真像大夫的手那样碰碰我的手,表示安慰。

"这您自然是料想不到的,少尉先生,您怎么会料到这个呢!您是在一个完全与世隔绝、无比偏僻的环境里培养成人的,再说又正在幸福的年龄,在您这年纪,人还没有学会首先用怀疑的眼光来观察一切奇怪的事情。我比您年长,请您相信我——有时候被生活所欺骗,用不着为此感到羞愧。您的瞳孔里还没有那种过分敏锐、诊断上称之为邪恶目光的眼光。您观看人和物,宁可首先用充满信任的目光,这毋宁说是上天的一种恩典。要不然您永远也不可能这样出色地帮助这个老人和这个可怜的患病的孩子!不,请

---

① 摩尼教在公元四、五世纪广为流传,从波斯、印度传到高卢、西班牙及其他地区,宣传极端禁欲主义。摩尼教徒指极端禁欲主义者。

您不要感到奇怪，尤其不要因此感到羞惭——您从一种善良的本能出发已经做出了最最正确的事情！”

他把雪茄烟蒂扔到角落里，伸伸懒腰，把椅子往后一推。“我想，现在该是我动身的时候了。”

我跟他一起站了起来，虽然我还觉得有点晕晕乎乎，因为我心里发生了一些奇怪的变化。我无比激动，听了这些出乎意料的事情，头脑受到极度刺激，变得异常清醒；可是与此同时，我又非常明确地感到在头脑的某一处有个沉重的压力。我清楚地记得，康多尔叙述过程中我就想问他个问题，只是因为心神不定，没有打断他的话头。在某个地方我想了解一个细节。可是现在，可以提出那个问题了，我却想不起来了。这个问题想必是在听的时候一激动，给冲走了。我徒劳无功地追溯这次谈话的一切曲里拐弯的地方——就仿佛一个人明明感到身体有个地方在作痛，可是未能明确指出痛处究竟何在。我们穿过那顾客已经走了一半的酒店向大门走去的时候，我脑子里还在拼命回忆。

我们走出大门。康多尔抬头仰望。“啊哈，”他带着某种满意的心情微笑道，“今晚的月光一开头我就觉得亮得过于刺眼。我早有预感，暴风雨要来了，而且肯定是一场很厉害的暴风雨。所以我们得赶快走。”

他说得对。在这些沉睡中的房屋之间，虽然空气依然宁静滞重，可是东方已经涌来团团棉絮似的浓厚乌云，从天上飞过，丝丝缕缕地遮住泛出淡黄色微光的月亮，半边天庭已经完全被乌云遮盖，一片黑暗，像钢铁一样坚实的一大团，黑黝黝的，活像一只巨大无比的乌龟，慢吞吞地向前爬行，有时候被远处的闪电照亮，每次闪电过后，总有什么东西在天上气呼呼地咕噜咕噜直响，就像一只被激怒的野兽在咆哮。

“不出半个钟头，咱们就要得到老天爷的恩赐了，”康多尔在作诊断，“我反正还能在下雨之前赶到车站，可是您，少尉先生，最好还是往回走吧，要不然您可得浇个透湿。”

然而我模模糊糊地知道，我还有什么事情要问他，可是一直不清楚，到底问他什么。对这件事情的记忆已经淹没在一片沉重的黑暗之中，就像天上的月亮为疾驰飞奔的乌云所吞噬。可是我一直感到那个不明确的思想还在我脑子里跳动，就像一种骚动不宁的刺人的疼痛，不断可以使人感到。

“我不回去，我冒一次险吧。”我答道。

“那就赶快吧！咱们走得越快越好。坐了那么长时间，两条腿都坐僵了。”

腿僵了——就是它，这就是那个关键的字！马上像有道闪电把电光一直射到我意识的最底层。我一下子明白了，我刚才想问康多尔什么，我非问他什么不可：就是那个任务！开克斯法尔伐交给的任务！这段时间我大概在潜意识里一直只想着开克斯法尔伐的问题：究竟她的瘫痪是可以治愈的还是不治之症。现在我得把这问题提出来。于是我们一面大踏步走过阒无人迹的胡同，一面我便相当小心翼翼地开口说道：

“对不起，大夫先生……您方才告诉我的这一切，对我，当然极为有趣……”我是想说，极为重要，“……可是您会理解，正因为这个缘故，我还想向您提个问题……这个问题压在我的心上已经很久……您毕竟是她的医生，您比任何人都更了解她的病情……我是个外行，我缺乏任何正确的设想……我很想知道，您对她的病到底是怎么想的。我的意思是，艾迪特的这种瘫痪究竟是一种暂时的病状，还是一种不治之症？”

康多尔猛的一下抬起头来，目光锋利。两个镜片反射的光线，直照我的脸上。他的目光一闪一闪，来势甚猛，像尖针似的扎进我的皮肤，我不由自主地避开他的目光。他临了是不是怀疑这是开克斯法尔伐给我的使命？他是否起了疑心？可是他已经又低下头，喃喃地说道，一面丝毫也不减低他走路的速度，说不定甚至把步子迈得更急更猛：

"当然啰！我其实应该估计到您会提出这个问题。最后总是这样结局。可以治愈还是无法治愈，非黑即白。仿佛事情就那么简单似的！单单'没病''有病'这两句话，一个有良心负责任的正派医生就不应该说出口，试问疾病从哪里开始，而健康又在哪儿结束？更不用说'可以治愈''无法治愈'了！当然，这两句话是广为应用的，在实际生活中没有这话不行。但是，您永远也别想让我把'无法治愈'这四个字说出口。我绝不说！我知道，上世纪最最聪明的人尼采曾经写下了这句可怕的话：最好不要做身患不治之症者的医生。在尼采交给我们解析的那些前后矛盾、内容危险的句子里面，这差不多是最最错误的一句话了。实际上正好反其道而行之才对啊。我要说，要做医生，恰好要做身患不治之症者的医生，甚至更进一步；一个医生，只有在所谓的身患不治之症者的身上才能得到考验。一个医生如果一开头就接受了'无法治愈'这个概念，他就抛弃了自己的使命，当了逃兵，临战之前已经缴械投降。不消说，我也知道，在某些情况下干脆说声'无法治愈'，带着无可奈何的表情，揣上出诊的酬金，转身走去，要简单得多，方便得多——是的是的，最最方便，最有收益的乃是只跟业经证明、保证药到病除的病例打交道。碰到这种病例，只消打开医典多少多少页就能找到全部现成的治疗方法。好吧，谁高兴这样就让他这样治病吧。而我本人却觉得这样做实在太可怜，就仿佛一个诗人不去尝试把前人从未说过，甚至难以言传的意境用语言表达出来，而是只想把别人说絮了的东西再说一遍；一个哲学家不去思考前人从未认识、被人认为难以认识的真理，而只是把别人早已认识的道理作第九十九遍解释。‘无法治愈’——这毕竟只是一个相对的概念，并非绝对的概念。医学是一种日益进步的认识，对于医学来说，无法医治的病例只存在于眼前，只存在于我们时代、我们科学的限度之内，也就是说，只存在于我们狭窄的、愚昧的、井底之蛙的视野之中！然而问题并不取决于我们眼前。有成百种病例我们今天看不见治愈的可能性，然而我们的科学是在飞速前进，明天、大后天就会找到，就会发明一种治愈的可能性。所以对我来说，这点请您务必注意，”——他说这话，样子很生气，好像我得罪了他似的——“对我来说，不存在任何不治之症，我原则上什么也不放弃，任何人也不放弃，谁也别想让我嘴里说出‘无法治愈’这几个字。哪怕是在最绝望的情况下我会说出口来的最极端的话，乃是：这种疾病‘目前还不能治愈’——意思是说：我们当代的科学还无法把它治愈。”

康多尔的步子迈得很急，我费了好大劲才能跟上。他突然放慢了速度。

“也许我把话说得太复杂，太抽象了。这种事情的确很难在从酒店到车站的途中阐述清楚。可是说不定举个例子可以让您更容易了解我的意思——话说回来，这是一个非常个别的例子，对我来说，是个非常痛苦的例子。二十二年前，我是个年轻的医科大学生，大概就跟您今天年岁相仿，刚好在上第四学期。这时我父亲得病，他一向身强体壮，非常健康，事业心强，不知疲倦，我非常爱他，尊敬他。医生诊断，他得的是糖尿病。您大概也听说过这种疾病，这是人可能遭到侵袭的最残忍、最阴险的疾病中的一种。人的有机体无缘无故地停止继续加工养料，不再输送脂肪和糖，于是人就日益憔悴，最后实际上是活活饿死——我不想用细节来折磨您，这些细节整整毁了我青年时代的三年光阴。

“现在请您听下去，当时所谓的科学对于治疗糖尿病毫无办法。大夫用一种特别的限制饮食的方法来折磨病人。每一克食物都得称一称，每一口饮料都得量一量，但是医生心里明白——我是学医的自然也心里有数——这样做只是拖延死期，这两三年等于可怕的毁灭，不啻是在一个饮食丰足的世界里悲惨地饿死。您可以想象，我当时作为一个大学生，一个未来的医生，拜见了一个权威，又跑去拜见另一个权威，翻遍了所有的书籍和专著。可是不论在什么地方，给我的口头的和书面的回答总是那句话：‘无法治愈，无法治愈。’从此之后，我听见这句话就受不了。从那天起，我就憎恨这句话，因为我不得不眼睁睁地看着我在世界上最爱的人竟比一头感觉迟钝的牲口更加悲惨地一天天垮下去，而我却只能袖手旁观，在我参加博士论文答辩之前三个月，我父亲去世了。

“现在请您仔细听着，几天前我们在医学协会听一位第一流的化学医学家作了一个报告，他告诉我们，在美国和另外几个国家的实验室里，从内分泌提炼一种物质的试验已经取得了相当大的进展。他宣称，不出十年，糖尿病将是一种业已‘解决了’的病症，这点是肯定的。现在，您可以想象，有个念头是多么激动我：我想，要是当时就有几百克这样的物质该有多好，这样，我在世界上最亲爱的亲人就不会受折磨，就不会死去，或者，我们至少可以希望，能治好他，救活他。您懂吗？当时，‘无法治愈’这个判决是多么使我愤怒——我可是白天黑夜地梦想着，一定会找到，会发明一种特效药，应该并且必须找到并发明一种特效药，总有一个人会取得成功，说不定就是我。在我们上大学那会儿，梅毒被描写成‘不治之症’，并且还特意用一张传单来警告我们大学生，可是现在梅毒不也可以治愈了吗？所以说尼采、舒曼和舒伯特——我不知道梅毒的可悲的受害者中还有谁——绝不是死于一种‘不治之症’，而是死于一种在当时‘还不能治愈’的疾病——是的，如果您愿意的话，可以说，他们从两重意义上讲是过早地去世了。每过一天，给我们这些当大夫的带来多少新鲜的、意想不到的、奇妙无比的东西啊，这些东西在昨天还难以想象！因此每逢我遇到一个大夫耸耸肩膀表示爱莫能助的时候，我的心总愤怒得抽缩起来，因为我还不知道明天、后天可能发明出来的特效药，同时我的心也满怀希望地颤动不已：说不定你会找到这种特效药，说不定有人及时地、在最后的瞬间为这个病人发明了特效药。什么事情都是可能的，连不可能的事情也是可能的——因为在我们今天的科学碰了钉子，不得其门而入的时候，往往出乎意料地从后面已经打开了另一扇门。我们的方法失败了，那就想办法去发明一种新的方法。科学无能为力了；那么总会有别的奇迹——是的，即使在今天，在医学方面也还在发生真正的奇迹，在无比璀璨的电灯光照耀下发生的奇迹，违反一切逻辑和经验，有时候甚至可以逼出个奇迹来。您以为，如果我不抱最后能使她的病情大大好转、使她霍然痊愈的希望，我会去折磨这个姑娘，并且让我自己也备受折磨？我承认，这是一个严重的病例，非常难以制伏，几年来我没能像我预想的那样，迅速取得进展。可是尽管如此，尽管如此，我并没有对她撒手不管。”

我心情紧张地听他说这番话。他说的，我全都明白。但是在不知不觉之中，那个老人的固执劲、他的担忧也传到了我的身上。我还想再多知道一些，知道一些更加肯定、更加确切的消息。所以我又追问了一句：

“这么说，您是相信病情会好转的——这就是说……您已经使得病情有了一定的好转，是吗？”

康多尔大夫不作一声。我的话似乎惹恼了他。他迈着两条短腿,步子走得越来越急。

“您怎么能说,我已经使得病情有了一定的好转了呢?您难道证实这点了吗?您对整个病情究竟了解些什么?您认识病人不是才几星期吗,而我给她治病已经有五年之久了。”

突然他停住脚步。“我干脆把实话说给您听吧——我根本没有取得什么实质性的进展,没有取得决定性的成效,问题的关键不就是在这儿吗!我在她身上来回试验,来回折腾,活像个澡堂里的按摩师,漫无目的,徒劳无功。到现在为止,我毫无进展。”

他的火气吓了我一跳,显然我伤了他做医生的自尊心。于是我设法安慰他。

“可是封·开克斯法尔伐先生向我描述过,电疗使得艾迪特的精神大大振奋,特别在注射了……”

然而康多尔猛的一下站住了脚步,把我说了一半的话硬给打断了。

“胡说!纯粹是胡说!这老傻瓜说的话,您一句也别相信!您真的相信,这样一种麻痹症用电疗一类的玩意可以消除吗?您难道不了解我们大夫惯用的老策略?如果我们自己已经山穷水尽,那我们就设法去赢得时间,用各式各样的荒唐花招去折腾病人,不让他看出我们束手无策。幸运的是,在大多数情况下,病人的天性也跟着我们一起撒谎,成为我们的同谋犯。她当然觉得好多了!每一种治疗方法,无论您是吃柠檬还是喝牛奶,洗冷水还是洗热水,首先总会引起身上有机体的变化,产生一种新的刺激,永远乐观的病人便把这种刺激当作病情好转。这类自我联想是我们最好的帮手,它甚至对最最愚蠢的庸医都帮了大忙。但是这事有个麻烦的地方——只要这个新招的刺激一旦消退,立刻就有反应。

这时候就得尽快改变花样,假装再采用一种新的治疗方法。我们这号人在毫无指望的情况下就用这种骇人的把戏巧妙地七拖八拖,直到哪一天也许碰巧有人找到了正确的方法,有效的方法。千万别说奉承话,我自己最清楚,我在艾迪特身上原来希望收到的效果,真正取得的是多么微小!到目前为止,我试过的一切办法——这点请您不要弄错——诸如电疗、按摩之类的骗人把戏并没有真正帮助她霍然痊愈。”

康多尔这样气势汹汹地攻击自己,连我都感到需要为他辩护几句,以解脱他自己良心的谴责。所以我怯生生地补了一句:

“不过……我可是亲自看见,她能靠身上的机械走路了——那个伸屈机……”

可是现在康多尔不再是说话,而是干脆对我大吼大叫了。他嚷得那样怒气冲冲,毫无顾忌,以致在空旷的胡同里两个夤夜还在街上走路的夜行人都好奇地扭过头来。

“骗人的把戏,我已经跟您说过了,是骗人的把戏!这是给我造的助行器,不是给她造的!这种机械是瞎忙乎的玩意儿,纯粹是瞎忙乎的玩意儿,您明白吗?……不是那姑娘需要这机械,而是我需要它,因为开克斯法尔伐一家再也不愿意忍耐下去了。只是因为我顶不住他们的催逼,我才不得不给这老人又打一针强心剂,增强他的信心。我除了给这焦躁不耐的姑娘加上一百磅重负之外,还有什么法子,就像给拼命挣扎的俘虏套上脚铐一样……这就是说,也许这机械多少可以增强一点脚上的劲……我当时实在没有别的法子……我不是得争取时间吗……可是我对这些花招、这些骗人的玩意儿一点也不感到羞愧,您已经亲自看见了它的成效——艾迪特说服自己,说她自从戴上机械以后,走起路来利索多了。做父亲的洋洋得意,说我帮了他女儿的大忙,大家都对这个了不起的、天才的奇迹创造者佩服得五体投地，您自己也把我当作万能博士来请教！”

他停住口，摘下帽子，用手拭擦一下湿漉漉的额头，然后不怀好意地从旁边瞅着我。

“我怕，这番话您不怎么爱听！您过去把医生看做救星，看做真理的化身，这个幻想这下破灭了！您青春年少，热情洋溢，把医学道德完全设想成另外一个样子，而现在……我已经看见……有点冷静下来，甚至对这类行医之道大倒胃口！但是，遗憾的是——医学和道德是毫不沾边的：每一种疾病本身就是一种无政府主义的行动，是对大自然的叛乱，所以可以采取一切手段来对待它，什么手段都行。不，千万不要同情病人——病人已经把自己置于法律之外，他破坏了秩序；而为了恢复秩序，也就是为了使病人康复，就必须像对付每次叛乱一样，不顾一切地采取果断的行动——手头正好抓着什么就使用什么，因为单凭善心和真理，从来没有把人类治愈过，也从来没有把某一个人治愈过。如果一个骗人的把戏把病治好了，那它就不再是可鄙的骗人把戏，而是第一流的特效药了。碰到一个病例，只要我在医学上已经无能为力，我就必须设法帮助病人拖延时间。一连五年之久，老要想出一个新的招数来，特别是他对自己的绝招也并不怎么信服，少尉先生，单单这一点也已经不是件容易的事情了。反正一切恭维奉承，我都敬谢不敏！”

这个矮胖子无比激动地站在我对面，仿佛我只要稍加反驳，他就打算对我诉诸武力似的。这一刹那在黑云密布的天空闪现出一道蓝色的闪电，宛如人身上的一根血管，接着轰隆隆响起一阵沉重的闷雷。康多尔突然哈哈大笑。

“您瞧瞧——天公的怒气作了回答。喏，您这个可怜的人啊——您今天真是倒霉透顶，幻想一个接着一个被解剖刀割去，首先是关于匈牙利显赫贵族的幻想，然后是关于关心体贴、万无一失的医生和救星的幻想。不过，您必须理解，这个老傻瓜的赞歌是多么叫人恼火！恰好在艾迪特这个病例上，这种温情脉脉的无谓之举特别使我反感，因为进展如此缓慢，我在她的病例上还没有找到，也就是说，还没有发明出决定性的特效药，这使我的内心一直十分痛苦。”

他默默地走了几步。然后转过脸来看我，脸色变得和蔼了一些：

“话说回来，我不愿意您认为我心里已经放弃了这一病例，这是我们医生用的一种漂亮的说法。相反，恰好这个病例，我绝不撒手，哪怕还得再拖一年或者五年。再说，事情也真叫奇怪——我刚才跟您提到过那次报告会，就在我听了那次报告的当天晚上，我在巴黎的医学杂志上找到一篇文章，描写的是一个瘫痪病例的治疗法，非常古怪的病例：一个四十岁的男子，已经足足两年，全身瘫痪，卧病在床，四肢全都不能动弹，维埃诺教授对他治疗了四个月，病人又能生龙活虎地爬六层楼了。请您想想看：四个月工夫就取得这样的效果，和我碰到的这个病例完全相似，而我在这里瞎忙了五年，白费力气——我读到这条消息，简直喜出望外！当然，这个病例的病原学，以及治疗的方法，我都不十分清楚，维埃诺教授似乎独树一帜，把一系列治疗方法都结合起来加以运用，在坎纳进行一种日光浴，装上一套机械，再做某种体操。病历写得十分简单，我当然无法想象他的这种新方法是否有一部分适用于我们这个病例，究竟适用到什么程度。可是我立刻亲自给维埃诺教授去了封信。希望得到更详尽的数据。就是为了取得我们自己的数据，我今天才对艾迪特这样仔细地又检查了一遍。我总得要有互相比较的可能性啊。所以您瞧，我并没有挂上白旗宣布投降，相反，正在抓紧每一根救命草。也许在这种新方法里的确有一种可能性——我只说也许,我并没有说更多的,其实我已经胡说八道讲得太多了。现在别再谈我这该死的职业了!”

这时,我们已经离火车站很近了。我们的谈话很快就会结束,所以我急急地问道:

“这么说,您认为……”

可是这一瞬间这个矮胖子一下子站住了。

“我什么也不认为,”他粗暴地对我吼道,“也根本没有什么‘这么说’!你们大伙到底要我怎么样?我跟天主又没有电话联系。我什么也没说。什么确定的话也没说。我什么也不认为,什么也不相信,什么也不想,什么也不许诺。我本来就已经胡言乱语说得太多了。现在该结束了!谢谢您送了我一程。您最好还是赶快往回走,要不然您这身军装会给雨浇得湿透。”

也不伸手跟我握别,他显然十分生气地(我不理解,他为什么生气)迈着他的两条短腿向车站跑去,我觉得,他有点平足。

二十

康多尔看得很准。人的神经早已感到的那场暴风雨显然已经来临。厚厚的乌云宛如一个个沉重的黑箱子隆隆作响,在骚动不宁、震颤不已的树梢顶上堆积在一起,有时候被一道闪电的火星照得通亮。潮湿的空气不时被阵阵狂风猛烈摇撼,发出烟熏火燎的焦味。我快步往回跑的时候,整座城市似乎变了样子。大街小巷看上去也和几分钟前换了一副模样。那时一切还都凝神屏息地沐浴在黯淡的月光下。可是这时,商店的招牌被吹得叮叮当当、噼噼啪啪直响,仿佛被一个恼人的噩梦吓得瑟瑟直抖;房门不安地乒乓乱响,烟囱呼呼直叫,像在叹气,好几家屋里有人惊醒,好奇地亮起灯光。接着便可以看见有几个窗口上闪现一个身穿白衬衣的人赶在暴风雨之前,先把窗户关紧。少数几个晚归的行人好像被一阵恐惧的疾风所驱赶,急急忙忙地从拐角处跑过去;连宽阔的主要广场,平时即使在夜里也还比较热闹,这时也一片荒凉,阒无人迹;市政府那架被灯光照亮的大钟瞪着傻乎乎的白眼,呆望着眼前这一片异乎寻常的空漠。然而要紧的是:多亏康多尔的警告,我得以趁暴风雨来临之前,及时赶回家去。只要再拐过两个街角,穿过军营前面的市营公园,我就可以待在我的房间里,把我在这几小时里听到的、经历的一切出乎意料的事情彻底思考一遍。

我们兵营前面的这座小花园完全淹没在黑暗之中。在骚动不宁的叶丛下面，空气凝聚得滞重郁闷，有时嘶的一声，一阵短促的疾风像蛇也似的从树叶中间钻出来。这被疾风激起的声响接着又返回一片更加使人毛骨悚然的寂静之中。我越走越快。我差点都已经走到兵营的门口了，这时树背后有个人影一闪，从树荫里走了出来。我愣了一下，但是并没有停住脚步咳一声，这大概只是个妓女，这帮妓女通常都是守在这儿暗处等士兵的。可是使我生气的是，我感到身后有个陌生人的脚步轻手轻脚地跟随我紧赶慢赶。这个死不要脸的婊子这样无耻地缠着我，我打算臭骂她一顿，便扭过头去。正好在这一刹那打了个闪电，把四周照得通亮。我在亮光中看见一个脚步蹒跚的老人气喘吁吁地跟在我背后，使我大吃一惊的是，他没戴帽子，露出光秃秃的脑袋，金丝边的眼镜一闪一闪地发光——原来是开克斯法尔伐！

起初，我在惊愕之余，自己都不相信自己。开克斯法尔伐跑到我们兵营的花园里来了——这是不可能的事啊。我在三小时之前才跟康多尔一起在他家和他分手，他当时已经疲惫不堪。是我眼花，产生了错觉，还是这老人神经错乱了？他是发着高烧，翻身起床，现在穿着单薄的衣衫，没穿大衣，也没戴帽子，在这里到处梦游？可是，这就是他，不会是别人。我即使在成千上万的人群当中单凭他瑟瑟缩缩地走过来时那种缩着脖子、弯腰曲背、心惊胆战的样子，也能把他认出来。

“我的天，封·开克斯法尔伐先生，”我不胜惊讶地说道，“您怎么跑这儿来了？您不是已经上床睡觉了吗？”

“没睡……或者说……我睡不着……我还想……”

“可是现在快回家去吧！您没看见，暴风雨随时可能到来。您的车不在这里吗？”

“就在对面……它停在兵营左边等我。”

"太好了！那么赶快吧！要是开快点，还能及时把您送到家里。走吧，封·开克斯法尔伐先生。"他还在迟疑，我就干脆抓住他的胳臂想把他拖走。可是他用力挣脱身子。

"就走，就走……我这就走，少尉先生……可是请您先告诉我：他说了些什么？"

"谁？"我的问题，我的惊讶都是真挚的。在我们头上，狂风怒号，越来越猛，树木叫唤不已，低头弯腰，似乎想把自己连根拔起，暴雨随时可能瓢泼似的落下，我不消说只想一件事，只想最自然不过的一件事，那就是如何把这个显然神志昏乱的老人弄回家去，他似乎丝毫没有注意到暴风雨已经逼近。可是他几乎愤怒地结结巴巴地说道：

"康多尔大夫呀……您不是送他了吗？……"

现在我才明白，这次在黑暗中相遇，不消说，并非偶然的邂逅。这个焦躁不耐的人，等在这儿军营门口，只是为了赶快获得确切的消息。他就在这大门口守候我，我从这里经过，必然逃不过他的眼睛。他在极度心烦意乱的情况下，在这儿踱来踱去达两三个小时之久，瑟瑟缩缩地躲在这寒碜的小城花园的树荫里，平时夜里只有当使女的和她们的情人在这儿幽会。他大概估计我只陪了康多尔一小段路，送他上火车站以后就马上回到兵营里来了；而我却毫不知情，让他在这儿等了又等，等了两三个钟头，我自己在这段时间里和康多尔正好坐在酒店里。这个生病的老人就像从前等他的债户一样执拗地等着，耐心地、不屈不挠地等着。他的这种狂热的顽固劲儿里有些东西使我恼火，同时也使我感动。

"情况再好不过了，"我安慰他，"一切都会好起来的，我有充分的信心。明天下午我把更多的情况告诉您，我一定非常仔细地把每句话都向您报告。可是现在咱们赶快去上车吧，您没看见，咱们可不能再浪费时间了。”

“是的，我就去。”他挣扎着，不让我扶他走，我催他走了十多二十步。然后我感到吊在我胳臂上的分量越来越重。

“待一会儿，”他嗫嚅着说道，“让我在椅子上待一会儿。我……我走不动了。”

果然如此，老人像个醉汉似的晃来晃去。我不得不使出全身的力气，在黑暗之中，把他一直拖到椅子旁边，耳旁隆隆的雷声已经越来越近。他跌坐在椅子上，沉重地呼吸着。显然，这一等可把他给等坏了，这毫不奇怪：这个心脏有病的老人踱来踱去足足有三个小时，他直着两条疲惫的腿，站在他的位置上东张西望，惶惶不安，足足有三个小时。现在他运气好，逮着了我，他才意识到刚才使的大劲。他精疲力竭，靠在这穷苦人坐的椅子上，就像给打倒在地。每天中午工人们坐在这椅子上吃他们的干粮，下午养老院的老人和怀孕的妇人坐在这里。夜里，妓女在这儿招徕士兵，而这个老人，全城最大的财主在这儿等了又等，等了又等。我知道，他在等些什么。我立刻就预感到，我是没法把这顽固的老头从这条椅子上弄走的（倘若我的一个伙伴撞见我这样和他待在一起，亲热得出奇，将是多么叫人恼火的情景！），除非我能使他内心振作起来。我首先得把他安慰一番。于是同情心又从我心里涌起。那股该诅咒的热浪又一次在我内心翻腾起来，这股热浪每次都使我无力抗拒，毫无主意。我俯下身子，向他凑近一些，开始给他打气。

我们身边狂风怒号，喧嚣不已。可是老人视而不见、听而不闻。对他来说，既无天空，也无乌云和暴雨，在这世界上只有他女儿一个人和女儿的康复。面对这个因为激动和忧虑而浑身发抖的老人，我怎么忍心只是干巴巴地把真实情况——康多尔对这事还并不觉得蛮有把握——说给他听就完了呢？老人是需要有样东西能让他牢牢抓住，就像先前他要跌倒的时候，他抓住我扶他的那只胳臂一样。所以我把费了牛劲从康多尔嘴里掏出来的那点使人安慰的材料急急忙忙地拼凑起来。我告诉他，康多尔已经听到了一种新的治疗方法，这是维埃诺教授在法国试验过的方法，取得了很大的成功。我立刻就感觉到我身边有什么东西在暗处窸窸窣窣乱动。他刚才还软绵绵地靠在椅子上的身体这时向我身边凑了过来，好像他想靠在我身上取暖似的。其实我现在应该适可而止，不要许愿许得太多，可是我的同情心使我走得更远，超过了我可以负责的程度。我一而再、再而三地鼓励他：是的，这种治疗方法会取得不同寻常的成功的！不出三个月就可以得到出乎意料的疗效，并且说不定——不，甚至可以说，这点是肯定的，那就是这种方法在艾迪特身上不会失败。渐渐地，我自己心里也对这种言过其实的报道产生了兴趣，因为这种安慰的效果实在妙不可言。每次，他贪婪地问我："您真的相信吗？"或者："他的确说了这话吗？"而我由于内心焦躁不耐，一时软弱，总是热烈地句句肯定。这时，他身体倚在我身上的压力仿佛减轻了一些。我感觉到，我这番话一说，他的自信心迅速增长，在这一小时，我生平第一次也是最后一次体会到，一切积极行善之举，都含有一些使人陶醉的乐趣。

当时，我在那把穷人坐的椅子上到底都跟开克斯法尔伐许了什么愿，作了什么诺言，我现在已经不知道了，而且永远也不会知道。因为，就像我说的话使他贪婪地听起来无比陶醉，同样，他无比幸福地侧耳细听也激起我的兴趣，使我向他许的愿越来越多。我们两个都不注意在我们身边闪着蓝光的闪电，不注意越来越紧的隆隆雷声。我们两个紧紧地靠在一起，一个说，一个听，一个听，一个说。我以最诚实可信的口气一次又一次地向他保证："是的，她的病会治好的，她不久就会恢复健康，肯定会恢复健康！"只是为了一次又一次地听他嗫嚅着说："啊，是吗？谢天谢地！"感受极度欢快之际的那种心神皆醉而又令人陶醉的强烈兴奋。谁知道我们在这种状况中又坐了多少时间，蓦然间，那决定性的最后一道狂风吹来。这道狂风每次总是刮在奔腾而至的暴风雨之前，仿佛是为风暴荡平道路。树木一下子被吹得纷纷弯腰低头，枝丫折裂，噼啪作响，栗子吹落，像阵阵弹雨打在我们头上、身上，旋风卷起灰尘，宛如一股其大无比的浓云把我们裹在里面。

"回家，您必须回家。"我使劲把他扶起，他也不作任何反抗。我的这番安慰给了他力量，使他振作起来。他已经不像刚才那样走起路来摇摇晃晃。他跟我一起，脚步凌乱，急急忙忙地赶到那停着等他的汽车旁边。司机帮他坐进车里。这时我才感到一块石头落地。我知道他已安全上车。我已经安慰过他。现在他终于可以回去睡觉了，这个心灵受到强烈震撼的老人，他会睡得香甜安宁，满怀幸福。

我还想赶快把毯子盖在他的脚上，免得他着凉，可是就在这短促的一瞬间，发生了使人吃惊的事情。他突然一把抓住我的双手，紧紧地抓住我左右两手的手腕，我还没来得及挣脱，他已经把我的双手拉到他的嘴边，吻了我的右手，再吻左手，再吻一次我的右手和左手。

"明儿见，明儿见。"他喃喃地说道，汽车疾驰而去，仿佛被此刻刮来的那股冰冷的疾风吹走。我呆呆地站着，惊讶不已。可是这时，第一批雨点已打将下来，像鼓点，像冰雹打在我的军帽上，来势汹汹，声如轰雷。通向军营的最后四五十步路我已是在倾盆大雨之中跑完的。等我浑身湿透，刚刚跑到军营门口的时候，一个闪电劈了下来，把沉浸在风雨之夜里的整条街都照得通亮，紧接着闪电响起一阵雷鸣，仿佛把整个天宇都一起扯了下来。这阵霹雳一定打在附近,因为脚下的地面震得摇摇晃晃,窗玻璃哐啷哐啷直响,像被雷声击碎了似的。尽管我的眼睛被这突如其来的电光耀得发呆,我可并没有像一分钟之前,老人感激涕零,抓住我的手亲吻不已时吓得那么厉害。

二十一

经历了强烈的激动之后，睡眠也会变得香甜深沉。一直到第二天早上，从我醒来的模样，我才觉察到，那阵暴风雨来临之前的郁闷，以及那番夜谈时的电流似的紧张情绪已经完全把我麻醉。我仿佛是从难以测量的深渊里跳了出来，首先陌生地呆望着我熟悉的这间军营宿舍，白费力气地努力思索，我是什么时候跌进这深渊般的黑甜梦乡的，又是如何跌进去的。然而要想有条不紊地回忆追思已经没有时间。我的另一种记忆力，有关公事的记忆力——这种记忆力似乎和我有关私事的记忆力截然分开，在我头脑里像军人一样严格地起作用——使我立刻想起，今天安排了一种特别的操练。楼下已经号角齐鸣，马蹄声声，清晰可闻，我从勤务兵一再催促的样子看出，想必已到动身出发的紧要关头。我猛的一下子穿上已经摆好的军装，点上一支烟，一阵风似的冲下楼梯，跑进院子，一转眼就已经和列队待发的骑兵中队一起催马出发。

骑着马走在队伍里，你就不再作为你个人而存在。几十四马发出嗒嗒的马蹄声，使你既不能头脑清晰地思索，也不能白日做梦。其实我在刺耳的马蹄声中没有感到别的，只感觉到，我们这轻松自在的一队人马正策马疾驰，赶上一个美好的夏日，人们想象中十全十美的夏日就是这样：苍穹为雨水洗净，没有一丝云翳，烈日当空，可是一点也不闷热，四外田野轮廓分明。你的眼睛一直可以看到远方，每幢房子、每株树、每块田地都看得那么真切清晰，仿佛都搁在你的股掌之上。窗前的每一束鲜花，屋上的每一缕炊烟，都因为颜色浓烈、色泽鲜明而显得生意盎然。我们周复一周以同样的速度、朝着同样的目标奔驰而过的那条无聊乏味的公路我几乎认不出来了。两旁的树木仿佛新上了油漆，在我们头上汇成一个穹形的屋顶，翠绿显得更加浓郁，枝叶显得更加茂密。我坐在马鞍上轻松愉快，俗虑顿消，最近几天，最近几星期压迫我神经的一切焦灼不安、滞重烦恼的事情全都一扫而光。我觉得我执行我的勤务再也没有比在那个阳光灿烂的夏日上午更出色的了。干什么事都得心应手，轻松自如，自然而然，什么都办得成，什么都使我心旷神怡：天空，草地，热血奔腾的优良战马，大腿一夹缰绳一紧，它们就顺从地作出反应，甚至我自己的嗓音在我发号施令的时候也叫我听着高兴。

强烈的幸福感也像一切使人陶醉的东西那样同时含有麻醉的作用。拼命享受眼前的一切每每会让人忘记过去的种种。因此，当我在马鞍上度过了使人心神舒畅的几个小时之后，下午又沿我熟悉的道路出城前往府邸去的时候，我只是朦朦胧胧地想到昨夜的邂逅。我高兴的仅仅是我心里这种强烈的轻松愉快的感觉和别人的快乐。一个人自己兴高采烈，想起所有其他的人来，也会觉得他们心里快活。

果然，我刚在那座小型府邸的极其熟悉的门上一敲，仆人就开门迎迓。他平时毕恭毕敬，举止收敛，此刻嗓音听起来显得特别开朗明快。他马上就催我："我可以用电梯送少尉先生上塔楼去吗？两位小姐已经在上面恭候。"

可是为什么他说话的时候两只手这样焦躁不耐？为什么他这

样喜气洋洋地凝视我？为什么他马上这样风风火火地冲到前面去？我一面开始沿旋转梯一步步登上露台，一面不由自主地问我自己，他到底怎么啦？他今天出了什么事啦，这个老约瑟夫？他急不可耐，只想尽快把我送到塔楼上去。这个忠厚老实的老小子，他究竟是怎么回事啊？

可是，快乐的心情使人胸怀欢畅，在这么一个阳光明媚的六月天迈动两条年轻有力的腿爬上这曲曲弯弯的楼梯，透过四壁的窗户，依次望见东南西北，看到一直伸向无边无际的遥远地方的夏日田野风光，也是一件赏心悦目的乐事。最后只剩下十一二步楼梯就到露台了，忽然有件出乎意料的事情使我站住脚步。因为说也奇怪，在昏黑的楼梯间里忽然传来一缕舞曲的旋律，轻柔悠扬，如真如幻，小提琴奏出主旋律，大提琴伴奏，飘荡在琴声之上的，是微弱的女声动人心弦的花腔。我不胜惊讶。从什么地方飘来这阵音乐！近在咫尺，同时又远在天边，悠扬婉转，恰似天国仙乐，同时又是尘世之音，是歌剧中的一支流行曲，仿佛是从天上飘落人间。莫非是在附近什么地方的一家酒店里，也许有个乐队在演奏，微风把这即将消逝的旋律最后最轻柔的震颤吹送过来？可是过一会儿我就已经听出，这支轻飘的管弦乐队是从露台上把乐声送来的，它不是别的，只不过是一架普通的留声机而已。我心里暗忖，我这人真傻，今天到处感到万物着魔，到处期待奇迹发生，怎么可能把整个管弦乐队安排在这么狭窄的塔顶露台上！可是我刚走了几步，心里又变得惶惑不安。在上面奏乐的，毫无疑问是一架留声机，然而——那唱歌的声音，这嗓音听起来是那样自由和逼真，不可能来自一只轧轧作响的小匣子。这是两个真正的女孩子的歌声，唱得天真、欢快、纵情奔放！我停住脚步，竖起耳朵，更加仔细地倾听。那丰满的女高音是伊罗娜的声音，音色优美，音量饱满，丰腴柔软，就和她的胳臂一样，可是和她一起唱的另外一个嗓音又属于谁呢？这声音我不熟悉。显然，艾迪特请了一个女朋友，一个非常年轻活泼、撩人心魄的姑娘。我实在好奇极了，急于见一见这只啁啾而鸣的小燕子，它如此出人意料地栖息在我们的塔楼上。因此，当我刚一踏上露台，发现只有两个姑娘坐在一起，艾迪特和伊罗娜，而在那儿用一种崭新的嗓子无拘无束，银丝一样发出轻柔婉转、悠扬动听的歌声、笑声的就是艾迪特，我的惊愕就更加大得难以估量。我之所以如此惊讶，因为一夜之间发生这样的变化，我觉得，不管怎么样，总不大自然。只有一个身体健康、心里踏实的人因为幸福到了极点，才会这样无忧无虑地放声歌唱；而这个孩子，这个患病的姑娘却不可能是已经恢复健康的啊，除非在昨天夜晚和今天早晨之间的确发生了奇迹。我暗自惊讶，究竟是什么使她这样陶醉，究竟是什么使她这样目眩神迷，以至于这种幸福在望的心情一下子从喉咙里，从心灵里飞了出来？我最初体验到的感情，我很难解释；其实是心里感到很不舒服，就像无意中撞见姑娘们赤身露体，一丝不挂。因为，要么是这个患病的姑娘到现在为止一直在迷惑人，把她真正的本性瞒着我，要不然就是一夜之间有个新人在她身上脱颖而出——可是为什么会这样，怎么会这样的呢？

使我惊讶的是，这两个姑娘看见我的时候，一点也不显得慌乱。

“马上就完，”艾迪特对我嚷了一声，又向伊罗娜叫道，“快把留声机关了。”说着她就招手叫我过去。

“好不容易，总算把您盼来了，我已经等了您好一会儿了。好，请您赶快把一切都说给我听，不过要说得非常非常详细……爸爸把所有的事情都搅了个乱七八糟，我都给搞糊涂了……您也知道，他要是一激动，就永远也没法把什么事讲清楚……您想想看，半夜三更他还上楼到我房里来，昨天夜里那么吓人的暴风雨，我根本没法睡觉，我冷得要死，风一阵阵地从窗口吹进来，我没力气从床上爬起来。我心里一直暗暗希望，会有人惊醒，跑来关上窗户。忽然，我听见有脚步声越走越近。我起先吓了一跳，都已经是夜里两三点了啊。我在惊讶之余一时都认不出爸爸来了，他看上去完全变了样。他立刻走到我面前，简直拦都拦不住的架势……他又哭又笑，您真该看看他的模样……是啊，您设想一下吧，您听见我爸爸在笑，疯疯癫癫地哈哈大笑，手舞足蹈，活像个大孩子！当然啰，等他一开始讲，我是如此之惶惑，起先我简直不能相信他说的话……我当时心想，爸爸做了个梦，要不就是我自己还在做梦。可是接着伊罗娜也上楼来了，我们又聊又笑，直到天亮……可是现在请您再说一遍……请您说说……这个新的治疗方法是怎么回事？”

就像一阵汹涌的波浪向你击来，你脚步踉跄，竭力想要顶住波浪的袭击，可是白费力气，我当时也试图不要泄露出我那极度的惊愕。她这一句话犹如闪电飞快地向我说明了一切。我，只有我在这个浑然无知的姑娘身上诱出了这崭新的、婉转悦耳的声音；我，只有我把这不祥的胜券在握的信心注入她的心中。开克斯法尔伐想必把康多尔跟我说的那番话告诉了她。可是，到底康多尔跟我说了些什么呢？……而我这方面又把什么传出去了呢？康多尔可是说话有限，非常谨慎，而我这个同情心切的傻瓜不知又添枝加叶地编了些什么内容，弄得他们全家都喜气洋洋，惊慌失措的老人变得返老还童，病痛折磨的人感到已经康复！到底什么……

“怎么啦，出什么事了……您为什么还犹犹豫豫的？”艾迪特催促道，“您明明知道，每一句话对我都是多么重要。好吧——康多尔都跟您说了些什么呀？”

"他说了些什么吗?"我重复了一遍,为的是争取时间,"喏……您不是已经知道了吗……您知道,全是好消息……康多尔大夫希望随着时间的推移能取得最佳的结果……要是我没搞错的话,他打算试用一种新的治疗方法,为此他已经打听了一下……据说是一种非常有效的治疗方法……如果……如果我没有理解错的话……我当然无法判断,不过,反正您完全可以对他放心,如果他……我相信,我的的确确相信,他会把一切都办得妥妥当当的……"

可是,要么是她没有注意到我的躲躲闪闪,要么是她的焦灼不耐击退了她心里的一切障碍。

"可不是吗,我早就知道了,这样治下去是不会有进展的。一个人对自己总是了解得最清楚……您记得吗,我不是跟您说过,什么按摩,电疗,还有这伸屈器械,全是胡扯吗?……这些方法疗效实在太缓慢了,叫人家怎么等得及啊……您瞧,这儿,我也没问他,今天就已经马上把这愚蠢的器械拆下来了……您简直无法想象,我身上顿时感到轻松了不少……我马上就能比较轻快地走路了……我相信,就是这些该诅咒的铁块把我的腿脚绊住了。不,这种病必须换个办法治疗,这点我早就感觉到了……不过……不过……现在还是请您快点告诉我,那位法国教授的治疗方法究竟是怎么样的?要治病非到那儿去不可吗?就不能在这儿治?……唉,我恨这些疗养院,我对它们深恶痛绝……干脆一句话,我不愿看见病人!我看我自己就已经看够了……那么这种治疗法怎么样呢?……好吧,您就快说吧!……尤其是,这种治法要多久才会奏效?真的这么快就能治好?爸爸说,那位教授花了四个月就把他的病人治好了,四个月,那病人现在已经能够上楼下楼,伸胳臂动腿……这……这简直难以相信!……您现在就别这么坐着一声不吭,您倒是说话呀!……他想什么时候开始使用这种方法,整个疗程该要多少时间呢?"

我对自己说:赶快收兵,千万别让她陷进这种疯狂的妄想之中,就好像这一切早已十拿九稳,稳操胜券。所以我小心翼翼地给她泼点冷水:

"一个确切的期限……当然啰,哪个医生也无法预先定下个确切的期限,我不相信,医生现在就能确定日期……再说……康多尔大夫只是这么泛泛地谈了一下这种方法……他说,这种方法听人说会收到非常出色的疗效,但是,它是否完全可靠……我的意思是,这只能根据具体情况进行具体试验了……反正得等待,等到他……"

可是她热情奔放,兴高采烈,我这吞吞吐吐的反驳她根本听不进去。

"嗐,您根本不了解他!从他嘴里您是掏不出一句确定无疑的话的。这人过分小心谨慎,简直到了可怕的程度。不过只要他答应了那么一点,那么从头到尾都会成功。对他是完全可以放心的,您真不知道,我是多么需要结束我的疾病,或者至少能确切知道,这病是会了结的……他们老是跟我说,耐心,要有耐心!可是我总得知道,我得忍耐到什么地步,得忍耐多久。要是有人跟我说,这病还得拖六个月,拖一年——那我就会说,好吧!这我认了,人家要我干啥,我就干啥……感谢天主,这事总算有个盼头了!您简直没法想象,从昨天起,我感到多么轻松自在。我觉得,我仿佛刚刚开始生活。今天一大清早我们就乘车到城里去了——可不是,您感到惊讶了吧——现在,自从我知道我已经闯过难关了,我觉得,人家怎么说,怎么想,在背后冷眼瞅我,还是心里同情都无所谓……我现在每天都打算乘车出游,为了向我自己证明,这种愚蠢的一味傻等，没完没了的消极忍耐终于结束了。明天是星期日——您总有空吧——我们还有个宏伟的计划。爸爸已经答应我，咱们驱车到养马场去。我已经有几年没到那儿去了，大概有四五年了吧……这些年我根本不愿意上街。可是明天咱们坐车出去，您当然也跟我们一起去。您将惊讶不已，我们俩，伊罗娜和我想好了要让您大吃一惊。要不……”她转过脸去，对伊罗娜笑道——“你要我现在就把那巨大的秘密说出来吗？”

“说吧，”伊罗娜笑道，“别再保守秘密了！”

“那您就听我说，亲爱的朋友——爸爸打算让我们坐汽车出游。可是汽车开得太快，坐车也太无聊，我就想起来了，约瑟夫曾经向我讲过那个疯疯傻傻的老侯爵夫人——您知道吧，从前这座府邸就是归她所有，是个挺叫人反感的女人。她从前总是乘坐一辆四驾马车出门，是一辆很大的旅行马车，描得花花绿绿的，就停在车棚里……这位老太太每次出门总叫人套上这辆四驾马车，哪怕上火车站去也乘坐这车，就为了让每个人都知道，她是侯爵夫人。除她以外，这一带左右远近谁也不许乘这样的车……您想想看，要是我们也能像这位已经故世的侯爵夫人那样乘坐马车出游一次，这该多么有趣啊！那个年老的马车夫还在这儿……啊，对了，这个上了年纪的大能人您不认识，自从我们有了汽车以后，他早就退休养老了。不过，这个人您真应该见一见，用人告诉他，我们想乘坐四驾马车出门去——他马上就迈着两条摇摇晃晃的老腿上楼来，想不到这么大岁数还能碰上一次这么美的差使，他高兴得泪流满面……一切都已经安排就绪，明天早上八点我们乘车出发……一大清早就得起床，您当然在这儿过夜。这您是不能拒绝的。楼下给您准备了一间漂亮的客房，您还要什么，就叫彼斯塔给您到军营里去拿——您的彼斯塔，明天将乔装打扮成侍从，就像在侯爵夫人身边当差……您别出声，别反驳。您得让我们高兴一下，无论如何得让我们高兴一下，要不然就饶不了您……”

她的话就像一根上紧了的发条在走，滔滔不绝，一刻不停。我困惑不堪地听她说，这难以理解的变化还一直弄得我晕晕乎乎呢。她的声音已经完全变了样，平时说起话来，语调急促烦躁，现在变得轻快流畅，她那熟悉的脸庞似乎换了一张，原来病恹恹的萎黄的脸色被新鲜的、更加健康的色泽盖住，心神烦乱、漫不经心的手势已无影无踪。此刻在我面前坐着一个微微有些醉意的姑娘，双眸熠熠生辉，生动的嘴角含着笑意。这种令人晕眩的陶醉不由自主地也传到我的心里，像醉酒之后，放松了我内心的抵抗。于是我自己骗我自己：也许她说的话是真的，或者会变成真的。说不定我根本没有欺骗她，说不定她的确很快就会痊愈。话说到底，我说的并不全是谎话，或者，我说的谎话不算太多——康多尔的的确确读到了一篇报道，关于一项令人吃惊的医疗方法。为什么这种方法偏偏在这个热情充沛、满怀信心、使人感动的姑娘身上不会奏效呢？这个敏感的人儿，单单吹来一阵恢复健康的微风就已经使她欢欣鼓舞，满心喜悦。所以为什么要去阻拦那使她心神清朗的感情的奔放？为什么要用垂头丧气去折磨她？这可怜的姑娘自己折磨自己的时间已经够长了。一个演说家以他空泛的词句激起了人们洋溢的热情，这种热情反过来又变成真正的力量感染了他，同样，我因为同情心切，言过其实，仅仅因为这个缘故才使姑娘产生了信心，如今这信心又转过来侵入我的心里，变得越来越不可战胜。末了，做父亲的露面的时候，发现我们三个都无忧无虑、情绪高涨。我们海阔天空地聊了一气，制定了种种计划，就仿佛艾迪特已经痊愈，恢复健康。她问我，在什么地方又能学习骑马，我们团里的军官是否愿意给她上课、帮忙？还有，她父亲曾经答应过本堂神父，捐款给教堂盖个新的屋顶,是不是现在就该把钱交给神父?艾迪特无忧无虑地欢笑着、戏谑着,提出了一系列放肆大胆的计划,早已把恢复健康当作不言而喻的事。我心里最后一点抵抗也就此沉默无声。直到晚上我一个人待在房间里,心里才有一个微弱的声音开始提醒我自己:她为自己设想的远景,是否有点过于夸大?你是否应该给这危险的信心泼点冷水才更为妥当?可是我不让自己深想下去。我何必担心我是否说得太多或者太少呢?即使我许的愿远远超过我该说的老实话,又有什么——我这出于同情之心撒的谎已经使她快活起来;而使人快活,绝不可能是罪过或是不公正的行为。

二十二

一大清早她预先宣布的那次郊游就欢欢喜喜地开始准备起来了。我睡在干干净净的客房里，窗外射进来的阳光把房里照得透亮，我醒来首先听见的便是笑语喧哗。我走到窗前，一眼瞥见侯爵夫人的那辆庞大无比的旅行马车，大概昨天夜里就已经从车棚里拉出来了，阖府的仆役此刻都围着观赏。这是个应该送到博物馆去陈列的古董珍品。也许是一百年前，或者甚至一百五十年前，由坐落在绳索场[①]的那家维也纳御用马车制造厂为这里侯爵家的一位曾祖父制造的。为了防护巨大的轮子引起的震动，马车的车身都安装了精致的弹簧，车壁糊着古色古香的壁布，图案全是牧童的场景或者古代的寓言，画得有点古拙，也许当年颜色更加鲜艳，现在已经有点褪色。这辆用绸缎蒙着软座的马车内部安装了各式各样巧夺天工的舒适设备，我们一路上有机会逐一试验诸如可以折叠起来的小桌子，小镜子，各式香水瓶子。不言而喻，这个硕大的玩物来自一个业已销声匿迹的世纪，看上去起先总有点不大真实，像是假面舞会上的玩意。然而，恰好是这一点产生了亲切的效果，仆役和下人都欢天喜地，就像过狂欢节一样，大家努力使这条行驶在乡间大道上的笨重大船灵活运转起来。制糖厂的机械师特别热

---

① 维也纳地名。

心地给车轮上油，用铁锤敲敲车轮上包的铁皮，仔细检查，与此同时，四匹马都套上了，大家用一束束鲜花把马儿装饰起来，好像拉的是结婚的喜车，这就给那个老马车夫约拿克以盛气凌人地教训人的机会。他身上穿着褪色的侯爵府的号衣，两只患痛风病的腿还显得出乎意料地灵活，他向那些年轻的仆役解释他的全部绝招和知识。这些年轻的仆役虽然会骑自行车，必要的时候也能摆弄一辆摩托车，可是四驾马车却怎么也驾驶不好。他在昨天夜里还向厨师解释，在举行猎狐赛马①和类似的骑术比赛时，府邸的荣誉无论如何一定要求：哪怕在最偏僻的地方，在林间和草地上，端上来的点心也必须像在府里的餐厅里就餐时那样符合礼数，丰盛精美。所以在他的监督下，仆人把锦缎的桌布、餐巾和银制的餐具都收拾起来装在当年侯爵府银器室的绣了纹章的匣子里。然后才允许头戴白色亚麻布高帽子、笑容满面的厨师把真正的干粮拿出来：烤鸡、火腿、肉馅饼、现烤出来的白面包，好些酒瓶，每瓶酒都包上禾草，免得在高低不平的乡间大道上行车的时候碰破。一个年轻的小伙子派来侍候，充当厨师的代表，车后的那个座位指定给他，古时候这是侯爵家的听差站的地方，旁边站着值勤侍从，头戴五彩缤纷的羽毛帽子。

由于这类烦琐的装饰打扮，准备工作便有一种欢乐的气氛，像在演戏，因为我们这奇特出游的消息已经在四外迅速传开，所以这场讨人喜欢的好戏不乏观众。从邻近各村跑来许多农民，穿着花花绿绿的乡下节日盛装，从邻近的孤老院里跑来一些满面皱纹的老太婆和满头白发的小老头，嘴里必不可少地叼着陶土烟斗。可是主要是远近各处跑来的光着腿脚的小孩，他们惊讶得瞠目结舌，

---

① 一种赛马活动，骑手追逐假想的狐狸，“狐狸”的踪迹往往用碎纸片来标明。

看看饰满鲜花的马匹，又抬起头来直瞪着马车夫。他的手虽然枯干，可还结实，握着长长的缰绳，绳上结了各种神秘的纽结。使得他们同样兴高采烈的还有彼斯塔，大家平时只看见他身穿蓝色的司机制服，可是现在却穿着古代侯爵府的号衣，手里跃跃欲试地握着一只银质的狩猎号角，准备发出动身的信号。而要动身当然还得等我们吃完早饭。等我们最后走近这披着节日盛装的马车时，我们不禁心里暗暗发笑，愉快地发现，我们几个人看上去远没有豪华的马车和身着华丽服装的侍从来得气派庄严。开克斯法尔伐身上穿着那件必不可少的黑外套，腿脚僵硬地爬上那辆饰有陌生的贵族纹章的马车，活像一只黑鹤，显得有些滑稽。两个年轻的姑娘呢，其实真希望看见她们穿一身洛可可风格①的服饰，头发上扑白粉，面颊上贴一粒黑色的美人痣，手里拿着一把花里胡哨的折扇，而我自己呢，大概穿身玛丽亚·特蕾西亚女皇时代的白色耀眼的骑兵制服要比我现在穿的蓝色的轻骑兵制服更为相宜。可是即使没有这些历史性的服装，这些善良的人看见我们终于在这庞大笨重的大箱子里就座，也已经觉得够庄严的了：彼斯塔举起狩猎号角，响起一阵嘹亮的号音，围观的仆役激动得频频招手，连连问安。马车夫非常巧妙地把鞭子在空中甩了一个大圈，啪的一声，好像一声枪响。庞大的马车刚一启动，车子就猛地一震，我们给震得滚作一团，大家笑得前仰后合，接着那精明强悍的马车夫就非常机灵地驾着四匹马穿过铁栅栏门。我们坐在鼓着大肚子的马车里，觉得铁栅栏门突然一下子显得狭窄得叫人害怕。我们总算顺顺当当地上了公路。

① 欧洲的一种艺术风格，流行于一七二〇至一七七〇年间，以法国为最盛，其特征为纤巧优美，代表了当时整个贵族社会的艺术趣味。

我们一路上引起了很大的轰动,可是也赢得了人们惊人的尊敬,这其实并不足为奇。几十年来周围这一带再也没有看见过侯爵的马车和四驾马车,农民们出乎意料,乍一看见马车重新出现,仿佛预示某个近乎超自然的事件即将发生。他们说不定会想到,我们驱车到皇宫去,或者皇帝陛下驾到,要不就是其他什么难以想象的事情已经发生,因为所到之处,大伙都一律脱帽,就像麦穗叫人一刀割下。赤脚的孩子欢呼雀跃,追逐我们的马车一个劲地跑。要是在半路上遇到一辆满载干草的大车,或者一辆乡间的四轮轻马车,那么,陌生的车夫就会麻利地从车座上一跃而下,摘下帽子,勒住马匹,让我们从旁边通过。马路归我们一家所有,就像在封建时代,这整片丰腴肥美的田地和地上的滚滚麦浪全都属于我们,无论是人还是牲畜全都属于我们。乘坐这么一辆庞然大物似的马车,当然不会走得很快,可是这一程却给了我们双倍的机会,仔细观赏景物,纵情调侃一切,尤其是两个姑娘充分利用了这大好时机。新鲜事物总使年轻人着迷,我们这古怪的马车啦,人们看见我们这不合时宜的一行时表现出来的恭顺敬畏之情啦,以及上百件细小的意外事件,所有这些不寻常的经历都大大提高这两个姑娘的情绪,使她们简直如醉如痴。特别是艾迪特,几年来她没有正经出过大门,此刻心花怒放,把她控制不住的疯劲在这风和日丽的夏日里纵情地发泄出来。

我们第一站停在一个小村里,村里刚好钟声悠扬,呼唤善男信女在礼拜天到教堂去做弥撒。远远望去,田间小道上最后几个迟到的信徒正向小村走去。夏天里,庄稼已经长得很高,走在庄稼地里的人,男子身上只能看见低平的黑绸礼帽,女子身上只能看见绣得花花绿绿的软帽。这徒步前进的一字长蛇阵,犹如一条黑乎乎的毛毛虫,从四面八方拥来,穿过麦浪翻滚的金色田野。我们从一条不太干净的乡村大道进村，吓得几只鹅嘎嘎乱叫，四下奔逃，恰好在这个时候，轰鸣不已的钟声停止。星期天的弥撒开始了。出乎意料的是，艾迪特强烈要求，我们大家得下车到教堂去参加祷告。

一辆叫人难以置信的马车停在村里这个寒碜的市场广场上，大伙道听途说对这位地主都有所风闻，如今他和他的家属（他们显然也把我算在他的家属之列）恰好要在村里的小教堂里参加礼拜，这可使这些老实巴交的乡下人大为激动。教堂管事从教堂里跑出来，仿佛这个从前的卡尼兹就是莪罗斯伐尔侯爵本人。他巴结地告诉我们，神父要等我们进了教堂再开始做弥撒。人们满怀敬畏之情，低头夹道欢迎。艾迪特得由约瑟夫和伊罗娜两人搀扶着走进去。一看见艾迪特衰弱不堪的模样，村里的人显然都很感动。这些心地单纯的人，只要一看见灾祸有时也会凶狠地落在"有钱人"的头上，总会深受震动。于是引起了一阵叽叽咕咕的窃窃私语的声音，可是紧接着妇女们就急忙把垫子拿过来，让这个身有残疾的姑娘尽可能坐得舒服一点，不消说是让她坐在第一排。这一排已经很快腾空了。几乎给人这样一种印象，似乎神父后来为我们做这台弥撒做得特别庄严。这种小教堂建造得分外简单质朴，使我深受感动。妇女的歌声清越嘹亮，男子的歌声粗犷，有些笨拙，孩子们的嗓音天真单纯。我觉得这些歌声似乎比我故乡斯台芬大教堂和奥古斯丁教堂里每星期天的演唱更加纯净，更加虔诚，虽然大教堂里我已经习惯的那种演唱更富艺术性。可是在我自己祷告的时候，我偶尔向我身边的艾迪特看了一眼，我的注意力不由自主地被分散了。我发现她以炽烈的热忱在潜心祈祷，简直使我大吃一惊。在这之前，我从来没有看到过任何迹象会使我料想到，她受过虔诚的教育或者她本身就思想虔诚。现在我发现她祈祷的样子和大多数人的祈祷方式不同，不是人家教会的那一套。她那苍白的脸低垂着，就像一个人在冒着强烈的狂风前进，双手紧握着诵经桌，外在的官能仿佛全都转向内心，只是不知不觉地跟着别人喃喃地念经文。她那整个的态度让人看出，她全身正处于紧张状态，似乎想集聚全身力气拼命挣扎来克服某种极端的厄运。有时候教堂里的这条黑色的木凳颤抖不已，一直传到我这边来。极端强烈的祷告使她深受震动，浑身发抖，竟猛烈地使得僵硬的木头也为之震颤。我立刻理解，她是为了一件确定的事情在祈求天主，她是想从天主那儿得到什么。要猜出这个患病的姑娘、瘫痪的女郎到底渴望些什么，并不困难。

即使在弥撒完了以后，我们又扶着艾迪特回到车上，她还久久地沉思默想，一声不响。她不再疯疯癫癫地左顾右盼，东张西望，仿佛半小时热忱专注的内心搏斗已经使她的感官精疲力竭。不消说，我们也同样态度收敛起来。一路上寂静无声，渐渐使人昏昏欲睡，快到中午的时候，我们到达养马场。

在养马场，我们当然受到特别的欢迎。附近的小伙子显然已经听到我们来访的消息，马上把养马场最难驯服的烈马牵出来，好像举行一种阿拉伯赛马似的，风驰电掣般向我们飞奔而来。这些皮肤晒得黝黑欢呼狂叫的小伙子看上去颇为壮观。他们敞着衣领，低矮的帽子拖着五彩缤纷的长长的飘带，白色的马裤又肥又大。他们就像一群贝督因人①，骑着不鞴马鞍的烈马，像阵狂风似的扫将过来，似乎想把我们一举踏在马蹄底下。给我们拉车的几匹马已经惶惶不安地竖起耳朵，老约拿克得使劲绷紧双腿，紧紧拉住缰绳。这时这帮疯狂的骑手突然一声呼哨，非常美妙地排成一

① 阿拉伯游牧部落。

队，然后作为一支英武豪放的仪仗队一直护送我们到养马场管理员家里。

我这个科班出身的骑兵在那儿可看的东西简直多得目不暇接。相反，他们给那两个姑娘牵来了小马驹子。她俩看见了这些胆小好奇的动物简直乐不可支。这些小马驹的腿瘦骨嶙峋，行动不灵，嘴巴笨拙，还不善于把人家递到它们嘴边的糖块好好咀嚼。我们大家兴高采烈地忙碌着，厨房的小伙计在约拿克的精心指导下，在露天地里已经摆好了一桌丰盛的点心。不多一会儿，我们发现这酒味是如此甘美醇厚，以至我们一直压抑着的欢快情绪这时流露得越来越奔放。我们大家谈天说地，比任何时候都更健谈，更亲热，更加无拘无束。在这几小时内，总有一个阴郁的念头从我心头掠过，就像一丝云翳飘过湛蓝澄碧的天空；这个弱不胜衣的姑娘是我们这些人当中笑得最欢畅、最响亮、最高兴的，而我一直只知道她是个患病的姑娘，心情绝望，终日惶惑；这个老人拥有兽医一样的知识，在检查马匹，在马身上东敲敲，西打打，和每个小伙子开开玩笑，把小费塞给他们，可就是这同一个人，两天前由于疯狂的恐惧，像个夜游人似的半夜里袭击我。我自己，我也几乎认不出来了，我觉得我的四肢是那样轻巧，就像上了暖油一样松快。席散之后，他们让艾迪特到养马场管理员妻子的房里去稍事休息，这时我一连试骑了好几匹马。我和几个小伙子比赛，纵马在草地上驰骋，松开缰绳，全身放松，体验到一种前所未知的自由自在的心情。唉，要是能永远待在这儿，做自己的主人，在这辽阔自由的田野里无拘无束，像飞鸟一样自由自在，该有多好！我已经奔驰到很远的地方，听到远处传来的狩猎号角声催我们返回，心里不觉有些沉重。

经验丰富的约拿克为我们的归途选择了另一条道路，为的是让我们看看另一番景色,估计也是因为这条道路通过一个树荫清凉的小树林,要走比较长的一段时间。这一天诸事顺利,机缘巧合,临了还有一件最妙不过的意外事件等待我们。我们驰进一个很不显眼的、只有二十来家房屋的小村子,发现这个偏僻小地方唯一的一条马路几乎完全被十几辆空的大车堵住了。奇怪的是没有一个人跑来给我们这辆体积庞大的马车让道。就好像整个这一带地方的人都被地面吞噬了似的。可是不多一会儿,约拿克那训练有素的手把粗大的皮鞭在空中打了个响,听上去活像手枪放了一枪,村里这种比星期天更甚的空旷景象便得到澄清了。因为有几个人惊惶失措地急急赶来,立刻发生了一场叫人开心的误会。原来这一带最富有的农民的儿子今天正和另外一个村子的一个穷亲戚家的姑娘举行婚礼。我们无法通过的那条被堵住的村街尽头有个谷仓腾出来供人跳舞,此刻,那位身体相当粗壮的新郎之父从谷仓里跑出来向我们表示欢迎,他的脸因为巴结殷勤而涨得血红。也许他真诚地以为,世界闻名的大地主封·开克斯法尔伐特地套了这辆四驾马车,为了给他本人和他儿子一个面子,亲自前来参加结婚典礼,也说不定他只是因为虚荣心重,利用我们偶然从村里经过的机会,在别人面前抬高他在村里的威信。反正他连连鞠躬,请求封·开克斯法尔伐先生和他的客人等马路上的障碍排除后能够赏脸为新婚夫妇的健康干一杯他家酿造的匈牙利国产酒。而我们自己也情绪极佳,自然不会拒绝这样盛情的邀请。于是我们就小心翼翼地把艾迪特从车里扶出来,毕恭毕敬的人群组成一条宽阔的人巷,窃窃私语,惊讶不止,我们像凯旋的将军似的穿过人巷进入这间农家的舞厅。

这个舞厅,再仔细地观察一下,原来是个腾空了的谷仓,两边在空啤酒桶上用木板各搭了一个平台。右边平台上摆了一张长长的桌子,上面铺着白色的农家自织的亚麻桌布,食物酒类摆满了一桌,极其丰盛,新郎家的亲戚围着新婚夫妇坐在台上的桌子旁边,还有必不可少的当地士绅、本堂神父、宪兵队长也坐在桌旁。对面那座平台上坐着乐师,都是些蓄小胡子的吉卜赛人,相当罗曼蒂克,还有小提琴,低音提琴和铙钹;夯得很坚实的打谷场成了舞池,上面挤满了客人,舞厅里已经人满为患。孩子们再也不许进去,他们一部分挤在门口兴高采烈地看热闹,一部分爬到屋顶架的椽子上去坐着,把两条腿耷拉在空中。

不消说,有几个身份不算太高的亲戚得马上从平台上撤下来,给我们让座。我们毫不矜持地和这些忠厚老实的乡亲坐在一起,打成一片。他们对于我们这些高贵的老爷小姐的平易近人显然十分惊讶。新郎的父亲激动得身子直晃。他亲手拿来一个大酒坛子给我们杯里斟满了酒,扬声高喊:“为老爷的健康干杯!”人们立刻热情洋溢地大声应和,欢声一直远远地传到胡同里面。然后他就把他儿子和新娘拉过来。新娘是个腼腆的姑娘,臀部丰满,一身花花绿绿的婚礼盛装和头上洁白的桃金娘的花冠使她显得楚楚动人。她激动得满面通红,笨手笨脚地在开克斯法尔伐面前行了个屈膝礼,恭恭敬敬地吻了吻艾迪特的手。显然,艾迪特也一下子激动起来。每次看见别人举行结婚典礼,总使年轻的姑娘困惑迷惘,因为在这一瞬间,她们神秘地感到,同是女性,心心相连。艾迪特脸上也泛起红晕,她把这谦卑的姑娘拉到身边,和她拥抱,然后,突然想起个主意,从指头上脱下一个戒指—— 一个狭小的戒指,式样古老,不太珍贵——套在新娘的指头上。这出乎意料的礼物吓得新娘六神无主。她惊慌失措地举目望着她的公公,像是问他,这样贵重的礼物她是不是真的可以收下。做公公的刚刚自豪地点头表示同意,新娘已经高兴得泪流满面。于是又一阵感激的热潮向我们涌来。这些朴素的、丝毫也不娇生惯养的人们从四面八方挤了过来。从他们的眼神可以看出,他们真想做点什么特殊的事情来表示对我们的感激之忱,可是没有一个人敢向这么高贵的“老爷小姐们”说话,哪怕只说一句也不敢。新郎的母亲眼里噙满了泪水,跌跌绊绊地在人堆里从这个人身边走到另外一个人身边,像个醉酒的女人,她儿子的婚礼得到这样大的荣幸,使得老太太头晕目眩。新郎拘谨已极,一会儿看看他的新娘,一会儿又瞅瞅我们,一会儿直瞪着他那双油光锃亮的沉重的高统皮靴。

在这一瞬间,开克斯法尔伐干了绝顶聪明的一招,煞住了他们的这种已经使人难堪的敬意。他和新郎的父亲、新郎,以及几位当地士绅亲切地挨个握手,请求他们不要因为我们的缘故而中断这美好的庆典。年轻人应该继续尽情地跳舞,再也没有比他们无拘无束地继续欢庆婚礼更使我们快活的了。说话的同时,他招手把乐队的队长叫到跟前来,乐队队长右胳臂底下夹着把小提琴,哈着腰,好像全身僵了似的,等在平台前面。开克斯法尔伐扔给他一张钞票,示意他开始奏乐。这张钞票想必票面很大,因为这个哈腰谄媚的小子好像触了电似的,蹦了起来,三脚两步冲回他的平台,向乐师眨眨眼睛。隔一会儿,这四个小伙子就开始奏乐,的确只有匈牙利人和吉卜赛人才能这样。第一声铙钹就敲得迅猛有力,打消了大伙的拘谨。霎时间,男男女女,成双成对,踏着舞步,跳起舞来,比先前跳得更加狂野,更加感情奔放,因为所有的小伙子和姑娘们,不知不觉地都雄心勃勃,要让我们看看,真正的匈牙利人多么善于跳舞。年轻的身体在摇摆,在跳跃,在顿足,不出一分钟,刚才还充满敬意,寂静无声的大厅已经化为一股炽热的旋风。青年人兴高采烈,跳得那样起劲,那样狂热,每跳一步都震得平台上的酒杯叮当乱响。

艾迪特目光炯炯地望着喧闹杂乱的人群。忽然我感到她的手放在我的胳臂上。“您也得去跳舞。”她命令道。幸亏新娘还没有卷进这股旋风,她晕晕乎乎的,眼睛直瞪着手指上的戒指。我向她鞠了一躬,这特殊的荣幸首先使她一阵脸红,可是接着她顺从地让我带她去跳舞。我们两个的榜样又给新郎添了勇气。在他父亲强烈的怂恿之下,他向伊罗娜邀舞。这一来,打铙钹的乐师更加疯狂地敲他的乐器,乐队长活像一个蓄小胡子的黑衣魔鬼在猛拉他的提琴。我想,无论是在这之前还是在这之后,这个村子里再也没有像在那个庆祝婚礼的日子里这样如醉如狂地跳过舞。

可是意外的事情层出不穷。在这种喜庆场合总不会缺少那帮吉卜赛老太婆,其中一个看见新娘受到如此丰厚的馈赠,不觉心动,挤到平台上来,死乞白赖地说服艾迪特,让她看手相算命。艾迪特显然怕难为情。一方面她真的非常好奇,另一方面,她羞于当那么多人的面,让人跟她干这骗人的把戏。我很快想出个办法,我轻轻地推着封·开克斯法尔伐先生和其他所有的人离开平台,这样谁也没法偷听到这神秘的预言。好奇的人没有办法,只好哈哈大笑地站在远处旁观。那老太婆跪在艾迪特面前,握着她的手仔细端详,嘴里胡言乱语。在匈牙利,每个人都充分了解这种老太婆耍的老一套的鬼把戏,无非是挑最最讨人喜欢的话说给人听,然后因为说出了吉利话而大发利市。可是,使我惊讶的是,这个弯腰曲背的老太婆,用她那沙哑的嗓子,急急忙忙地在她耳边小声说的话,似乎很奇怪使艾迪特激动不已。她的鼻翼又开始翕动。她每次这样总表示出,她的内心必然处于激烈的紧张状态。她全神贯注地倾听,身子弯得越来越低,有时候又心惊胆战地环顾四周,看是否有人在旁偷听。接着她招手让父亲到她跟前去,用命令的口吻在他耳边悄声说了几句,父亲像平时一样百依百顺,伸手到胸口的衣袋里，掏出几张钞票塞给吉卜赛女人。这笔钱在乡下人眼里想必是个难以估量的大数目，因为这个贪财的老太婆仿佛被人一刀砍倒匍匐在地，像个疯婆子似的连连吻艾迪特的裙边，嘴里念念有词地嘟囔些莫名其妙的咒语，越来越急促地抚摸她的两只瘫痪的脚。然后一下子跳了开去，好像她害怕什么人会把她手里那么多钱重新抢走似的。

"咱们现在走吧，"我很快地向封·开克斯法尔伐先生低声说了一句，因为我注意到，艾迪特的脸色变得非常苍白。我去把彼斯塔叫来。他和伊罗娜两个连拖带扶地把这摇摇晃晃的姑娘连同她的双拐一同带到马车旁边。乐声戛然而止，这些善良的人们谁都要招手、欢呼，送我们起程。音乐师们围着马车，很快地奏出一段送行的花腔，全村男女老少高声呼喊："万岁""万岁"；的确，年老的约拿克费了九牛二虎之力，才控制住那几匹马儿，它们已经不再习惯于这种战争的喧闹了。

艾迪特在车里坐在我的对面，我有点为她担心。她全身还一直在瑟瑟直抖，似乎有什么激烈的心事使她感到压抑。她突然猛不丁的一下子哭出声来。然而这是一种高兴的啜泣。她哭的时候笑起来，笑的时候哭起来。那个诡谲异常的吉卜赛女人，毫无疑问，预言她不久就要恢复健康，说不定还向她预言了什么别的。

可是这不断呜咽的姑娘不耐烦地拒绝别人的安慰："你们别管我，别管我！"心灵受到这样强烈的震撼，她似乎体验到一种崭新的、古怪的乐趣。她一再重复说这句话："你们别管我，别管我嘛！我也知道，她是个骗子手，这老太婆。唉，我早就知道了。可是一个人为什么就不可以糊涂一回呢！为什么就不能老老实实地让别人欺骗一回呢！"

二十三

我们乘车穿过大门，又回到府邸时，天色已经很晚。大家都坚决挽留我，要我留下吃晚饭。可是我不想再待下去。我感到，玩这么一天已经足够，说不定已经有些过分。这个金光灿灿的漫长的夏日我过得非常高兴，再多点什么，再加点什么都只能冲淡今天的快乐。宁可现在沿着熟悉的林荫道回家去，心灵宁静舒坦，就像炎炎烈日曝晒了一天之后的夏天空气。千万别再有所渴求，只是满怀感激之情回忆、沉思发生了的一切。所以我及早告辞。群星闪耀，我觉得，它们都充满了柔情蜜意在照耀我。夜色苍茫，微风吹拂，田野在黑暗中幻灭，晚风中充满了浓黑的雾霭，我似乎觉得，风儿在向我曼声歌唱。我感到心潮激荡，感情充溢。宇宙间万物都显得那样完美，鼓舞我积极向上，我真想拥抱每一株树，摸摸树皮，犹如抚摸一个心爱人儿的肌肤。我真想走进每一家陌生人的房子，和素不相识的人坐在一起，向他们袒露我的肺腑，我觉得自己的胸怀过于狭窄，而我内心的感情过于强烈，我恨不得向众人倾吐我的衷情，发泄我的感情，放纵我的激情——只想把心里行将泛滥的幸福之感和人分享，慷慨地分赠给别人！

末了，我终于回到了军营，我的勤务兵站在我的房门口正在等我。我第一次发现（什么东西我今天都像是第一次感到），这个小俄罗斯的农家青年，长了一张圆圆的脸，面颊红润，活像苹果，看上去是多么忠心耿耿。唉,我心想,应该让他也高兴高兴啊。最好我送点钱给他,让他给自己和他的情人买几杯啤酒喝喝。今天放他的假,明天,整个星期都放他假!我的手已经伸到口袋里去掏一枚银币了。可他来个立正,两手紧紧地贴着裤缝,向我报告:“少尉先生,有份电报。”

一份电报?我心里立刻就觉得不自在了。这世界上有谁会有求于我呢?这样急急忙忙来找我的,准不会是好事。我快步走到桌边。桌上放着那张陌生的纸,长方形的,封得严严的。我的手指极为勉强地把它拆开。一共只有二十多个字,然而含意清晰、锋利:“明日应召赴开克斯法尔伐府。先欲与君晤谈。五时于提罗耳酒家恭候。康多尔。”

二十四

仅仅在一分钟之内，最最使人晕眩的醉意可以一下子迅速转变。使人头脑清醒得像水晶一样清澈，这种变化我曾经经历过一次。这是去年为一个伙伴举行欢送会的时候发生的事情。这个小伙子娶了波希米亚北部一个富甲一方的工厂主的女儿为妻，事先，他请我们参加一个无比豪华的晚会。这好小子办事漂亮，的确不是吝啬之辈，他让侍者上的全是酒味最最浓烈的波尔多酒，这几瓶还没喝完，另外几瓶又端了上来，末了又痛饮香槟，结果，根据我们每个人的气质不同，有的喝得大声喧哗，有的变得情绪忧伤，大家互相拥抱，又笑又唱，闹得一塌糊涂，吵得不可开交。大家还一个劲地在频频碰杯、祝酒，硬把一杯杯甜酒、烧酒灌下肚去，吞云吐雾地拼命吸烟，浓重的烟气已经把热不可耐的酒店隐没在一股淡蓝色的迷雾之中。所以后来谁也没有发现，朦朦胧胧的窗户外面天色已经渐渐泛白。大概已是三四点钟，大部分人已经都坐不直了。如果还有人举杯祝酒，大部分人都只能沉重地、歪歪斜斜地靠在桌子上，瞪着一双混浊的模糊不清的眼睛，直往上翻。要是有人非上厕所不可，就踉踉跄跄，摇摇晃晃地朝门口走去，或者干脆像只装满了面粉的口袋，栽倒在地。谁也不能口齿清楚地讲话或者头脑清醒地思维。

这时候，突然房门打开，上校（以后我将更多地谈他）迈着急步走进屋来，因为人声嘈杂，乱成一团，只有几个人看见他，或者说，只有几个人认出他来。他态度粗暴地走到桌边，在那污渍斑斑的桌面上猛击一拳，直敲得杯盘叮当乱响。然后他用最最强硬、最最厉害的声音发出命令："安静！"

就这一下子，屋里立刻鸦雀无声，连酒意最浓的人也都睁开眼来连连眨巴，头脑顿时清醒。上校三言两语，宣告今天上午师长要对军营进行一次突然的视察。上校希望，不出一点差错，谁也别使全团蒙受耻辱。这下稀奇的事情可发生了：我们大家一下子都醉意顿消，神志清醒。就仿佛有人打开了一扇内心的窗户，全部酒意都从窗子里飘散。一张张糊里糊涂的脸，神情大变，一说到职责，大伙脸上的肌肉顿时紧张起来。霎时间，每个人都振作起来，两分钟之后，所有的人都离开了杯盘狼藉的餐桌，人人都头脑清醒，明确知道自己该做什么。全团士兵被叫醒，传令兵来往飞奔，战马身上的一切，包括马鞍上最后一粒纽扣都很快地擦洗一遍，几小时之后，大家害怕的视察终于顺利通过，没出一点纰漏。

这次，我刚把那封电报拆开，那柔软的、使人晕眩的梦幻状态也同样飞快地从我身上脱落。一秒钟之内，我就明白了好几小时我都不愿觉察的事情：所有这些欢欣鼓舞的情绪其实无非是一句谎话产生的醉意。我由于软弱，由于我那不幸的同情心，进行了这次欺骗，参与了这次欺骗。我立刻预感到，那位大夫来，是要求我讲明理由。现在得为我自己的和别人的纵情忘形偿付代价了。

二十五

焦躁不耐的人必定准时，因此，我甚至比预定的时间还早一刻钟就已经站在那家酒馆前面。不早不晚，恰好在约好的时间，康多尔乘一辆双驾马车从火车站驰来。没有任何繁文缛节，他径直朝我走来。

“妙极了，您真准时。我早就知道，您这人是靠得住的。咱们最好还钻到那个老角落去。咱们要谈的事，可容不得别人旁听。”

他那松松垮垮的态度似乎有些改变。看上去心情激动，同时又竭力自持，他大踏步在前面走进酒馆，简直态度粗暴地命令手脚麻利的女侍者：“来一立升葡萄酒。跟前天那种酒一样。别让人来打搅我们。有事我会叫你的。”

我们坐了下来。女侍者还没有把酒放好，他已经开口说了起来：

“好，咱们开门见山吧——我得赶快，要不然他们在城外得到风声，会说我们两个狼狈为奸，在这儿捣鬼。我一下火车他们的司机就马上想把我送到城外去。把这司机打发走，就够麻烦的了。咱们言归正传吧，这样您可以知道，发生了什么事情！

“嗯——前大一早我收到一份电报。‘尊敬的朋友，请火速前来。全家恭候，心急如焚，谨致信赖感激之忱。您的开克斯法尔伐。’‘火速’‘如焚’，这两个夸张已极的词，我看了就不怎么喜欢。

为什么突然间这样迫不及待？我不是几天前才为艾迪特作过检查吗。再说，为什么打个电报来表示他的信任，又为什么特别感激一番？我并没有把这事当作燃眉之急，随手把电报搁在一边，反正这老头三天两头干这号疯事。可是昨天早上我心里一震。艾迪特给我来了封快信，其长无比，疯疯癫癫、喜极而狂的神气跃然纸上。她说，她从一开始就知道，世界上只有我能够救她，她简直无法跟我细说，现在终于熬到头了，她是多么高兴。她写信给我，只是为了向我保证，我可以完全对她放心。我安排的一切治疗方案，哪怕是最最艰难的，她也信心十足地照办。但是只希望我能尽快开始这新的治疗方法，最好马上开始，她现在就是急得不行。再说一遍，我什么要求都可以向她提出，就只求我赶快开始。如此云云，云云。

"不管她写什么——这新的治疗方法一句话使我恍然大悟。我立刻明白了，准是有人多嘴，跟老头或者他的女儿谈到了维埃诺教授的那种治疗方法。这种事情总不会凭空发生。说这话的人自然不可能是别人，而只可能是少尉先生您。"

我大概身不由己地做了一个什么动作，因为他马上逼近一步。

"关于这一点，请不要再讨论了！维埃诺教授的那种方法，我跟任何人都只字未提。如果城外的那一家子相信，不出几个月目前的一切病痛都会一扫而光，就像用抹布拭擦灰尘一样，那么这是您要负责的。可是，我说过了，咱们不要互相指责——要说多嘴，咱俩都有份儿，我跟您说了，您又添油加醋跟别人说了。其实我有责任，对您说话要谨慎一些——话说到底，治疗病人并不是您的本行——，叫您从哪儿知道，病人和他们的家属用的词汇和正常人完全不同，在他们那里，每一个'也许'立刻变成了'肯定'，因此要给他们希望，只能像下药一样，要精心消毒，剂量适当，否则乐观主义会冲昏他们的头脑，使他们发痴发狂。

“这事，咱们就谈到这里——过去的事就算过去了吧！咱们别没完没了地去追究责任！我把您请来，不是为了和您磨嘴皮子的。既然您已经干预了我的事情，我也就觉得应该让您了解一下这事的情况。所以我请您到这儿来。”

说到这里，康多尔才第一次抬起头来，正眼看我。可是他的目光丝毫也不严峻。相反，他似乎对我充满了同情。他的声音听上去也更加柔和：

“我知道，亲爱的少尉——我现在要跟您说的，会使您非常痛苦。不过，俗话说，现在可没有唏嘘叹息、多愁善感的工夫。我已经告诉过您，在医学杂志上读到那份报告以后，我立刻写信给维埃诺教授，要求了解详细情况——我想，更多的话我也没有说过。好——昨天早上，回信来了，跟艾迪特那封热情奔放的信恰好是同一个邮班。乍一看来，教授的消息是积极的。维埃诺的的确确在那个病人和另外几个病人身上取得了惊人的成功。然而，可惜的是，他的方法对于我们这个病例并不适用，使人难堪的就在这里。他的病人之所以能够治好，因为他们患的都是脊椎结核——这些专业方面的细节我也就不跟您唠叨了——碰到这种病例，只要改变一下受压的位置，病人身上的运动性神经立刻可以完全恢复功能。而我们这个病例是中枢神经系统受损，维埃诺教授的全套办法，穿着马甲静卧啦，同时进行日光浴啦，再做一套特殊的体操啦，从一开头就不能予以考虑。遗憾！真是遗憾！他的方法在我们这个病例身上，完全无法使用。要这可怜的姑娘把这些复杂烦人的治疗方法从头到尾去做上一遍，说不定就等于毫无用处地把她折磨一通。事情就是这样，这就是我应该让您知道的事。现在您明白了，事情的真实情况如何，您让这可怜的姑娘空抱希望，满心以为过不了几个月，她又可以生龙活虎地跳跳蹦蹦，翩翩起舞。这是多么轻率！谁也别想从我嘴里听到这样荒谬愚蠢的一番话。可您鲁莽性急地答应把天上的月亮和星星摘下来，现在大家都抓住您不放，这是有道理的。归根到底，把这事情搞乱的是您，就您一人。”

我觉得我的手指头渐渐发僵。从我在桌上看到那份电报的那一瞬起，我早已下意识地预感到这一切了。尽管如此，现在康多尔以无情的就事论事的态度把情况给我一讲清楚，我觉得，就像有人用把钝斧子朝我头上劈了一下。我本能地感到需要抵抗。我不愿让他把全部责任都推在我身上。可是最后从我嘴里逼出来的几句话，听上去竟像一个在干坏事被人当场抓住的小学生在支支吾吾地辩解。

“怎么这么说呢？……我可只是想做好事啊……我跟开克斯法尔伐说那几句话，可纯粹是出于……”

“我知道，我知道，”康多尔打断我的话头——“不消说是他软磨硬泡，逼得您说的。他那不要性命的执拗劲，的确可以叫人招架不住。是的，这我知道，我知道，您纯粹是出于同情心，可以说，是出于最正派、最善良的动机而心软的。但是，我想，我有一次曾经警告过您，同情心这玩意，可是他妈的一件两面双刃的东西。谁要是不会摆弄，趁早撒手，尤其要稳住自己的心。同情就跟吗啡一样，只有在刚开头的时候对病人是行善，是灵药，是帮助，可是如果你不会掌握分寸，剂量不当，不及时停药，就会变成凶险的毒药。最初打上几针，叫人舒服，使人平静，减轻痛苦。然而极其不幸的是，人的机体和人的灵魂都拥有一种可怕的适应力，人的神经要求越来越多的吗啡，同样，人的感情也要求越来越多的同情。临了，竟多到无法餍足的程度。迟早总有一天，不是在这儿，就是在那儿，会不可避免地出现你非说‘不行’不可的瞬间，那时候你就管不了，因为你最后的这次拒绝，人家究竟是不是会比你从来没有帮助过他更加恨你。是的，亲爱的少尉先生，做人得好好控制自己的同情心，否则比麻木不仁危害更甚。——这点，我们做大夫的知道，当法官的、担任法院执行官的和开当铺的也都知道。倘若大家都动不动同情心大发，那么地球就静止不动了——危险的玩意儿，这同情心可是个危险的玩意儿！您自己也看见了，您一心软，在这儿闯下了多大的祸！”

“不错……可是做人……做人总不能看到人家处于绝望的境地，就撂下不管……话说到底也没什么，如果我设法……”

可是康多尔蓦地变得声色俱厉。

“不对——怎么没什么！责任可重大呢，如果您用同情心开人家的玩笑，可他妈的责任重大呢！一个成年人在干预某件事情之前，必须三思，看看自己到底决定走多远——不要随便玩弄别人的感情！应该承认——您把这些心地善良的人哄得迷迷糊糊，完全出于最最高尚的动机，无可非议，然而在我们这个世界上，人家从来不问你态度生硬还是畏畏缩缩，而只问你最后成功了还是闯祸了。同情当然是件好事！但是，同情恰好有两种。一种同情怯懦感伤，实际上只是心灵的焦灼，看到别人的不幸，急于尽快脱身出来，以免受到感动，陷入难堪的境地，这种同情根本不是对别人的痛苦抱有同感，而只是本能地予以抗拒，免得它触及自己的心灵。另一种同情才算得上真正的同情，它毫无感伤的色彩，但富有积极的精神，这种同情对自己想要达到的目的十分清楚，它下定决心耐心地和别人一起经历一切磨难，直到力量耗尽，甚至力竭也不歇息。只有下决心走到底，直到最终的痛苦的结局，只有怀着巨大的耐心，才能帮助别人。只有决心作出自我牺牲，只有这样，才能助人！”

在他的嗓音里夹着一丝痛苦的声调。我不由自主地想起了开克斯法尔伐跟我说的话——康多尔没能治好一个患眼病的女人，就和这个双目失明的女人结婚，仿佛是赎罪，而这个瞎眼女人非但不感激他，反而折磨他。然而这时，他已经把他的手放在我的手臂上，态度热忱，简直透着温情。

“好了，我说这话并没有什么恶意。您完全是感情用事，这种事情是每个人都可能碰到的。不过现在，咱们谈谈正事吧——这既是我的事，也是您的事。归根到底，我把您请到这儿来，并不是为了跟您胡扯心理学。我们得涉及实际问题。不消说，咱们在这件事情上必须步调一致。您从背后来干扰我的计划，这样的事情可不能再一次发生。所以您听我说！读了艾迪特的那封信，我很遗憾，不得不假定，我们这几个朋友已经完全迷了心窍，妄想通过那种实际上无法采用的治疗方法把这种复杂的疾病一扫而光，就像用块海绵拭去灰尘一样。尽管这种痴病已经根深蒂固，凶险异常，我们还是只好立刻动手术把它挖出来。这对我们大家都是越快越好，此外别无他法——当然，这一来会引起强烈的震惊。真实情况一向是剂苦药，但是，这样的痴心妄想不得再继续蔓延滋长。我处理这件事情一定会对他们体贴入微，这点您尽可放心。

“现在谈谈您吧！对我来说，最方便的做法当然是把全部过错都推在您身上。就说，您误解了我的意思，言过其实，想入非非。这样的事情我是不会干的，我宁可把一切责任都算在我账上。不过，话说在头里，我也不能完全让您置身事外。您了解这老头，知道他脾气执拗到可怕的地步。哪怕我把这事给他解释上百遍，还把那信给他看，他也会唉声叹气，连连抱怨：‘可您不是答应过少尉先生……’‘少尉先生不是说过……’他会不断拿您的话作根据，用来哄他自己，也用来哄我，似乎尽管如此，还存在一线希望。我不抬出您这个证人，他是会跟我纠缠不清的。幻想不像温度计里的水银，轻轻一晃，就能摇下来。有些病人被人残忍地说成是身患不治之症，如果有人给他一根稻草那么大的希望，他就马上把这根稻草做成一根横梁，又用这根横梁做出一幢房子。然而这类空中楼阁对于病人是极为有害的。趁希望还没有在这空中楼阁里定居下来就尽快把楼阁拆掉。这正是我这当大夫的人的责任。我们必须把这事情抓紧，不得浪费时间。”

康多尔顿住了。他显然在等我表示赞同。可是我不敢和他的目光交锋。昨天的种种景象，随着心脏的狂跳，此刻从我眼前飞快地一掠而过。我们如何兴高采烈地在充满夏日风光的田野里驱车前进，那患病的姑娘因为在阳光下沐浴，内心喜悦，因而容光焕发。她如何温柔地抚摸那些小马驹，如何像个女王一样参加了喜庆的典礼，老人的泪水如何一而再、再而三地夺眶而出，流进他那笑得连连抽动的嘴巴。现在要猛然一击把这一切全都毁掉，这个摇身一变、焕然一新的姑娘又得再变回去！好不容易从绝望的境地脱身出来的姑娘，说一句话，又把她推进万劫不复的焦躁不耐的地狱中去，不行，我知道，我永远也不可能伸出手去干这样的事情。于是我畏畏缩缩地说：

“不过，最好是不是可以……”在他那探询的目光逼视之下，我打住了。

“可以什么？”他口气尖锐地问道。

“我只是想说，这番话最好是不是等些时候再说……至少再等几天，因为……因为……我昨天有这样一个印象，似乎她已经完全做好了接受这种治疗方法的准备……我指的是，内心的思想准备……她现在，就像您那回说的，拥有心理的力量……我是说，她现在说不定能够从自己心里迸发出多得多的内在力量，只要……只要……能让她再相信一段时间……她寄予满腔希望的这种新的治疗方法，最后能把她彻底治好……您……您没有看见，您……您简直没法想象，只不过说了声病有可能治好，就对她产生了多大的效力……我的确得到这样一种印象，她行动起来，马上就灵便多了……我的意思是，是不是可以让这种效力先充分发挥一下作用呢……当然……"我咽下后面的话，缩了回来，因为我感觉到，康多尔抬起头来，不胜惊讶地注视我——"当然，我对此一窍不通……"

康多尔一直目不转睛地凝视我。然后他粗声粗气地喃喃说道：

"瞧瞧——厕身于先知当中的扫罗①！看来您是已经彻头彻尾地卷到这件事情里去了——连'心理力量'这句话您也记住了！再加上您的临床诊断——我自己都不知道，竟然不声不响地培养出来一个助手和顾问！——话说回来，"他若有所思地用他那烦躁的手轻轻地搔了一下头皮——"您刚才说出来的这一切，其实并不愚蠢——对不起，我的意思当然是指：医学意义上的愚蠢。奇怪，的确很奇怪——我收到艾迪特的那封极度兴奋的信，我一时问我自己，既然您已经劝她相信现在她的病情将以千里马的速度飞快痊愈，那么她的这种激情满怀的态度是否可以充分利用……您的想法的确不坏啊，同行先生！其实这事要安排起来也是轻而易举——我把她送到恩加丁②去，我有个朋友在那里当医生，我们让

① 这句话说明他精神面貌一新，前后判若两人。参看《圣经·旧约·撒母耳记上》第十章。扫罗遇见一群先知，上帝之灵大大感动他，上帝赐他一个新心，使他成为新人。

② 瑞士东南部的疗养地。

她喜滋滋地满心相信,她在进行一种新的治疗方法,而实际上依然是老一套。乍一上来,也许会取得惊人的效果,我们将收到一捆捆热情洋溢、感激涕零的来信。满腔幻想、变换空气、环境变化、加强电流,这一切的的确确会帮大忙,并且跟着哄人。话说回来,在恩加丁待上两星期,就是对您和我也会出其不意地产生振奋精神的作用。但是,亲爱的少尉先生,我作为大夫不能只想到开头,也要想到发展,尤其不得不想到结尾。我必须估计到反作用。希望夸大到疯狂的程度,不可避免地会产生反作用,是的。不可避免!同样作为大夫我始终是个冷静思索的象棋手,仔细盘算的纸牌手,不得成为瞎碰运气的赌徒。如果输了赌注,归别人偿付,我尤其不能碰运气瞎赌。"

"可是……可是您不是自己也认为,可以争取使得病情大大好转吗……"

"不错——开头一上来,我们有可能大大前进一步,妇女对感情、对幻想的反应总是惊人的。但是请您自己设想一下,几个月以后会是什么情景。那时候,我们刚才谈的那些所谓的心理力量已经消耗殆尽。勉强激起的意志已经消沉,激情已经耗尽,经过一周又一周极度紧张的生活,心力交瘁,病体依然没有康复,没有完全康复,而她现在指望病情完全复原可是把它当作确定无疑的事来看待的啊。——请您设想一下,对于一个敏感的姑娘,这会产生什么样灾难性的影响啊!因为焦灼不安早已把她折磨得精疲力竭。我们现在要做的这件事,不是病情稍有好转就行了,而是要取得根本性的好转,从耐心缓慢、稳健安全的方法转变到焦灼不耐、大胆危险的方法。倘若她发现自己被人蓄意欺骗了一番,她怎么还会信任我,信任别的大夫,信任任何人?所以宁可跟她说实话,不管这实话看上去多么残忍。在医药里,手术刀往往是比较温和的方法。这事可千万不能再拖！把这样的事情秘而不宣，我可负不起责任，我的良心不会平安的。您不妨自己考虑一下！您处在我的位置，会有勇气这么干吗？”

“是的。”我不假思索地回答道。可是立刻就对这脱口而出的一句话吓了一跳。“这就是说……”我又小心翼翼地补充道，“我要等她多少有些进展之后，才向她承认事情的全部真实情况……请您原谅，大夫先生……这话听起来相当狂妄……可是您最近没能像我这样亲眼看到，这些人多么迫切地需要有一线希望，来支撑自己继续忍受下去……一点不错，是要把实话告诉她……但是总得等她受得了这番实话的时候再说……而不是现在就说，大夫先生，我请求您……千万别现在说……千万别马上就说。”

我犹豫了。他目光中好奇的惊愕神情使我困惑。

“那么什么时候说呢？……”他沉吟道，“尤其是，叫谁来担这风险呢？总有一天有必要把事情的原委向她说清楚，那时候她的失望会危险百倍，是的，会有生命危险。您难道真的愿意承担这样的责任？”

“是的，”我坚定地说（我想，仅仅是因为怕要不然就得马上跟他一起驱车出城，才使我突然说得这样坚定），“我完全承担这个责任。我知道得很清楚，如果现在暂时让艾迪特相信她会完全治愈，彻底复原，这会对她有难以估量的帮助。倘若以后需要向她解释清楚，也许我们……也许我许愿太多，那我一定老老实实承认，我坚信，她会理解这一切的。”

康多尔目不转睛地直瞪我。“好家伙，”最后他喃喃地说，“您对自己的能力估计得可真不低啊，最最奇怪的是，您对天主的信仰也传染给了别人——先是传染了城外那家子，我担心，渐渐地，怕也会传染给我！——好吧，倘若您的确承担这个责任：如果出现危机，您负责让艾迪特重新获得内心平衡，那么……那么事情当然就是另外一副面貌……那我们说不定真可以冒冒险，再等它几天，一直等到她的神经恢复一些以后再说……不过，承担这种责任可是不能打退堂鼓的，少尉先生！我有义务事先向您发出充分的警告。我们当大夫的，在每次做手术之前都有义务提请有关人员注意一切可能发生的危险——向一个已经瘫痪了这么长时间的姑娘许下诺言，说她在最短的时间内就会完全治愈，这也是一个手术，这跟用手术刀进行的手术同样责任重大。所以请您考虑再三，您在承担什么样的责任—— 一个人受过一次欺骗，再让他振作起来，这是需要难以估量的力量才能办到的，我不喜欢说话含糊其词。我原来的目的是，立刻老老实实地向开克斯法尔伐父女讲清楚，那种方法对我们这种病例是无法使用的。遗憾的是，我们还得要求他们父女表现出很大的耐心。在我放弃这个目的之前，我必须知道，我是否可以对您完全放心。我能无条件地指望您，到时候不撂下我不管吗？”

“完全可以。”

“好吧。”康多尔一下子把酒杯从面前推开。我们俩都一滴酒也没喝，“或者不如这样说吧：但愿这事会有个良好的结局，因为把这事拖下去，我总觉得心里不是滋味。我现在要详细告诉您，我准备走多远—— 一步也不越出真实情况。我劝她到恩加丁去治疗，不过我要说明，维埃诺的方法根本没有充分试验过。我要着重强调，他们两个切勿指望发生奇迹。倘若他们尽管如此，出于对您的信任，依然沉湎于荒谬绝伦的希望之中，那这就要看您了——您答应过我，把这事，您的这件事，及时处理妥当。我现在信任您甚于我自己做医生的良心，这样做，也许我是在冒某种风险——那好，这事我承担下来。归根结底，我们两个都是同样为她好，这可怜的患病的姑娘。”

康多尔站起身来，“我已经说过了，倘若出现失望的危机，我就指望您了。但愿您的焦灼不耐能比我的安心忍耐取得更好的效果。所以让我们再给这可怜的姑娘几个星期充满信心的时间吧！倘若这段时间里我们的确使她的病情大大好转，那么是您帮助了她，而不是我。就这么办吧！现在我非走不可了。他们还在城外等我呢。”

我们离开了酒馆。马车停在门口等他。在最后一瞬间，康多尔已经上车了，我的嘴唇又抽搐了一下，仿佛想把他叫回来似的。可是马匹已经把车拉动。马车立即全速开动，那不可变更的事情也随之飞驰而去。

三小时以后，我在兵营里我的桌子上发现一张便条，上面的字句写得非常匆忙，是汽车司机送来的，“请您明天尽早前来。要告诉您的事多得要命。康多尔大夫刚才在这儿。十天之后我们动身出发。我高兴死了。艾迪特。”

二十六

说来奇怪，恰好在这天夜里那本书落到我的手里。一般说来，我这人不好念书。在我营房里的那只摇摇晃晃的书架上只摆了那么七八本军事书籍，诸如《服役规程》和《陆军等级一览》，对于我们这号人，这两本书可是知识大全了。旁边还搁着那么二十多本古典名著，从军官学校毕业，我每到一个驻防地都带着，可从来也没有打开来读过。我之所以老带着这些书，也许只是为了使我不得不住的那些四壁空空、冷漠陌生的陋室能看上去像拥有那么一点私人家当。书架上还散乱地堆放着几本印刷和装帧都很粗劣的书，书页只裁开一半①，这些书都是很奇怪地跑到我这里来的。原来有时候有个身材矮小的驼背小贩会跑到我们咖啡馆来。他长着一双泪汪汪的眼睛，眼神忧伤得出奇。他总用一种叫人难以招架的殷勤劲兜售信纸啦，铅笔啦和价钱便宜、不登大雅的书籍，大多是那些所谓的香艳文学，就像《卡萨诺瓦艳遇记》《十日谈》《歌星回忆录》或者《军营风流韵事》。他希望这些书在骑兵的圈子里能够畅销。出于同情心——老是出于同情心！——说不定也是为了不让他带着忧伤的神气一个劲地老缠着我，我接二连三地从他手

① 当时书籍装订之后，书页并未裁开，读者阅读时才自己把书页裁开。这里说明书未读完。

里买了三四本这种印刷粗劣的言情小册子，然后随随便便地往书架上一搁。

可是在这天晚上，我一来疲惫不堪，二来神经也受到过分刺激，既睡不着，也不能好好地思索，便随手抓起一本书来看看，借此散散心，看累了好睡觉。我抓起一本《一千零一夜》，我在童年时代就读过这些天真烂漫、色彩缤纷的故事，至今还模模糊糊地记得。我满心希望，这些故事能对我发生最好的麻醉作用。我往床上一躺，半醒半睡地读了起来。人懒得动弹，都不想翻书页，哪一页碰巧没裁开，为了省事，干脆跳过去。我读了一开头关于桑鲁卓和国王的那段故事，注意力还算集中，接着就往下念。可是我蓦然吓得直跳起来。我读到一篇古怪的故事，讲的是一个年轻人看见有个瘫子躺在路边。看到“瘫子”这两个字，我像心里被人扎了一刀那样感到一阵锐痛。一根神经碰到这骤然的联想，仿佛遭了雷击。那故事里的瘫痪老头拼命叫住那个年轻人，说他不能走动：问那年轻人是否能让他骑在肩膀上，驮着他走。年轻人很有同情心——同情心，你这傻瓜，为什么你要有同情心？我心里暗想——他果然乐于助人，低下头来把那老头驮在背上。

然而这个表面上看来困苦无援的老头是个精怪，是个恶鬼，卑鄙无耻的魔法师。他刚一骑上这个年轻人的肩膀，就把他那两条毛茸茸的光腿猛然夹紧他恩人的脖子，这样怎么甩也甩不掉他。他无情地把那乐于助人的年轻人当作他的坐骑，这个没有同情心的家伙肆无忌惮地鞭打那富有同情心的年轻人，催他一个劲地往前走，不让他休息片刻。那个恶鬼想到哪里去，可怜的年轻人就得背他去，从此再也没有自己的意志。他成了这个坏蛋的坐骑和奴隶；尽管他双膝直晃，嘴唇干裂，这个因为同情别人而变成傻瓜的年轻人，不得不往前跑啊跑啊，背上驮着那个凶恶残暴、诡计多端的老头，像是他的厄运。

我停住不往下念了。我的心脏突突直跳，仿佛要从我胸口跳出来。因为我方才一边念，一边突然产生一种难以忍受的幻觉，于是我看见了这个满肚子坏水的陌生老头，看见他躺在地上，泪流满面，睁开眼睛，向那富有同情心的青年乞求帮助，然后看见他骑在年轻人肩上。这个妖精一头白发，纷披在两边，戴着一副金丝边眼镜。我像闪电一样飞快地把开克斯法尔伐的脸安在故事里的那个老头身上，这完全出自本能，平时只有做梦才能这样迅速地把各种图像和许多人的脸孔拉在一起，互相替代，而我自己一下子变成了那头不幸的坐骑，被他鞭打，往前驱赶。可不是，我清清楚楚地感到我的脖子给夹得死紧，简直气都透不出来。手里的书掉落地上，我躺在床上，浑身冰冷，只听见我的心脏敲击着肋骨，咚咚直响，宛如打在硬木上。就是在睡梦中，这凶恶的猎手还驱赶着我东奔西跑，我不知道跑向哪里。等我第二天早上醒来，头发湿漉漉的，我感到精疲力竭，疲惫不堪，仿佛经过了长途跋涉。

上午我和伙伴们一起骑马出操，我按照条例，认真细致、头脑清醒地值勤服役，可这都无济于事。下午我刚走出城外，沿着那无法回避的道路向府邸走去，我又感到肩膀上那阴森森的重负，因为我预感到，我现在开始承担的责任，已经变成一种崭新的、艰难得无法估量的责任，我的良心惴惴不安。那天夜里在花园里的椅子上我对老人说，他的女儿有希望在最近获得痊愈，我这些言过其实的话只不过是出于同情心，我没说实话，这是无意识的，甚至是违背我的意志的，但这绝不是有意识的蒙骗，绝不是粗暴的欺骗。从现在起则相反，我已经知道，很快把病治好是办不到的，我就得冷静地硬着头皮装假，处心积虑、持续不断地装假，我就得装出叫人看不透的表情，用一种坚信不疑的腔调撒谎，活像一个狡猾透顶的罪犯，几周之前，几个月之前就已经把他的行动和他的辩护的每一个细枝末节都精心设计，考虑周详。我生平第一次开始懂得，这个世界上最恶劣的坏事并不是由邪恶和残暴所造成，而几乎总是因为软弱而产生的。

后来在开克斯法尔伐家里所发生的一切，完全像我所担心的那样。我刚踏上塔顶的露台，就受到热情洋溢的欢迎。我故意带来几朵鲜花，为的是一上来把她的注意力从我个人身上引开。果然她猛地叫了起来："我的老天爷，您何必给我带花来啊？我又不是首席歌星！"可是接下来，这个焦灼不耐的姑娘就叫我坐在她的身边，开始滔滔不绝地讲开了。她讲啊，讲啊，嗓音里听上去含有一种梦幻的声调。她说，康多尔大夫——"啊，这个世界上绝无仅有的大好人！"——又使她重新鼓起了勇气。十天之内他们就出发到瑞士的一个疗养院去，在恩加丁——现在既然终于到了要对这病采取果断措施的时候，何必再耽误一天？她事先早就知道，以往的一切治疗方法都不对头，单单用什么电疗啊，按摩啊，所有这些愚蠢的机械啊，是不会有进展的。我的天主啊，现在可是到了紧要关头，她已经有过两次——要不然她是永远不会把这事告诉我的——试图了此残生，试了两次，都没成功。一个人长此以往是没法活下去的，没有一个钟头可以真正独自生活。拿每一样东西，走每一步路都得靠别人帮忙，总是被人窥伺，总是有人看守，另外还被一种感觉压迫得透不过气来，总觉得自己对所有的人仅仅是个负担，是场噩梦，是个叫人难以忍受的重负。是的，是时候了，已经到了关键时刻，我将看到，只要治疗得当，她的病体会多么迅速地康复。过去所有这些愚蠢的、微不足道的好转又算得了什么，病情并没有真的好转，要健康就得全面恢复健康，否则不算康复。唉，单单事先想象一下健康的滋味就已经妙不可言，真正妙不可言……

她就这样滔滔不绝、一泻千里地说啊，说啊，喜极欲狂，宛如山间飞落的小溪，清泉喷涌，水流湍急，浪花四溅。我当时的心情活像大夫的心情，听着一个热昏的病人在高烧中发出的呓语，随着铁面无私的指针数着她飞快的脉搏，忧郁不安地把这种热情洋溢和心情焦灼看成是精神失常的最确凿的临床证明。每当一串纵情奔放的欢笑声像浪花似的盖过她那汹涌澎湃的话语的急流，我就浑身一哆嗦，因为她不知道的事，我可知道啊——我知道，她在自我欺骗，我们在欺骗她。等到她终于住口不讲，我就仿佛是在夜里乘坐火车，由于车轮骤然停住而猛然惊醒。然而她自己陡然打住自己的话头：

"嘿，您对这事怎么看？您怎么这么傻坐着，对不起，这么心惊肉跳地坐着？您为什么一句话也不说？难道您一点也不为我感到高兴？"

我觉得我像个小偷被人当场抓住。现在必须用一种发自内心，真正兴高采烈的语调说话，要是现在办不到，那就永远也办不到了。可是我在说谎装假这方面还是个可怜的新手，我还不懂得有意识地行骗的艺术。所以我费了牛劲，结结巴巴地硬憋了几句话出来。

"您怎么能说这样的话？我只不过感到非常意外……这点您总该懂得……在我们维也纳每次碰到特大的喜事大家就说，高兴得'话都说不出来了'……我当然为您高兴得要命。"

这番话听上去那么假，那么冷，我自己都感到恶心。想必她也马上看出了我心里有疙瘩，因为她霎时间态度大变。宛如一个人被人从梦中惊醒，心里窝火，她脸上也是这种恼火的神气，冲淡了她先前的高兴劲；她的眼睛，先前还兴高采烈，光彩照人，蓦然间变得冷峻严酷，两道眉毛直竖，凛然使人生畏。

"哼——您高兴得要命，我可是没怎么看出来！"

我很清楚地感觉到她说这话是在损人，便设法安慰她一番。

"这孩子……"

话没说完，她已经跳了起来。"您别老叫我'孩子'。您明明知道，我受不了这种叫法。您到底又比我大多少呢？我也许还可以冒昧地表示我的惊讶，您其实并没有怎么大吃一惊，尤其对此并不十分……十分……关心。不过话又说回来，您为什么不应该高兴高兴呢？归根到底，这儿的这间陋室将关闭几个月，这下您也可以休息休息。您又可以安安逸逸地和您的伙伴们一起坐在咖啡馆里玩塔洛克，从此摆脱无聊的侍候病人的差使。是的，是的，我相信您是会高兴的。现在您的舒服的日子可来到了。"

她这番话就像用板子打人，一下一下，来势凌厉沉重，我觉得每一下都打中了我那忐忑不安的良心。毫无疑问，我一定已经泄露了我内心的秘密。为了分散她的注意力，我设法把这番争论变成一次轻松逗乐的谈话，因为我早已知道在这种时刻她容易激怒的脾气非常危险。

"舒服的日子——您想得倒美！七、八、九这三个月对于骑兵会是舒服的日子？您难道不知道，这正好是对骑兵百般折磨的旺季啊！先是准备军事演习，然后向波斯尼亚或者加利西亚来回调防，接着举行演习和盛大的阅兵式！军官们激动不已，士兵们疲于奔命，从早到晚都是勤务，而且要一丝不苟。这场热闹戏一直得拖到九月下旬。"

"一直到九月底？……"她一下子沉吟起来。似乎脑子里在转什么念头，"那么什么时候……"她末了开口说道，"您才会来呢？"

我不明白。的确我不明白她这话什么意思，便无比天真地问了一句：

“上哪儿去？”

她的两道眉毛立刻又竖了起来。“您别老问这种愚蠢的问题好不好？去看我们！去看我呀！”

“在恩加丁？”

“不在那儿又在什么地方呢？难道在特利普斯特利尔？”

现在我才明白她是什么意思；这种设想对我的确太荒唐了。我刚把我仅有的最后七个克朗买了那束鲜花，哪怕到维也纳去一趟，尽管车票半价，在我也是一种奢侈行为，现在却要我平白无故地旅行到恩加丁去。

“哈，瞧瞧，”我大笑起来，笑得诚心诚意，“瞧你们这些当老百姓的把当兵的想象成什么样子。上咖啡馆，打打弹子，在散步大道上溜达溜达，什么时候雅兴大发，就穿上便服，到世界各处去逛上几星期。这样远足一番，岂不是简单已极。只消把两根指头往帽檐上一放，说一声：‘再见了，上校先生，我现在实在没有兴趣再当这劳什子的兵了。什么时候我又觉得对劲了，那时候再见吧！’你们以为，在我们军队这条苦役船上日子过得不知怎么美呢！您知道吗？我们这号人，如果要想请一小时假，就得缠上根绷带，乖乖地两脚立正去打报告，‘毕恭毕敬’地提出请求。不错，为了请一小时假，就得费那么多手续，演那么多戏。倘若要请一天假，那至少得有个姑妈不幸去世，或者家里有什么人出殡。要是我在军事演习的当口，无比谦卑、极为恭顺地向我的上校提出，我有兴致现在请八天假，到瑞士去游山玩水一番，我可真想瞧瞧他听了这话后的那副尊容。那您就会听到几句妙语，这种话您在任何文雅的字典里都是找不到的。啊，我的亲爱的艾迪特小姐，您可是把事情设想得太轻而易举了。”

“唉，这有什么，什么事情，只要真想干，都难不死人！您别神气活现，好像部队里就缺您不行似的，您请假这几天，就让别人来管管您的那批小俄罗斯笨蛋骑兵好了。再说，您请假的事，我爸爸半个钟头就给您办妥。他在陆军部的熟人有十几个，只要上头一句话，您要什么就有什么——话说回来，除了您的驯马场和练兵场之外，您也该去见见世面，开开眼界，对您的确不会有什么坏处。好了，别找借口了——这事就算定了。这事让爸爸给您去办吧。”

我这人说来也真蠢，不过她这种随随便便的口气把我惹火了。归根到底，在部队里服务这么几年，毕竟也在我们心里培养出某种军官阶层的自尊心。这么年纪轻轻毫无阅历的黄毛丫头这样居高临下地谈论起陆军部的将军们来，就仿佛他们是她父亲的私人雇员似的，我听了觉得深受侮辱，这批将军在我们眼里都是些蓝衣神明①啊！不过，尽管我心里无比恼火，我依然保持轻松自在的口气。

“那好吧，到瑞士去休假，前往恩加丁——这可真不错啊！要是的的确确像您设想的那样，有人把这美事双手捧着送到我面前来，用不着我‘毕恭毕敬’地左求右求，那当然是妙极了。不过除此之外，您爸爸还得在陆军部为霍夫米勒少尉先生这次休假去申请一笔特殊的旅行补助。”

现在可又轮到她瞠目结舌了。她觉得我的话里还有一层看不透的意思，她没法理解。她的眼睛露出烦躁不耐的神色，两道眉毛拧得越来越紧了。我看出来，我得把话说得更加露骨一些。

“那就理智点，孩子……对不起，艾迪特小姐，我们理智地谈

---

① 将军的大礼服呈蓝色，被下级奉若神明，故有此称谓。

谈吧。可惜事情并不像您想的那样简单。您倒说说看——您仔细考虑过没有,这样荒唐地折腾一次得花多少钱?"

"啊,原来您指的是这个呀?"她说道,口气大方到了极点,"这不会严重到哪儿去的。最多几百个克朗了不起了。这又有什么要紧。"

这下我再也控制不住我心里的火气了。因为这里正好是我最敏感的部位。我想,我已经说过一次,在我们团里,我属于那批一文个人财产也没有的军官之列,全靠每个月的军饷和我姑妈为数有限的津贴,这使我非常痛苦。就在我们自己的圈子里,如果有人带着鄙夷不屑的口气谈起钱来,就仿佛它是野草到处乱长似的,我总要动肝火。这儿是我的痛处,这儿我是瘫子,这儿是我在拄拐杖。正因为如此,看到这个娇生惯养、脾气娇纵的姑娘,自己身上有缺陷,痛苦不堪,而对我的缺陷,却毫不理解,这才使我火冒三丈。我违背自己的意志,态度简直粗暴起来。

"最多几百个克朗了不起了?小事一桩,是不是?对于一个军官来说简直是不足挂齿的区区小事!您看见我竟然还提到这样可笑的琐事,自然觉得非常穷酸吧?可不是,既穷酸,又小气,寒碜到了极点?可是您有没有好好想过,我们这号人得怎样节衣缩食?忍受什么样的折磨,干什么样的苦工?"

她一直眯缝着眼睛直愣愣地看我,我愚蠢地认为她的目光含有鄙夷的神情,于是我突然产生一种欲望,想把我的全部穷困暴露在她的面前。就像她当时为了折磨我们,故意在我们这些健康人的面前,一瘸一拐地穿过房间,寻衅似的让我们看看她的模样,对我们这种舒舒服服的健康状态来个报复。我自己此刻也向她赤裸裸地暴露我生活上局促拮据、仰仗别人,从而在愤怒之中感到快乐。

“您知道不知道,一个少尉领多少军饷?”我对她嚷道,“您有没有认真思考过这个问题?好吧,我告诉您:每个月一号拿到二百个克朗管三十天或者三十一天的花销,另外还有义务把日子过得‘不失军官身份’。靠这点讨饭钱他得支付饭钱、房钱,裁缝钱、鞋匠钱外加‘不失军官身份’的奢侈品。更不用提要是战马有个三长两短,但愿天主保佑。要是他精打细算还能剩下几个铜板,到那座咖啡馆乐园去大吃大喝,您不是老拿这咖啡馆来奚落我吗?如果他真的像一个苦工那样省吃俭用,他就可以在那咖啡馆乐园里买到人间所有的山珍海味,就着一杯杂和酒细细品尝。”

我今天知道,我这样放纵我的怨愤,的确很蠢,的确是犯罪。一个十七岁的姑娘,娇生惯养,不谙世事,这个瘫痪的姑娘,成天拴在她的房间里,叫她怎么会对金钱的价值、军饷和我们辉煌灿烂的贫困状态有所感觉呢?可是我受的细小的侮辱已经数不胜数,我也乐于找个人来报复一下,这种情绪仿佛冷不防悄悄地感染了我,于是我猛抽下去,盲目地、毫无知觉地、就像有人在盛怒之际狠击猛打,并不知道自己手里打下去的分量多沉。

可是我刚抬起头来一看,我已经明白,我刚才这一下打得多么野蛮、粗暴。她以病人的细腻感觉立刻感到,她无意之中碰到了我最敏感的地方。她不由自主地把脸涨得通红,我看到,她在使劲抵御,飞速地用手捂着脸,显然有一个什么念头使得她身上的热血涌上双颊。

“而您……您还给我买那么贵的鲜花?”

于是出现了一个难堪的瞬间,这一刻拖得很长。我在她面前感到羞愧,她在我面前也感到羞惭。我们两个并不是故意地互相伤害了对方,谁都害怕再说一句什么话。陡然间清楚地听见从树上掠过的温暖的和风,楼下院子里母鸡的唧喳叫声,从远处不时传来一辆马车沿着乡间大道驰来的微弱的车轮滚动声。这时她重新振作起来。

“我真傻,竟然听信您这派胡言乱语!的确,我真傻,甚至还激动起来。这么一次旅行花多少钱,您又管它干什么?您要是来看我们,那您不言而喻就是我们的客人。您难道以为,您已经那么客气来看我们,我爸爸还会同意让您破费?真是胡扯!我可是让您捉弄了一番……好了,这事别谈了——不,我已经说过了,别再谈这事了!”

然而在这一点上我是不能让步的。因为,我先前已经说过了,再也没有比当食客这个念头更叫我难以忍受了。

“不!还得再说一句!我们都不希望引起误会!那么我就直言不讳了:我不愿意人家到我团里去给我请假,我不愿意离开我们团。要求对我破例优待,这样做我不喜欢。我要和我的伙伴同甘共苦,同样待遇,我不愿意得到任何额外的好处,不愿得到任何人的庇护。我知道,您是一片好意,您父亲也是一片好意。但是有些人可并不能无功受禄地得到生活中所有的好事……咱们别再谈这件事了吧。”

“这么说,您不愿意来?”

“我并没有说我不愿意。我已经向您解释清楚,为什么我来不了。”

“如果我父亲请您来,您也不来?”

“也不来。”

“要是……要是我求您呢?……要是我诚心诚意、亲切友好地求您呢?”

“请您别这么干。这样做是没有意义的。”

她低下了头。可是我已经看到她的嘴角连连牵动,颤动不已,像暴风雨来临前的闪电，在她身上，十分可靠地预示了一场危险的怒火爆发。这个可怜的娇生惯养的孩子，全家上下都看她的眼色，按照她的愿望行事，现在可是经历了一点新鲜事情：她竟然碰到了阻力。有人竟然对她说“不行”，这使她火冒三丈。她一把从桌上抓起我送的鲜花，怒气冲冲地远远扔到栏杆外面。

“好吧，”她从牙齿缝里迸出了这两个字，“现在我至少知道了，您的友谊到底深到什么程度。好吧，总算试验出了一回！仅仅因为有几个伙伴在咖啡馆里会磨牙嚼舌，您就想出一些借口来搪塞！仅仅因为害怕在团里操行成绩会得个坏分数，就让自己的朋友扫兴！……那好吧！解决了！我不会再苦苦哀求了。您没有兴致——好吧！解决了！”

我觉得，她的激动的情绪并没有完全平复，因为她一次又一次地以某种顽强的执拗劲重复“好吧”这句话；与此同时，她用双手使劲地撑着椅子的扶手，想把身子抬高，仿佛她想冲出去发起进攻似的。蓦然间，她转过脸来，对我尖锐地说道：

“好吧。这事算解决了。我们谦卑已极的请求被拒绝了。您不来看我们，您不愿意来看我们。您觉得不合适。好吧！我们会忍受得住的。话说到底，从前没有您我们也过来了……不过有一件事我还是想知道一下——您愿意现在开诚布公地回答我吗？”

“那还用说。”

“可是要老老实实地回答！人格担保！请您向我以人格担保。”

“如果您一定坚持这点——我以人格担保。”

“好吧，好吧。”她口气严峻，斩钉截铁地一连重复了几声“好吧”，就像用刀子把什么东西一下割去似的，“好吧。请别害怕，我不会再坚持要尊驾光临。只不过有一点我很想知道——您已经向我以人格担保在先。就只有这一点。那么说——您觉得来看我们不合适，因为您觉得不是滋味，您感到不好意思……或者由于其他什么理由吧——不过这跟我有什么关系？好吧……好。这算解决了。然而现在请您老实回答，明确回答：那么您到底为什么到我们家来呢？”

我对什么都有思想准备，唯独这个问题没有想到。我惊讶之余，嗫嚅着说了几句算是开场白，以便争取时间：

“这个嘛……这个不是非常简单吗……这难道还需要什么人格担保吗……”

“是吗？……很简单吗？好吧！这样就更好了！那就请您说吧。”

这下可是不能再兜圈子了。我觉得，最省事的莫过于说实话，只不过我已经发现，我得把这实话极其小心地修饰一番。于是我便假装落落大方地开口说道：

“不过，亲爱的艾迪特小姐——请您可别在我身上寻找什么神秘的动机。归根结底，您也相当了解我了，您不会不知道，我这人很少考虑自己的言行。我向您发誓，我还从来没有想到过，要自我反省一下，为什么我去看这家，去看那家，为什么我喜欢这些人，不喜欢那些人。我以人格担保——我的确没法给您更聪明或者更愚蠢的回答，只能跟您说，我之所以老到府上来看你们——就是因为我喜欢到府上来，因为我觉得在府上比在任何地方都舒服一百倍。我想，你们大概过于按照喜歌剧所描写的样子来想象我们骑兵的生活方式，总是风度翩翩，总是快快活活，好像一年到头都在过节似的。然而，到里头去一看，其实并不是那么富丽堂皇，即便是备受赞扬的伙伴之间的集体精神有时候也相当靠不住。不论在哪儿，只要十几个人套在一起拉车，总有一个拉得比别人起劲，要是轮到升迁晋级，就很容易得罪排在前头的那个人。每说一句话都得小心谨慎，你心里永远也没有把握，不知自己是否引起了上级军官的不快；空气里不知什么地方总酝酿着一场暴风雨。在部队服役也是一种徭役，服役的人谈不上独立。再说，兵营和酒馆也永远不是什么正经的家庭生活。在那里谁也不需要谁，谁的事别人也不在乎。不错，不错，有时候伙伴之间关系也挺热乎，但是最终的安全感是永远也不能真正得到的。相反，如果我到你们这儿来，我把佩刀解下，同时也把各式各样的顾虑困扰都搁置一边，然后我和你们心情舒畅地闲聊起来，那么……”

“嗯……那么怎么样呢？”她迫不及待地脱口而出。

“那么……嗯，我这样直言不讳地说出来。您也许会觉得有点厚颜无耻……那么我就说服我自己，你们是乐于看见我在府上做客的，我在这里是家庭的一分子，我在这里就像在自己家里一样，比在任何地方都亲切一百倍。每次我这样瞅着您，我总觉得……”

我不由自主地顿了一下，可她立刻就以同样激烈的口气重复了一遍：“嗯……在我这儿怎么样呢？”

“……这儿有个人，我在她身边并不像在我那些伙伴身边那样显得多余……当然我知道，我是个无足轻重的人物，我有时候自己也觉得奇怪，你们怎么没有早就对我感到厌倦……我常常……你们不知道，我已经多少次担心你们是否已经受不了我了……可是紧接着我总想起来，您一个人坐在这空荡荡的大房子里，是多么孤独，倘若有人来看您，您会高兴的。您瞧，这个想法每次又使我鼓起勇气来……每次我在您的塔上或者您的房间里找到您，我总对我自己说，我来看您，免得您成天一个人孤零零地坐在那儿打发漫长的时光，这可是好事啊。难道您真的不能理解这点吗？”

可是这时候,发生了一件意料不到的事情。她那双灰色的眸子突然发呆,怔怔的,仿佛我说的那番话里有什么东西使她的瞳仁化成了两颗石子。而她的手指则正好相反,渐渐地骚动不安起来,在椅子的扶手上摸来摸去,在平滑光洁的木头上面敲起鼓来,起先轻轻地,轻轻地,接着越敲越猛,越敲越急。嘴巴微微地扭歪了,猛然间她没头没脑地说道:

"是的,我理解。我完全理解,您是什么意思……您现在,我想,您现在的确说了实话了。您的话说得非常非常之客气,非常之委婉。可是我还是正确理解您的意思了,非常确切地理解您了……像您说的,您来看我,是因为我一个人是如此'孤独'——这句话说白了就是:因为我死死地钉在这张该死的躺椅上。这么说,仅仅因为这个缘故您才每天颠颠地跑到城外来,您只是好心好意地来照料这个'可怜的、生病的孩子'的——我不在场的时候,你们大家大概都是这样叫我的,我知道,我早已知道了。您只是出于同情心才来的,是的,是的,我相信您了——您现在何必又要否认呢?您不是一个所谓的'好心人'吗,您还很喜欢让我父亲这样叫您呢。这样的'好心人'对每一条挨了打的狗,对每一只长了疥疮的猫都表同情——何不对一个残废也表示一下同情呢?"

突然,她挣扎着要起来,她那动作不太灵便的身体发出一阵痉挛。

"不过,多谢了,这种只对我的残疾而产生的友谊,我嗤之以鼻……是啊,您的眼睛别装出这种追悔莫及的样子!您当然很后悔,因为您不小心脱口说出了真话。您承认,您到我们家来,只是因为我叫您'看着可怜',就像那个女用人说的那样——只不过那个女用人这番话说得老老实实,直截了当。而您作为一个'好心人'说起话来婉转得多,'柔和'得多。您拐弯抹角地说:我一天到晚蹲在这里,孤零零的一个人。只是出于同情心,这一点我全身每根骨头都早已感觉到了,您只是出于同情心才来的,您还很乐于为您作出的仁慈无比的牺牲而受人赞赏——但是很遗憾,我不愿意别人为我作出牺牲!谁作牺牲我也受不了,尤其受不了的是您作牺牲……我禁止您这样做,您听见吗?我禁止您这样做……您以为我真的全靠您来坐一阵,睁着一双'关心备至'、水汪汪、软绵绵的眼睛,或者全靠您来'委婉体贴'地聊上一会儿……不,感谢天主,我不需要你们大家……我自己的事,自己会了,我独自一人就熬过来了。要是实在混不下去,我也知道,怎么从你们手里解脱出来……您瞧!"——她陡然间翻转一只手伸到我面前——"这儿,您瞧这伤疤!我已经试验过一次了,只是我太不机灵,拿了把钝剪子没碰到动脉。倒霉的是他们还及时赶来,给我包扎起来,要不然我早已摆脱你们大家,摆脱您那卑鄙的同情心了!可是下一次我要干得巧妙些,您放心好了!瞧!"——她突然扬声大笑起来,那笑声尖锐刺耳,宛如锯子在锯——"您往这边瞧,我那体贴入微的父亲大人在为我修建这座塔楼的时候,把这点忘了……他只想到让我远眺风景方便……医生只说过,这儿阳光多,空气好。可是这座露台到时候也能对我有大用处。这点他们大家都没想到,无论是我父亲,还是医生、建筑师,谁都没想到……您从那儿往下面瞧瞧……"——她蓦地撑起身子,猛的一下把她摇摇晃晃的身体甩到栏杆旁边。现在她用双手紧紧地抓住栏杆——"从这儿掉下去有五六层楼那么高,下面是硬石头……这尽够了……感谢天主我肌肉里还有足够的力量,让我爬过栏杆——是啊,夹着拐杖走路,练出了结实的肌肉。我只消把身子一甩,就永远摆脱了你们这该死的同情怜悯。你们大家这一下子也就舒服了,父亲、伊罗娜和您——我这个怪物一直像场噩梦似的压得你们透不过气来……您瞧，事情容易得很，只要稍微俯身向下，然后……”

她眼睛闪着异样的光辉，把身子伸到栏杆外面，头往下低，样子十分危险。我大惊失色，一跃而起，迅速地一把抓住她的胳臂。可是她浑身一颤，好像火烧灼了她的皮肤。她对我嚷道：

“走开！……您怎么胆敢碰我！……走开！……我有权利想干啥就干啥！放手！……您马上放开我！”

我不听她的，我设法用力把她从栏杆上拉下来，她便猛不丁地把上身转过来，照我胸口狠推一下。于是可怕的事情发生了。这一推使她失去了支撑点，从而失去了平衡。她那两个松弛无力的膝盖像被镰刀齐腰斩断，顿时垮了下去。她猛的一下子摔在地上。跌下去的时候，她还想抓住桌子来撑住自己。结果她一摔，把整个桌面也掀翻了。我在最后一刹那还试图接住这个动作不灵、晃晃悠悠直跌出去的姑娘，结果桌上的东西全都砸在她和我的身上，花瓶乒乓一声，打得粉碎，杯子碟子还有汤匙落了我们一身，掉了一地，那只大铜铃铛的一声巨响，掉在地上，带着里头那根木槌，一路叮叮当当，直滚到露台的那一头。

瘫痪的姑娘可怜地跌倒在地上，躺在那里，无力抵御，愤怒得浑身直抖，又气又羞，号啕大哭。我试图把她轻得没有分量的身体扶起来，可是她拼命抵抗，对我又哭又号：

“走开……走开……走开，您这个卑鄙的、粗野的家伙……”

一面号哭，一面挥动两只胳臂在身边乱打，一再试着自己爬起来，不要我帮忙。每次我挨近她，想去扶她一把，她就拱起身子，拼命反抗，因为无力抵挡，所以气得发疯，她对我嚷道：“走开……不许碰我……您给我滚开！”我一辈子从来没有经历过更加可怕的事情。

在这一瞬间，从我们身后传来一阵轻微的嗡嗡声。是电梯开上来了,显然刚才铃铛滚落地上,发出的响声已足以把时刻准备应召而来的用人唤来了。他急急忙忙地走过来,一双惊慌失措的眼睛立刻知趣地垂了下来,看也不看我,就把浑身颤抖的姑娘轻轻扶起——他想必已经熟练了这套手法——抱着这个啜泣不停的姑娘走向电梯。就一分钟,电梯又轻轻地嗡嗡直响地降了下去;我独自一人待在那里,身边是掀翻的桌子,摔碎的杯子,四处狼藉的各种东西,乱七八糟地摊了一地,就仿佛刚才一个晴天霹雳直打下来,把这些东西炸得满地都是。

二十七

我不知道我在露台上这些破烂杯碟当中究竟站了多久，这阵来势凶猛的感情发作把我完全弄得昏头昏脑，我怎么也无法解释这次发作。我到底说了些什么傻话了呢？是什么激起了这阵难以解释的愤怒的呢？这时候身后又传来熟悉的鼓风机那样的声响。电梯又开上来了。仆人约瑟夫又一次走过来，他那一直刮得干干净净的脸上笼罩着一片奇怪的悲哀的阴影。我想，他来，只是为了收拾收拾打扫打扫，我站在这堆破烂当中碍他的事，觉得很不好意思。可是他垂着眼睛不声不响地走到我的身边，同时从地上捡起一条餐巾。

“对不起，少尉先生，”他非常谨慎地压低了嗓子说道，他这嗓子说话，似乎每次都在鞠躬敬礼（唉，他是一个奥地利旧式仆人啊），“请少尉先生允许我稍微给您擦擦水渍。”

这时候，我顺着他那忙个不停的手指头，才发现我上衣和白色的军裤上各有一大摊湿迹。显然，在我俯下身子，想去扶起那摔倒的姑娘时，一个随着掀翻的桌子倒下来的茶杯把茶水泼在我的身上，仆人拿着餐巾在湿迹上擦来擦去。他这样跪在地上忙着擦拭，我却低头望着他那头路笔直、形状端正、满头灰发的脑袋，我不由得心生怀疑，这个老头故意把身子弯得那么低，是为了不要让我看见他的脸和他深受震撼的眼神。

“不行,这样不行,”最后,他头也不抬,忧郁地说道,“少尉先生,最好这样,我派司机到兵营去,叫他另外取件军装来。少尉先生,您这样是走不出去的。不过少尉先生放心好了,不出一个钟头全都干了,我马上把您的裤子熨得平平整整。”

他似乎只是以一种行家的口吻热心地说了这么一番话。可是说话的时候,不由自主地也泄露出来一种深切关注、略带困惑的口气,我告诉他,不必了,完全用不着费这么大事,他不如去打个电话给我要辆汽车,我本来马上就要回去了。我一说这话,他出其不意地干咳了两声,抬起他那双善良的、略带倦意的眼睛,满腔恳求的神气。

“请少尉先生是不是再待一会儿。如果少尉先生现在就走,那就太可怕了。我知道得很清楚,如果少尉先生不再稍等片刻,我们小姐的情绪一定会受到可怕的刺激。现在伊罗娜小姐还在她身边……把她扶到床上去了。可是伊罗娜小姐嘱咐我跟您说,她随后就来,少尉先生务必要等她一下。”

我一反自己的本意,内心竟深受震动。瞧大家是多么爱这个生病的姑娘!人人都娇纵她,为她辩护!这心地善良的老人发现自己竟然有勇气说这话,不觉惊慌失措,又特别卖力气地在我军装上来回擦拭。我禁不住感到有必要向老人说几句亲切的话语,于是我轻轻地拍拍他的肩膀。

“随它去吧,亲爱的约瑟夫,没关系的!这么好的太阳这点水迹一会儿就会干的,我希望你们的茶不算太酽,不至于落下一块明显的污迹。随它去吧,约瑟夫,您还不如把这些杯子碟子收拾一下。我一直等到伊罗娜小姐来。”

“啊,少尉先生,您在这儿等,那实在太好了!”他可真的舒了口气,“封·开克斯法尔伐先生待会儿也要回来了,他一定非常高兴欢迎少尉先生。他刚才特意吩咐我……”

可是这时候已经有阵轻盈的脚步声从楼梯上传来。来的是伊罗娜。她向我走来的时候,也像刚才仆人一模一样低垂眼睛。

“艾迪特请您下楼到她卧室里去一会儿。就一会儿!她让我对您说,她诚心诚意地请求您。”

我们一起沿着旋转梯下楼。穿过会客室和第二个房间,走到长长的走廊里,这条走廊显然是通向卧室的,一路上我们一言不发。过道又窄又暗,我们的肩膀有时候偶然碰在一起,说不定也是因为我走得太急,心里忐忑不安的缘故。走到第二扇门旁,伊罗娜站住脚步,在我耳边急急地悄声说道:

“您现在得好好地待她。我不知道刚才在上面发生了什么事情,不过,她这样突然发作我是熟悉的。我们大家都了解她,可是不能生她的气,的确不能生她的气。老是这样从早到晚一筹莫展地躺在那儿是什么滋味,我们这种人根本想象不出。这样到后来,在她的神经里一定积了一股子焦躁不安的情绪,这种情绪总有一天要发泄出来,她自己都不知道,也不愿意。只不过,请您相信我,事后最不幸的不是别人,恰好是这可怜的姑娘自己。正因为她是这样的羞愧无地,痛心疾首,所以我们要加倍地对她好才对。”

我一句话也没回答。也没有必要回答什么。伊罗娜想必本来也已经看到,我的心情受到多么强烈的震撼。这时伊罗娜小心翼翼地敲了敲门;屋里刚轻轻传出一声怯生生的“请进”,作为回答,伊罗娜又赶紧叮嘱一番:

“待的时间别太长。只待一会儿!”

门一推,毫无声息地打开了,我走了进去。房间非常宽敞,橘红色的窗帘把朝花园一边的窗户遮得严严实实的。我乍一眼看去,只见屋里没有别的,只有一片红兮兮的朦胧光影;接着我才分

辨清楚,在房间深处有一张床,长方形的,在昏暗中显得明亮一些。从那里传来那十分熟悉的声音在怯生生地说话:

“请到这儿来,坐在这凳子上。我就只耽搁您一会儿。”

我走近床边。枕头上露出一张清秀的脸,在秀发的阴影中微微闪光。一床花被子盖在身上,被面上绣的花卉一直伸到她那细瘦的、孩子气的脖子底下。艾迪特怀着某种战战兢兢的心情等我坐下。然后她的声音才敢畏畏缩缩地向我发话。

“请您原谅,我在这儿接待您,不过我已经头昏得很厉害了……我其实不应该在这么猛的太阳底下,在户外躺这么长时间的,这样晒了以后,我每次都头晕的……我真觉得,我刚才头脑不怎么清醒,我……不过……不过……这些事您全忘了吧……是不是? 您对我的粗暴无礼不再生气了吧?”

她的声音里包含着那么多的乞求和惶恐,我于是立即打断她的话头,“啊,您想到哪儿去了……这事只能怪我……我不应该让您在烈日曝晒下坐那么长时间。”

“这么说您的话真的是可靠的……您不生我的气了……真的不生气了?”

“一点也不生气。”

“那您还来看我……就跟先前一模一样?”

“一模一样。不过当然要有一个条件。”

她的眼神露出不安,“什么条件?”

“您要对我多一点信任,不许老是动不动就担心,您是不是得罪我啦,或者侮辱我啦! 朋友之间,谁老是去想这些无聊的事情。要是您知道,只要您精神饱满、心情舒畅,您看上去是多么讨人喜欢就好了! 您将使得我们大家都非常高兴,您父亲啦,伊罗娜啦,我啦,使全家上下都非常高兴! 我真希望前天我们出去郊游的时候，您能亲眼看见您是多么兴高采烈，我们大家也跟您一起高高兴兴——整个晚上我还一个劲地在想呢。”

“整个晚上您都在想我吗？”她凝视我，心里不大有把握的样子，“真的想我？”

“想了整整一个晚上。唉，这是多么美妙的一天啊，我永远也不会忘记这一天。这一路上真是美妙，妙不可言！”

“是的，”她做梦似的一再重复，“妙不可言……妙——不——可——言……起先驱车越过田野，然后看小马驹，末了参加村子里的舞会……这一切，从头到尾都妙不可言！唉，我真得经常这样驱车出游才好！也许真的全是因为老是在家里傻坐，把自己愚蠢地关在屋里，才使我的神经垮得这么厉害，不过您说得对，我老是疑心太重……这就是说，自从我得了病之后，我才老有疑心。从前，我的天主啊，我简直想不起来，我从前曾经怕过什么人……自从得病之后，我才变得这样心虚胆怯……我总在想象，人人都在瞅我的拐杖，人人都在可怜我……我也知道，这是多么愚蠢，这是一种愚蠢的、孩子气的自尊心，这样一来，就跟自己别扭上了，我也知道，这是跟自己过不去，只会使神经彻底崩溃。可是如果这病一拖再拖，永无止境，又怎么能叫我不疑虑重重呢！唉，但愿这可怕的事情终于能有个头，这样我不至于心情这样恶劣，脾气这样暴躁易怒！”

“这事不是快要到头了吗。只不过您得有勇气，还得有些勇气和耐心。”

她把身子微微地撑起来一点。“您相信……您真心诚意地相信，用这种新的治疗方法，这事现在真的要了结了吗？……您想想看，前天我爸爸上楼来告诉我，那时候我心里蛮有把握……可是昨天夜里，我不知道怎么搞的，突然间心里害怕起来，我怕大夫搞错了，跟我说了些假话，因为我……因为我想起了一点事情。从前，我信赖大夫，信赖康多尔大夫像信赖亲爱的天主一样。可是事情总是这样的……起先是医生观察病人，可是时间一长，病人也学会了观察医生，昨天——不过这话我只告诉您一个人——昨天，在他给我检查身体的时候，我有时觉得……是啊，这叫我怎么解释呢……我觉得，他仿佛在跟我演戏……我觉得他是那样局促不安、假模假样，不像从前那样坦率，那样诚恳……我不知道是什么缘故，可我觉得，仿佛他由于某种原因，在我面前觉得羞愧……后来我听说，他打算马上送我到瑞士去，我当然高兴极了……不过……不知道从哪儿……这话我只跟您一个人说——这股无谓的恐惧还是一再悄悄地向我袭来……不过，这话您别跟他说，您可千万别跟他说！……我怕这种新的治疗方法有什么东西不大对头……他似乎只是想用这种方法来哄哄我……或者说不定只是为了安慰安慰爸爸……您瞧，这可怕的怀疑，我还是没能摆脱掉。不过这能怪我吗？要是人家老是跟你说，病马上就要好了，可是进展又是这样缓慢，慢得可怕，又怎么能叫你不怀疑自己，不怀疑大家呢。不行，这无穷无尽的等待我真的再也受不了了！"

她激动地撑坐起来。两只手不住地哆嗦。我赶快向她弯下身子。"别这样！别……别又激动起来，您记得吗？刚才您还答应过我……"

"是的，是的，您说得对！自己折磨自己，无济于事，只不过捎带着也折磨了别人。这怎么能怪别人呢！我本来就已经是个大累赘，拖累了别人……啊，不，我并不想谈这件事，真的，我真不想谈……我只想向您表示感谢，我这样愚蠢地大发脾气，您竟然不再生气，您一直对我那么好，真叫人感动，我实在不配您这样待我，而我偏偏对您……不过咱们别再谈这事了，好吗？"

"永远不再谈了。您放心吧。现在您好好地休息一下吧。"我站起来,打算和她握手告别。她那模样真叫人动心。她从枕头上向我微笑,脸上半是提心吊胆的样子,半是业已镇静宽慰的神气,是个孩子,一个即将入睡的孩子。一切都好了,气氛明朗清澈,犹如暴风雨过去后的万里晴空。我完全无拘无束,甚至高高兴兴地走近床边。可是她陡然间惊坐起来。

"我的天哪,这是什么呀?您的军服……"

她发现了我军装上的两处很大的湿迹。她想必怀着负疚的心情回想起来,只有她摔倒时撞翻的茶杯才可能造成这小小的灾祸。她的眼睑立刻低垂下来,遮住她的双眸,已经伸出来的手又吓得缩了回去。可是正因为她把这件不值得一提的小事看得这么严重,才深深地感动了我。为了安慰她,我故意用一种轻松的口气说话。

"啊,这没什么,"我又开起玩笑来,"不是什么严重的事情。一个淘气的孩子把水泼到我身上来了。"

她的眼光里还一直含有困惑慌乱的神情。可是她也满心感激地换了说笑的口吻。

"那么您有没有把这闯祸的淘气孩子狠揍一顿呢?"

"没有,"我回答道,已经完全是逗笑的口气,"已经用不着揍了。这孩子早就又变乖了。"

"您真的不再生她的气了吗?"

"一点也不生气了。您真该听一听,她刚才那声'请原谅'说得多么好听啊!"

"这么说,您再也不对她记仇了吗?"

"不,原谅了也就忘记了。只不过她当然得老这么乖才行,而且人家要她干什么,她就得干什么。"

"那么,这孩子该做什么呢?"

“永远要有耐心,永远和蔼可亲,永远心情欢畅。不要在太阳底下坐得太久,多乘车出去兜兜风,认真执行大夫嘱咐的事情。可是现在这孩子首先得睡觉,不许再说话,不许再胡思乱想。晚安。”

我把手伸给她。她躺在那里,欢快地对我直笑,两只眼睛的瞳仁一闪一闪地发光。她那模样,真美得迷人。她那五根纤巧的手指放在我手里,又温暖、又宁静。

然后我就走了,心里觉得很轻松。我的手已经握住门把,这时又从我背后传来一串轻声的娇笑。

“这孩子现在乖吗?”

“没说的。所以她也得了个一百分啊。可是现在该睡觉,睡觉,睡觉,不许再想什么坏事!”

我已经把门打开一半,身后又飘来一阵笑声,充满孩子气,而且非常诡谲。枕头上又传来她的声音:

“您忘了吧,一个乖孩子在睡觉之前该得到什么?”

“什么呀?”

“乖孩子该得到一个祝她晚安的吻呀!”

不知怎么搞的,我心里不是那么自在。在她的声音里有一种微微挑逗的口气,我不喜欢。先前她的眼睛望着我,里面闪烁着一种灼热的光,我已经觉得太火辣辣了。不过我不愿意败坏这个容易发火的姑娘的兴致。

“可不是吗,这当然啰,”我说道,故意懒洋洋地,“这事我差点忘了。”

我又折回来,向她床边走了几步,忽然觉得一片寂静,原来她屏住了呼吸。她的两只眼睛不停地望着我,随我从远到近,而她的头靠在枕头上一动不动。一只手,一根指头都一动不动,只有两只仔细观察的眼睛随我移动，牢牢地盯在我身上。

快，快，我暗自思忖，心里越来越不舒服，所以我急急忙忙地弯下身子，用我的嘴唇轻轻地、草草了事地碰了一下她的额头。我故意没有怎么触及她的皮肤，只感到近处袭来一阵她秀发的模糊的幽香。

可是这时候她的两只手突然举起，它们显然搁在被子上等待时机。我的头还没来得及转开，她的两只手便像钳子似的从左右两边夹住我的两个太阳穴，把我的嘴从她的额头往下一扳，挪到她的唇上。两个人的嘴紧紧地压在一起，那么炽热、贪婪，拼命吮吸，两个人的牙齿都相碰了，与此同时，她的胸脯使劲拱起来，往上凑，来和我那弯下来的身体碰在一起，贴在一起。我这一辈子再也没有得到过一个比这残废的孩子给我的这一吻更狂热、更拼命、更如饥似渴的吻了。

不够，还不够！她以一种充满醉意的力量把我紧紧地搂在怀里，直到她透不过气来。然后她渐渐地松开拥抱，她的双手开始激动地从我的太阳穴挪开，插进我的头发里。可是她并不放开我。她只松开我一会儿，为的是把身子往后一靠，像着了魔似的，目不转睛地凝视我的眼睛，然后她又重新把我搂在怀里，以一种疯狂的同时又力不从心的贪婪劲儿漫无目的地狂热地把我的脸颊、额头、眼睛、嘴唇乱吻一气。每拥抱我一次，她就结结巴巴地唤一声："傻瓜……傻瓜……你这傻瓜……"并且越来越炽热地叫，"你、你、你啊！"她的攻势变得越来越贪婪、越来越激烈。她对我的拥抱和亲吻也变得越来越猛，越来越像痉挛似的拼命使劲。突然，像块布撕成两半，她的全身猛然一震……她放开了我，她的头又倒在枕头上，只有她那闪闪发光的眼睛依然洋洋得意地直盯着我。

然后她慌忙把头转过去不再看我，既精疲力竭又极其害羞地悄声说道："现在你走吧，走吧，你这傻瓜……走吧！"

二十八

我走，不，我踉踉跄跄地走出房门。一到那昏暗的过道里，我最后一点力气就消失了。我觉得头晕得厉害，天旋地转，我不得不扶住墙壁。原来是这么回事，这么回事！这就是她为什么那么焦躁不安，为什么那么咄咄逼人的秘密，我一直无法解释。这个秘密可惜揭露得太晚了。我的惊吓简直难以名状。我当时的心情就像一个人正安详自在地低头赏花，不料一条毒蛇向他迎面蹿来。倘若这敏感的姑娘打我，骂我，啐我一脸——这都不会使我这样惊慌失措，因为她神经敏感，动不动就会冒火，我随时都对难以逆料的事情做好思想准备，唯独没有想到，这个有病在身、受到命运摧残的姑娘竟然会产生爱情，并且希望为人所爱。没有想到，这个孩子，这个还没成熟的姑娘，上天的未完成的、力不从心的作品竟然胆敢冒险（我实在没有别的词来加以形容了），以一个真正女人的通晓风情、欲火炽烈的爱情去恋爱、去渴慕。我什么都想到了，唯独没有想到，这个被命运弄成残废的姑娘，都没有足够的力气来拖动她自己的身体，竟然会梦想得到别人的爱并且去爱别人。她竟然会误会我到这种地步，我可仅仅是出于同情才来，而且一次又一次地来看她的啊。不过一转眼我又大吃一惊。我理解到，事情到这步田地，这主要不怪别的，只怪我自己的同情心过于强烈。我一天天地到囚室里来探望这个与世隔绝、被人遗弃的姑娘，向她表示关切,结果她自然指望从我这个唯一的男子身上,从我这个被自己的同情心弄得傻头傻脑的笨蛋身上得到另外一种感情,一种温柔缠绵的感情。可我,我这个笨蛋,我无知无觉,愚蠢到不可救药的地步。我只看到她是个病人,是个瘫子,是个孩子,没有看到她是个女人。我一刻也没有想到过——哪怕是转瞬即逝的匆匆一刻去设想一下——,在这遮盖一切的外衣底下,有个赤裸裸的身体在呼吸、在感觉、在等待。这是一个女人的身体,她像所有其他的人一样渴求爱,也渴望被人所爱——我这二十五岁的年轻人,从来也不会梦想,女人当中的病人、残废、发育不全、年老体衰、受到摈弃、蒙受耻辱的居然也胆敢恋爱。因为一个阅世不深的年轻人对真正的人生知之甚少,自己的经历又极为有限,他几乎总是根据别人所讲、自己所读的东西来想象世界、塑造世界。在自己有些阅历之前,他必然按照别人描摹的图像和样本来梦想。可是在那些书本里、戏剧里或者电影院里(在那里现实生活被简单化、庸俗化了),彼此相爱的始终是一些年轻美貌、出类拔萃的男女;所以我一直认为——也因为这个缘故,碰到有些艳遇我畏缩不前—— 一个男子得长得特别吸引人,得天独厚,受到命运的恩宠,才能博得一个女人的青睐。仅仅因为这个缘故我在和两个姑娘交往的过程中才这样泰然自若,这样落落大方,因为一切有关爱情的想法在我们的关系里从一开头似乎就从我心里摒除出去,我从来也没有怀疑过她们除了把我看成一个可爱的青年、一个好朋友之外,还会把我当成什么别的。即使我有时在伊罗娜身上感到肉感的美丽——可是艾迪特,我可从来没有把她想成异性的生物。我敢肯定地说,我脑子里从来没有闪过这样的念头,说是在她那残废的身体里就像在其他女人身上一样,会有同样的器官在活动,在她的心灵里,会有同样的渴望在强烈搏动。从这一刻起我才开始渐渐懂得(诗人大多对此讳莫如深），恰好是那些被人遗弃、蒙受耻辱、相貌丑陋、年老色衰、萎黄憔悴、受人贬抑的人比那些生活幸福、身体健康的人渴求时的贪婪劲更加危险，他们是以一种狂热的、阴沉的、痛苦的爱情在爱，世界上再也没有比天主的这些后娘养的孩子的那种没有希望的、没有前途的激情爆发得更加迫切、更加绝望的了。这些人只有通过爱和被爱才能觉得他们有理由活在这世界上。恰好是在绝望的深渊之底，生的渴望所发出的这种惊呼听上去才最为凶猛——这个可怕的秘密，我这个毫无阅历、未经考验的人是从来想也不敢想的！一直到这一瞬间，这种认识才像一把火红的尖刀刺进我的心里！

傻瓜！——我也是现在才懂得，为什么当她把她那还没成形的胸部凑上来贴着我的胸部时，在感情的极度混乱之中，她会脱口说出这么两个字来：傻瓜！——是的，她这么叫我是对的！所有的人，她父亲、伊罗娜、用人和其他所有的仆役，想必从最初第一刻起就早已把一切都看穿了。大家想必早已怀疑到她的爱、她的激情，也许怀着惊恐，说不定还有不祥的预感——只有我不知不觉，我这被自己的同情心弄傻了的笨蛋，成天扮演着好心的、善良的、笨鹅似的伙伴的角色，咧开大嘴插科打诨，却没有发现，由于我愚蠢地、莫名其妙地老是不明白，她那焦灼的心灵都折磨苦了。宛如在一出低劣的喜剧里，一个可悲的主角陷身于一个阴谋之中，观众席里每一个人都早已知道，他已经上了圈套，可是只有他，这个笨蛋一个人，才一本正经地接着往下演，不顾一切地往下演啊，演啊，一直不明白自己已经陷进了一张什么样的罗网（别人从一开头就已经看清了网上的每一根线，每一个网眼）——这府邸里所有的人想必在旁边看得清清楚楚，我如何在这场荒唐的感情的捉迷藏当中，到处乱摸乱碰，直到她终于用暴力从我的眼前撕去那条绷带为止。

可是就像只要燃起一点点亮光,就足以把屋里十几样东西同时照亮,所以现在——可惜太晚了！太晚了——这几个星期发生的难以胜数的许多细节事后我都明白了,使我羞愧得无地自容。现在我才心里一亮,为什么我每次老气横秋地叫她“孩子”,她总气得要命,因为她恰好不愿意在我面前当孩子,而是热切期望人家把她看作女人,当作恋人。现在我才明白,为什么有时候她的跛足显然使我深为震惊,于是她的嘴唇会不安地颤抖不已,为什么她对我的同情深恶痛绝——显然,她身上女性的本能清楚地认识到,同情是一种不冷不热的兄弟姐妹之间的感情,只不过是真正的爱情的一种可悲的代用品。这可怜的姑娘想必苦苦地只等一句话,一个信号,表示我已心领神会,可是这句话、这个信号总是迟迟不来,她想必在我落落大方地高谈阔论的时候备受痛苦,她是在焦躁不耐的火红烙铁上受熬煎,心灵一颤一颤地等啊等啊,等待第一个温情脉脉的手势,或者至少等我终于发现了她的激情。而我,我什么也没说,什么也没做。可是我又不远远走开,依然每天照来不误,从而不断地加强了她的信念,同时我的心灵又反应迟钝,使她困惑迷惘——因此,最后她的神经终于撕裂,她干脆把我抓去当做战利品,这是完全可以理解的！

此刻,所有这一切幻化成百十张图画,飞快地涌入我的脑海,我像中了一枚炸弹,在这昏黑的过道里,靠在墙上,透不过气来,两条腿几乎和她的腿一样麻木瘫痪。我两次试图摸索着向前挪动脚步,一直到第三次我才摸到门把上。我迅速地思考一番,从这里进入客厅,马上向左通过一道门直达门厅,那儿放着我的佩剑和军帽。所以赶快穿过这个房间,趁用人没来,快走,赶快走掉！赶快逃离这所府邸,晚了就要碰见人,就得被人家盘问再三。现在赶快走掉,千万别碰见她父亲、伊罗娜、约瑟夫,别碰见一切会让我像个傻瓜似的在这圈套里越陷越深的人！快走，一心只求快走！

可是已经来不及了！伊罗娜在客厅里——显然他们已经听见了我的脚步声——等着。她刚一眼瞥见我，脸上立刻变色。

"耶稣马利亚，您怎么啦，您的脸色煞白……是不是……是不是艾迪特又出什么事啦？"

"没有，没出事，"我只有结结巴巴地说几句话的力气，我一心只想快走，"我想，她现在睡了。对不起，我得回去。"

可是我那粗鲁无礼的举止想必含有叫人吃惊的东西，因为伊罗娜毅然决然地一把抓住我的手臂，把我硬按到——不——把我硬推到一把圈手椅里。

"您先给我坐下来再说。您得先镇静一下……瞧您的头发……都成什么样子了？蓬乱得一塌糊涂……不，您坐着，"——我直想跳起来——"我去拿杯甜酒来。"

她跑到酒柜那里，倒了一杯酒，我一口灌了下去。伊罗娜忧心忡忡地看着我的手瑟瑟直抖地把酒杯放在桌上（我一生中从来没有感到过自己是那样虚弱无力、心力交瘁）。然后她默默地坐到我身边来，静静地等着，一言不发，只是不时小心翼翼地从旁边向我投来忧愁不安的一瞥，就像人家在仔细观察一个病人。最后她终于问道：

"是不是艾迪特跟您……说了点什么……我的意思是，说了一些和您自己有关的话？"

从她那关怀的样子我感觉到，她什么都预感到了。我虚弱已极、无力挣扎。我只是喃喃地低声说了句："是的。"

她一动不动。也不回答。我只觉得，她的呼吸陡然间变得急促起来。她谨慎地把身子向我这边弯过来。

"您难道……难道真的直到现在才发觉这事吗？"

“我怎么会料到这样的事情……这样荒唐的事情？这样疯狂的事情？……她怎么会想到这上面去……怎么会想到我……为什么偏偏想到我？……”

伊罗娜叹口气说道:“天主啊！——她一直认为,您只是为了她的缘故才来的……您只是为了这个缘故才来看我们的。这事我……我从来也没有相信过,因为您的态度是那样……那样落落大方,那样亲切,这可完全是另外一种样子。我从最初的时刻起就担心,在您这儿只是同情而已。可是我又怎么能向这可怜的孩子发出警告,怎么能这样残忍,把那使她幸福的痴心妄想从她心里驱走……几个星期以来,她活着仅仅只有一个念头,那就是您……她一个劲地问我,我是否认为,您是真的喜欢她,我总不能粗暴地对待她……我总得安慰她,增强她的信念。”

我再也按捺不住了。“不对,完全相反,您必须打消她的这一念头,非打消不可。她这明明是发疯,是热昏,是孩子气的异想天开……无非是司空见惯的黄毛丫头对军装的醉心迷恋,要是明天另外来个军官,那她又会去迷恋那一个。您得把这事向她解释清楚……您得及时打消她的这个念头。现在这军官恰好是我,到这儿来的恰好是我,而不是另一个军官,不是我的那些伙伴当中更优秀的一个,这纯粹只是一个偶然的巧合。这种事情在她这个年龄是很快就会过去的……”

然而伊罗娜悲哀地摇了摇头。“不,亲爱的朋友,您不要骗您自己。在艾迪特身上这事可是当真的,当真极了,甚至一天比一天变得更加危险……不,亲爱的朋友,我不能把这么严重的事情突然之间说得好像对您轻松得很似的。唉,要是您能想象出来,这府邸里发生过一些什么事就好了……半夜三更她的铃声会响个三四遍,她毫无顾忌地把我们大家叫醒,我们大家心惊肉跳地跑到她的床前，以为她出了什么事。她直挺挺地坐在那儿，神情慌乱，眼睛直愣愣地望着前面，翻来覆去老是向我们问同一个问题：‘你不以为，他至少会有点喜欢我，哪怕只喜欢非常非常小的一丁点？我并不是个丑八怪啊。’然后她就要面镜子，可是马上又把镜子扔掉。过一会儿她自己也认识到，她干的事完全是发疯。可是两个钟头以后，这出戏又从头演起。她在绝望之中问她父亲，问约瑟夫，问使女们，甚至于前天的那个吉卜赛女人——您还记得吧？她昨天又悄悄地把那女人叫来，让她算命，再算一次……她已经给您写了五次信，都是长信，写完之后又全都撕掉。从早到晚，从清晨到夜里，她想的、说的没有别的，就是这事。有一次她要我到您那儿去打听一下，您是不是喜欢她，哪怕就喜欢那么一丁点，或者……您是不是讨厌她，因为您总是那么沉默寡言，躲躲闪闪。她要我马上去找您，在路上截住您，司机马上就得跳起来，把车开出来。她把要我跟您说的，要我问您的每一句话叮嘱了我不下三次、四次、五次。最后，我都已经站在外面门厅里了，铃声又响了起来，我得戴着帽子，穿着大衣回到她那儿去，并且凭我母亲的生命向她起誓，绝不向您暗示 星半点。唉，您知道什么！对您来说，只要您出去在身后关上大门，事情就算了结了。可是您刚走，她就把您跟她说的每一句话都向我报告，她问我是否相信，我是否认为——我要是接着对她说：‘你瞧，他是多么喜欢你。’她就对我嚷嚷：‘你撒谎！这不是真的！他今天没跟我说过一句好话。’可是同时她又要我把刚才说的话再听一遍，我得把这些话重复三遍并且发誓……另外还加上那个老爷子！他从那事以后完全六神无主了，而他爱您，崇拜您就像他对他自己的孩子一样。您真该看看，他一连几小时睁着一双疲乏不堪的眼睛，坐在她的床边，抚摸她，安慰她，直到她终于沉沉入睡。然后他自己心烦意乱地在他自己的房间里彻夜踱来踱去，踱来踱去……而您——您难道真的对这一切毫无觉察吗？”

“没有！”我在绝望之中，控制不住自己，大声嚷了起来，“没有，我向您发誓，一点也没有觉察，丝毫没有觉察！您以为，要是我预感到发生了什么事，我还会上这儿来，我还会和你们坐在一起，下象棋，玩多米诺，或者听唱片？……可是，她怎么会脑子里出现这样一种妄想，认为我，恰恰是我……她怎么能要求我接受这样荒唐的事情，同意这样一个儿戏？……不行，不行，不行！”

一想到我违背自己的意愿为人所爱，这念头折磨得我好苦，我直想跳起来，可是伊罗娜使劲地握住我的手腕。

“安静些，我求求您，亲爱的朋友——千万别发火，尤其是——我恳求您——稍微小声一些！她有一种透过墙壁听人说话的本领。请您务必看在上天的分上不要冤枉她！这可怜的姑娘看到，那个消息恰好是从您那儿来的，恰好是您首先把那个新的治疗方法告诉了她的父亲，她认为这正好是个信号。那天晚上她父亲深更半夜马上冲到楼上她房间里，把她叫醒。您难道真的想象不出，他们两个一边哭，一边感谢天主，说这令人不寒而栗的日子现在总算熬到头了，他们两个坚信，只要艾迪特病一治好，健康得跟其他正常人一样，您就……我用不着跟您把这话挑明了。正因为这个缘故，您恰好在现在，在这可怜的姑娘需要神经健全地来经受这次新的治疗方法的时候，您不可以使她心绪不宁。我们必须极端小心谨慎才是。天主保佑，我们可不能让她预感到，这件事情对您是这样……这样的可怕。”

可是我的绝望已经使我不顾一切。“不，不，不，”我用手猛捶椅子的扶手，“不行，我不能……我不愿为人所爱，不愿意这样地为人所爱……而且我现在也不能再这样维持下去，就仿佛我毫无觉察似的，我再也不能无拘无束地坐着，胡诌一些甜言蜜语……我办不到，您不知道刚才发生什么事了……在那儿，在隔壁房间……她完全误会我了。我对她心里只有同情啊。只有同情，其他什么也没有，什么也没有！”

伊罗娜一声不响，默默地凝望前方。然后她叹了口气。

“是啊，我从一开始就担心这一点！这段时间里，我的神经早已有所感觉……不过，我的天主啊，现在可怎么办呢？怎么能让她明白这一层呢？”

我们默默无言地坐着。该说的都说了。我们两个都知道，没有办法，毫无出路。蓦然间伊罗娜身子一挺，脸上是一副紧张谛听的表情，差不多同时我听见从大门口传来汽车驰近的声音。想必是开克斯法尔伐回来了。伊罗娜霍地站了起来。

“您现在最好不要和他见面……您太激动，没法泰然自若地和他谈话……您等等，我赶快去给您把佩剑和军帽取来，您最简单的办法是从后门到花园里去。我会编出一个借口说您为什么不能在这儿待到晚上。”

她三脚两步就去把我的东西取来，幸亏用人赶到汽车旁边去了，这样我就可以神不知鬼不觉地绕过院子里的房子，到了花园里。我害怕极了，唯恐有人要盘问我，我便加快脚步。我第二次像个小偷的，低头弯腰，胆战心惊地逃离这幢不祥的府邸。

二十九

我年纪轻轻,阅历不足,迄今为止一直认为相思之苦和爱情的烦恼是人的心灵受到的最厉害的折磨。可是在这一时刻我开始感觉到,还有另外一种比害相思、比渴望爱情更加严重的折磨,那就是违背自己的意愿而为人所爱,并且无法抵御这种别人硬凑上来的激情。眼看自己身边有一个人在他情欲的烈焰上受着烧灼,自己却只能袖手旁观,既无权利,也无能力和精力把这人从烈火中拯救出来。谁要是自己不幸钟情,他有时还能控制住自己的激情,因为他不仅自己蒙受困苦,而且同时他本人也是造成自己困苦的原因;一个身在热恋中的恋人如果不善于控制自己的激情,那他的受苦至少是咎由自取。然而谁要是为人所爱,自己心里却并未萌生爱恋,那他就无可挽救地彻底完了,因为不是由他来决定那股激情的大小和限度的。这一切都超过了他本人的力量。如果是别人的意志在主宰一切,他自己的任何意志全都无济于事。也许只有一个男人才能充分体会到这样一种结合毫无出路,只有对于一个男人来说,这种迫使他非挣扎不可的状况才同时既是苦刑,又是罪过。因为,如果一个女人起来抗拒这种她自己并不情愿的激情,她在内心深处是在服从她那女性的法则;每一个女人一开始总是表示拒绝的,这仿佛是妇女的本性。因此即使她拒绝最为热烈的追求,也不能说她没有人性。然而,一旦命运把天平颠倒过来,只要一个女人大大地克服了自己的羞耻之心，向一个男子公开披露了自己的激情，如果她并未确切得到对方爱情的回答就已经把自己的爱情奉献出去；而他，那受到追求的男子，却保持抵御和冷淡的态度，那可就灾难深重了。这就始终成了无法解决的纠葛，因为对于一个女人的欲望置之不理，就是伤害她的自尊心，损伤了她的羞耻心。谁要是拒绝接受一个强烈渴慕他的女人的爱情，势必伤害她最高贵的感情。你在抽身后退时百般体贴全都枉然，一切拐弯抹角的客气话全都毫无意义，只是把友谊奉献给她，变成对她的侮辱。只要一个女人一旦暴露出了她的弱点，那么男子的任何抵抗都必然变成残酷的行径，男子只要不接受别人的爱，总要无辜地陷入罪过之中。可怕的、无法挣脱的锁链啊——刚才你还觉得自己自由自在，你只属于你自己，对谁也不欠什么。忽然之间，你受到追逐、围困，违背自己的意愿成为别人的贪欲掠夺的对象和目标。你知道，直到你心灵的深处也痛切感到：现在白天黑夜都有个人在等你，想你，渴望你，呼唤你，这是个女人，一个素昧平生的女人！她以她生命的每个毛孔，她的肉体，她的鲜血，期待你，要求你，渴望你。她要占有你的双手，你的头发，你的嘴唇，你的身体，你的黑夜和白天，你的感情，你的欲念，你所有的思想和你所有的梦。她什么都想和你分享，你的一切她都想取走，并且随着呼吸吸到自己心里。不分白天还是黑夜，不管你醒着还是睡着，现在世界上总有一个人在什么地方醒着，热血奔流，等待着你，有人醒着想你，梦里也想你。你不愿意想这日夜思念你的女人，但是徒劳；你千方百计想脱身出来，也是徒劳，因为你已经不再在你自己心里，而在她的心里。一个陌生人，素不相识，突然之间像面活动镜子似的把你带在身上——啊不，不是像面镜子，因为镜子只有在你心甘情愿地向它凑过去的时候才把你的影子吞进去——而她，这个爱上你的素不相识的女人,她是已经把你吮吸到她的血液里去了。她一直把你装在她的心里,无论你往哪儿逃,她总随身带着你。你永远囚禁在某个地方,在另外一个人的心里,当了俘虏,永远不再是你本人了,永远不能自由自在、无拘无束、清白无辜,永远受到追逐,永远承担义务;你永远感觉到,她这样想念你,就像有张火烫的嘴在不断吮吸你的灵魂一样。你不得不满腔仇恨,充满恐惧地为别人因你而生的相思之苦备受痛苦,于是我明白了:一个男子能够碰到的最荒唐、最难摆脱的困境莫过于违背自己的意愿为人所爱,这是一切折磨中最残酷的折磨。尽管无辜,依然有罪。

即便是在转瞬即逝的白日梦里,我也从来没有想到过,居然也会有女子这样毫无节制地爱我。伙伴们神气活现地吹嘘,这个女人或者那个女人如何“穷追”他们的时候,我常常在座。听到他们公开地大讲这种女人硬凑上来的故事,我甚至也跟着大家纵声大笑,因为当时我还没有体会到,任何形式的爱情,哪怕是最最可笑、最最荒唐的形式也是一个人的命运。如果对此漠然置之,也会损害人家的爱情,而自己犯下罪过。然而耳朵听来、书里看来的一切只能轻飘无力地从一个人身边一掠而过。人的心灵只能通过亲身经历才能懂得感情的本质。我首先得亲自体验一下一个陌生女人荒诞无稽的爱情给我造成的良心上的沉重负担,才能对这个和那个产生同情,同情这个,是因为他拼命地把自己的身心奉献给别人;同情那个,是因为他拼命地抵御别人这种过分强烈的感情。可是偏偏是我在这儿命中注定了要承担责任,而且这责任还大到难以想象的地步!因为使一个女人在恋爱中失望,这本身已经是件残忍的事,简直可说是心灵的粗暴行为,如今要我对这烈性的孩子说“不行”“我不愿意”,那更不知道要可怕多少倍!我不得不去伤害一个生病的姑娘,她本来已经受到人生痛苦的创伤,我还要把更深的伤痛加在她身上。一个内心摇摇晃晃、行动不稳的姑娘，我还要把她最后一根拐杖——她赖以支撑着站稳身子的希望——夺去。我知道，我单单说，只有同情心，就已经使这姑娘深受震动，如果我再逃避她的爱情，一定会使她大受损伤，说不定会把她彻底毁掉。我从一开头就清楚地意识到，如果我不能接受她的爱，甚至也不假装回答她的爱情，那我将违背自己的意愿，犯下可怕的大罪。

但是我无从选择。在我的心灵还没有清醒地理解这危险之时，我的身体已经拒绝了这猝然的拥抱。我们的本能总比我们清醒的思想更加明白事理。就在这惊惶的最初一瞬间，我猛然从她那狂暴的柔情蜜意中挣脱出来，我就已经朦朦胧胧地对这一切有了预感。我知道，我永远也不会有救世主的力量，像这残废的姑娘爱我那样地去爱她，甚至于都不会有足够的同情，哪怕只是去忍受这使我心神烦乱的激情。在我向后遁逃的最初一瞬间我就已经预感到：这里没有出路，也没有中间道路。由于这荒唐的爱情必有一人遭到不幸，不是我就是她，说不定我们两个同遭不幸。

三十

我当时是怎么回到城里去的,这事我永远也搞不清楚了。我只知道,我当时走得很快,随着我的脉搏的每一下跳动,只有一个念头在一再重复:快走!快走,快离开这座府邸,脱离这个圈套。快逃,快跑,跑得无影无踪!永远不要再踏进这座别墅,永远不要再看见这些人,根本什么人也不要再见!躲起来,谁也不让看见,对谁也不再承担义务,再也不卷进任何圈套里去,我知道,我当时还试图继续往下想:辞去军职,到什么地方去寻些钱来,然后逃到异国他乡,远走高飞,这荒谬的要求再也够不着我;然而这一切与其说是清清楚楚的深思熟虑的思想,毋宁说是朦胧模糊的梦想,因为在这过程中我的太阳穴里只有一句话像铁锤似的敲个不停:走,走,走,快走吧!

后来从我那布满灰尘的鞋和裤子上被蓟草划破的口子看出,我大概在草地上、田野里、马路上乱跑了一阵。反正等我最后走上大路的时候,太阳已经偏西,落到了屋顶后面。有人猝不及防地从背后拍拍我的肩膀,我的确像个梦游人一样猛然惊醒过来。

"喂,东尼,你在这儿哪!好不容易,总算把你逮住了!我们到处找你,每个角落都找遍了,刚想打电话到城外你那骑士城堡里去问哪。"

我发现有四个伙伴围在我的身边,永远不会缺少的费伦茨在他们当中，还有约茨西和骑兵上尉斯泰因许贝伯爵。

“不过现在得快点儿！你想想，巴林凯突然闯来了，从荷兰还是从美国，天知道是从哪儿来的。全团的军官和服役一年的志愿兵，今天晚上他都请了。上校要来，还有少校，今天可是盛大的宴会，设在红狮酒家，时间是八点半。幸亏我们把你逮着了，要是你溜了，老头可要大发雷霆呢，你也知道，他喜欢巴林凯喜欢得要命。巴林凯一来，大家都得列队欢迎。”

我的神思还没有完全集中。我愕然问道：

“谁来了？”

“巴林凯呀！别装出那么一副蠢相！你莫非不认得巴林凯吗？”

巴林凯？巴林凯？我的脑子里还糊里糊涂、乱成一团，我得像从灰尘弥漫的旧货堆里取货那样费力地把这名字取出来。原来是他，巴林凯——这人一度是团里的 mauvais sujet[①]。很久以前，我还远没有到这驻防地来服役的时候，他在这里当少尉，后来当过中尉，是全团最优秀的骑手，最狂的小伙子，没命地赌钱，疯狂地追逐女人。可是后来发生了一点难堪的事情，究竟什么事，我没有打听过。反正二十四小时之内他就脱掉了军装，然后闯荡江湖，浪迹天涯。大家讲了他各式各样稀奇古怪的故事。最后他在开罗的谢菲兹饭店钓着了一个有钱的荷兰女人，从此时来运转，东山再起。这是一个拥有好几百万家产的寡妇，开了一家轮船公司，有十七艘船，在爪哇和婆罗洲还有好些面积可观的种植园。从此他就成了我们无形的守护天使。

我们上校布本切克在当年想必曾经帮助这个巴林凯度过了一

① 法文：坏东西。

个极为严重的困境，因为巴林凯对他和对我们团队始终矢志不贰，情形实在动人。每次他到奥地利来，总特地到我们驻防地来，慷慨解囊，花钱如流水，等走了几个星期，城里还在谈论他如何挥金如土。把旧日的军装再穿它一个晚上，又作为一名军官置身于伙伴之中，这成了他心里的一种需要。他在熟悉的军官席上一坐，轻松愉快，可以感觉出来，红狮酒家的这间粉刷得不太干净、四壁给烟熏得发黄的大厅就是他的家，远比阿姆斯特丹某条运河旁边他的那座封建宫殿亲切百倍。我们永远是他的孩子，他的兄弟，他真正的家。他每年都捐款给我们的障碍赛马作奖金，每逢圣诞节总会运来两三箱各色烧酒和香槟酒。每年元旦，上校有绝对的把握，准能收到一张票面极大的支票，用以充实存在银行里的全团同仁的金库。谁要是身穿轻骑兵的制服，领子上带着我们的领边，一旦遭难，完全可以指望得到巴林凯的帮助，只消写封信给他，一切都会弥缝妥帖。

去和这样一个备受赞誉的人物见面，这种机会在别的任何时候都会使我真诚地感到高兴。但是此刻我心烦意乱，想到欢天喜地、寒暄问好、祝酒致辞，我觉得这简直是天下最最难以忍受的事。所以我想方设法，尽快撤走，借口我感到不大舒服。可是费伦茨猛然大喝一声："不行，今天可不许开小差！"说着已经挽住了我的胳臂。我只好很不情愿地表示屈服。他们拽着我走的时候，我脑子里乱哄哄的，听费伦茨讲，巴林凯如何如何帮助过谁摆脱困境。他曾经很快就给费伦茨的妹夫谋了一个职位；要是我们这些人不能更快地青云直上，只消乘船去找巴林凯，或者漂洋过海到印度去。约茨西这个身材瘦长、脾气乖张的小伙子不时在忠厚老实的费伦茨的这番感恩戴德、热情洋溢的长篇大论之中来上几句酸溜溜的话。他用讽刺的口吻说道，要是巴林凯没有钓着这尾肥头胖耳的荷兰鳕鱼,不知道上校是否也会这样亲热地迎接他的“小心肝”。话说回来,据说那女人比他大十二岁。斯泰因许贝伯爵哈哈大笑道:“既然要卖身,至少该卖个好价钱啊。”

尽管我当时昏昏沉沉,可是这次谈话的每一句话我都记在脑子里,现在事后想想,我也觉得非常奇怪。往往会同时出现这样神秘莫测的现象:一方面,人清醒的思维麻痹了,另一方面,神经又在内部激动起来。当我们走进红狮酒家大厅的时候,由于纪律性的催眠作用,分配给我的工作,我都好歹办得像模像样。要干的活可真不少。一大堆横幅标语、旗帜和徽章,平时只有在举行团队舞会的时候才五光十色地挂出来,这下全搬来了。几个勤务兵高高兴兴地在墙上乒乒乓乓地敲打,旁边是斯泰因许贝在再三嘱咐号兵,什么时候该吹喇叭表示庆贺,怎么个吹法。约茨西因为一手字写得特别工整,所以领到的任务是写菜单,菜单上所有的菜都取了幽默的别有风味的名称。他们把安排席次的任务硬派给我。这当儿仆人已经把桌椅摆好,侍者把几十瓶葡萄酒和香槟酒叮叮当当地放到桌上,这是巴林凯用他的汽车从维也纳萨赫尔饭馆运来的。奇怪的是这阵忙乱的旋风使我心里舒服,因为它那喧闹的声音压过了我两个太阳穴之间的滞重的敲打和询问。

八点钟的时候,终于一切都安排就绪。现在还得赶回军营,迅速梳洗打扮,更换衣服。我的勤务兵已经得到通知。军装上衣和漆皮皮靴已经摆好。赶快用冷水冲冲脑袋,往表上看了一眼:一共还有十分钟。碰到我们上校,可得非常准时,分秒不差。所以我手脚麻利地脱去衣服,踢开沾满灰尘的皮鞋;我穿着汗衫短裤,站在镜子前面,打算把蓬乱的头发梳理整齐,可是正在这时,有人敲门。我命令勤务兵:“谁也不见。”他顺从地一个箭步跳了出去,在前屋里有人叽叽咕咕地说了一会儿。接着库斯马又返回来,手里拿着一封信。

一封给我的信？我正好穿着衬衫短裤站在那里，就那样取过了四四方方的一个蓝色信封。那信封又厚又沉，简直像个小邮包，我立刻感到手里抓了一把火。我根本用不着看字迹就知道写信的是谁。

我的本能迅速地对我说——以后再说，以后再说。别看信，现在别看！可是我早已违背我内心的本意一下拆开了信封，念着念着我两只手捧着的这封信窸窸窣窣地抖得越来越厉害了。

三十一

一封十六页长的信，字迹龙飞凤舞，写得匆忙潦草。这样的信，一个人一生只会写一次，也只会接到一次。词句宛如鲜血，一刻不停地从裂开的创口向外迸涌，不分段落，没有标点，一个字没写完，另一个字接踵而至，互相驱赶，忙成一团。现在时隔多年，每一行每个字母都还历历在目。这封信我不知念了多少遍，现在我还能把这封信从头到尾逐页背诵，无论白天黑夜，什么时候都行。那天过去以后的几个月间，我一直把这一沓折好的蓝色信纸揣在衣袋里，随身带着，不时拿出来看看，不论是在家里还是在营房里，在避弹壕里还是在前线的篝火旁，一直到我们师在佛尔希尼亚两翼受敌夹击，被迫撤退的时候，我担心这份在喜极忘形之际写下的内心自白会落到敌人手里，才把这封信销毁。

信是这样开头的："我已经给你写了六封信，每封信的每张信纸都给我撕了。因为我不愿意泄露我的心事，我不愿意。只要我心里还挺得住，我一直隐忍着。我和我自己搏斗了几个星期又几个星期，努力在你面前强颜欢笑，故作镇静。每次你到我们家来，态度亲切，泰然自若，我总命令我的双手不要乱动，命令我的眼光保持淡漠的神情，为的是不要使你慌乱不安。我甚至常常故意对你态度生硬，奚落揶揄，只是为了不让你感觉到，我的心在为你熊熊燃烧——我作了各式各样的努力，凡是在一个人的力量之中，甚至超过他能力之外的，我都努力做到。可是今天终于爆发了，我向你发誓，这是违背我的意愿突然向我袭来的，是命运对我的阴谋暗算。我自己也不再明白，我怎么会做出这样的事来。事后我羞愧得无地自容，真恨不得把我自己狠狠地揍一顿，重重地惩罚一下，因为我明白，我全明白，把我自己硬往你身上凑，是多么荒唐、多么疯狂的事啊。一个双腿瘫痪的姑娘，一个残废人是无权恋爱的——我遭到命运打击，已被击成齑粉，我自己瞅着都感到恶心，感到厌恶，我又怎么能不成为你的一个累赘？像我这样一个人，我心里有数，是无权恋爱的，当然更无权为人所爱。这样一个人应该爬到一个角落里去，死在那里，不应该以自己的存在再去扰乱别人的生活。——是的，这一切我心里都很明白，我知道这一切，因为知道这一切，所以趋向毁灭，所以我永远也不敢来打扰你。可是除了你又有谁让我确切地相信，我再也不会长久地成为一个可怜的畸形怪物，像我现在这样？我将会像别人一样地行动，活动四肢，像千百万实属多余的芸芸众生一样，他们根本不知道自由自在地每走一步路都是天主的恩赐，是美妙无比的事情。我曾经铁了心，把我的心事埋在心底，直到我真的有一天变成一个和别人一样的人，一样的女人，说不定——说不定！！！——能配得上你，你啊，我的爱人。但使我急于恢复健康的焦灼、渴望的心情变得如此疯狂，以致在你向我俯下身来的这一刹那，我已经以为，真心实意地以为，真诚而傻气地以为，我已经霍然痊愈，已经脱胎换骨成了一个新人，成了另外一个人！我对这件事实在盼望得太久，梦想得太久了，现在你又近在咫尺——于是我一霎时忘记了我那两条邪恶的腿，我眼前只看见你，我觉得我变成了我想为你而变成的那么一个女人。一个人如果年复一年从早到晚老是在做这唯一的一个梦，他也会在大白天有一刹那做起梦来的，这点你难道不能理解吗？

相信我,亲爱的——我真以为我已经不再跛瘸了,就是这荒唐的痴心妄想,使我变得如此头晕目眩,就是渴望不再做遭人摈弃的人,不再当残废人的焦灼不安的心情使我的心狂跳不已,跃出了我的胸膛。你应该理解:我可是久久地对你怀着无限相思啊。

“然而这么一来,本来在我真正复活之前不会让你知道的事情,你却知道了。你也知道了,究竟为了谁,我才一心想要恢复健康。在这个世界上我究竟只为了谁——只为了你啊!就仅仅是为了你啊!请原谅我这爱情,我无限心爱的人儿啊,我尤其要恳求你的就是这一点——不要害怕,千万不要在我面前感到害怕!不要以为,我已经把我的感情强加给你了一次,还会继续搅得你不得安生;不要以为,虽然我对我现在这样的弱不禁风,自己都觉得反感,却还想来拦阻你。不,我向你发誓——我永远不会让你感到我会逼你,我愿意你永远也感觉不到我。我只想等待,耐心地等待,直到天主垂怜我,让我重新恢复健康。所以我求你,恳求你——不要害怕我的爱情,我最亲爱的。你一向同情我,谁也不像你这样。你好好想想,我是多么孤立无援,被牢牢地钉在我的软椅里,一步也迈不开,既无力量追随你,也无力量向你迎面跑去。你好好想想,好好想想,我是一个囚徒,不得不在我的牢房里等待,总是既耐心又焦躁地等待,直到你来赠送给我一小时的时间,直到你允许我看着你,听你的声音,在同一个房间里感觉你的呼吸,感到你的存在,这就是多年来天主赐给我的唯一的幸福,第一个幸福。你想想,你好好地想一想:我躺在那里,白天黑夜地躺着、等着,每一小时都变得无限的悠长,这种紧张的状态简直叫人难以忍受。这时你来了,我不能像另外的姑娘那样跳起来,向你迎面跑去,不能拥抱你,不能留住你。我只好坐在那里,控制住,压制住自己的感情,把心事深藏不露,我只好注意自己的每一句话,每一瞥眼光,嗓音的每一个颤动，只是为了不使你认为我狂妄自信，以为有权爱你。然而，请相信我，亲爱的，即使这折磨得我好苦的幸福，对于我总还是一种幸福。每次我成功地掩饰了我的感情，我总夸奖我自己，钟爱我自己。你泰然自若地走掉了，无拘无束，心安理得，对我的爱情一无所知，只是在我的心里留下了痛苦，我知道，我已经不可救药地迷恋上你了。

“可是现在那件事情终于发生了。现在，亲爱的，因为我已经不能再向你否认我对你所怀的感情，要否认也否认不了。现在我只好求你，千万别对我残忍，即便是最困苦、最可怜的人也有他的自尊心。我受不了你因为我控制不住我的心而轻视我！我并不要你回报我的爱——不，我指着要治愈我、拯救我的天主起誓，我是不敢心存这样狂妄大胆的念头的。即使做梦我也不敢希望，像我今天这副模样，你就会爱上我——你知道，我不要你做出牺牲，我不要你对我同情！我什么也不要，只希望你能容忍我等待，默默地等待，直到那时刻终于来临！我知道，我向你要求的这一点也已经够多的了。但是，把这最可怜、最微不足道的幸福赏赐给一个人，难道真的太多了吗？一条狗有时抬起头来，默默地看着它的主人，主人也会心甘情愿地把这幸福赐给它的啊！难道非马上用暴力把他顶回去，用轻蔑来鞭挞他不可吗？因为只有这一点，我告诉你吧，只有这点我受不了。像我这样可怜的人，如果因为泄漏了自己的感情而使你对我产生反感，这我可受不了。如果在我自己无地自容、心情绝望之余你还要再对我加以惩罚，那我只有一条路可走了，你是知道这条路的。我已经给你看过这条路了。

“可是别怕，不要害怕，我不是想威胁你！我不是想吓唬你，得不到你的爱，便勒索你的同情，这可是你的心迄今为止给予我的唯一的东西啊。我要你觉得自己完全是自由自在无拘无束的——

我的天主啊,我丝毫不想以我的负担来连累你,把一种过错强加于你,而在这过错里你明明是无辜的——我只求一点,只求你原谅,完全忘记已经发生的一切,忘记我跟你说的话,我所暴露的感情。只请你给我这一个慰藉,只请你给我这一个小小的可怜的确切信息!请你马上告诉我,你只要说一句话,我就已经满足了。你只要说,你并不讨厌我,你还会到我们家里来,就仿佛什么事也没有发生似的。你想象不出我是多么担心会失去你。自从房门在你身后关上之时起,我也不知道为什么,有一种致命的恐惧折磨着我,生怕这是最后一次见面。在我放开你的那一刻,你的脸色是多么苍白,眼睛里饱含着多么大的惊恐,我虽然身在熊熊烈焰之中,心里却突然变得冰冷了。我知道——仆人已经告诉我了——你马上就逃出了我们家,一下子你就不见了,还有你的佩刀、你的军帽。他徒然去找你,在我屋里找,到处都找。于是我知道,你逃走了。你逃避我,就像逃避麻风病,就像逃避黑死病。——可是不,亲爱的,我不是责备你,我是理解你的啊!我只要看见我那像两条木棍似的腿,自己都会吓一大跳。唯有我,恰好只有我知道,我在焦灼不安的时候,变得多么凶恶,多么怪僻,多么折磨人,多么叫人难以忍受。恰好只有我最能理解,人家看见我会吓一跳——啊,我非常理解,既然人家看见我都会吓得逃走,那么这样一个怪物如果去袭击别人,人家一定会吓得退避三舍。然而我还是要恳求你原谅我,因为如果没有你,我就既无白昼也无黑夜,只有一片绝望。请你送张纸条给我,一张小小的纸条,随手写上几笔,或者给我一张白纸、一朵花,不管什么样的表示都行!只要给我一点什么东西,我从中看出,你并不摈斥我,你并不讨厌我。请你想一想,过几天我就动身走了,一去就是几个月,再过八天,十天,你受的折磨就到头了。尽管接着我将开始受到成千倍的折磨,忍受几个星期几个月不得不失去你的痛苦,可是我并不去想这些,我只是思念你,就像一直以来那样思念你,我只想你!——八天之后你就解脱了——所以请你再来一次吧,来之前给我捎句话,给我一个表示!只要我不知道你是否已经原谅我了,那我就一刻也不能思想,不能呼吸,不能感觉。倘若你拒绝给我爱你的权利,那我不愿意再活下去,也不可能再活下去了。”

我读了又读,一再从头读起。我的双手瑟瑟直抖,有人这样拼命地爱我,我感到不寒而栗,大为震惊,太阳穴像有铁锤在敲,越敲越猛。

三十二

“好哇，真有你的，现在还穿着衬裤矗在那儿。大伙儿都在对面像痴汉等老婆那样眼巴巴地等你呢。全团的军官都已经入席，只等宴会开始。连巴林凯都到了，上校随时随地可能驾到。你知道，要是我们这号人晚到一会儿，这头癞蛤蟆会演出一台什么样的好戏！所以费德尔特地赶快派我过来瞧瞧，你是不是出了什么事，可你却站在这儿，念甜甜蜜蜜的情书……好了，赶快走吧，快点，快点！弄得不好咱俩都得狠狠地挨顿训斥。”

说话的是费伦茨，他像阵狂风似的冲进我的房间。一直等到他那只像熊掌一样沉重的大手亲热地打到我的肩上，我才发现他。起先我什么也不明白。上校？派他过来？巴林凯？啊，是这么回事，这么回事，我想起来了：欢迎巴林凯的晚会！我急急忙忙抓起裤子，上装，以我在士官学校训练出来的速度把所有的衣物机械地抓来穿上，心里不大明白，我究竟是怎么穿的。费伦茨神气古怪地盯着我看：

“你这是怎么啦？一副失魂落魄的样子。是不是从哪儿得到什么不好的消息了？”

我连忙搪塞过去。“没有的事。我就来。”三脚两跳，我们就到了楼梯口。到了那儿我又猛的一下转过身去。

“真是活见鬼，你又犯什么毛病了？”费伦茨在我背后愤怒地大吵大嚷。可是我只是很快地把我忘记了撂在桌上的信拿过来，塞进我胸口的衣袋里。我们的确是在最后一瞬间进入大厅的。在长长的马蹄形的桌子旁边围坐着全团军官，可是，上级军官没有入座，谁也不敢纵情欢乐，大家都像小学生似的，上课铃已经响过，老师随时都可能走进教室来。

勤务兵已经把大门打开，团部的军官已经走进大厅，脚上的刺马针踩得叮当直响。我们大家腾的一下从座位上跳起，站着行了一个"注目礼"。少校在巴林凯的右边坐下，巴林凯的左边则坐着军衔最高的上校，席上立刻活跃起来，盘碟汤匙，叮叮当当，大家又说又喝，七嘴八舌，乱成一团。只有我一个人神不守舍地坐在这一群轻松愉快的伙伴当中，一而再，再而三地摸着我上衣的某个地方，那儿有什么东西在怦怦直敲，不断跳动，宛如我的第二颗心。每次我伸手去摸，隔着柔韧的呢子我都感到那封信在毕毕剥剥地响，活像一蓬扇旺了的火。是的，信在那儿，就在紧贴着我胸膛的地方轻轻蠕动，宛如一个活物。别人安安稳稳地聊天，津津有味地咀嚼，而我什么也想不起来，只想着这封信，只想着写这封信的人所处的绝望的困苦境地。

侍者白白地给我上菜。我什么菜都碰也不碰，搁在面前，这种内省静观的状态，宛如睁着眼的睡眠，使我动弹不得。我听见身边左右都是模模糊糊的人声笑语，我一点也听不明白，就仿佛他们大家都在操一种外语讲话。我看见我的面前，我的旁边，全是一张张脸，一撮撮小胡子，一双双眼睛。鼻子啊，嘴唇啊，制服啊，全都黯淡无光，就像隔着一层玻璃看橱窗里的陈列品似的。我身在此地，可又心不在焉。我呆若木鸡，可大脑活动一刻不停，因为我还一直在用无声的嘴唇喃喃地重复信中的个别词句。有时候，我记不清下文，或者思路乱了，我的手就一颤，直想悄悄地伸到口袋里去，就像在士官学校上战略课的时候，偷偷地把禁书掏出来看一样。

这时有把餐刀当的一声，使劲地敲在玻璃杯上。这把锋利的钢刀一挥，仿佛斩断了嘈杂的喧闹之声似的，顿时鸦雀无声了。上校站起身来，开始发表演讲。他一面讲话，一面双手用力地撑着桌子。他那壮实的身子前后摇摆，就像坐在马上一样。他喊了一声“弟兄们”。这生硬刺耳的一声呼唤算是开场白。接着他用特别抑扬顿挫的声调，吟诗般地把他精心准备的这篇席间演说讲了出来。R这个卷舌音听起来就像擂起了冲锋的鼓点似的。我使劲地听着，可是脑子听不进去。我只听见个别的字句隆隆作响，震人耳膜。“……军队的荣誉……奥地利骑士的精神……对团队的忠诚……老伙伴……”可是另外一些轻声细语夹杂在这些词句当中，轻悠悠地、飘忽无定地在低声哀求，充满柔情蜜意，宛若来自另外一个世界。在我内心深处，那封信也在跟着说话。“无限钟爱的心上人……你不要害怕……倘若你拒绝给我爱你的权利，那我不可能再活下去了……”这时又响起了费劲地发出来的卷舌音R。“……他在远方并没有忘记他的弟兄们……没有忘记祖国……没有忘记他的奥地利……”可是另外一个声音又夹杂进来，像一阵呜咽，像一声窒息的呼喊。“我只要求你允许我爱你……只要求你给我一个表示……”

这时已经响起一片“万岁，万岁，万岁”的吼声，宛如礼炮发出的轰鸣。上校举起酒杯，大家似乎被这高举的酒杯从椅子上一把抓住，腾地跳了起来，笔直地站在那里，隔壁房间里突然喇叭齐鸣，奏出预先约好的欢庆曲：“祝他长寿。”大家都跟巴林凯碰杯祝酒。他只等像纷纷下落的冰雹似的欢庆曲奏毕，然后轻松、潇洒、幽默地致答辞。他说他只想讲几句朴实无华的话，只想说，不论在世界上什么地方，他在哪里也没有像在他旧日的弟兄们当中那样舒畅。

说着，他的答辞已经结束。末了他高呼："团队万岁！我们无上仁慈的三军统帅、皇帝陛下万岁！"斯泰因许贝向号手们发出第二个信号，立刻又奏起一首欢庆曲，于是大家齐声合唱人民颂歌，接着又唱起奥地利各团队非唱不可的一首歌曲，在这首歌里，每个团队都可以以同样自豪的心情称呼自己团队的番号：

"我们属于奥匈帝国，轻骑兵团……"

然后巴林凯绕着桌子走了一圈，手里拿着酒杯，和每一个人碰杯。我的邻座使劲地碰我一下，把我惊醒。我顿时感到有一双明亮的眼睛瞅着我，向我致意："祝你健康，伙计。"我惶惑地点头回礼，一直等到巴林凯已经站到下一个人身边，我才发现，我忘了跟他碰杯。可是一切已经又消失在五颜六色的浓雾之中，这阵浓雾把众人的脸和军装都稀奇古怪地搅成一团，模糊难辨。该死的——怎么搞的，我眼前一下子升起了一股蓝色的烟雾，莫非别人已经吞云吐雾地抽起烟来了，所以我突然之间又燥又热，感到憋气！喝点什么，快喝点什么吧，我一口气灌下了三杯，也不知道我在喝些什么。先把嗓子眼里的那股苦味，那股想吐的劲头冲走再说！自己赶快抽支烟吧！可是等我伸手到口袋里去掏香烟盒时，我又感到了上衣里面沙沙作响的东西：信！我的手一颤，缩了回来。我再一次透过这嘈杂喧闹的人声，只听见抽抽泣泣、哀告恳求的话语："我只要求你允许我爱你……我也知道，我这样向你身上硬凑，完全是痴心妄想……"

可是这时候一把叉子又一次敲在一只玻璃杯上，要求全场肃静。这次是冯德拉斯切克少校。他总是利用每一个机会，编几句幽默风趣的诗句短曲，发泄一下他的诗兴。我们大家都知道，只要冯德拉斯切克一站起来，把他那威风凛凛的小胖肚子往桌上一靠，然后眨巴着眼睛,装出一张狡黠的面孔,那么同仁晚会的“欢快部分”就开始了,而且不可阻挡了。

少校这时已经摆好姿势,他那双稍稍有点远视的眼睛上已经戴上夹鼻眼镜。他虚张声势地打开一张对折的大纸。这是一首必不可少的应景诗,他认为用这种诗可以使每个节日盛会增光添色,这一次是试图以“一触即发”的戏谑玩笑勾画出巴林凯一生的历史。也不知是出于下级的礼貌还是因为他们自己已经有了几分酒意,我邻座的几位,每听到一句弦外余音总是殷勤又客气地哈哈大笑。最后,画龙点睛之笔终于来到,全场大声喝彩,爆发出“好啊,好啊”的喊声。

可是一阵恐怖的心情一下子攫住了我。这种粗鲁的笑声像一只利爪紧紧地抓住了我的心。因为如果有一个人正在呻吟,正在忍受难以估量的痛苦,我们怎么能这样放声大笑?有人正在沦于毁灭,我们怎么能用这些恶俗的玩笑来互相逗趣,互相揶揄?我知道,等冯德拉斯切克的废话一完,马上就要开怀畅饮,高声谈笑,消磨时光。大伙将放声歌唱,歌唱《拉恩河上的女店主》里最新的几段歌词,并且大讲笑话。大家就笑啊,笑啊,笑个不停。蓦然间,这一张张闪闪发亮的好心善意的脸我再也看不下去了。她不是在信上写了,只要我送张纸条去,只要我送一句话去就行了吗?我是不是到电话机那儿去给城外打个电话?我可不能让别人这样等啊!我得跟她说点什么,我得……

“妙啊,妙极啦!”大伙连连喝彩。四五十个性情开朗、喝得微醉的男子腾的一下跳了起来,碰得椅子噼里啪啦,地板轰轰隆隆,尘土飞扬。少校得意扬扬地站在那里,摘下夹鼻眼镜,把诗稿折好,态度仁慈温厚,多少带点虚荣心地向那些挤到他身边来向他祝贺的军官频频点头。而我就利用这混乱的一刹那,不辞而别,跑了出去。也许他们没有看见我离席而去。即使他们看见,我也都不在乎了,我实在受不了这笑声,这种舒适安逸的欢乐情绪,就仿佛酒足饭饱之后,拍拍肚子,乐不可支。我受不了,我受不了!

"少尉先生这就走了吗?"在衣帽架旁,勤务兵惊讶地问道。见鬼去吧,我心里暗暗地嘟囔了一句,一声不响,从他旁边擦身而过。巴不得马上就穿过马路,赶快绕过街角,登上营房的楼梯,到我住的那层楼:只求独处,就我一个人!

走廊里灰蒙蒙的,空无一人,不知什么地方有个哨兵踱来踱去,有个水龙头在哗哗地流水,一只靴子落在地上,按照条例规定,士兵的营房里已经熄灯,只有一个房间发出一阵柔和、陌生的歌声。我不由自主地侧耳细听:几个小俄罗斯士兵在一起轻声唱着或者哼着一支忧伤的歌子。每到入睡之前,当他们脱去那身钉着黄铜纽扣的十分花哨的陌生衣服,又变成一个赤裸裸的人,就跟在家里躺在禾草堆里一样的时候,他们就想起了故乡,想起了田野,或者说不定想起了一个他们心爱的姑娘,于是他们就唱起这些忧郁哀伤的曲调,以便忘却他们离开的一切。而这一切又是多么遥远!我平素没有注意过他们的哼唱,因为我听不懂歌词,可是这一次我觉得这些素不相识的人像兄弟一样亲切,他们的悲哀深深地打动了我。唉,我真想坐到他们当中哪一个人的身边去,和他谈谈,他也许不会理解,可是说不定他那温驯善良的眼睛会向你投来富有同情心的一瞥,他会比对面坐在马蹄形的筵席上的快活的人们更加理解这一切。只希望能找到一个人,帮我脱出这纠缠不清的圈套!

我的勤务兵库斯马睡在前屋里,鼾声如雷,睡得正香,为了不吵醒他,我踮起脚尖,蹑手蹑脚地走进我的房间,摸黑扔掉我的军帽,摘下佩刀,解去领带。这领带勒着我,卡着我已经好长时间了。

然后我点燃了灯，走到桌边，现在好不容易可以安安静静地看看信，这是一个女子给我这个心思不定的年轻人写的第一封使我心神震颤的信。

可是隔一会儿我就吓得直跳起来。因为这封信已经搁在桌上——这怎么可能呢？——就放在灯光照射的光圈之中。我刚才以为这封信还藏在我胸口的口袋里呢，——是的，信就在那里，一个四四方方的蓝信封，十分熟悉的笔迹。

我头脑里一时糊涂。我是不是喝醉了？我是在睁着眼睛做梦？我是不是神志不清了？我刚才在解开上装的时候，不是还清清楚楚地感觉到胸口的口袋里信纸在沙沙作响吗？难道我已经心慌意乱到这种程度，刚把信取了出来，一分钟之后就不知道搁在哪儿了？我把手伸进口袋，瞧，可不就是这么回事，不可能是别的情况啊——这封信依然安安生生地装在口袋里呢。现在我才明白，发生了什么事情。现在我才头脑完全清醒过来。桌上的这封信想必是新来的信，是第二封，另外一封，后来寄到的信，忠厚老实的库斯马办事周到，特意把信放在热水瓶旁边，我一回来就可以马上看到。

又来一封信！不到两小时又送来第二封信！气恼和愤怒立刻涌到了我的嗓子眼里。现在每天都得这样下去了，每天每夜，信一封接一封，一封又一封。我要是写信给她，她又要回信给我。我要是不回信，她会来讨回信。她总向我要点什么，每天如此，日日如此！她会派人送信给我，打电话给我，派人刺探我的每一步行踪，她想要知道，我什么时候出门，什么时候回家，跟谁待在一起，想知道我的一言一行，一举一动。我已经看出，我是完了——他们再也不会放过我了——啊，这个精怪，这个精怪，这个老头，这个残废！我再也得不到自由了，这些贪婪的家伙，这些绝望的家伙，再也不会放过我,让我自由的了,直到我们双方有一方为这荒唐、不祥的激情毁灭为止。要么是他们,要么是我。

不要看信!我对我自己说。千万不要在今天看这封信。千万不要再卷到这事里面去!你没有足够的力量来抵抗这拉扯、撕夺,你会给撕碎的。最好干脆把信销毁或者原信退回,拆也不拆!脑子里根本想也不要想,有一个极端陌生的人正在爱你;根本就不要知道有这么回事,也不要因此而良心不安!让开克斯法尔伐全家都见鬼去吧!我从前并不认识他们,以后也不想再认识他们。可是紧接着我倏然一惊,闪过一个念头:说不定她已经寻了短见,因为我没有回信给她!说不定她已经走了绝路!她是个绝望的人,可不该完全不给她回答啊!我是不是还是把库斯马叫醒,让他赶快送一句话到城外去,表示安慰,表明信已收到?千万别把罪过弄到自己头上,千万别这样!于是我撕开信封。感谢天主,这不过是一封短简。一共只有一页,不过十行,而且没有抬头:

"请您立刻把我上封信销毁!我当时疯了,完全疯了。我在信里写的一切,全都不是真的。请您明天不要到我们家来!请您一定不要来!我在您面前这样自轻自贱,屈辱可怜。为此,我必须惩罚我自己。所以明天您绝对不要来,我不愿您来,我禁止您来!不要回信!绝对不要回信!请您忠实可靠地毁掉我上一封信,每个字都忘得干干净净!请您不要再想它。"

三十三

不要再想它——真是孩子气的命令，仿佛一个人激动的神经什么时候想到去屈服于自己意志的羁绊和控制，不要再想它，然而思想却像受惊、脱缰的马群，奋起擂鼓般迅急、沉重的马蹄，在两个太阳穴之间狭窄的空间里奔驰冲突。不要再想它，然而记忆却一刻不停地把画面一幅接一幅地幻化出来，神经震颤不已，飘摇不定，各种感官都紧张起来抵御反抗！不要再想它，然而那些信纸写满了炽热灼人的词句，还在烧灼着我的手，这一张又一张的信纸，我拿起来，又放下去，拿来再读，把第一封和第二封两相比较，直到每一个字都像一个个烙印似的刻在脑子里，不要再想它，然而我能想的，不就只有这件事，这一件事吗：如何逃脱，如何抵抗？如何使自己摆脱这贪婪的步步进逼，这出乎意料的纵情任性？

不要再想它，——我自己也愿意做到不想它，便熄了灯，因为灯光使所有的思想都过于清醒，过于真实。我设法爬到那儿去，在黑暗处躲起来。我把身上的衣服脱去，想更加自由自在地呼吸。我倒在床上，想使自己的感觉更加迟钝。然而思想并不和我一同休息，它们像蝙蝠似的围绕我那疲惫不堪的感官横冲直撞，鬼气森然地飞来飞去，它们像耗子一样贪婪地又咬又啃，在沉重如铅的倦意里拱来拱去。我躺在那里，越是平静，我的回忆越是骚动不宁，在黑暗中闪烁不停的画面也越发激动人心。于是我又起床，重新把灯点亮，以便驱散幢幢鬼影。但是首先被充满敌意的灯光照住的，是那浅色的四方形信封。椅背上挂着我的上装，那件沾了污迹的上装。这一切都在提醒我，警告我。不要再想它——我自己也不愿去想它，可是什么意志也不能使我做到这点。于是我在屋里急匆匆地踱来踱去，打开木匣，里面尽是小抽屉，我一个个打开，直到找到盛安眠药的一个小玻璃瓶为止。然后我摇摇晃晃地走到床边去。但是无路可逃啊。即使在睡梦中，浓黑的思想也像一刻不停的耗子拱来拱去，啃啮着睡眠的黑色外壳，总是同样的这些思想，等到天亮醒来，我觉得好像已被无数毒蛇咬啮一空，鲜血吮吸殆尽。

因此，起床号真是对我行善，服役值勤真是对我行善，这是比较好的、更加温和的囚禁！我得纵身上马，和别人一起策马向前，我必须全神贯注，浑身紧张，这也真是对我行善！我得服从命令，我得下达命令！操练三四个钟头也许可以逃脱自己，摆脱自己。

起先一切都顺顺当当。值得庆幸的是，我们这天十分紧张，为了演习而在练兵，练的是最后的那次盛大的分列式阅兵，每个骑兵中队全都一字排开，从指挥官面前经过。每个马头，每把刀尖都必须排列整齐，毫发不差。碰到这类检阅项目，练习的内容多得要命，得十遍二十遍地从头练起，得把每一个轻骑兵都牢牢地看在眼里，这种练兵要求我们每一个军官最高度地集中注意力，这就使我把全副身心都扑在练兵上面，把其他的一切全都丢在脑后。感谢天主！

可是等我们休息十分钟，让战马喘喘气的时候，我抬头一望，目光偶尔向地平线一扫。像钢铁一样灰蓝色的天边，是牧场在远方微微闪光，还有一堆堆的禾草和割草人。平直的地平线划出一条清晰的弧线，和天穹连成一体——只是在它的边缘映出一个塔楼的奇怪的轮廓，像牙签一样狭小。这就是她那带露台的塔楼啊！我不觉大吃一惊。这个思想又不邀自来，我被迫凝望那边，不得不回想起，八点钟，此刻她早已醒来，正在想我。也许她父亲正走近她的床边，她说起我，她追问伊罗娜或者仆人，是不是送来了一封信，带来了她朝思暮想的消息（我真该给她写封信才对啊！）——要不，说不定她已经让人用电梯把她送到塔楼上去了，她正紧紧地靠着栏杆，从塔上极目远眺，凝神遥望，就像我此刻抬头盯着那边看一样，她也正向这边眺望，寻找我的身影。我刚想起另外有个人正在那儿眷恋我，就感到我自己胸中那十分熟悉的灼热的拉扯牵拽，那该死的同情心的利爪。尽管现在练兵又继续开始，四面八方传来时时变化的口令声，各个不同的队伍疾驰飞奔，组成操典规定的队形，旋又散开，我自己也在喧嚷声中发出“向右转”“向左转”的口令，而我内心深处已经被她吸引过去。在我意识的最底层，最本质的一层，我一直只想着一件事，只想着我既不愿想、也不该想的一件事。

三十四

“老天爷，这乱七八糟的，什么鬼名堂！退回去！散开，你们这些混蛋！”这是我们的上校布本切克在嚷嚷。他脸涨得通红，骑马急驰过来，向整个练兵场大声咆哮。上校发怒，并不是没有道理的。想必有人发错了一道命令，因为有两个排，我的排也在里面，本来应该并排转弯，却都急驰着迎面相撞，纠缠在一起，形势危险。有几匹马在混乱之中受了惊，跳出队伍，另外的马都扬起前蹄人立起来，一个轻骑兵已经坠马陷在乱蹄之下，与此同时军曹们狂喊大叫。霎时间，刀剑碰击，战马嘶鸣，马蹄杂沓，地面轰响，宛如真正的征战杀伐。军官们驱马驰来，大声呵斥，渐渐地，才勉强把这喧闹的乱麻似的一团解开。一阵尖厉的号声响起，重新列队的各个骑兵中队才又像先前一样，一队紧挨一队，排成一线。可是现在全场鸦雀无声，气氛肃然。人人都知道，现在可要清算清算了。战马由于刚才互相冲撞，十分激动，还在浑身悸动。说不定它们也感觉到了它们的骑手强压着的神经紧张，都在瑟瑟直抖，颤动不已。于是骑兵的头盔所连成的一条线也在微微震动，犹如绷得紧紧的电线在风中微颤。就在这种使人惊慌不安的寂静中，上校策骑走到队伍前面。从他坐在马鞍上的姿势，我们已经预感到暴风雨即将来临。他双脚踩着马镫，身子挺得笔直，手里握着马鞭，激动地使劲鞭打他自己的高筒马靴。他轻轻一勒缰绳，坐骑立即停住脚步。

然后厉声一吼，响彻整个演兵场（宛如一把砍刀直劈下来）：“霍夫米勒少尉！”

这时候我才明白，刚才的一切何以会发生。毫无疑问是我自己发错了号令。我想必刚才没有集中思想。我又想起了那件事情，完全心慌意乱了。我一个人是罪魁祸首。我一个人应该承担全部责任。我的大腿轻轻一夹，我胯下的阉马就踏着快步从同伴们身边经过，向上校跑去。同伴们感到难堪，都转过脸去望着别处，上校在离开队伍大约三十米的地方一动不动地等着。按照规定，我应隔一定距离在他面前停下。这当儿，连最最轻微的马蹄声和金属声都听不见。出现了那种最后的、最无声息的寂静，真正像死一样的沉寂，就像行刑时，恰好在发出“开火”口令之前的那一瞬间。每一个人，就是排在那后面最末尾的一个小俄罗斯农家子弟也知道，什么事情正等待我。

我不愿意回想起接下去发生的事情。虽说上校故意压低他那生硬刺耳的嗓音，免得士兵们听见他奉送给我的那些不堪卒听的粗话，但是不时仍有一句半句粗野无比、怒气冲冲的骂人话从他嗓子里高声飞出，打破全场的寂静，诸如“驴样的蠢事”，或者“指挥得跟猪一样笨”。他脸涨得通红，对我大叫大嚷，同时，每一次停顿，他总把他的马鞭啪地猛抽一鞭，作为伴奏，反正从他这副模样，所有的人，一直到最后一排，想必都已经看到，我像一个小学生那样给狠狠地训了一顿。我感到，有上百道好奇的、也许含有讽刺意味的目光刺进我的脊背。与此同时，那个火暴脾气的老丘八满口喷粪，把我骂得狗血喷头。已经有好几个月，我们当中没有一个人像我那天一样受到过这样一场劈头盖脸的冰雹。这可是个六月天，天空蔚蓝，阳光灿烂，泰然自若的燕子欢快地在天上翩然飞翔。

我的双手握着缰绳，因为烦躁和愤怒而颤抖。我恨不得在马屁股上狠狠地抽上一鞭，纵马飞奔而去。然而我不得不按照操典规定，驻马而立，一动不动，冷着脸，声色不动地忍受下去。末了布本切克还对我厉声嚷道，他不让这么一个可怜的鲁莽家伙把整个操练搞得乱七八糟。明天我再听候发落，可是今天他不想再看见我这张脸。然后他生硬而轻蔑地厉声说了一声“退下”，仿佛踢了我一脚，同时用马鞭再一次敲了一下他的靴筒，算是结束。

而我不得不顺从地把手举到头盔上敬礼，然后我才可以向后转，回到队列里去。没有一个同伴的目光向我公然迎来，大家都很窘迫，把眼睛深深地埋在头盔的阴影里。大家都为我感到羞愧，或者我至少感到如此。幸好下达了一道口令，缩短了我在众目睽睽之下的受苦受难的过程。号声响起，练兵又重新开始。队列散开，队伍又组成各排。费伦茨利用这一瞬间——为什么最愚蠢的人总同时又是心地最善良的人？——驱马赶来，好像偶然巧合似的，在我耳边低声说道：“别在乎这事！这种事谁都会碰上的。”

但是他这好心可没得到好报，这善良的小伙子。因为我态度粗暴地对他吼道：“请你最好管管你自己的事情吧！”然后猛地转过身去。在这一刹那间我生平第一次在我自己的心灵里体验到，一个人使用他的同情心，会多么笨拙地伤害别人。我第一次体验到这点，可惜体验得太晚了。

三十五

抛弃一切！把一切统统抛弃！当我们又骑马返回城里的时候，我心里这样暗暗思忖。走，快走，不论走到哪儿去，在那里谁也不认得你，你摆脱一切，无拘无束！走，快走，逃脱一切，摆脱一切！一个人也不再看见，不再受人爱慕，也不再受人屈辱！走，快走——这句话无意识地化为战马快步前进的节奏。一到军营我就很快地把缰绳扔给一个轻骑兵，立即离开了院子。我今天不愿意坐在军官食堂里，我既不愿意遭人奚落，更不愿意被人同情。

可是我并不知道到何处去。我没有打算，没有目标。在我的两个世界里，我都待不下去了，无论是在城外还是在城里。走吧，走吧，我的脉搏怦怦直跳。走吧，走吧，我的太阳穴里轰轰直响。出城去吧，哪儿去都行，现在快离开这该死的营房，快离开这座城市！还沿着这使人反感的主要大道往前走，往前走吧！可是突然之间有人在很近的地方向我喊了一声“你好”。我不由自主地向那里望去。谁在那里这么亲热地跟我打招呼—— 一位先生，高挑身材，身穿便服，下身是条马裤，上身是件灰色的运动服，头戴一顶苏格兰式便帽。我从来没见过他，我想不起来。这位陌生先生站在一辆小汽车的旁边，两名身穿蓝工作服的机械师正围着那辆汽车敲敲打打，忙个不停。可是现在他向我迎面走来，显然丝毫没有注意到我神情慌乱。这人是巴林凯，过去我看见他总是只穿军装的。

“又患膀胱炎了,”他朝我笑道,一面指着汽车,“每次出车都是这样。我想,还得过二十几年,才能真正保险开车出门不出毛病。还是骑我们出色的老式的骏马来得简单,我们这号人至少对骑马还懂得那么一星半点。”

我不由得对这个素昧平生的陌生人有一阵强烈的好感。他的一举一动都显得胸有成竹,而且目光明亮温暖,一看就知道他放浪形骸,乐天知命。他这样出其不意地跟我一打招呼,我脑子里顿时闪现一个念头:对这个人你可以推心置腹。我们的脑子在紧张的时刻运转起来,速度惊人,我那最初的一闪念,在短短的一秒钟之内,已经飞快地引起了一连串的想法。他身穿便服,不受人支使,是他自己的主宰。他自己也经历过类似的事情。他曾经帮助过费伦茨的妹夫,他对谁都乐于帮助,为什么偏偏不帮我的忙?我还没有来得及喘过气来,这闪电般飞速出现的一系列考虑组成的飘忽不定、震颤不已的链子已经汇成了一个果断的决心。我鼓起勇气,走近巴林凯。

“对不起,”我说,对我自己落落大方的态度暗自惊讶,“不过,你也许有五分钟时间和我谈谈吧?”

他微微一愣,然后露齿一笑。

“无上荣幸,亲爱的霍夫……霍夫……”

“霍夫米勒。”我补充道。

“完全供你差遣。要是对自己的伙伴都没时间,那就太不像话了。你是想到楼下饭馆里去,还是上楼到我房间里去?”

“宁可上楼,如果你不在乎的话,的确只要五分钟就行了。我不多耽搁你。”

“你要谈多久都行。等到这辆破车修好,反正总还得半小时。

不过你会发现楼上我的房间不是非常舒适就是了。老板总要把二楼的高等房间给我,可是出于某种多愁善感的心理,我总是住我从前住过的那个老房间。我曾经有一次……好了,咱们不谈这个。”

我们上了楼。的确,这房间对于一个阔佬真可说寒碜得惊人。一张单人床,没有柜子,没有圈手椅,仅仅只有两张干瘪的草垫软椅放在床和窗户之间。巴林凯掏出他的金烟盒,递给我一支烟,然后不使我为难,他自己单刀直入地开口问道:

“好吧,亲爱的霍夫米勒,我能为你效什么劳呢?”

我心里暗想,不必长篇大论地来段开场白,所以我清楚明白地说道:

“我想请教你,巴林凯。我打算辞职不干离开奥地利。说不定你能给我出点主意。”

巴林凯的脸色一下子严肃起来。脸绷紧了。他把烟扔掉。

“瞎胡闹——像你这样的小伙子!你脑子里想入非非在转什么念头!”

可是陡然间我心里产生了一股倔强顽固的劲头。十分钟之前我还根本想也没有想过下这个决心,可是现在我觉得这个决心在我心里已经变得像钢铁一样坚固、顽强了。

“亲爱的巴林凯,”我说道,口气干脆,不容任何讨论,“你行行好,别让我作任何解释。每个人自己知道想干什么,非干什么不可。旁观者谁也没法理解这种事情。请你相信我,我现在必须结束这一切。”

巴林凯以审视的目光凝视我。他想必已经看出来,我没有开玩笑的意思。

“我不想干预你的私事,不过请你相信我,霍夫米勒,你是在胡闹。你不知道你都在干些什么。我估计,你今年大概二十五六吧,快升中尉了。这些已经够了不起的了。你在这里有你的军衔,你在这里算是个人物。可是一旦你想另起炉灶,重新来过,那么最末等的乞丐,最肮脏的小店员也高你一等,就因为他没有把我们所有的愚蠢的偏见都像个背包似的扛在背上驮着。请你相信我,如果我们这号人脱去军装,那么我们原来的一切也就所剩无几,我只求你一件事,别因为我成功地从泥泞中又挣扎了出来,你就自己蒙骗自己。我这纯粹是个偶然的巧合。一千例当中只有一起,其他的人,老天爷对他们并没有像对我这样优待帮忙,他们今天到底命运如何,对此,我宁可一无所知。"

他坚定的语气当中含有令人信服的成分。但是我觉得,我不能让步。

"我知道,"我承认道,"这是向下沦落。可是我非走不可,毫无选择的余地。请你行行好,现在别劝阻我。我并不是什么特殊人才,这点我有自知之明。我也没有学过什么特殊的本领,不过如果你真的愿意把我推荐给什么地方,我可以保证,决不给你抹黑。我知道,我并不是第一个,你也曾经安插过费伦茨的妹夫。"

"那个约纳斯啊,"——巴林凯鄙夷不屑地弹了一下指头,"不过我请你注意,他是个什么人呢?不过是外省的一名小公务员啊。这样一个人不难帮助。你只消把他从一张板凳移到稍高的一张板凳上去,他就已经美得像个神仙了。他到底是在这条板凳上还是那条板凳上把裤子磨破,对他有什么关系呢?他本来也不习惯于什么更好的命运。可是挖空心思为一个领章上已经缀了一颗金星的人出个主意,这却是另一回事了。不行,亲爱的霍夫米勒,上面几层楼总是已经有人占了的。谁要想离开部队从头开始,必须从底层干起,甚至从地窖里干起,那儿可没有玫瑰花的芳香啊。"

"这我不在乎。"

我说这句话的态度想必非常坚定，因为巴林凯先不胜好奇地看了我一眼，接着以一种奇怪的直愣愣的目光凝视我，那目光似乎来自遥远的远方。最后他把椅子挪近一些，把手放在我胳臂上。

"你啊，霍夫米勒，我不是你的监护人，没有必要给你上什么课。不过请你相信一个伙伴，他自己就是个过来人。如果一个人猛然从上层滑到下层，从他骑的军官的高头大马一直跌进烂泥里，这可绝不是等闲小事啊……告诉你这句话的人，曾经在这间破破烂烂的小房间里从中午十二点一直坐到天黑，他当时也正好对他自己这么说：'这我不在乎。'我是在十一点半前几分办完的离职手续。我不愿再到军官餐厅去跟其他人坐在一起，而穿上便服我又不敢在大白天走上大街。于是我就要了这个房间——现在你也明白了吧，为什么我总是偏偏要这个房间——我在这儿一直等到天黑，免得有人满怀同情地眯着眼睛看巴林凯如何穿了一件穷酸的灰色上衣，头戴一顶圆形呢帽悄悄溜走。那儿，那扇窗前，我正好就站在那扇窗前，再一次探出头去看看下面来来往往的行人。伙伴们在那儿走路，每个都穿着军装，身体挺得笔直，神态无拘无束，个个都像小天神，每个都知道，自己是何等人物，属于哪个阶层。这时我才明白，我在这世界上微如草芥。我仿佛觉得，连同军装把我自己的皮也剥了下来。你现在当然会这样想：胡说八道——这块衣料是蓝的，另一块是黑的或者灰的，一个人散步的时候手里握着一把佩刀还是一把雨伞，还不都一样！可是直到今天，我所有的骨头缝里还都感到我当时所受的震动。那天夜里，我悄悄地溜出去，直奔火车站，在拐角的地方有两名轻骑兵从我身边走过，谁也不向我敬礼。然后我自己把我的小皮箱提进三等车厢，坐在浑身汗湿的农家妇女和工人当中——是的，我也知道，这一切都很愚蠢，而且很不公平。我们所谓的军官阶层的荣誉纯粹是狗屎——可是服役八年,士官学校四年,这种东西已经深入血液!起先我觉得自己像个残废,或者像个脸上长了脓疮的人。但愿天主保佑你,别让你去亲自经历这种事情!就是给我全世界所有的金钱,我也不愿重新经历一遍当时我从这里溜出去,绕过每一盏路灯一直走到火车站去的情景。而这一切还仅仅只是好戏刚开场呢。"

"不过,巴林凯,正因为这个缘故我才要远走高飞,不论到哪儿去,那里这一切都不存在,谁也不知道别人的什么底细。"

"我说的正好就是这个,霍夫米勒,我正好就是这么想的!只想远走高飞,这一来一切全都抹去了,与旧我一刀两断!宁可远涉重洋到美国去当擦皮鞋的或者洗碟子的,就像报上登的那些百万富翁发迹史里老写的那样!不过,霍夫米勒,就是到大洋彼岸去也需要好大一笔钱啊,而你恰好不知道,到处弯腰鞠躬对我们这号人是什么滋味!一个老轻骑兵一旦不再感觉到脖子上那个缀着金星的领章,他穿着靴子连站都站不成个样子,更不会像他从前习惯的那样说话。成天坐在最要好的朋友家里,傻头傻脑,窘迫不堪。恰好要他开口求人家什么事的时候,自尊心涌上来,使他闭口不语。是啊,我亲爱的,我当时这一切全都经历过了,我今天宁可不去想它——丢人现眼,委屈受辱,我还从来没有跟任何人说起过呢。"

他站起身来,两臂猛烈地活动一下,仿佛他觉得身上穿的外套陡然间变得太紧了似的。他蓦地转过身来。

"话说回来,我完全可以把这些事说给你听!因为今天我已经不再为此感到羞惭,而如果有人及时地把你这些罗曼蒂克的明灯一一关掉,说不定对你只有好处。"

他又坐了下去,把椅子挪近。

"他们大概也跟你讲过我钓到大鱼的全部光荣历史,讲我如何在谢菲兹饭店认识了我的妻子，是不是？我知道，他们在各团敲锣打鼓，大肆宣传，恨不得下令把它当作一名奥匈帝国军官的英雄事迹印到教科书里去呢。然而，这事情并不是那么光荣的。这故事里只有一点是真实的，那就是我的确是在谢菲兹饭店认识她的。不过，我究竟是怎么认识她的，这只有我知道，她知道。她从来没有把这事告诉过任何人，我也还没跟任何人说过。我之所以告诉你，只是为了让你明白，对于我们这号人，是不会从天上掉馅儿饼下来的……好吧，我说得简短些：我在谢菲兹饭店认识她那会儿，我正在那里——不过现在你不要吃惊——我正在那儿当侍者——是的，我亲爱的，当一名非常平凡的、猥琐不堪的端盘子的侍者。我当然不是为了好玩才去干这一行的，而是由于愚蠢，由于我们可怜地缺乏经验。在维也纳我下榻的那家寒碜的小公寓里，住着一个埃及人，这家伙向我天花乱坠地大谈他的姐夫是开罗王家马球俱乐部的主任，要是我付给他二百克朗的佣金，他就可以给我在那儿谋一个教练的职位。在那边只要品行好，名声好，就能飞黄腾达。好，我在马球比赛中一向总得第一，他向我提出的薪水十分优厚——不出三年我就可以积攒足够的钱，来为日后开始一个体面的营生。另外，开罗又远在天边，打马球总是跟比较高级的人士打交道。于是我热情洋溢地表示同意。好，——我不想使你厌烦，告诉你，我不得不敲几十家的门，不得不听那些所谓的老朋友们编造出来的许许多多的借口，最后我才拼凑了几百克朗用作出海的盘缠和添置行装——要到那么高雅的一个俱乐部去混事，总得要身骑装，一套燕尾服，得穿戴得体体面面地去上任啊。尽管乘的是中舱，钱还是快花光了。到了开罗，我口袋里叮叮当当的一共只有七个皮阿斯特。等我去按王家马球俱乐部的门铃，有个黑人拿眼睛直瞪我，对我说，他不认得什么埃夫多普罗斯先生，也不知道他的什么姐夫，他们并不需要什么教练，这个马球俱乐部根本即将解散——你现在已经明白了，这个埃及人当然是个穷极无聊的无赖，他从我这个笨蛋手里骗走了两百克朗。我原先不够机灵，没有叫他把那些所谓的信件和电报拿来给我看。可不是，亲爱的霍夫米勒，我们可不是这种流氓的对手，而我在寻找差使的时候这样快地受骗上当，可并不是第一次。然而这一次，却是当胸狠狠地挨了一拳。因为，我亲爱的，我那时身在开罗，举目无亲，口袋里全部家当就是七个皮阿斯特。在那儿不仅天气炎热，而且生活费用无比昂贵。初到开罗的六天之内，我是怎么住的，我都吃了些什么，我就免去不说了。我自己也感到奇怪，这样的日子我竟然挺过来了。你瞧，要是换个人，碰到这种情况，一定跑到领事馆去，苦苦哀求，让领事馆送他回国。不过毛病就在这里——我们这号人是不会干这种事的。我们这号人不会在外屋里，跟码头工人和解雇的厨娘坐在一条长凳上等候传唤，也受不了领事馆的一个小雇员打开护照，念出'巴林凯男爵'的名字时向我射来的那道目光。我们这号人宁可沦落街头。所以请你设想一下，这究竟算是倒霉还是运气：我碰到一个偶然的机会，听说谢菲兹饭店需要一个帮忙的侍者。因为我有一身燕尾服，甚至还是一身簇新的燕尾服（开头几天我都是穿的那身骑装），并且还说一口法语，他们就十分仁慈地把我招去试用。好——从外表看来，这种工作还是可以忍受的。你就站在那儿，穿着一件胸口白得耀眼的衬衫，你鞠躬敬礼，上菜斟酒，风度不错。可是作为端盘子的侍者得三人一屋，睡在一间阁楼里，头上是给太阳晒得滚烫的屋顶，屋里有七百万只跳蚤臭虫，早上起来三个人排着队在同一个白铁盆里洗脸。要是拿到小费，我们这号人就觉得像有火在烧手，如此等等，不一而足，——好，这些都不提了！我经历了这一切，这就够了，我这一切都熬过来了，这就够了！

“接着就发生了和我妻子的那件事。她当时刚丧偶不久，和她的姐姐、姐夫一起到开罗来。这位姐夫是你可以想象得出来的最卑鄙不过的家伙，长得肥头大耳，大腹便便，臃肿颟顸，傲慢无礼。我身上不晓得什么东西惹恼了他，也许他觉得我风度太潇洒，也许我在这位荷兰佬面前鞠躬的时候腰弯得不够，于是有一天爆发了，因为我没有很及时地给他端早饭去，他就骂我：‘你这个笨蛋！’……你瞧，如果当过一次军官，这种东西深深潜伏在我们这号人的肌肉之中——我还没来得及深思熟虑，就像匹被缰绳勒了一下的马儿一样，浑身一颤，直跳了起来——的确只差一丁点，我就一拳打到他的脸上去了。然而——在最后关头，我终于把自己控制住了，因为，你知道吗？本来当侍者这件事我始终觉得就像是一场假面舞会似的，我甚至——我不知道，你是否明白这点——隔了一会儿就觉得，我巴林凯现在不得不容忍一个肮脏不堪的干酪商人这样侮辱我，这实在是一种残忍的乐趣。所以我只是静静地站在那里，看着他，脸上带着微笑——可是你要知道，那样居高临下地浮现在鼻翼边的微笑，使这家伙气得脸色白里泛青，因为他也感觉到，我不知怎么搞的总高他一头。然后我非常冷淡地走出房间，走出房间之前还特别含有讽刺意味地彬彬有礼地鞠了一躬——那家伙几乎把肺都气炸了。可是我的妻子，这就是说，我现在的妻子，当时也在座，我和那家伙之间发生的一幕，想必也深深地打动了她。她不知怎的感觉到——这是她后来向我承认的——大概是从我跳起来的样子感觉到，我这一辈子大概还没有一个人敢这样对待我。所以她跟着我走到过道里，对我说，她姐夫实在火气太大，请我不要见怪——好，让你知道一下全部真相吧，我亲爱的——她甚至试图塞张钞票到我手里来平息全部纠纷。

“我拒绝接受这张钞票的样子，想必第二次打动了她，她估计我当侍者这件事总有点蹊跷。不过这一来事情还没有完全了结，因为那几个星期里我已经攒了足够的钱，又可以返回家乡，用不着到领事馆去乞求帮助。我之所以到那里去，只是为了打听点消息。这次偶然的机遇给我帮了忙，这种偶然的机遇可是几十万次才会碰上一遭的。恰好领事穿过外屋，而这领事不是别人，就是埃莱梅·封·胡哈兹，天知道我和他在骑师俱乐部坐在一起有多少次啊。好，他立刻和我拥抱，并且马上请我到他俱乐部去——于是又是机缘凑巧——可说是巧合一个接一个，我之所以把这一切告诉你，是为了让你看到，要把我们这号人从落魄的境地搭救出来，得多少千载难逢的偶然机遇凑巧碰在一起啊——碰巧我现在的妻子正好也在那个俱乐部里。埃莱梅向她介绍，我是他朋友，名叫巴林凯男爵，她的脸顿时涨得通红。她当然一眼就认出了我，这时她给我小费这件事简直叫她难堪已极。可是我立刻就感觉到，她是一个什么样的人，她为人非常高贵、无比正派，因为她不动声色，仿佛她一无所知，而是坦率、真诚地立刻表示好感。别的一切事情后来就很快办成，跟我们这儿谈的关系不大。不过请你相信我，这么多偶然的机遇凑在一起可不会每天都重复发生的。尽管我现在有钱，有我妻子——因为得到这个妻子我每天早晚千百次地感谢天主——我可不愿意再一次经历我从前遭受过的一切。”

我情不自禁地把我的手伸给巴林凯。

“我真诚地感谢你向我发出了警告。现在我更加清楚地知道，等待我的将是什么。不过我还是那句话——我看不见别的出路。你难道真的没什么工作给我做？听说你们不是开了好几家大商号吗。”

巴林凯沉吟了一会儿，然后深表同情地叹了口气。

“可怜的家伙，他们想必把你整得够呛——别害怕，我不盘问你，我自己一眼就看出几分了。如果真的到了这个地步，那么规劝、拦阻全都已经无济于事。当朋友的就只好挺身而出。一切都会办得妥妥帖帖，对此，用不着再特别担保。只不过有一点，霍夫米勒，你明理晓事，总不会幻想，你在我们那儿办事，我会让你一上来就地位显赫，步步高升。这样的事情在任何一个正经的企业里都没有的。如果来了个人平白无故地就跳过别人的肩膀蹿上去，只会使别人心生憎恨。你必须从最底层干起，说不定先得坐在账房里干几个月愚蠢无聊的抄抄写写的活，然后才能把你派到海外的种植园去或者想方设法变点花样出来。反正，我已经说过了，我会张罗这件事的。明天我妻子和我就动身，在巴黎逛那么八到十天，然后我们就到勒阿弗尔和安特卫普去几天，视察几家代理处。不过最多三星期我们就回来，一到鹿特丹我就写信给你。别担心——我忘不了！你对巴林凯尽可放心。”

“我知道，”我说道，“我很感谢你。”

不过巴林凯大约从我这两句话后面听出了微微的失望（他自己可能经历过类似的事情，因为只有自己亲身经受过这种事情的人，才会听出这种话里的弦外之音）。

“还是说……还是说你觉得这样太晚了一些？”

“不，”我迟疑地说道，“一旦我确切知道了安排，那当然不晚。不过……不过，我当然觉得最好能够……”

巴林凯沉思了一会儿。“譬如今天，你有工夫吗？……我这样说，是因为我妻子今天还在维也纳。既然这商号是属于她的而不是属于我的，当然得让她说句话最后拍板。”

“有工夫——不消说我是有空的。”我很快说道。我刚刚想起，上校今天不愿意再看见我的脸。

“好啊！棒极了！那么最聪明的办法就是，你干脆也乘这汽车一起走！前面司机旁边还有座位。后座你当然没法坐，我已经邀请了我那傻头傻脑的老朋友拉约斯男爵和他的太太。五点钟我们就到布里斯托饭店，我马上和我太太谈，这样我们的难关就渡过了。只要我为部队里的一个伙伴向她求什么事，她还从来没有说过一个不字。”

我紧握他的手。我们走下楼梯。两名机械师已经脱去了蓝色工作服，汽车已经准备出发。两分钟以后我们就乘坐汽车，轰轰隆隆地出城上了公路。

三十六

速度对于人的心灵和肉体都起一种使人陶醉、又使人麻醉的作用。汽车刚驶离大道，喷着油烟开进空旷的田野，我立刻感到全身奇怪地放松下来。司机开车很猛，路旁的树木、电线杆都像被巨斧砍倒，斜着往后面倒去。村子里的房屋就像在一幅摇摆不定的图画里，东倒西歪，摇摇晃晃。一块块白色的里程碑像从地下跳出来似的，旋即又缩了回去，叫人都来不及看清上面的数字。我从迎面袭来的风的猛劲感觉到，我们是以多么大胆的速度在迅猛飞驰。不过，使我更加惊讶的却是我自己的生活似乎也在同时以飞奔的速度流逝：在这短短几小时里，我都作出了多少决定啊！平时具有细微的千差万别的各种感觉，总是在游移的愿望、朦胧的意图和最终的实施之间飘浮摇摆。心灵最隐秘的乐趣在于先忐忑不安地玩弄种种决心，然后再以行动来使这些决心付诸实现。可是这一次一切都以梦一样的速度向我劈头盖脸地打来，正像在隆隆作响的汽车驰过的时候，村落、街道、树木、草地全都摇摇晃晃地在车后消失，踪迹全无，不复再现一样，迄今为止组成我每天生活内容的一切，现在霎时间也将同样飞驰而去，什么军营啊，前程啊，伙伴们啊，开克斯法尔伐一家啊，府邸啊，我的房间啊，驯马场啊，我整个的表面上看来如此稳定，安排得如此妥当的生活啊，将全都成为过去。仅仅一个小时就把我的内部世界彻底改变了。

五点半我们在布里斯托饭店门口停车。一路颠簸，满身尘土，可是真奇怪，这样风驰电掣的奔波之后我竟神清气爽了。

“你这副尊容可不能上楼去见我太太，”巴林凯向我笑道，“你看上去仿佛有人把一袋面粉倒在你的头上。也许最好还是这样，我和她单独谈谈，我谈起来可以更加坦率，你就用不着不好意思了。最聪明的办法是，你现在到盥洗室去，好好梳洗一下，然后到酒吧间去坐着。我过几分钟就来给你确切的消息。不要担心。我会照你的愿望去办的。”

事实果真如此，他没有让我久等。五分钟以后，他已经笑容可掬地走进酒吧间来了。

“瞧，我不是已经说过了吗——全都谈妥了，这就是说，如果你觉得合适，那就全谈妥了。考虑时间不加限制，辞职不干随时均可。我太太——她可真是个聪明女人——又一次挖空心思，想出了最合适的差使。这么决定的：你马上就上船，主要是为了让你能到那里去学学语言，亲自看看海外的一切。打算分你到出纳员手下去当助手，你也领套制服，和军官们同桌吃饭，到荷属印度来回跑那么几趟，帮着抄抄写写。然后我们就把你安插在什么地方，国内海外都行，完全看怎么对你合适而定。我太太已经向我满口答应。”

“我谢……”

“不用谢。帮点小忙，完全理所当然。不过我再说一遍，霍夫米勒，干这种事情可轻率不得啊！从我这边来说，你后天就可以动身上路，前去报到，我反正打个电报给经理，让他好记下你的名字。不过最好当然还是这样，你好好睡一觉，把这事彻底考虑一遍。我还是更喜欢你留在团里，不过 chacun son goût①。就像刚才说的，

① 法文：人各有志。

你如果来，就来，如果不来，我们也不会控告你……好吧，”——说着，他把手伸给我——“来也罢，不来也罢，不论你作出什么决定，我总是真心诚意地感到高兴的。再见。”

命运鬼使神差给我派来这么个人，我看着他，心里的确非常感动。他以他那奇妙的举重若轻的态度，免去了我最艰难的一步，使我用不着到处哀求，犹豫不决，省去了痛下决心之前的折磨人的紧张心情，所以我自己剩下的没有什么事情可做，就只有小小的一件手续要办：写一封辞职申请书。然后我就可以获得自由，得到拯救。

三十七

所谓的“官厅公文笺”是按照规定裁好的大型纸张，尺寸划一、毫厘不差。这种“官厅公文笺”也许是奥地利民政机关和军事机关不可缺少的必需品。每一份申请书，每一份档案文件，每一则报告都必须写在这剪裁整齐的纸上。这种纸因为形状独具一格，一下子就显出它是官方文书，有别于私人信件。在各个机关衙门里，摞着几百万几十亿这样的纸张，也许从这些纸里将来有一天可以唯一可靠地重新读到哈布斯堡帝国全部的生活史和苦难史。只要不是写在这样一张白色长方形纸上的，任何报告都不能算是正式的。因此我的第一件事也就是在最近的烟纸店里去买两张这样的公文笺，再买一个所谓的“赖汉”，也就是一张印了横线的印格纸，以及与此相配的信封。然后再到对面的一家咖啡馆去。在维也纳无论是最正经的事情还是最荒唐的事，全都是在咖啡馆里了结的。不出二十分钟，到六点，这份申请书就已经可以写完。然后我又属于我自己，只属于我一个人了。

这可是迄今为止我一生中最重要的一个决定了。此刻我还非常清楚地记得这一使人激动的事情的每个细节，记得环城大道上的咖啡馆，记得靠窗的角落里的那张大理石小圆桌，记得那个纸夹，我就是在这个纸夹上摊开公文笺的，记得我用一把小刀在纸张的中间仔细地裁了一下，就只是为了把纸裁得一点不出差错。墨水是有点稀释的蓝黑颜色，我今天还看得很清楚，就像照相似的清晰真切，我还感到我动笔写字时那微微的一震，以便把第一个字母写得流畅飘逸、遒劲有力。我执行的这最后一个军事行动，务必要完成得特别无懈可击，这点在激励我。既然内容是按照程式规定好的，因此我只能把字写得特别干净漂亮来表示这个文件的郑重性质。

可是刚写了开头几行，我就不觉停笔，耽于奇特的遐想了。我停止书写，开始设想，明天这份申请书一送到团部办公处会发生什么样的事情。大概首先是办公处的军曹看了之后瞠目结舌，接着在这批下级文书当中引起一片惊诧不已的窃窃私语—— 一位少尉干脆丢官不干，这可不是寻常多见的事情。然后这张纸片就按照公务程序从一个房间传到另一个房间，一直传到上校手里。我忽地看见上校活生生地出现在我的面前，他把夹鼻眼镜架在他那双远视的眼睛前面，刚念了开头几个字就不觉一愣，然后依他火暴性子用拳头往桌上猛地一敲。这个粗鲁的家伙老是习惯于把他的下属骂得狗血喷头，等他第二天不拘礼节地跟他们说上一句半句，表示暴风雨业已过去，他们立即摇头摆尾，受宠若惊。可是这一次，他会发现，他碰到了另外一个顽固脑瓜，此人就是区区霍夫米勒少尉，他可不让人家随便训斥。要是日后事情传出去，说霍夫米勒辞职不干了，总会有三四十人情不自禁地昂起头来表示惊愕。所有的伙伴，每个人都会心里暗忖：好家伙，了不起，这小子真有种！他可不是逆来顺受之辈。这件事情甚至对于布本切克上校也可能变成极端挠头的事——反正在我们团里更加光荣的辞职还从来不曾有过，据我记忆所及，还没有一个人更加体面地摆脱过困境。

我毫不羞惭地承认，当我做梦似的想象出这一切的时候，心里有一种奇怪的自我满足的情绪。我们无论做什么事情，虚荣心总是最强大的推动力之一。天性软弱的人特别抵御不住这样的诱惑：做某件事情，对外给人以有力量、有勇气、坚决果断的印象。我现在第一次有机会向伙伴们证明，我是一个有自尊心的人，我是一个十足的男子汉！于是我越写越快，我自己认为，越写字迹越显得果决有力，一口气就把二十行字写完。起先这只不过是一件讨厌的差使，倏而变成了个人的乐事。

现在再签上名——这下就算大功告成。我掏出表来一看：六点半。把侍者叫来付账吧。然后，再一次，最后一次，穿着军服在环城大道上溜达溜达，接着乘夜车回去。明天一早把这玩意交掉，这一来一切都不可挽回了，一个新的生活要从此开始了。

于是我就拿起这张公文笺，先把它从长的一边对折一下，然后第二次从宽的一边再折起来，接着小心仔细地把这决定命运的文件塞进胸口的衣袋里。正在这一瞬间，发生了意料不到的事情。

三十八

发生了下面这件事情:正当我蛮有把握、极为自信甚至高高兴兴地(做完任何一件事情总是使人心情愉快的)把这个很大的信封塞进胸口衣袋的时候,我觉得衣袋里有件沙沙作响的东西在那儿顶着。“什么东西塞在口袋里了?”我情不自禁地想道,一面把手伸了进去。可是我的手指马上就缩了回来,仿佛我还没有来得及想起来,而我的指头却已经明白忘在口袋里的东西究竟是什么了。是艾迪特的信,她昨天寄来的两封信,第一封和第二封都在那里。

我猛然记起这两封信时,心里升起一种什么感觉,我实在难以仔细描绘。我想,不是吃惊,而是难以名状的羞愧。因为在这一瞬间,一阵迷雾,或者毋宁说,一阵我用来障我自己眼目的迷雾被驱散了。我闪电般地认识到,我在最近几小时里所做所想的一切,完全不是真实的:因为丢丑而恼火,因为英雄气概的辞职而骄傲,这都不是真的。如果我突然辞职不干,并不是因为上校把我训斥了一顿(话说到底,上校训人是每个星期都发生的啊!),事实上是我在躲避开克斯法尔伐一家,躲避我自己的欺骗行为,躲避我应尽的责任。我之所以跑掉,是因为违背我的意愿为人所爱,这事我受不了。正像一个病入膏肓的人偶然患牙疼,于是忘记了真正折磨他的、致命的病痛一样,我也忘却了事实上正在折磨我的事情，使我胆怯懦弱，使我拔腿想逃的事情，而把练兵场上发生的那个归根结底不足挂齿的不幸拿来当作我一心想要离去的动机。可是现在我看到，我并不是因为我的荣誉受到损害而充满英雄气概地辞职，而是胆怯的、可悲的逃跑。

然而，已经做成的事情总有自己的力量。现在辞呈已经写好，我也不想改变主意。我怒气冲冲地对自己说，见鬼去吧，城外那姑娘是不是在一心等待，是不是在吞声饮泣，跟我有什么相干！他们已经使我够恼火够心烦意乱的了。一个素昧平生的陌生人在爱我，这跟我有什么关系？她凭她那几百万家产会另外找到一个男子的。如果找不到也不是我的事。我把一切全都抛弃，把我的军装也都剥下，这已经够了。管她能不能恢复健康，这歇斯底里的整个一档子事跟我有什么相干？我又不是大夫……

可是当我心里默默地念叨着"大夫"这两个字，我所有的思想像一台飞速运转的机器接到了一个信号，突然间全都停顿下来。提到"大夫"这个字，我脑子里立刻想起了康多尔。于是，我立刻对我自己说：他的事，这是他的事！人家是付钱给他，让他把病人治好的。姑娘是他的病人，不是我的病人。他惹出的全部乱子，都应该由他来收场。我最好马上就去找他，告诉他，我退出这出戏不演了。

我看了一眼表。六点三刻，我乘的快车要到十点以后才开。

所以时间很充裕，我需要向他说明的事情也不多，我只是告诉他，我本人不干这事了。可是他住在哪儿呢？他有没有跟我说过，还是说过我忘了？话说回来，作为一个开业行医的医生，电话簿里准会有他的名字，那么赶快到对面电话亭去翻翻电话簿！Be……

Bi……Bu…Ca……Co……好，所有姓康多尔①的都在这儿了，康多尔、安东，商人……康多尔医生、艾默里希，开业医生，第八区，弗洛里阿尼胡同九十七号。整个这一页再也没有第二个医生了——那么这个想必就是他。我跑出电话亭时还把地址重复记了两三遍——我身边没带铅笔，刚才我极度匆忙，什么都忘了带了——我马上把地址告诉最近的一辆马车的车夫。装着橡胶车轮的马车向前驰去，又迅速，又舒服。与此同时，我已经想好了我的计划。一上来就说，话语务必简短扼要，口气务必斩钉截铁。千万不要显得我似乎还摇摆不定。根本不让他产生这种估计，认为我大概是因为开克斯法尔伐一家而悄悄逃遁的，而是从一开头就把辞职一事当作既成事实。所有这一切都已经筹划了好几个月，可是直到今天我才得到荷兰的这个出色的职位。倘若他尽管这样还东问西问，没完没了，我就拒绝回答，什么也不多说。话说到底，他自己也没有把所有的事都说给我听啊。我老是照顾别人这个那个，现在可不能继续这么办了。

马车停了。车夫没有弄错吗，还是说我在忙乱之中把地址说错了？这个康多尔难道真的住得这么寒碜？单单从开克斯法尔伐家里他挣的钱大概就数目惊人，没有一个有地位的医生会住在这么一个窝棚里的。可是不对，他是住在这里，门廊里挂着一个牌子："艾默里希·康多尔大夫，二院四楼，门诊时间两点至四点"。两点至四点，现在都快七点了。不管怎么着，他是非见我不可的。我赶快把马车打发走，穿过院子，院子里铺着石块，参差不齐。螺旋形楼梯寒碜已极，阶梯都踩得没了棱角，四壁斑驳，涂得乱七八

① 德国和奥地利人的姓名一般是名在前，姓在后。在电话簿上是以姓为主，故姓在前，名在后，便于查找。康多尔的德文拼法为 Condor，艾默里希是他的名。

糟,从蹩脚的厨房和没有关严的厕所里,传来阵阵臭气。穿着肮脏睡衣的女人在走廊里闲谈,用怀疑的眼光盯着我这个骑兵军官,而我在朦胧夜色中把刺马针踩得铿锵直响,从她们身旁走过,显得有些尴尬。

终于上到四层楼,再穿过一道长长的走廊,左右两边全是门,中间也有一扇门。我刚想伸手到口袋里去摸根火柴出来点燃,看看哪扇门是我找的,这时从左边的门里走出一个衣衫相当邋遢的使女,手提一个空罐,大概是去打晚餐时饮用的啤酒。我打听康多尔大夫住在哪里。

"是的,他就住在这里。"她回答道,一口波希米亚方言,"不过他不在家。他到迈特林去了,大概很快会回来。他跟太太说过,一定回来吃晚饭。您来吧,等一会儿好了!"

我还没来得及考虑,她已经把我领进前屋去了。

"您宽宽衣吧。"——她指了指一个用便宜木料做的旧衣架,这大概是这间狭小昏暗的前屋里唯一的家具了。然后她打开候诊室的房门。候诊室显得气派一些:好歹有四五把软椅,团团围着一张桌子,左边的墙上摆满了书籍。

"好,您就坐在那里吧。"她对一把椅子指了指,有点居高临下的神气。我立刻明白,康多尔开办的大概是个穷人诊疗所。有钱的病人不能这样接待。怪人一个,一个怪人,我心里又一次暗自思忖。只要他愿意,他单单在开克斯法尔伐一个人身上就能发财致富。

好吧,我就等。就像通常人们在医生的候诊室里烦躁地等待那样,我一个劲地翻阅那几本抓得破破烂烂、早已弄不清年月的杂志,并不想好好阅读,而只是想假装忙活一气来压压内心的不安。我不时站起来,又坐下去,一再抬头看钟。这台钟放在屋子的角落里，钟摆似乎要打瞌睡似的慢悠悠地嘀嗒嘀嗒摆动：七点十二分，七点十四分，七点十五分，七点十六分，我像被催眠似的怔怔地直瞪着通向诊疗室的门把。最后——七点二十分——我再也坐不住了。我都已经把两把软椅坐热了，于是我站起来，走到窗前。楼下院子里有一个跛足老人——显然是个脚夫——正在给他的手推车的轮子上油，在灯火通明的厨房窗户后面有个女人在熨衣服，另一个女人，我想，是在一只盆里给她的小孩子洗澡。不知什么地方，我无法确定是在哪一层楼，大概是在我头顶上那一层或者在我脚底下那一层，有人在练音阶，老是那几句，老是那几句。我又往钟上看了一眼：七点二十五分，七点三十分。他究竟为什么不回来？我已经不能再等了，我也不愿意再等下去了！我感到，这样一味傻等会使我六神无主，举止拘谨。

终于隔壁有扇门砰的一下关上，我松了口气。我立刻摆好姿势。我反复对自己说：现在态度要稳住，不能在他面前松劲。要用非常随便的口气对他说，我只是顺便路过，来向他辞行，捎带请他改天到乡下开克斯法尔伐家去一趟。倘若他们有些怀疑，请他向他们解释一下，说我得到荷兰去，已经辞去军职。我的老天爷，真他妈的见鬼，他为什么还让我一个劲地等啊！我清清楚楚地听见，隔壁有人挪动了一把椅子。那个呆头呆脑的笨蛋使女，莫非她根本就没有给我通报？

我都已经想走出去，提醒使女给我通报。可是猛然间我停住了。因为在隔壁走动的那个人，不可能是康多尔。我熟悉他的脚步。自从那天夜里我陪他走了一程，我就知道，他腿短，气急，穿着那双嘎吱嘎吱直响的皮鞋，走起路来脚步沉重，步履蹒跚。然而隔壁的这个脚步声，却完全是另外一个样子，老是走过来，又退回去，犹犹豫豫，迟迟疑疑，是拖着脚步在走路。我不知道我究竟为什么这样激动,这样心神不定地侧耳倾听这陌生的脚步声。不过我觉得,隔壁屋里那另外一个人也同样忐忑不安,同样心慌意乱地在倾听这边的动静。倏然间我听见门上有一阵轻微的响动,仿佛有人在那儿摁门把,或者摆弄门把。果然,门把动起来了。在幽微的光影里,可以看见这薄薄的一条黄铜在移动,房门打开了一条狭窄的黑缝。我对自己说,也许只是穿堂风,也许只是风,因为没有一个正常人会这样偷偷摸摸地开门的,充其量是夜里穿户凿壁的小偷。可是不对,门缝越来越宽了。一定有只手在那儿非常小心地在推门,现在,即使在黑暗之中我也看出了一个人影。我像中了邪似的直瞪着那里。这时,门缝后面有个女人的声音迟疑不决地问道:

"有……有人在这儿吗?"

我的嗓子眼堵住了,答不上来。我立刻明白了:在所有的人当中,这样说话,这样发问的只有一种人:那就是盲人。只有瞎子走起路来迟迟疑疑,这样轻轻地拖着脚步,只有瞎子说起话来才有这种毫无把握的口气。在同一个瞬间,我脑子里像闪电似的忽然想起:开克斯法尔伐不是提到过吗,康多尔娶了一个双目失明的女人为妻?这个女人站在门缝后面发问,可又看不见我,她想必就是他太太,只有她才可能是他太太。我竭尽目力往那里看,想从一片阴影之中抓住她的身影,最后终于分辨出来,她是个身材瘦削的女人,穿了一件宽大的睡衣,灰色的头发有些蓬乱。啊,天主,这么一个毫无魅力、相貌难看的女人竟是他的妻子!被这么一双完全死去的瞳孔牢牢盯住,并且知道,我其实并没有被她看见,这种感觉真是可怕;同时,我从她现在把头探向前面侧耳倾听的样子感觉到,她正努力用她所有的感官来抓住那个陌生人,他此刻正待在这间她把握不住的房间里。她这样一使劲,把她那张嘴唇肥厚的大嘴歪扭得更加难看了。

我默不作声地待了一会儿。然后我站起来，弯腰鞠躬——是的，我鞠了一躬，虽然向一个瞎子鞠躬是毫无意义的——然后结结巴巴地说道：

“我……我在这儿等大夫先生。”

她此刻把房门完全打开。她的左手还紧紧地握着门把，仿佛在这间黑屋子里寻找一个支撑。然后她摸索着往前走，两道眉毛在一双光线熄灭的眼睛上面绷得更紧了，她用另一副嗓子，非常生硬的嗓子对我嚷道：

“现在不看病了。我丈夫回来，首先得吃饭、休息。您不能明天来吗？”

她说着话，脸就变得越来越烦躁不安，看得出，她简直控制不住自己。我心里立刻想：一个歇斯底里的女人。千万别刺激她。于是我喃喃地说道——愚蠢的是我又朝她鞠了一躬。

“请您原谅，太太……我自然并不想这么晚还来请大夫先生瞧病。我只是想通知他一件事情……事情是关系到他的一个病人。”

“他的病人！老是他的病人！”——愤怒一下子转成了伤心流泪的声调，“昨天夜里一点半有人把他请走，今早七点他就出门，诊疗时间开始以后再也没有回来过。如果大家不让他安静，他自己也要生病了！不过现在什么也别说了！我已经跟您说过了，现在不看病了。四点钟就停诊。您要什么，请您给他留个条，如果事情很急，那您就去找别的大夫。这城里大夫有的是，每条马路拐角处就有四个。”

她摸索着走近几步，我看到这张愤怒激动的脸负疚似的直往后退。在这张脸上，那双睁得大大的眼睛突然闪闪发光，活像两枚照得通亮的白色圆球。

“我说过了，您走吧。您走！让他也像别人一样地吃饭、睡觉吧！你们大家别死死地抓住他！夜里也好，早晨也好，一整天总是病人，叫他为所有这些病人卖命，为他们白白地卖命！因为你们感觉到，他性格软弱，你们大家都缠着他，只缠着他一个人……啊，你们大家都是粗野的！脑子里只有你们的疾病，只有你们的忧虑，除此之外你们什么也不知道！不过，我不能容忍这个，我不允许这样的事情发生。您走吧，我跟您说过了，您马上就走！请您让他安静安静，把晚上仅有的这一小时空闲的时间还是留给他吧！”

她一直摸到桌子边上。她想必凭借某种本能已经猜出，我大概站在什么地方，因为她的眼睛笔直地死盯着我，仿佛她看见了我似的。她的愤怒里含有那么多真诚的绝望，同时又有那么多病态的绝望，我情不自禁地感到羞愧。

“那是自然，太太，”我向她道歉，“我完全理解，大夫先生必须安安静静地休息休息……我也不想多打扰。我只请您允许我给他留句话或者过半个钟头我给他打个电话。”

可是她拼命地向我大叫了一声“不”。“不！不！不要打电话！成天是电话，大家都想要他干点什么，问这问那，怨天怨地！一口饭还没咽下，又得蹦起来。我刚才说过了，您明天门诊时间来吧，事情不会火烧眉毛那么急。现在快走吧！……我说过了，走吧！”

这个瞎女人两手握着拳头，拖着脚步，摇摇晃晃地向我走了过来。样子很可怕。我觉得，一会儿她伸出来的双手就要把我抓住了。可是正在这时外面过道的门咯嘞一响，听得清楚，门又撞上了锁。这一定是康多尔。那女人竖起耳朵一听，浑身一颤。脸上的表情立刻完全改变。她开始浑身哆嗦起来，刚才握紧拳头的双手，这时突然合在一起，显出一副哀求的样子。

“请您现在别耽搁他了，”她低声耳语，“别跟他说什么！他一定累坏了，整天都在外头跑……请您照顾照顾他，请您同情……”

这一瞬间门打开了，康多尔走进屋来。

三十九

毫无疑问,康多尔一眼就看清了整个事态。不过他一秒钟也没有失态。

“啊,你在给少尉先生做伴呢,”他这话说得高兴欢快,而在这背后,我发现,他却把最强烈的紧张情绪掩盖了起来,“你可真好啊,克拉拉。”

一面说,他一面向那个瞎女人走过去,温柔地抚摸她那蓬乱的灰发。他的手一碰她,她整个的表情就发生了变化。刚才还把她的嘴唇很厚的大嘴扭成怪样的那股恐惧,经他这充满柔情蜜意的轻轻一摸,全都消失了。她脸上挂着一丝不知所措的羞答答的微笑,简直像个新娘。她刚感到他近在身边,便向他转过脸去。她那略嫌太宽的额头映着灯光,显得又纯净,又明亮。她刚才大发脾气,现在突然平静下来,感到安全,这种神情真是难以形容。感觉到康多尔在身边,她一高兴,显然完全忘记了我的存在。她的手好像给磁铁吸住,摸索着,越过空间,向他伸了过去。她那柔软的正在找人的手指一碰到他的上衣,立刻哆哆嗦嗦地一次又一次地顺着他的手臂摸上摸下。康多尔明白,她的整个身体都想挨近他,便向她走过去。于是她立刻靠在他的身上,活像一个精疲力竭的人倒下去休息的样子。康多尔微笑着用胳膊搂着她的肩膀,看也不看我一眼,一再重复说:

“你可真好啊，克拉拉。”他的声音似乎也在跟着轻柔地抚摩她。

“原谅我，”她开始道歉，“不过我总得跟这位先生说一声，得让你先吃口饭啊，你一定饿极了。从早到晚在外面东跑西颠，这段时间里已经有十几个人打电话来找你了……原谅我，我刚才跟这位先生说，叫他最好明天来，可是……”

“这一回啊，亲爱的，”康多尔哈哈大笑，同时又用手抚摩她的头发（我知道，他这样做，是为了不让她听见他笑而感到难堪），“你推到明天可是大错特错了。这位先生，霍夫米勒少尉先生幸亏不是病人，而是朋友。他早就答应过我，如果到城里来，就要来看我。他只有晚上才抽得出空，白天总是公事缠身。现在的主要问题是：你是不是还有什么好吃的招待他吃晚饭啊？”

她的脸上又出现了惊骇的紧张神情，我从她猛然一惊的样子明白，她只希望和她盼望已久的丈夫单独待在一起。

“啊，不了，谢谢，”我连忙表示拒绝，“我马上就要走的。我不能耽误夜车。我的确只想向您转达乡居的朋友们的问候，只要几分钟就行了。”

“乡下一切正常吗？”康多尔问道，说着眼光锐利地直盯我的眼睛。不知怎么搞的，他想必已经看出，有什么事不大对头，因为他很快就补充了几句：“好吧，您听我说，亲爱的朋友，我的太太总知道我的情况如何，她往往比我自己知道得更清楚。我的确饥肠辘辘，不吃点东西，不点上我的雪茄，我这人是什么事也干不了的。如果你同意，克拉拉，咱俩不妨现在先过去吃饭，让少尉先生在这儿稍等片刻。我给他本书消遣消遣，或者让他休息一下——您大概也忙了一整天了，”他转身对我说道，“等我点上饭后的雪茄，我就到您这儿来，当然是穿着拖鞋和家常便衣——您并不要求我身穿大礼服吧，是不是，少尉先生……”

“我的确只待十分钟，太太……我得尽快去赶火车。”

这句话又使她脸上的重重愁云一扫而光。她几乎态度亲切地向我转过脸来。

“多遗憾啊，少尉先生，您不愿意和我们一起用便饭。不过我希望，您改天再来。”

她把手伸给我，一只非常秀气、清瘦的手，可是已经失去光泽，出现了皱纹。我充满敬意地吻了吻她的手，怀着真诚的崇敬心情，眼看着康多尔小心翼翼地扶着这个双目失明的女人走出门去，非常机灵地不让她左边或者右边碰在门上，就仿佛他手里捧着一样无比脆弱易碎、极其珍贵值钱的东西。

房门敞开两三分钟之久，我听见拖着脚步往前走动的声音渐渐远去。然后康多尔又回来一次。他的脸上已经是另一副表情，和先前大不一样，神情警觉，目光犀利。在他内心紧张的瞬间，他脸上就是这副神气。毫无疑问，他已经懂得，我要是没有紧急的原因，绝不会事先不打招呼，贸然闯到他家里来。

“我过二十分钟就来。然后我们很快地把所有的问题都彻底讨论一下。这会儿您最好在沙发上躺一会儿，或者躺在这把安乐椅里舒舒服服地把手脚伸展一下。我觉得您的脸色非常难看，我亲爱的，您看上去疲惫不堪。而我们两个可必须头脑清醒，精神专注啊。”

说罢他很快改变嗓音，接着大声地说了几句，为了让隔开两个房间的人也能听到：

“好，克拉拉，我马上就来了。我只是很快地塞本书给少尉先生看，免得他这会儿待着无聊。”

四十

康多尔的眼光训练有素，看得很准。现在他这一说，我自己才发现，折腾了一夜，又无比紧张地过了一天，我的确疲惫不堪。我已经感到，我完全屈从于他的意志，于是我遵照他的忠告，在他诊疗室的安乐椅上躺下，脑袋往后靠，靠得低低的，双手懒洋洋地放在白色的扶手上。窗外，在我沉闷不堪地等待的时候，想必已经暮色四合。我在屋子里几乎什么也分辨不清，只看见高高的玻璃柜里的手术器材在闪烁银光。在我躺着的那张安乐椅的周围，在我的背后，夜色形成了一个拱形的壁龛。我不由自主地闭上了双眼，立刻在我的眼前，像在一盏魔灯之中，浮现出那个瞎眼女人的面容，康多尔的手刚碰到她，他的手刚抱住她，她的脸立刻从惊恐万状猛然间变成喜形于色，叫人难以忘怀。我心里暗忖，但愿你也能这样帮助我就好了。这个奇妙的医生，我还迷迷惘惘地感觉到，我想继续往下想，想另外一个什么人，他也同样惴惴不安、心烦意乱，也是这样心惊胆战地看着。我要想一件什么确切的事情，我就是为了这件事情才到这里来的啊。可是我怎么想也想不下去了。

蓦然间有只手碰了碰我的肩膀。康多尔大概把脚步放得特别轻，走进了这间完全淹没在夜色之中的漆黑的房间，或者，也许我刚才真的已经沉沉入睡。我想站起身来，可是他按着我的肩膀，既温柔又很有力。

"躺着躺着。我坐到您身边来。摸着黑更好说话。我只求您一件事:咱们说话轻点!尽量小声点!您也知道,瞎子身上,有时候听觉会变魔术似的特别发达,另外还有一种神秘的本能,什么都猜得着。所以……"说着他的手像施行催眠术似的从我的肩膀顺着手臂一直摸到我的手上——"请您说吧,不要不好意思。我一眼就看出,您一定出什么事了。"

真奇怪——在这时候我会突然想起这件事。我在士官学校里有个同学,名叫艾尔文,长得细皮白肉、金发碧眼,宛如一个姑娘。我想,我甚至有点爱上他了,虽然我自己并不承认。白天我俩几乎从不交谈,要谈也只谈些无关紧要的事情。大概我们两个都因为我们心里悄悄地怀着这种并未明说的好感而暗暗害臊。只有到了夜里,在寝室里,等熄了灯,我们有时才有勇气。我们两个的床紧挨着。等屋里其他的人都入睡了,我们便用胳膊肘支着身子,借夜色作掩护,互相诉说我们孩子气的思想和看法,而到第二天早上起来,我们准又同样拘束地互相回避。年复一年地过去,我已经记不得这些悄声说出的自白,这些自白正好是我少年时代的幸福和秘密。可是现在,我伸展四肢躺在那里,黑暗笼罩在我四周,我完全忘记了我本来想在康多尔面前装假的意图。我并不想开诚布公,却完全敞开了心扉。就像当年向士官学校的同学诉说我细小的恼火的事情和我们孩子气的青春时期所做的伟大、狂放的梦一样,我现在也一五一十地告诉康多尔——这里也有一种一吐为快的秘密乐趣在内——艾迪特如何出乎意料地感情爆发,我如何吃惊、害怕、慌乱。所有这一切我都向这沉默不语的黑暗叙述,黑暗中一切都静止不动,只有康多尔的头有时微微一动,他的两块镜片也随之朦胧地闪光。

然后是一片沉寂,沉寂之后发出一阵奇特的响声。显然是康多尔把手指绞在一起，弄得指关节嘎巴直响。

“原来是这样，”他懊恼地咕噜道，“我这傻瓜竟然会对这样的事情视而不见！老是这样，只看见疾病，而疾病后面的病人却没有感到。对各种病兆都细细检查，精确查看，却偏偏忽视了本质的东西，忽视了人们心里发生的事情。这就是说——这姑娘身上有一样东西我立刻就感觉到了。您还记得，我在检查完毕之后问过老头，是不是有别人干涉了我的治疗——这种突然产生的热切的愿望，一心只想赶快、赶快恢复健康，一下子就把我弄得目瞪口呆。我已经很准确地猜到了，有个陌生人在这儿插了一杠子。可我这个笨蛋只想到剃头师傅或者江湖郎中。我以为，不知什么骗人的把戏让她昏了头。唯独没有想到这最最简单、合乎逻辑的事情，唯独没有想到显而易见的事情。在青春期，少女怀春本来就是天性使然。麻烦的只是这事恰好在现在发生，而且来势如此之凶猛——啊，天主啊，这可怜的、可怜的姑娘！”

他站起身来。我听见他短促的脚步声踱来踱去，并且连声叹息：

“真可怕，偏偏要在现在，我们正在安排她出门旅行的时候发生这事。然而哪一位老天爷也没法使事态复原，因为她对自己说，她得为您恢复健康，而不是为她自己。倘若再来一个反复，后果将十分可怕，啊，十分可怕。现在，既然她希望一切，要求一切，那么病情的一点点好转已无法使她满足，单单有些进展是远远不够的！我的天主啊，我们承担了一种多么可怕的责任啊！”

我的心里陡然涌起一股反抗的情绪。他这样把我也牵扯进来，使我很生气。于是我断然打断了他的话头：

“我完全同意您的意见。后果将难以逆料。必须及时打掉她的这种荒唐的妄想。您必须果断地干预。您必须对她说……”

"说什么?"

"就说……这样倾心相爱简直是儿戏,是胡闹。您必须打消她的这种念头。"

"打消?打消什么?打消一个女人的激情?对她说,她不能像她平素感觉的那样来感觉?她爱的时候,不许她爱?这可恰好是我们可以做的大错特错的事情,同时也是最愚蠢不过的事情。您曾经听到过用逻辑可以战胜激情的事吗?难道可以对寒热说:'寒热,你别让人再发烧了!'或者可以对火说:'火啊,你别燃烧了!'对着一个病人、一个瘫痪的姑娘的脸大喊大叫:'看在天主的分上,你可别对自己说你也可以钟情恋爱!'这可真是个绝妙的主意,的确是个亲切待人的想法!去对这残废的姑娘嚷道:'表现自己的感情,期待别人的感情,如果这样做,就是狂妄已极的非分之想——你这种人只许安分守己,因为你是个残废!快待到一旁去!放弃一切,舍弃一切!你应该放弃你自己!'——您显然希望我对这可怜的姑娘说这么一番话。不过请您也非常慈悲地设想一下这样一番话会造成何等美妙的效果!"

"不过,恰好是您必须……"

"为什么偏偏是我?您不是明确地把一切责任都承担下来了吗?为什么现在偏偏又推到我头上来了呢?"

"我总不能自己向她承认……"

"也没要您这样做!您也根本不能这样做啊!先把她弄得鬼迷心窍,然后又突然一下子要求她恢复理性!……这不明明是捣乱吗!不消说,您丝毫不准漏一点口风,露出一点神气,让这可怜的孩子预感到,她对您的爱慕只使您感到难堪——倘若让她感到了这点,那简直就等于拿一把斧子猛劈她的脑袋!"

"不过……"——我的嗓子一时说不出话来——"最后总得有

个人向她讲清楚……”

“讲清楚什么？劳驾，请您把话说得明确些好不好？”

“我的意思是……这……这完全是没有希望的，完全是荒谬绝伦的……免得她……如果我……”

我顿住了。康多尔也一声不吭。他显然在等着。然后他突如其来地往门口迈了两大步，一下子打开电灯开关。刺眼的电灯光迫使我不由自主地闭上了眼睛。逼人而又无情的三道白色的火焰导入灯泡，霎时间房间照得如同白昼。

“好！”康多尔口气激烈地说道，“好，少尉先生！我看出来，不能让您太舒服。在黑暗里，一个人太容易把自己掩盖起来，而碰到有些事情，最好还是互相正视，把对方看个一清二楚。所以现在别再东拉西扯，胡说一气，少尉先生——这里有点事情不大对头。我不相信您到这里来只是为了把这封信给我看。这后面还有什么文章。我感到，您还有什么明确的打算。您老老实实地把实话说出来，否则我就要谢客了。”

他的眼镜锋利地向我一闪，我真害怕这闪闪反光的镜片，便垂下了我的目光。

“您沉默不语，可并不怎么动人啊，少尉先生。这并不说明您心里无愧。不过，这到底是个什么把戏，我已经预感了个八九不离十。请不要拐弯抹角，您莫非终归真打算因为这封信……或者因为另外哪件事就突然结束了您那所谓的友谊吗？”

他等待着。我并不抬起眼睛看他。他的声音带着一个考试官的那种逼人回答问题的口气。

“您知道吗，如果您现在，特别是在您那超群出众的同情心把那姑娘弄得晕头转向之后，突然溜之大吉，结果会怎么样吗？”

我沉默不语。

“好，那我就不揣冒昧，把我个人对这种行为的判断告诉您吧——这样溜走实在是可怜的怯懦行径……哎，您别马上就这么军人气十足地跳起来好不好？让我们把军官的身份和荣誉的概念搁到一边，别扯进来。归根结底这不仅关系到这种愚蠢的事情，还关系到一个年纪轻轻的、很有价值的活人啊！而且还是一个我对她负责的人——在这种情况下，我可既无兴趣也无情绪跟您彬彬有礼地说话。反正，为了让您不至于自欺欺人，以为您这样拔腿跑掉良心上不会有什么负担，我现在十分明确地告诉您：您在这样一个紧要关头溜之大吉，实在——请您现在别充耳不闻！——是对一个无辜的少女犯下一桩卑鄙的罪行，我怕，甚至还不仅如此——这简直是谋杀！”

这个矮矮胖胖的男子，双手握着拳头活像一个拳击家，向我直逼过来。也许平时他穿着这身粗绒布的家常便服，趿拉着这双拖鞋会显得可笑。可是在他对我大叫的时候，在他真诚的义愤之中的确表现出一些动人的东西：

“谋杀！谋杀！谋杀！是的，您自己也知道这点！还是说，您认为，这个容易激动、心性高傲的姑娘会经受得起这样的打击！她生平第一次向一个男子敞开了自己的心扉，而这位绅士给她的回答却是惊恐万状地仓皇逃跑，就像见了鬼似的。我请您稍微使用一下您的想象力！您难道没有念过这封信还是说您心里没长眼睛？连一个正常的、健康的女人都忍受不了这样的轻蔑！连正常的、健康的女人也会被这样一个打击搅得心里七上八下，几年不得内心平静。这个姑娘不是全靠您向她胡诌出来的荒谬绝伦的痊愈的希望支撑着的吗？您认为，她一旦被搞得惊慌失措，被人抛弃，她能经受得了这样的打击吗？即使不毁在这一意外打击之下，她自己也会把自己毁掉，是的，她会自己毁掉自己的—— 一个绝望的人是受不了这样一种屈辱的。我坚信,这样一种粗暴行为她一定忍受不了,而您,少尉先生,您知道得和我一样清楚。正因为这一切您全都知道,您的私自潜逃就不仅是软弱和怯懦,而是卑劣、预谋的谋杀了!”

我情不自禁地又往后退了几步。在他说出“谋杀”这两个字的那一刹那间,我像闪电似的在幻觉中看到了一切:塔楼露台上的栏杆,她正用两只手死命地抓住栏杆!我不得不抓住她,并且在最后一刻用力把她拉回来!我知道,康多尔并没有言过其实,她的确会这样做的,她会从那里纵身跳下去的——我看见塔楼底下铺着的方石板就在眼前,这一瞬间我什么都看见了,仿佛这一切都是刚刚发生,仿佛这一切已经发生,我的耳朵嗡嗡直响,就仿佛是我自己从那五六层楼高的塔上飞快地跌了下去。

可是康多尔还在步步紧逼。“怎么样?您快否认吧!您倒是表现出您这军人职业理应具有的一点勇气来吧!”

“不过大夫先生……叫我现在做什么好呢……我总不能勉强我自己啊……总不能勉强我自己说些我自己不愿意说的话啊!我怎么能这样做,仿佛我同意她的荒唐的痴心妄想似的……”我控制不住,发作起来,“不行,我受不了这个,这个我没法忍受!……我不能这样做,我不愿这样做,我不干!”

想必我嚷嚷的声音很大,因为我感到康多尔的手指像铁钳似的捏着我的胳臂。

“小声点,我的老天爷!”他迅速地一步跳到电灯开关那里,又把灯关上。只有写字台上罩着黄色灯罩的台灯散发出一圈微弱的灯光。

“真要命!——跟您说话真得像跟个病人说话似的。坐下——您先给我安安静静地坐下来。在这把椅子上,更加严重的问题都曾经谈通过。”

他把椅子挪近我的身边。

“好，现在一点不要激动，请您心平气和地说，慢慢地说——一件一件地说！首先，您在那儿直哼哼：‘这个我没法忍受。’不过这话对我还不够清楚。我得知道，您没法忍受的究竟是什么？这个姑娘对您热烈地倾心相爱，在这件事情上到底是什么使您如此惊恐万状？”

我摆出架势，准备回答，可是康多尔又急忙插嘴说道：

“不要鲁莽从事！尤其不要不好意思！一个人冷不丁地碰到人家这样激情满怀地向他承认爱上了他，一上来准会吓一大跳，这点其实我还是可以理解的。只有傻瓜才会觉得在女人那里取得了这样一个所谓的‘胜利’，于是兴高采烈，只有笨蛋才会被这种事情弄得得意扬扬。一个真正的人，当他感到一个女人迷恋上他，而他自己又无法回报她的感情，他与其说是高兴，毋宁说是惊愕。所有这一切我都理解。不过既然您如此非同寻常地慌乱，慌乱得如此异乎寻常，我倒不得不问一下：在您这事情上面，是不是有什么特别的东西，我的意思是，是不是有什么特别的情况在起作用？……”

“什么情况？”

“喏……艾迪特……只不过把这种事情用语言来表达，实在困难……我的意思是……说到底……她的……她身体上的缺陷是不是引起了您的某种反感，一种生理上的厌恶？”

“不……完全不是这么回事。”我激烈地抗议。不正是因为她孤立无援、无力抵抗，才如此不可抗拒地吸引了我吗？如果有些时候我感到对她产生一种感情，这种感情和恋人的柔情那样神秘地近似，那纯粹是因为她的痛苦、孤独和残废使我内心深受震动的缘故。“不！从来就不是这么回事，”我用一种近乎发怒的确信的口气重复了一遍，“您怎么会想出这样一种事情来！”

“那就更好了。这多少使我放心了一点。嗯，作为医生，我往往有机会在那些表面看来最最正常的男子身上观察到这类心理上的障碍。当然——这些男子我是永远也不能理解的，他们只要发现女子身上稍微有一点点不正常的地方，立刻产生强烈的反感。不过正好有不可胜数的男人，一旦发现，在构成肉体，构成一个人的几百万几十亿细胞里面，哪怕就有那么一丁点色素是变形的，立刻，任何爱情结合的可能性就被排除在外。这种抗拒可惜总是不可克服的，各种本能都是如此。可是这条在您身上不适用，把您吓退的，并不是姑娘瘫痪这一事实，因此我就加倍地快活了。那么，我当然就只能这样假定了……我可以直言不讳吗？”

“当然。”

“这么说，您害怕的并不是事实本身，而是后果……我的意思是，您根本不因为这个可怜的孩子爱上了您而惊恐不安，而是您心里害怕别人会知道您对她钟情并为此笑话您……这么说，根据我的意见，您那极度的心慌意乱其实不是别的，只是一种恐惧——请您原谅——唯恐在别人面前，在您的伙伴们面前显得可笑。”

我觉得康多尔仿佛用一枚尖针直刺进我的心窝。因为他说的情况，我无意识地早已有所感觉，只是不敢去想它而已。从第一天起，我就担心，我和这个瘸腿姑娘的奇怪关系可能会受到伙伴们的嘲笑，那种维也纳式的“冷嘲热讽”，虽然善意，可是会伤人。我知道得太清楚了，他们只要“逮住”谁和一个“怪模怪样”的女人或者不大时髦的女人在一起，他们会怎样奚落挖苦。正因为如此，我才本能地过着双重生活，分成这个天地和那个天地，分成团里的生活和开克斯法尔伐家的生活。的确——康多尔估计得很对，从我发现她的激情之时起，我主要是羞于看见别人，看见她父亲，看见伊罗娜，看见仆人，看见我的伙伴们。甚至在我自己面前，我也因为我那不祥的同情而感到羞愧。

这时我已经感到康多尔的手像施催眠术似的抚摩我的膝盖。

“不，您别不好意思！一个人的行为如果违背众人循规蹈矩的设想，他就会害怕众人，了解这点的只有我一个人。您刚才不是看见过我太太了吗。谁也不懂，我为什么和她结婚。一切不符合人们狭隘的、所谓正常的思路的行为始而使人好奇，继而使人产生恶意。我的那些同事先去立刻散布流言蜚语，说我治病的时候把她眼睛弄坏了，因为害怕，才娶她为妻——我的朋友们，那些所谓的朋友又散布流言，说她非常有钱，或者说她将要得到一笔遗产。我的母亲，我生身的母亲拒绝接待她有两年之久，因为她老人家已经为我看中了另外一门亲事，是位教授的女儿——这位教授当时是大学里最负盛名的内科专家——如果我娶了他的女儿，不出三周，我就能当上讲师，接着变成教授，我这一生就可以过得安乐舒适。可是我知道，如果我把这个女人弃而不顾，她会彻底毁掉。她只相信我，如果我把她的这点信念也夺去了，那她是没有能力再活下去的。现在我坦白地向您承认，我做出这一抉择，至今毫不后悔。因为，请您相信我，一个人作为医生，恰恰是作为医生，是很难使良心完全平安的。他知道，他真正能够给予病人的帮助甚微，作为个人，他对付不了每天遇到的难以估量的苦难，他从这深不可测的苦海里消除的苦难仅仅是沧海一滴。你觉得今天已经把这些人治愈，明天他们又会染上新的疾病。你总会觉得自己过于懒散，过于漫不经心，再加上诊断失误，手术事故，这都是不可避免的——这样，意识到自己至少拯救了一个人，至少使一个信任你的人没有失望，至少做对了一件事，总是一件好事。归根结底，你总得知道，你只是浑浑噩噩地在苟延残喘，还是在为什么目标而生活。请您相信我，”——我一下子又感到他在我身边，心里暖乎乎的，甚至怀着一股温情——“自己承担一个重负，从而使别人减轻负担，这样做是值得的。”

他嗓音里这种深沉的颤动感动了我。我蓦然间感到胸口里有一阵微微的刺痛，那股十分熟悉的压力，仿佛我的心在扩张或者收缩。我感觉到，一想起这不幸的姑娘处于绝望的被人抛弃的状况之中，又重新唤醒我心里的同情。我知道，这种同情的暖流马上就要迸涌、奔流，我自己无力抵御。然而——不能让步，我对我自己说。不能再把你自己牵扯进去，不能让人家再把你拉回去！于是我果决地抬起头来望他。

“大夫先生——每一个人在一定程度上对自己力量的大小有自知之明。因此我必须警告您：请您不要指望我，现在帮助艾迪特的该是您而不是我。我在这件事情上已经走得很远，大大超过了我的本意。我老老实实地告诉您——我绝不像您说的那样心地善良，或者勇于自我牺牲。我的力量已经到头了！我再也受不了别人崇拜我、倾心于我，而我得假装，仿佛这正是我所希望的，或者仿佛我容忍别人这样做似的。宁可让她现在了解她的处境，也比让她以后失望要好。我作为军人，以人格向您担保，我真心诚意地警告您，我现在再向您重复一遍：请您别指望我，请您别过高估计我的力量！”

我这番话想必说得十分斩钉截铁，因为康多尔望着我，神情有些惊愕。

“您这话听起来简直好像您已经明确地下定决心想做什么事了。”

他霍地站了起来。

"您要说就请把全部实情说出来吧,不要只说一半！您是不是已经干了——干了什么不可挽回的事了?"

我也同样站了起来。

"是的,"我说道,从口袋里掏出我的辞职申请书,"喏,请您自己念一念吧。"

康多尔有些迟疑地接过那张纸,惴惴不安地看了我一眼,然后走过去就着台灯的小光圈。他念得很慢,默不作声。然后把信纸折好,以一种自然的就事论事的语气平静地说道:

"我认为,在我方才向您阐述了这一切之后,您对这事的后果是完全清楚的——我们刚才已经断定,您的逃跑势必对这孩子产生致命的影响……不是致她于死命就是使她轻生自尽……因此我估计,您对于这个事实是毫不含糊地一清二楚的,那就是这一张纸不仅是您的辞职申请书,也是……对这孩子的死刑判决书。"

我没有回答。

"我向您提了个问题,少尉先生！我再重复一遍这个问题:您对这事的后果完全清楚吗？您的良心承担全部责任吗?"

我又不吭气。他走近我身边,手里拿着那张折好的纸,递还给我。

"谢谢！我不想牵扯到这件事里面去。喏,拿去吧!"

可是我的手臂瘫了。我没有力气举起来。我没有勇气经受他那探询似的目光的逼视。

"这么说,您不打算把这……死刑判决书交上去啰?"

我转过身去,把双手放到背后。他明白了。

"这么说,我可以撕掉了吧?"

"好吧,"我回答道,"我请您把它撕了。"

他回到书桌旁边。我没有往那里看,只听见一声刺耳的撕纸声，接着又是一声，又是一声，然后撕碎的纸片沙沙作响地掉进字纸篓里。奇怪的是我突然感到心情轻松起来。在命运攸关的这一天，我又一次——第二次作出了一个决定。我并不是自己非作这个决定不可，而是命运为我作出了这个决定。

康多尔向我走来，又轻柔地把我按到椅子里坐下。

“好——我想，我们现在防止了一场巨大的灾祸……一场非常巨大的灾祸！现在言归正传吧！无论怎么说，我总得感谢这个机会，让我多少对您有了些了解——您别反驳。我并不把您估计过高，我绝不把您看成那个‘奇妙的好心人’，开克斯法尔伐是这样称赞您的，我只是把您看成一个感情起伏不定、心灵特别浮躁、因而极不可靠的合作者。尽管我拦阻了您那荒唐的一步，因而非常高兴，可是您这么快就下定决心，这么快又改变主意，这种态度我很不喜欢，这样容易为情绪所左右的人是不能让他承担严肃的责任的。如果我要找人承担什么需要恒心和毅力的事情，我能另找别人就绝不找您。

“因此请您听着！我要求于您的并不多，只是最最必要的，绝对必要的东西。我们不是已经说服艾迪特去开始接受一种新的治疗吗——或者不如说，一种被她认为是新的治疗方法。为了您的缘故，她决定离家出门，出门几个月。您已经知道，再过八天她就动身了。好——就这八天我需要您的帮助，我现在就对您说，让您放心，就这八天！我要求您的并不多，只是请您答应一直到她动身的这一周之内不要干出任何鲁莽的事，任何突如其来的事，尤其不要说一句话，做一个手势，泄露出这可怜的孩子对您的爱慕是如此使您惊慌失措。更多的我暂时并不要求您——我想，这是可以提出来的最起码的要求：事关另一个人的生命，请自我控制八天。”

“好吧……可是以后呢？”

“以后如何，我们暂时不去想它。我如果要动手术切除一个肿瘤，我也不可以老问，是不是过几个月这瘤子又会长出来。如果我被人家叫去帮忙，我该做的只有一条，那就是毫不迟疑地动手出力。这在任何情况下都是唯一正确的事，因为这是唯一符合人道的事。其余一切全靠偶然，或者像更加虔诚的人说的那样：全靠天主。几个月内，什么事情不会发生啊！说不定她的状况的确比我想象的好转得更快，说不定她对您的激情因为相隔遥远而冷却下来——我不能预先把一切可能性全都设想出来，您更不应该这么做！请您把您的全部精力完全集中在一点上，那就是在这举足轻重的时间里，别向她表现出她的爱情对您……对您是如此可怕。请您一再对您自己说：只有八天，只有七天，只有六天，我在拯救一个人，我不能伤害她，侮辱她，使她惊慌烦乱，使她丧失勇气。八天之中保持大丈夫气概、果断坚决的态度——您想，您真的能够经受得住这个考验？”

“行，”我脱口而出，并且更加坚定地补充道，“一定！一定能办到！”自从我知道我的任务的限度之后，我感到有了一股新的力量。

我听见康多尔长长地舒了口气。

“感谢天主！现在我也可以向您承认，我方才是多么焦虑不安。请您相信我——如果您干脆一走了事，算是对艾迪特的那封信、那番表白的回答，那她的确是经受不起的。因此恰好随后这几天是关键性的。其他一切日后自然会有安排。让我们先使这可怜的孩子高兴一点吧——让她蒙在鼓里，高高兴兴地过上八天吧。为了这一个星期您可是作了担保了，是不是？”

我一句话不说，向他伸出手去。

“那么，我想，一切又都安排妥当了，我们现在可以安安心心地到隔壁我太太那里去了。”

然而他并没有站起来。我感觉到,他心里又开始有些犹豫。

“还有件事,”他轻声地补充道。“我们当大夫的不得不也老是想着难以逆料的事情,我们不得不对每种可能性都有思想准备。倘若——我在这里假定一种不现实的情况——发生了什么意外的变故……我的意思是,倘若您感到力量不济,或者艾迪特的猜疑导致了一个什么危机——那么请您立刻通知我。在这时间短暂然而危机四伏的阶段,无论如何,不得发生一点难以挽回的事情。倘若您觉得您对您的任务已经不能胜任,或者在这八天之中无意识地泄露了自己的真情,那么请您不要害羞——看在天主的分上,请您在我面前不要害羞,我看见过赤身裸体的人和破碎不堪的灵魂已经够多的了! 无论白天还是夜晚,您随时随地都可以来找我或者打电话给我。我时刻准备助您一臂之力,因为我知道,这事情关系重大。现在,”——我身边的椅子挪动了一下,我发现,康多尔站起来了,——“我们最好还是到隔壁去。我们谈的时间长了一点,我的太太会多少感到不安的。即使相处多年我也还是得始终小心谨慎,不让她发火。被命运沉重地伤害过一次的人永远是容易受伤的。”

他又迈两步走到电灯开关那里,一下子电灯通明。他现在正好脸朝向我,我觉得他的脸变了样,也许只是那刺眼的光线如此鲜明地把他脸上的轮廓显示了出来,因为我第一次看见在他额上有深深的皱纹,从他整个举止看出,他已经疲惫不堪。我心里暗想,他总是把自己的一切施与别人。而我刚一碰到一点不顺心的事立刻就打算逃走了事。我一下子觉得,这显得多么卑微可怜,我怀着感激的激动的心情望着他。

他似乎注意到我在看他,便微微一笑。

“这样多好，”他用手拍拍我的肩膀，“您来看看我，咱俩好好地谈了一谈。请您设想一下，您不假思索，干脆一走了事，会怎么样！那么这个思想将一辈子沉重地压在您的心上，因为一个人什么东西都能逃避，唯独逃避不了他自己。——现在咱们过去吧。来吧——亲爱的朋友。”

这个人在此时此刻管我叫“朋友”，这“朋友”二字感动了我。他知道，我方才是多么软弱，多么怯懦，可是，他并没有看不起我。他用这两个字又给了我信心，这是年长者给年轻人，富有阅历的人赠给初出茅庐的人的信心。我如释重负，心情轻松地跟着他走。

四十一

我们首先穿过了候诊室，接着康多尔打开了通向隔壁房间的门。他的妻子坐在餐具还没有端走的餐桌旁打毛线。从她那顽强执着的打毛线的动作一点也看不出这里是两只盲人的手在这样轻盈、这样稳当地把两根毛线针对在一起摆弄个不停，盛着毛线的小篮和剪刀排成一条直线摆在那里。只有等到这低下头的女人抬起她那双空茫茫的瞳仁望着我们，在平滑隆起的眼球上反映出缩小了的电灯的形象时，才叫人看出她这双眼睛丝毫没有感觉。

"怎么样，克拉拉，我们说话算数吧？"康多尔一面温柔地向她走去，一面用那种微微颤动的声调说道，康多尔每次跟她说话，嗓子眼里总是轻柔地振动，发出这种声调，"可不是吗，没有耽搁多少时间！要是你知道，少尉先生今天来看我，我是多么高兴，那就好了！你务必得知道一下——可是您先坐一会儿吧，亲爱的朋友——他驻防的那座城市也就是开克斯法尔伐一家住的那座城市。你总还记得我的那个小病人吧？"

"唉，那个可怜的瘫痪的孩子吧，是不是？"

"现在你也就明白了！我通过少尉先生不时听到那里最近都发生了些什么事情，我就用不着自己往那里跑一趟了。他几乎每天都出城去关心一下那可怜的姑娘，给她做个伴。"

盲女人把头转向她估计我站的那个方向。一股柔和的神情一下子使她严峻的面部表情缓和下来。

“您可真好，少尉先生！我可以想象，这使她心里多么高兴啊！”她向我点点头。她搁在桌上的手不由自主地向我身边挪近一些。

“是啊，这对我也很好啊，”康多尔接着往下说，“要不然我得多去乡下好几次，以她的处境她一定焦躁烦乱，我得去让她振作起来。恰好在她动身去瑞士疗养之前的最后一个星期，霍夫米勒少尉在她那儿照应一下，这可真是大大减轻了我的负担。这个姑娘并不总是容易对付的，不过他的确把这可怜的姑娘照顾得极好。我知道，他是不会对我撒手不管的。我可以对他一百个放心，他比我的那些助手和同事可靠得多。”

我立刻就明白了，康多尔当着另外一个无援无助的女人的面让我承担这项义务，是想把我拴得更牢一些。可是我乐于把这诺言承担下来。

“不消说，您完全可以对我放心，大夫先生。这最后八天我一定从第一天到最后一天每天都出城去，哪怕发生最微小的变故，我也马上打电话报告您。不过，”——我越过那双目失明的女人，意味深长地正视他——“不会发生任何意外变故，也不会有任何困难。我对于这点简直可说蛮有把握。”

“我也是这样。”他微微一笑，证实我的话。我们两个彼此非常了解。可是这时他妻子的嘴角开始微微牵动起来。看得出，有什么事情在折磨她。

“我还没有向您道歉呢，少尉先生。我怕，我刚才有点……对您有点不大客气。不过那笨头笨脑的使女没有通报有客人来，我一点也没想到是谁在屋里等着，艾默里希又从来没有向我谈起过您。所以我刚才以为，是什么陌生人想来打扰我丈夫。每次他回家来，总是累得半死。”

“您说得完全正确，太太，您甚至于还应该再严厉一点。我怕——请您原谅我说句不知深浅的话——您的丈夫施与别人的实在太多了。”

“他把一切都给了人家，”她激烈地打断我的话头，猛的一下子把椅子挪近我的身边，“我跟您说吧，他把他的一切都给了人家，他的时间，他的神经，他的钱。他为了病人废寝忘食。每个人都剥削他，而我，双目失明，不能减轻他的负担，不能给他分忧。您真不知道，我为了他多么担忧发愁！我成天都在想，现在他还一口饭都没吃过呢，现在他又坐上火车、坐上电车了，夜里人家又要把他叫醒了。他为所有的人都有时间，就是没有时间为他自己。我的天主啊，谁又为此而感谢他呢？谁也不感谢他！没人感谢他！”

“的确没人感谢吗？”康多尔向那情绪激动的女人弯下身子，微笑着说道。

“当然啰，”她的脸涨红了，“不过我又不能为他做什么！他每次下班回来，我已经因为担惊受怕折磨坏了。唉，要是您能对他施加些影响就好了！他需要有一个人稍稍控制他一下。一个人总帮不了所有人的忙啊……”

“不过总得想想办法吧，”康多尔说道，一面用眼睛瞅着我，“人可不就是为了这个而活着吗？只是为了这个而活啊！”我感到这个警告一直打入我的内心。然而，我经受住了他的这道目光，自从我明白了我就已经下定决心。

我站起身来。在这时候，我暗自发了一个誓愿。双目失明的女人一听见我挪动椅子的声音，便抬起她那无光的双眼。

“您真的已经非走不可了吗？”她问道，声音里含有真诚的惋惜，“多可惜，多可惜！不过您很快就会再来的，是不是？”

我真是别有一股滋味在心头。我这是怎么啦？我暗自诧异，所有的人都对我满怀信任，这个瞎眼的女人举起她那空漠无光的双眼，笑容可掬地望着我；这个男子，简直可说是萍水相逢，现在竟亲切友好地把他的手臂搁在我的肩上！我走下楼梯的时候，已经不再理解一小时之前究竟是什么驱使我到这里来的。我究竟为什么要想逃走呢？就因为有一个态度粗暴的上级把我训斥了一顿吗？就因为有一个人，一个可怜的、残废的姑娘对我倾心相爱吗？帮助别人不是妙不可言吗？这是唯一真正值得，唯一真正会有好报的事情啊！这种认识催促我现在心甘情愿地去做我昨天还认为是难以忍受的自我牺牲的事情：有个人表现出巨大而炽烈的爱情，我为此向他表示感谢。

四十二

八天！——自从康多尔为我的任务规定了期限，我又对自己充满了信心。只有一个时刻还使我感到心悸，或者不如说就那唯一的一分钟，也就是在艾迪特向我吐露心曲之后，我第一次又要和她重新见面的那一分钟。我知道，在这样热烈地亲昵一番之后，要想完全表现得无拘无束，落落大方，已经不再可能——在那次炽烈的一吻之后，第一眼就必然包含这样一个问题：你原谅我了吗？——说不定还包含更加危险的问题：你容忍我的爱情，回报我的爱情吗？她第一眼瞅我，我的脸就涨得通红，克制住焦躁不耐的心情，可是又控制不住，这一眼可能是最危险的，同时也是决定性的，这点我已经清楚地感觉到了。我只要一句话说得笨拙，一个手势做得不对，立刻就会把我不该暴露的心事残酷地暴露无遗。这一来，那种粗暴无礼、侮辱人的行径就发生了。康多尔是如此急切地警告我，别干出这种事情来。然而只要这第一眼挺过去了，那我就得救了，也许我也永远拯救了她。

可是第二天我刚跨进这座府邸，我就已经发现，同样的担忧使得艾迪特心明眼亮，她已经采取措施，避免单独和我见面。我在前屋就已经听见了妇女们清亮的聊天的声音。这么说，她们在这不寻常的时刻邀请了熟悉的女友来保驾，以便顺利地度过这严重的最初的瞬间，平素在这时候我们聚坐在一起，从来没有客人来打搅我们。

我还没有走进客厅，伊罗娜就急急地向我迎面走来，来势迅猛，引人注目，或许是艾迪特授意的，或许是她自己的本意，她把我引到区长太太面前，把我介绍给她和她的女儿。这女儿是个脸色萎黄的姑娘，长了一脸雀斑，说话尖酸刻薄，再说，我知道艾迪特看不惯她。这一来，那见面的第一个瞬间似乎就岔开去了，伊罗娜已经把我推到桌子旁边。大家喝茶闲聊。我没话找话，使劲地和这位说话尖刻、满脸雀斑的乡下小姐周旋，而艾迪特则和那位妈妈交谈。这样分配谈话对手绝非偶然。这一来，我和她当中插进了几个绝缘体来减弱我俩之间暗中存在的紧张关系。我于是可以避免正眼去看艾迪特，尽管我感觉到，她的目光有时候惴惴不安地停留在我的脸上。等到后来，这两位太太小姐终于起身告辞，机灵的伊罗娜也手法灵巧地立刻把局面又安排得妥妥帖帖。

"我送两位客人出去。你们趁这时间可以摆开阵势下棋了。我还得为这次出门旅行作点准备，不过，不出一小时我就回来又跟你们在一起。"

"您有兴趣下盘棋吗？"现在我能够大大方方地问艾迪特了。

"好吧。"艾迪特垂下了目光，与此同时，她们三个人走出了房间。

我摆上棋盘，为了拖延时间，我把棋子一个个摆上去，摆得特别费事，这时，她一直低头垂目。平素，按照古老的下棋规则，为了决定谁先开棋，我们惯常总是两手分别捏一个黑子或者白子，把手藏在背后。不过如果要在这两个棋子里挑选一个，就得对话，就要求说"右边"，或者"左边"这两个字。即使是这么简短的一句话，我们两个也有默契，避免说它。千万别开口说话！尽量把所有的思想都囚禁在这黑白相间的六十四个小方格里！眼睛只盯着棋子，连对方挪动棋子的手指也别瞅！于是我们便假装目不旁骛，潜心下棋，平素只有顽强执拗的象棋大师才会这样，他们全然忘却了旁边的一切，全部注意力集中在棋局上。

可是过不多久，棋戏本身便暴露出我们的行动纯属自欺欺人。下到第三局，艾迪特完全支持不下去了。她一连走错几步棋，从她手指的抽动，我清清楚楚地发现，这种假模假样的沉默，她再也无法忍受。下着下着她就把棋盘推开了。

"够了！给我一支烟吧！"

我从雕花的银烟罐里取出一支烟，并且巴结地擦燃了一根火柴。火光一亮，我不能避开她的眼睛。她的双眼一动不动地凝视着，既不看我，也不朝一个固定的方向看。这双眼睛似乎在一种冰冷的愤怒之中冻僵了，凝固不动地直瞪着，显得那样陌生，然而眼睛上面的眉毛像一把颤动不已的弓，不时在抽动。我立刻懂得了这电闪雷鸣的信号，在她身上不可避免地预示着她激烈感情的总爆发。

"别这样！"我由衷地感到惊慌，便警告她，"可别这样！"

可是她猛地往后一仰，靠着安乐椅的椅背。我发现这阵颤动传遍她的全身，她的手指痉挛地抓着扶手，越抓越紧。

"别这样！别这样！"我再一次请求她，我脑子里想不出别的，就只想出这一句哀求的话。然而憋了很久的一场哭泣已经爆发。并不是猛烈的、大声的抽泣，而是一种紧闭着嘴，默默无声的、震撼人心的痛哭——这就更加可怕—— 一种因为自己哭泣而感到羞惭，可是她又无法控制的痛哭。

"别哭！我求求您，别哭了！"我说道，并且把身子凑到她的身边，为了安慰她，我把手放在她的手臂上。于是立刻像有一股电流传到她的双肩，然后仿佛把这蜷缩起来的身体从头到脚拉开一条裂缝。

全身的颤抖倏然停止，一切又都静止不动，她自己也一动不动，就仿佛她整个身体都在屏息等待，都在侧耳倾听，想弄明白，这只陌生的手的触摸究竟是什么意思。到底表示温存还是爱情，抑或仅仅表示同情。这样屏息静等，整个身体静止不动地在倾听等待，真是可怕。我没有勇气挪动我的手，这只手如此奇妙地猛然之间平息了那来势越来越猛的哭泣。可是另一方面，我又没有力量强迫我的手指去充满柔情蜜意地轻轻爱抚。我感觉到，艾迪特的肉体，她的火烫的皮肤正万分迫切地期待着这样一阵爱抚呢。我把我的手像一件异物似的放在那里，我觉得，她周身的鲜血似乎都在这个地方向我涌来，温热而又跳动不已。

我的手失魂落魄似的留在她的手臂上，我不知道搁了多久，因为在这几分钟里，时间静止不动，就像这屋里的空气一样。可是后来我感觉到，她的肌肉开始微微地使劲。她把目光移开，不看我的脸，同时轻轻地用她的右手把我的手从她的手臂上挪开，往她身边拉过去，她慢慢地把我的手拉近她的心口，然后她的左手也迟迟疑疑地、温情脉脉地移过来握着我的手。她的两只手小心翼翼地抓住我这只宽大的、沉重的、赤裸裸的男子的手，接着开始怯生生的爱抚，非常非常轻柔的抚摩。起先，她的纤细的手指只是好奇似的，在我那不加反抗、一动不动的手掌上摸来摸去，轻柔得像阵微风，只是从皮肤上轻轻地擦过。然后我就感觉到，这两只单薄的孩子般的小手小心翼翼地一点一点地从手腕向上一直摸到手指尖上，里里外外一遍又一遍地把我的手的轮廓温柔地摸了又摸，像是勾引，像是诱惑，起先摸到我的坚硬的指甲，吓得停住不动，然后把指甲的四周摸了一遍，接着又沿血管向下，一直摸到手腕，就这样上上下下摸了好几遍——这是一种柔情似水的探询，从来不敢大胆地真的把我的手紧紧抓住，不敢握紧，不敢抓牢。这种爱抚宛如微温的清水在轻轻地冲洗你，这种戏谑的爱抚，既毕恭毕敬，又天真稚气，既惊愕不已，又不胜娇羞。然而我感觉到，这个热恋中的姑娘把我献出来的这一部分自我当作我的整体，已经完全把我紧紧地抱住。她的头不由自主地更加往后靠向安乐椅，仿佛想更加快活地享受这轻柔的接触。她靠在那里，像在沉睡，也像已进入梦乡，眼睛闭着，嘴唇微张，一种彻底安静休憩的神情使她面容平静，同时也使她容光焕发，与此同时，她的纤细的手指从我的手腕到我的指尖，一次又一次地来回抚摩，越摸越产生新的幸福之感。在这种亲切的触摸之中，毫无任何欲念，只有一种静默的、惊愕的欢悦之情，因为她终于能够浮光掠影地占有我的一小部分肉体，并且向我表达她那难以估量的爱情。在这以后，我在女人的拥抱里，甚至在激情如火的女人的怀抱里也从来没有感到过比在这个轻柔如水飘忽如梦的爱情之戏中所体验到的更加激动人心的柔情蜜意。

这一幕到底持续了多久，我不知道。这样的一些经历使人忘却习惯的时间观念。这种羞答答、怯生生的轻柔抚摩发出一种使人昏迷，使人晕眩，催人入眠的作用，这个抚摩比上次的那个突如其来的灼热一吻更加使我激动，更加使我心神震颤。我一直没有力气把手抽回来——我想起了一句话："我只要你容忍我的爱情就行了。"——我在一种昏昏沉沉的梦寐状态之中享受这种一刻不停的酥麻的感觉，从我的皮肤一直侵入我的神经，可是与此同时，我在下意识里又因为这样过分地为人所爱而感到羞愧无地，而我自己呢，除了一股昏乱的羞怯和一阵难堪的畏惧之外，竟一无所感。

可是渐渐地，我的这种僵硬呆滞的状态，我自己也无法忍受——并不是她的爱抚使我厌倦，也不是她那纤秀的手指这样温暖地来回移动，这轻柔羞怯的接触使我难受。折磨我的，是我的手这样僵死地搁在那里，仿佛这只手不属于我，而抚爱这只手的那个人也并不属于我的生活。就像在半醒半睡的状态中听见教堂里钟声齐鸣，我知道，我必须作出一种回答——要么抵御这种爱抚，要么我也以爱抚相报。但是我既无力抵御，也无力以爱抚回报。我心里只是急着想结束这场危险的游戏，所以我小心翼翼地绷紧我的肌肉。我开始慢慢地，慢慢地，非常缓慢地把我的手从她两手轻柔的包围之中解脱出来——像我希望的那样，不被觉察地解脱出来。但是这个敏感的姑娘立刻感觉到——我自己都还没来得及弄明白——我的手已经开始在往回缩。她仿佛吓了一跳，猛地把我的手放开。她的手指宛如枯叶从树上凋落。突然间，使人酥麻的温暖从我的皮肤上消失。我有些窘迫地把我这只被她放弃的手又抽回到身边。因为与此同时，艾迪特的脸上又阴云密布，她的嘴角又开始抽动起来，显出一副孩子气的噘嘴赌气的样子。

"别这样！别这样！"我在她耳边悄声说道，我实在找不到别的话说，"伊罗娜马上就要来了。"我发现，我说了这些空洞无力的话，她只有颤抖得更加厉害，那股猛烈爆发的同情心又开始涌上我的心头。我向她弯下腰去，在她额上轻轻地飞快地吻了一下。

然而她灰色的双眸严厉地直瞪着我，一副抗拒的神气，仿佛看穿了我，她似乎已经猜到了我深藏在脑海里的思想。我没有能够骗过她那明察秋毫的感觉。她已经发现我的手慌忙逃走，我实际上挣脱了她的温存的爱抚，而我的匆匆一吻并不是真正的爱情，而只不过是窘迫和同情而已。

四十三

尽管我拼命作出种种努力，并没有表现出最大限度的耐心，并没有使出我最后的力量来装模作样，这始终是我在这些日子里犯的错误，我的不可挽回、不可原谅的错误。我白白地下定决心，不说一句话、不用一道目光、不做一个手势，让她感觉到，她的柔情蜜意使我心里很不舒服。我一再想起康多尔的警告，如果我刺伤了这个心灵脆弱容易受伤的姑娘，我会造成多大的损害，得承担多大的责任。你还是让她爱你吧，我一而再再而三地对我自己说，这八天你好好掩盖一下自己的感情，装出另一副面孔，维护一下她的自尊心。别让她感到你在欺骗她，你在加倍地欺骗她，因为你一面心情开朗、满有把握地谈到她不久就会恢复健康，而与此同时，内心又因为畏怯羞愧而暗暗发抖。我一再提醒自己：显得大大方方的，完全落落大方的样子，设法让你的嗓子听上去亲切动人，你的双手带着温存轻柔的情意。

但是一个女子一旦把她的爱慕之心向一个男子泄露，在这个女子和这个男子之间便有一种火辣辣的、神秘的、危机四伏的空气在震颤不已。恋人身上总拥有一种令人毛骨悚然的洞察一切的本领，能觉察被爱者的真实感情。爱情就其最内在的本质而言，总是希望一切都没有任何限制，因此，恰如其分的行为，一切中庸适度的行为对于恋人来说是使人反感、难以忍受的。只要对方的感情稍稍抑制，略为压抑，她就感到阻力，只要不是完全顺心遂意，她就有理由认为这里暗藏着抵抗的力量。当时我的举止态度想必有些尴尬慌乱，而我的言谈大概也有些不坦率真诚、不机灵巧妙的地方，因为我所有的努力都经受不住她那警觉的等待。最后一招我没有能够成功，我没有能使她信服，她心里充满了怀疑，越来越惴惴不安地预感到，我并没有把她渴望从我这里得到的那个真正的、唯一的东西给她：那就是用我的爱情回报她的爱情。有时候我们好端端地正在谈话——刚好在我最为热心卖力地争取她的信赖，争取她的友情的时候——她突然抬起她那灰色的眼睛，目光锋利地看着我；于是我总是不得不垂下我的眼睑。我觉得，她好像刺进一枚探针来检查我内心最深沉的底层。

就这样过了三天，我也受罪，她也受罪；我从她的目光里、沉默里，不断感觉到默默无声的、热切渴望的等待。然后——我想，这是在第四天吧——开始出现了那种古怪的敌意，起先我对此并不理解。我和平时一样，下午早早地就去了，并且给她带去了鲜花。她接过鲜花，也没抬起眼睛好好看上一眼，就懒洋洋地搁在一边，她想用这种着重强调的漫不经心的神气表示，我别指望用礼物可以赎买我自己。她简直是用轻蔑的口气说了一句："唉，何必破费，买这样美丽的花儿！"接着她马上把自己掩蔽在一种类似示威、敌意森然的沉默组成的壁垒后面。我设法落落大方地和她交谈。可是她充其量只回答我一声简短的"啊，是吗"，或者"原来这样"，或者"真怪、真怪"，而且总是叫人难堪地明显地表现出来，我的谈话一丝一毫也没有引起她的兴趣。她故意做出一些动作强调她的漫不经心：她把一本书摆弄来摆弄去，把书翻开，又撂在一边，把各式各样的东西都拿在手里玩玩，十分夸张地打了一两次呵欠，然后，我讲话正讲到一半，她就把用人叫来，问他把那件灰鼠皮大衣装进箱子了没有，等到用人说已经装进去了，她才转过脸来，冷冷地说了一句："您接着往下说吧。"这句话十分明显地让人猜出，下面那句没有说出来的话是："您在我面前胡言乱语，讲些什么，我全都不放在心上。"

最后，我觉得我的力量已经越来越不济。我多次向门口张望，而且张望得越来越频繁，看是不是终于会来个什么人，把我从这绝望的独白中解救出来，是不是伊罗娜或者开克斯法尔伐会来。但是我的这道目光也没有逃过她的注意。她假装很关切的样子问道，可是语气里暗藏着嘲讽："您找什么东西吗？您要什么吗？"我羞愧之余，无言以对，只是愚蠢地说了句："不，什么也不要。"也许我当时最明智的做法是公开接受这场战斗，对她嚷嚷："您到底要我怎么样？您为什么折磨我？如果您讨厌我，我也可以走开嘛。"可是我不是已经答应过康多尔，一定要避免一切粗鲁挑衅的话语吗？所以我并没有把这恶意的沉默像个包袱似的猛的一下子从我身上摔掉，而是愚蠢地把这谈话拖了两个小时之久，就像在炽热、沉默的沙砾上负重跋涉。直到最后，开克斯法尔伐终于露面。最近一个时期他总是怯生生的，这时他也是这样，说不定显得更加窘迫："咱们该吃饭去了吧？"

然后我们就围桌坐定，艾迪特坐在我的对面。她一次也没有抬起眼来看看，跟谁也不说一句话。我们三个人都觉得她这样强忍着一声不吭有一股顽固的劲头，咄咄逼人，叫人下不了台。正因为这个缘故，我更加使劲地设法创造气氛。我便大谈我们的上校，他就像个季节性的酒鬼每年照例一到六七月就要犯"演习病"，等到大练兵的日期越逼近，他就变得越来越激动，越来越吹毛求疵。为了让这愚蠢的故事妙趣横生，我就添枝加叶，加油加醋，尽管我的衣领仿佛直往里紧缩，勒着我的咽喉。然而只有另外两个人听了发笑，即便是他俩笑得也很勉强，而且显然在努力掩盖艾迪特的令人难堪的沉默。艾迪特这时却已经第三次故意夸张地打了个呵欠。可是我对我自己说，你只管一个劲地往下讲吧。于是我接着说，我们现在被他驱来赶去，大家都给弄得手足无措。尽管昨天有两名轻骑兵因为中暑从马上摔下来，这位残暴的剥皮上校还是每天收拾我们，而且越来越凶。究竟什么时候可以离鞍下马，现在谁也无法预卜。他这种演习症一犯，就让我们把最愚蠢的训练重复进行二十次、三十次。今天我费了九牛二虎之力，好不容易才顺利地及时溜走，至于明天我是否能非常准时地前来，那可只有天主和上校大人才知道，上校现在可是把自己看作天主在人世间的总督呢。

这当然是一句毫无恶意的话，不可能伤害任何人，也不可能使任何人受到刺激。这句话我是隔着桌子跟开克斯法尔伐说的，说得非常轻松愉快，说的时候看也没有看艾迪特一眼（她那直瞪瞪地凝视虚空的目光我早已无法忍受了）。这时突然什么东西叮当一响。这段时间里，艾迪特一直在心烦意乱地摆弄她的餐刀，这时她把这刀子往盆子上一扔，在我们惊愕之中，她口气尖厉地说道：

"好吧，既然到这儿来给您添了那么多烦恼，您还是待在营房里或者咖啡馆里好了。您不来，我们也活得下去的。"

就仿佛有人从窗外向里面开了一枪，我们大家都屏住呼吸，瞠目结舌。

"艾迪特？你别……"开克斯法尔伐嗫嚅着说道，他的舌头干得不行。

可是她猛地朝后往软椅里一靠，用嘲讽的口吻说道："哎呀，这位先生那么受罪，咱们也得可怜可怜他呀，这位少尉先生，他为何不能从我们这儿请一天假，休息休息！我自己可乐于放他一天假呢。”

开克斯法尔伐和伊罗娜神情慌乱地面面相觑。他俩立刻明白，一股淤积已久的无名火现在没头没脑地发泄到我身上来了。从他们转过脸来看我的那种神气，我感觉到，他们担心我会粗鲁地回答她的粗鲁。正因为如此，我特别控制住自己。

“您知道吗，艾迪特，其实您说得很对，”我的心突突直跳，可是我还是说得尽可能地亲切温和，“我在外头劳累了一天，到这儿来，你们的确不可能希望我成为一个很好的谈话对手。刚才这段时间我自己也感觉到，我今天可把您烦得够呛！不过您这几天也只好对这么个累得半死不活的家伙将就一下了。我能到你们这儿来，还能有多久呢？这座府邸肯定会变成空屋一所，你们大家都要离去。我还很难想象，我们连头带尾只能在一起再待四天，四天，其实只有三天半，然后你们……”

可是这时候从对面响起一声长笑，尖厉刺耳，就像一块布撕裂开来。

“哈！三天半！哈哈！连这半天他都计算得清清楚楚，算他什么时候终于能摆脱我们！他大概还特意买了一个日历，上面用红笔标上记号：假日，我们出发的日子！不过您可得注意！一个人有时候也会完全算错的。哈！三天半，三个整天，一个半天，一个半天，一个半天……”

她笑得越来越起劲，一面笑，一面用严酷的眼光向我们扫来，可是她笑的时候，浑身哆嗦。使她浑身颤抖的，与其说是一种真正的欢快情绪，不如说是发着凶险的高烧。我注意到，她恨不得霍地跳起身来，她这样激动，这样兴奋，其实跳起来是最自然最正常的动作。可是她的两条腿无力无援，她无法离开她的软椅走开。这样像用一道符咒硬给禁锢在那里，这就使她的愤怒带有一种恶狠狠的劲头，一种无力抵抗的悲剧色彩，犹如一只囚禁在铁笼里的猛兽。

“马上就来，我这就去叫约瑟夫。”伊罗娜脸色煞白，凑在她耳边低声说道。多年来，伊罗娜已经习惯于猜出她的每一个动作。做爸爸的立刻走到她的身边。不过事实证明，他的担心是多余的，因为等用人一进来，艾迪特就一声不响地让用人和开克斯法尔伐把她扶出去，既没有说一句话告别，也没有说一句话道歉。显然她是由于我们惊愕的神情才看出她引起了多大的骚乱不宁。

只剩下我和伊罗娜两个人。我就像是一个乘飞机坠落的人，吓得浑身发僵，昏头昏脑地站起来，不知道到底出了什么事。

“您得知道，”伊罗娜急急忙忙地对我悄声说道，“她现在一夜一夜都不睡觉。一想到出门旅行，她就激动不已……您真不知道……”

“不，伊罗娜，我知道。我什么都知道，”我说，“正因为这个缘故，我明天再来。”

四十四

我被这个场面弄得心情激动，回家路上，我果决地对自己说："挺住！坚持住！"一定要坚持住！你已经答应过康多尔，你的诺言可要算数。千万不要一时神经激动或者脾气发作而迷失方向！始终要清醒地意识到，这种敌意实际上只是一个人的绝望心情，这个人爱你，你因为狠心冷酷而有负于她。坚持到最后一小时——现在一共不过三天半时间。三天一过，你就经受了这个考验，你就可以卸去负担，一身轻松，一连几个星期，几个月之久！现在耐着性子，忍耐些——只有这最后一程，这最后的三天半，这最后的三天！

康多尔的感觉很对。只有那些无法估量、把握不住的东西才吓唬住我们。相反，一切有限的东西，一切确定的东西刺激人们去试验，变成衡量我们力量的尺度。三天——我觉得，这我是干得了的，意识到这一点，我心里就踏实了。第二天我值勤干得十分出色，这点可以说明很多问题，因为这一次我们得比平时早一小时到练兵场上拼命地来回操练，直到汗水流进我们的领子。使我自己也感到意外的是，我甚至使那位怒气冲冲的上校也不由自主地脱口说了句："这还不错。"结果这一次狂风暴雨就更加凶猛地落在斯泰因许贝伯爵的头上。伯爵是个狂热的骏马迷，前天刚弄到一匹新的高腿的红鬃烈马，一匹年轻的、难以驯服的纯种马。可惜他自恃骑术高明,如此轻率不慎,竟事先没有好好地试马。正在布置操练的时候,一只飞鸟的影子把这匹狡猾的马给惊了,它就疯狂地扬起了前蹄;第二次是在进攻的时候,它干脆狂奔乱窜。倘若斯泰因许贝不是一个如此出色的骑手,全线官兵将会看见他姿势新奇地从马上直栽下来。经过一场类似杂技般惊险的搏斗他才把这匹扬蹄奋鬃的惊马制伏,然而他的这个值得称道的成绩并没有使他从上校嘴里听到什么令人愉快的赞扬。上校恶狠狠地咕噜道,他永远禁止在演兵场上表演马戏团里的杂耍。倘若伯爵先生对战马一窍不通,他至少应该事先在驯马场把坐骑好好训练一番,别在全团士兵面前这样丢人现眼。

这句恶毒的话使得骑兵上尉心里极端难受。在策马回营以及后来在餐桌上,他都还在一再说明,他遭到了多大的冤枉。这匹战马本来就血气太旺,大家以后会看到,这匹红鬃烈马会出息成一匹神骏的战马的,只要把它身上的怪脾气彻底纠正过来就行了。可是这位怒气冲冲的先生情绪越激动,伙伴们冷言冷语刺得越凶。大家连讽刺带挖苦,说他准是受骗上当了,把他激得真是火冒三丈。辩论越来越激烈。正在进行这场热烈的讨论的时候,有个勤务兵从背后走近我的身边:

“请您接电话,少尉先生。”

怀着不祥的预感,我一跃而起。最近几星期,通过电话、电报和信件总是只给我带来一些叫人伤透脑筋、使人惊慌失措的消息。她又要怎么样了?大概她现在觉得今天下午不让我去挺过意不去。好吧,如果她觉得后悔,那一切全都好办。反正我还是把电话亭的那扇加了一层软垫的门在我身后关得严严实实,仿佛这门啪的一响,我就把我在军营服役的那个世界和另外一个天地之间的任何联系全都切断。打电话来的是伊罗娜。

“我只是想告诉您，”她在话筒里说——我觉得，她的口气有些拘谨——“最好您今天不要出城来。艾迪特不怎么舒服。……”

“该不是严重的病吧？”我打断了她的话。

“不，不严重……我只是想，我们今天最好还是让她好好休息一下，然后……”——她很奇怪地犹豫了很久——“然后……现在反正也不在乎这一天半天。我们不得不……我们看来不得不推迟行期。”

“推迟？”我问话的口气听上去一定显得惊恐万状，因为她急忙补充道：

“是的……不过我们希望，只推迟几天……再说，这事我们明天或者后天好好谈谈。……说不定在这段时间里我还会打电话给您……反正我只是想很快地把这事通知您……好吧，最好今天别来……好吧……祝您一切顺利，再见！”

“好吧，不过……”我结结巴巴地往话筒里说道。可是再也听不见回答。她已经把电话挂上了。真奇怪——她为什么这样急急忙忙地中断这次谈话啊？中断得这样快，仿佛她怕我继续问她似的。这想必有什么含义吧……究竟为什么要推迟？为什么要推迟行期，不是动身的日子和其他一切都仔细地确定下来了吗？康多尔说过，就八天。八天，我内心也已经完全作好了八天的思想准备，可是现在又要……不可能……这是不可能的啊……老是这样时起时落，这我受不了……我的神经忍受刺激也是有限度的啊，终归我也得安静安静啊……

这电话亭里的确这么热吗？我像一个即将窒息的人，一下打开那扇加了一层软垫的门，步履沉重地回到我的座位上。大家似乎并没有注意到我刚才起立走开。其余的人还在和斯泰因许贝激烈争论并揶揄他。在我这张空椅子旁边,站着勤务兵,手里拿着盛烤肉的大盘,耐心地等候。为了赶快把勤务兵打发走,我机械地夹了两三片肉,放在我的盘子里,但是我动也不动我的刀叉,因为我的两个太阳穴之间开始响起一阵猛烈的嘀嗒嘀嗒声,就像有把小铁锤无情地把“推迟!行期推迟!”这几个字凿在我的骨头里。这里面准有个原因。肯定发生了什么事。莫非她得了重病?难道我得罪了她?她为什么突然一下子不想走了呢?康多尔不是答应我,我只要坚持八天就行了吗,我已经熬过五天了……不过我不能坚持更久了……我实在受不了啦!

“喂,你在胡思乱想些什么呀,东尼?看来,我们的烤肉不怎么合你的口味。可不是嘛,看得出来,这是吃惯了山珍海味的缘故。我总是说,他嫌咱们这里的东西样样都不够精美。”

这个该死的费伦茨,老是发出这种好心好意的、黏黏糊糊的笑声,嘴里不干不净地老是影射暗示,仿佛我在城外成了一个座上的食客似的。

“见鬼,让我安静一会儿,收起你的这些愚蠢的笑话吧!”我对他嚷道。积在我胸中的全部愤怒想必都注入了我的声音,因为桌子对面有两个见习军官不胜惊讶地抬起头来望着我。费伦茨把手里的刀叉放下。

“喂,东尼,”他带着威胁的口气说道,“我可不许你用这种口气跟我说话。在饭桌上大概还是可以开开玩笑的吧。别处的饭菜是不是更配你的胃口,你完全可以自己判断,这是你的事,和我毫不相干。可是在我们的饭桌上,我还是可以冒昧地说一句,你把我们的午饭放在那里,没有碰过。”

坐在附近的人都很感兴趣地看着我们两人。刀叉在盘子上碰击的声音陡然间轻了下来。甚至于少校也眯缝起眼睛向我们这边投来锋利的一瞥。我看到,现在已到紧要关头,得弥补一下我因为控制不住自己而捅下的娄子。

“喂,费伦茨,你这小子,”我勉强笑了起来,回答道,“你会非常仁慈地允许我也会头痛一回,也会觉得不怎么舒服吧?”

费伦茨立刻乘势下了台阶。“啊,对不起,东尼,谁想得到呢?的的确确,你的气色很坏。已经好几天了,我一直觉得,你看上去不特别对劲。不过——你又会振作起来的,我对你毫不担心。”

这个意外的事变总算顺顺当当地平息了。可是我心头的怒火依然熊熊燃烧。城外这一家子在跟我搞什么鬼名堂啊?忽而这样,忽而那样,时高时低,忽冷忽热——不行,我不让他们这样弄得我疲于奔命!我已经说过三天,就算三天半,一个钟头也不多等!不管他们推迟还是不推迟,对我全都一样!我再也不伤脑筋,再也不让这该死的同情心来折磨我自己。再这么下去我会发疯的。

我得控制住我自己,免得泄露我心里的怒气。我恨不得拿起酒杯夹在手指缝里一个个弄碎,或者用拳头猛击桌子。我觉得,我无论如何得干点暴力行为,来摆脱这种内心的紧张情绪。绝对不能束手无策地坐着,焦躁不耐地等着他们是再写信来呢还是打电话来,推迟行期呢还是不推迟。我实在受不了了,我得干点什么才行。

这时候,对面的伙伴们还在十分激动地讨论不休。“我跟你说,”身材瘦削的约茨西用嘲讽的口气说道,“这个马贩子把你从上到下全都给骗了。马儿的事,我也懂得那么一点,这匹劣马你是对付不了的,谁也降伏不了它。”

“是吗?这我倒要看看,”我突然插入他们的谈话,“我倒要看看,这么一匹马真的谁也对付不了。斯泰因许贝,你说,我现在把你这匹红鬃烈马拿来骑上一两个小时,给它点厉害瞧瞧,直到它服帖为止,这样做,你反对吗?”

我不知道,我这念头是怎么来的。可是我想向什么人或者什么东西发泄一下我的怒火,想找人殴斗、厮打,这种欲望在我心里是如此强烈,以致碰巧有个碴儿,我就抓住不放。大家都不胜惊讶地瞅着我。

“祝你幸运,”斯泰因许贝笑道,“如果你有胆量,你这样做甚至还会使我高兴呢。我今天不得不使劲地把那畜生拉过来拽过去,简直手指头都抽筋了。倘若有个新的骑手能骑骑这匹劣马,那是再好不过了。要是你觉得合适的话,咱们马上就可以开始!前进,来吧!”

大伙都从座位上跳了起来,愉快地预感到会有一场真正的“逐猎好戏”可看。我们走到马厩里去把“恺撒”牵出来——斯泰因许贝也许有点过于鲁莽地把这不可征服的名字赋予他的大胆放肆的坐骑。我们这一帮人七嘴八舌闹哄哄地围着马厩,使得“恺撒”也觉得有点心里发毛。它在狭窄的格子里乱喷鼻子,浑身抽动,跳来蹦去,猛挣笼头,碰得马厩的横木咯吱咯吱乱响。我们费了大劲才把它弄到驯马场上。

一般说来,我只是一个中上水平的骑手,根本比不了像斯泰因许贝这样一个热衷于戎马生涯的骑兵。可是今天他再也找不到一个比我更恰当的人选,而桀骜不驯的“恺撒”也找不到一个比我更危险的敌手。因为这一次,愤怒使我的肌肉变得坚硬有力。我心里产生一种邪恶的欲望,一心只想收拾什么,降伏什么,于是我几乎产生一种残忍的乐趣:至少让这犟头倔脑的畜生看看(对于难以企及的东西,你是无法挥拳击去的!),我的忍耐是有限度的。这匹勇敢矫健的“恺撒”像礼花焰火一样到处乱窜,用蹄子猛踢墙壁,扬起前蹄弓起身子,猛不丁地向横里猛跳,试图把我从马鞍上掀下来，然而无济于事。我这时精力旺盛，我便无情地拉住它的嚼子，仿佛想把它的牙齿全拔下来似的。我用鞋后跟猛踹它的两肋，这样收拾的结果，它的怪脾气不久全都化为乌有。它的顽强的抵抗刺激我，引诱我，使我精神振奋。同时军官们赞许的词句："了不起，他给了它点颜色看看！"或者"瞧瞧咱们霍夫米勒！"鼓舞我勇气倍增，稳操胜券。体力上的胜利产生出来的自信，总会过渡为精神上的自信。经过半小时肆无忌惮的搏斗，我终于以胜利的姿态稳坐在马鞍上，在我胯下，这匹被我驯服的坐骑磨牙嚼齿，热气蒸腾，汗如雨下，仿佛刚洗了一个热水淋浴。脖子上和皮笼头全部溅满白沫，两只耳朵驯服地耷拉下来。又过了半个钟头，这匹不可征服的战马已经步伐柔顺，我要它怎么走就怎么走了。我根本用不着再把大腿夹紧，完全可以平平稳稳地翻身下马，接受伙伴们的祝贺。可是我身上依然还有许多渴望格斗的劲头没使完，拼命使劲之后，情绪高涨，我觉得非常舒畅，于是我请求斯泰因许贝允许我现在再驱马出城到练兵场上去骑上个一两小时，当然是用小跑步，以便这匹汗水淋漓的马儿能落落汗，凉快凉快。

"当然可以，"斯泰因许贝向我点头笑道，"我已经看出来了，你会完整无损地把它给我带回来的。这匹马现在已经不会再演出这种好戏了。好样的，东尼，我向你致敬！"

于是我在伙伴们暴风雨般的喝彩声中策马走出驯马场，紧勒住缰绳，把这匹降伏了的坐骑带到城外，然后引上草地。马儿走得轻松舒畅，我自己也感到轻松舒畅。我的全部火气和愤怒在这费劲吃力的一小时里已经完全发泄到这头桀骜不驯的牲口身上；现在"恺撒"驯良平和地踏着小跑步，我必须承认斯泰因许贝说得对，"恺撒"的步态的确非常优美。奔驰起来，哪一匹马也及不上它那么潇洒，柔和，富有弹性。我原来的不快渐渐消失，代之以一种享受美味似的、几乎像做梦似的愉快心情。我骑着这匹马转来转去，足足一个钟头。最后，到四点半，我便慢慢地策骑回营。我们两个，“恺撒”和我，今天都受够了。我让马儿踏着舒舒服服、颠簸摇摆的小跑步，沿着我十分熟悉的公路又返回城里，我自己也已经有些晕晕乎乎。这时候从我身后大声响起了刺耳的汽车喇叭声。神经质的红鬃烈马立刻竖起耳朵，浑身开始发抖。可是我及时感到，马儿受惊了，便一把抓紧缰绳，两腿一夹，把马儿从大路中央赶到路边一棵树的旁边，让汽车能够顺利无阻地通过。

汽车的司机想必十分体谅行人，他正确地理解了我小心谨慎地驱马跳到路边的这一动作。他用最低的速度把汽车慢悠悠地开过来，几乎都听不见马达的响声。我这样密切注意这匹浑身哆嗦的马儿，两腿紧紧地夹着，时刻等候着马儿往横里一跳或者突然往后倒退。其实我这样做几乎是多余的，因为等汽车现在从我们旁边开过，这个牲口静静地站着，一动不动。我完全可以抬起头来瞧瞧。可是，正当我抬起目光的这一瞬间，我发现，有人从这辆敞篷车里向我招手。我立刻认出了康多尔圆圆的秃脑瓜，旁边是开克斯法尔伐的头颅，活像一枚鸡蛋，上面薄薄地盖了一层白头发。

我不知道是我胯下的马在发抖还是我自己在哆嗦？这是怎么回事？康多尔到这儿来了，可是没有通知我。他想必到开克斯法尔伐家去过了，老人现在正挨着他坐在车上呢！可是他们为什么不把车停下来向我打个招呼？他们两个为什么像陌生的路人似的径自从我旁边驰过？怎么康多尔突然间又到乡下来了？两点到四点——平素这时候他可是在维也纳给人看病呢。他们想必特别紧急地把他召来，而且一清早就给他打了电话。准是出了什么事。这事肯定和伊罗娜打来的那个电话有关：他们不得不推迟行期，叫我今天不要出城去。一定出了什么事，他们正瞒着我呢！终归她是寻了短见——昨天晚上，看她神气就像铁了心，有一种嘲弄人的胸有成竹的样子，一个人只有打算去干什么邪恶的事情，危险的事情，才会有这种神气。她肯定寻了短见！我是不是飞马去追汽车，也许我在火车站还能赶上康多尔！

可是说不定——我又很快转念想了一想——他还根本没有动身。不，如果的确发生了什么不幸的事情，他不给我留下一个消息是绝不会回维也纳去的。也许此刻已经有他写的一行字留在军营里。这个人不会撇开我干什么秘密的勾当，不会干什么秘密的勾当来反对我，这我是知道的。这个人不会让我陷入困境而不搭救我的。现在得赶快进城去！肯定在我家里会有他的一句话、一封信、一张纸条，要不就是他本人在我那里。赶快进城去吧！

四十五

一到兵营，我急忙把马儿关进马厩，为了避开人们的废话和祝贺，从旁边的楼梯跑到楼上。果然——库斯马已经等在我的房门口，他神情有些慌乱地向我报告：他不敢把这位先生打发走，因为他觉得事情很急。我原来曾经给过库斯马一道严令，谁也不让进入我的房间。可是大概康多尔给了他一点小费吧——所以库斯马这样害怕这样慌张，然而这种害怕慌张的神气很快就转化为暗暗惊讶，因为我并没有训斥他，而只是和蔼地咕噜了一声“没关系”，便向房门闯去。谢天谢地，康多尔来了！他会把一切事情都说给我听的。

我急急忙忙地推开房门，遮去光线，屋里显得昏暗（库斯马为了不让热气进屋放下了百叶窗），我立刻在最远的一个角落里看到有个人影动了一下，仿佛是从阴影里冒出来的。我已经打算热情地向康多尔迎了上去，这时我才认清——这可并不是康多尔啊。在这儿等我的是另外一人，恰好是我最不希望在这儿见到的那个人。这人是开克斯法尔伐：即使屋里更加昏黑，我也可以凭他胆战心惊地站起身来鞠躬敬礼的神气从千万个人当中认出他来。他干咳几声清清嗓子，还没有开口，我已经预先知道他的嗓子要带着一个低声下气、深受震动的语气说话。

“对不起，少尉先生，”他鞠了个躬，“我未曾通报就径自闯到您这儿来了。不过康多尔大夫委托我，特地向您致意，请您务必原谅，他没有让汽车停下……时间已经非常紧迫，他无论如何一定要赶上去维也纳的快车，因为他晚上在那儿……所以他请求我，立刻告诉您，他深表遗憾……只是因为这个缘故……我是说，只是因为这个缘故我才不揣冒昧，亲自上楼到您这儿来……”

他站在我的面前，低着头，仿佛有个看不见的枷锁套在头上。他那瘦骨嶙峋的脑壳盖了一层梳向两边的薄薄的头发，在黑暗中闪闪发光。他的态度完全用不着这样卑躬屈膝，这开始使我恼火起来。有一种不愉快的感觉明确无误地告诉我：他说话这样狼狈周章地东拉西扯，背后总有一个明确的目的。倘若仅仅为了转达可有可无的问候，一个身患心脏病的老人是不会爬上四层楼来的。这些问候完全可以通过电话来转达或者留到明天再说。我对我自己说，注意！这个开克斯法尔伐在动你的脑筋。他已经有过一次从黑暗中跳了出来。他开头的时候像乞丐一样低声下气，可是到末了，他把自己的意志强加在你的身上，就像你梦中的精怪让那个富有同情心的人屈从自己的意志一样。千万不要向他让步！千万不要上他的钩！什么也不要问他，什么也别打听，尽快地把他打发走，送他下楼！

可是站在我面前的是一个老人，谦卑地低垂着头。我看见他那白发稀疏的头顶，我仿佛从梦中回想起我祖母的头顶，她低头编织毛线，跟我们这些小孩子讲故事。总不能鲁莽无礼地把一个生病的老人撵走啊。尽管有了许多经验，我仍然不可教诲，于是我指了指椅子：“您太客气了，封·开克斯法尔伐先生，您竟然劳动大驾爬上楼来。您实在太客气了！您请坐啊！”

开克斯法尔伐没有回答。他大概没有听清楚，可是他至少明白了我的手势。他畏畏缩缩地在我请他坐的那张椅子的边上坐了下来。我像闪电似的飞快想起,他年轻的时候吃救济饭,在穷苦人吃饭的饭桌上找个空座位坐下的时候一定也是这样畏畏缩缩。现在他身为百万富翁坐在我房里的这张寒碜已极的破旧藤椅上面,就是这副神气。他慢条斯理地取下眼镜,从口袋里掏出手帕,开始擦拭两个镜片。不过,我亲爱的,我已经学乖了,我已经领教过你擦镜片这一招了,你的花招我全都有数!我知道,你擦眼镜是为了争取时间。你要我开始这场谈话,你要我开口问你,我甚至知道你要我问些什么——艾迪特是不是真的病了?为什么要推迟行期?不过我已经安了个心眼。你如果有什么话要跟我说,你就请吧!我是一步也不会往你面前凑的!不——我绝不再受骗上钩了——,这该死的同情心,我受够了,这样没完没了的得寸进尺,我也受够了!该结束这些藏头露尾捉摸不透的把戏了!你要是有什么事情有求于我,你就快说,老老实实地把话说出来,别的话不说,老这么傻乎乎地猛擦眼镜!我不会再上你的当了,我的同情心已经叫我受够了!

老人终于无可奈何地把擦拭得干干净净的眼镜搁下,仿佛我那紧闭的嘴唇后面一些没有说出口的话他都已经听见了似的。他显然已经感觉到,我不愿帮他的忙,他得自己开口才行。他执拗地低着头,也不往我这边扫一眼,便开始说话。他只是对桌子说,好像他希望从这坚硬的、布满裂纹的木头上比从我这儿得到更多的同情。

“我知道,少尉先生,”他窘迫地开口说道,“我没有权利,——啊,的确是这样,我没有权利占用您的时间。不过叫我怎么办呢,叫我们怎么办呢?我实在走投无路,我们大家都走投无路了……天知道,她是怎么产生这种怪念头的,简直没法跟她谈,她谁的话也不听了……可我明明知道,她这样做并非出于什么坏的目的……她只是不幸,难以估量的不幸啊……完全由于绝望她才让我们受这份罪……请您相信我,仅仅由于绝望她才这样。”

我等他往下说。他这话什么意思？她让他们受了什么罪了,究竟是什么呀？你倒是把话都和盘托出呀！你何必故弄玄虚拐弯抹角呢,你为何不开门见山地说出来出什么事了？

可是老人神情茫然地直瞪着桌子。“而其实呢,一切都彻底讨论过,一切都准备就绪了。卧车车厢已经订下,最漂亮的房间已经预订,昨天下午她还迫不及待地想走。她亲自把准备带走的书全都挑选出来,把我让人从维也纳给她送来的新衣服和皮大衣都一一试过,可是一下子她脑子里钻进去了一个怪念头,我真不明白,就在昨天晚饭以后——您还记得,她当时情绪是多么激动。伊罗娜不明白,谁也不明白,什么怪念头突然钻到她心里去了。可是她连说带嚷,发誓赌咒,无论如何绝不动身。世界上没有一种力量能把她拖走。她说,她永远待在这里,待在这里,待在这里,即使把她头上的这幢房子放火点着,她也待在这里不动。她说,她不参加这骗人的把戏,她也不受人欺骗。大家只想用这次疗养把她弄走,把她摆脱掉。可是我们大家都大错特错了,我们大家！她干脆就不走,她永远待在这里,待在这里,待在这里。”

我感到身上一阵寒噤。这么说,在昨天的那阵愤怒的纵声大笑背后原来藏的是这个。莫非她已经注意到我已经支持不下去了,于是她安排了这么一幕,为的是要我答应她,随后跟到瑞士去？

然而,我命令自己:别卷进去。别表现出这事使你激动！别向这老人暴露,她待在这里使你神经撕裂！于是我故意装傻,相当漠不关心地说道:

“唉,这种事情是常有的！她的脾气时阴时晴,像天气一样瞬息万变,这您不是知道得最清楚吗？伊罗娜在电话里告诉我,只不过把行期推迟几天而已。”

老人叹了口气。这声叹息从他心里沉重地发出，宛如一声地震，就仿佛这猛然一震，把他胸中最后一点力气也夺了出来。

“唉，天主啊！要只是这样可就好了！然而可怕的是，我担心……我们大家都担心，她根本就不愿意再出门了……我不知道，我真不明白——，这次疗养她能否治好，她突然之间都觉得无所谓了。‘我再也不让人家折磨我了，我再也不让人家在我身上瞎治一气，这一切全都毫无意义！’她净说些这样的话，说得我的心都停止跳动了。‘我再也不让人家欺骗我了，’她又哭又嚷，‘我什么都看透了，我一切都看透了……一切！’”

我迅速地考虑了一下。我的天啊，莫非她觉察到蛛丝马迹了吗？难道我暴露了我的心事？是不是康多尔不小心干了一件傻事？她是不是有可能听了我们漫不经心地说出的一两句话，于是产生怀疑，觉得这次到瑞士去疗养有些事不大对头？还是说她锐利的目光，她那充满怀疑的锐利目光末了已经看穿，我们把她送走其实毫无用处？于是我小心翼翼地试探口风。

“这我真不明白……令爱平时不是对康多尔大夫无条件信任的吗？既然是他如此热心地劝令爱去疗养……那我实在不明白这事了。”

“是啊，可是事情就是这样！……这简直是发疯，她根本什么疗养也不想要了，她根本就不愿意再把病治好了！您知道，她说了些什么吗？……‘我无论如何绝不走开，我已经听够了这些谎话了！……宁可当一辈子残废，像我现在这样，永远待在这里……我不愿意再把病治好了，我不愿意，这一切都没有什么意义了。’”

“没有意义？”我一筹莫展地重复了一遍。

可这时老人把头垂得更低，我再也看不见他泪汪汪的眼睛，再也看不见他的眼镜。只有从他那薄薄的一层稀疏的白发上我发现,他开始浑身激烈地哆嗦起来。然后他喃喃地说道,含糊得几乎听不明白:

“她一面说一面啜泣:‘我就是治好了也没有什么意思,因为他……他……’”

老人深深地吸了口气,好像接下来要使大劲似的。然后他终于吐出了这句话:“他……他心里对我不是除了同情什么也没有吗?”

开克斯法尔伐把“他”字一说出口,我顿时感到浑身冰凉。他向我这样暗示他女儿的感情,这还是第一次。很久以来我就已经发现,他显然在回避我,是啊,他简直都不敢正眼看我,而他先前是多么温柔多么急切地争取我啊!可是我知道,使他和我疏远的原因是羞愧。眼睁睁地看着自己的女儿在追求一个男子,而此人却从她身边逃走,这对于这位老人想必是十分可怕的事情。她内心的秘密自白想必使老人受尽了折磨,而她那毫不掩饰的欲望想必使他羞愧无地。他和我一样,也失去了落落大方的态度。谁要是掩饰什么或者不得不掩饰什么,他的目光就不会坦然直率,自由无羁。

可是现在这话已经说出口,这一个打击同时落在我们两人的心上。这句泄露天机的话一说出来,我们两个都默不作声地坐着,互相避免与对方的目光接触。我们两人只隔一张桌子,在这狭小的空间,凝止不动的空气里笼罩着一片沉默,犹如一股黑色的煤烟溢向天花板,充满了整个房间;这一片空漠从上,从下,从四面八方压迫我们,猛挤我们,我从他那艰难费劲的呼吸声中听出,这片沉默是如何难堪地紧扼着他的咽喉。再过片刻,这种压力想必就会使我们窒息,要不,我们当中就会有一人直跳起来,说一句话,打破这片压迫人的致人死命的空漠静寂。

这时突然发生了一件事情:我起先只发现,他做了一个动作,一个古怪的、迟钝而又笨拙的动作。接着我看见,老人猛不丁地像软绵绵的一袋面粉从椅子上掉了下来。在他身后,那把椅子轰隆一声巨响,倒在地上。

中风了——这是我脑海里闪过的第一个念头。准是突然中风了。他不是患有心脏病吗,康多尔跟我说过这事。我大吃一惊,跳过去想扶他起来,让他在沙发上躺下。可是这时我发现,老人根本没有跌倒,根本不是从椅子上摔下来。他是自己从椅子上滑下来的。我开头激动地跳过去,完全没有注意到,他是故意滑下去跪在地上的,现在我要把他扶起来,他便滑到我的身边,抓住我的双手,苦苦哀求:

"您必须帮助她……只有您才能帮助她,只有您……康多尔也这么说:除了您,别人谁也帮不了!……我求求您,可怜可怜她吧……这样下去是不行的……要不然她会寻死的,她会毁掉她自己的。"

尽管我的双手颤抖得十分厉害,我还是用力把他一把拉起来。可是他紧紧抓住我这两条扶着他的手臂,我觉得,他那拼命紧抓的手指,活像鹰爪,一直掐进我的肉里——这个精怪,我梦里的这个胁迫富有同情心的人的精怪。"帮帮她吧,"他气喘吁吁地说道,"看在上天的分上,请您帮助她吧……我们总不能让这孩子老是处于这种状况……我向您发誓,这可是性命攸关的事情啊……您真难以想象,她在绝望之中都说出什么荒谬绝伦的事情来了……她抽抽泣泣地说,她得把自己挪开,得把自己打发走,以便您可以得到安宁,我们大家终于可以得到安宁,不再被她打扰……这种话她并不是只说说而已,她可是认真已极的……她已经有两次设法自杀了，第一次她切开了动脉，第二次是服安眠药。她要是真想干什么，那谁也没法叫她改变主意，谁也不行……现在只有您可以救她，只有您……我向您起誓，只有您一个人……”

“这是不言而喻的，封·开克斯法尔伐先生……请您先平静一下……只要力所能及，我将竭尽全力，这是不言而喻的。如果您愿意的话，我们现在马上就乘车出城去，我设法劝劝她。我马上跟您一起去。要我向她说什么，做什么，完全由您自己决定。”

他蓦地放开我的手臂，眼睛直瞪我。“要您做什么？……难道您真的不明白，还是您不愿意明白？她不是已经向您吐露衷情，决定委身于您，现在她因为做了这事，羞愧得无地自容。她给您写了信，而您并没有回信，现在她白天黑夜地在折磨自己，说您让人家把她弄走，想摆脱她，因为您看不起她……她现在害怕您看见她会感到恶心，都怕疯了……因为她……因为她……如果让人家这样等下去，是会把人家毁掉的，是会把一个这样性情高傲、感情激烈的人——就像这孩子一样——彻底毁掉的，这您难道不懂吗？为什么您不给她一点希望？为什么您不跟她说句话，为什么您对她这样残忍，这样没有心肝？为什么您把这可怜的、无辜的孩子折磨得这样惨？”

“我不是已经尽我所能来安慰她了吗？……我不是已经跟她说过……”

“您什么也没有跟她说过！您想必自己也注意到，您跑来沉默不言，简直都把她弄疯了，因为她只等待着一句……等待着每一个女子都希望从她所爱的男子嘴里听到的一句话……只要她的身体一直这样虚弱无力，她是绝不敢有任何希求的……可是现在，她不是肯定要恢复健康了吗？不出几个星期，肯定要完完全全恢复健康，为什么她不能像任何一个别的年轻姑娘那样希望得到同样的东西，为什么不可以……她不是已经向您表示过，跟您说过，她是如何焦躁不耐地等待您的一句话……她能做的，都已经做了，她总不能超过这个限度……她总不能向您乞求……而您呢，您一句话也不说，那句能使她幸福的话，您偏偏不说！……说这句话对您来说难道真的那么可怕吗？您要是说了将得到一个人在世界上可以得到的一切。我老了，身上也有病。我拥有的一切，都留给你们，这座府邸，这所庄园，以及我四十年来攒下来的六七百万家产……这一切都将属于您……明天您就可以得到这笔财产，哪天都行，什么时候都行，我自己什么也不要……我要的只是，在我离开人间之后有个人来照顾这个孩子。我知道，您心地善良，为人正派，您会爱护她，您会好好地待她的！”

他气急得说不下去了。他浑身无力、毫无防备地又跌坐在软椅里。我也把我的力量耗尽了，我也精疲力竭地倒在另一把椅子里。于是我们又和先前一样面对面坐着，默默无言，也不对视。我不知道这样坐了多久。只不过有时候我觉得，他死命抓住的桌子被他身体发出的猛烈颤动震得微微晃动。又不晓得过了多少时间——我听见很脆的一响，像有什么硬的东西落在硬东西上。他深深低垂的前额碰在桌面上。我感到，这人在受苦，我心里强烈地感到需要安慰安慰他。

“封·开克斯法尔伐先生，”我向他弯下身子，“请您信任我……我们把一切好好考虑一下，平心静气地考虑一下……我再向您重复一遍，我完全供您差遣……只要是我力所能及的事，我将全部办到……只不过那一点……您刚才暗示的那件事……这是不可能的……完全是不可能的。”

他像一头野兽挨了最后的致命一击，倒在地上，微弱地颤动了一下。他那因为激动沾了些白沫的嘴唇吃力地动了一下，可是我不给他说话的时间。

“这是不可能的，封·开克斯法尔伐先生，咱们别再往下谈了……请您自己考虑一下……我到底是个什么人物啊？一名小小的少尉，全靠薪俸和每月数额极小的津贴生活……凭这样有限的收入是没法成家的，靠这点钱没法生活，没法供两个人生活……”

他想打断我的话。

“是的，我已经知道，您想说什么，封·开克斯法尔伐先生。您认为，钱不成问题，这方面已经安排好了。我也知道，您是个富翁，而且……我可以得到您所拥有的一切……不过正因为您是百万豪富，而我不名一文，是个无名小卒……恰好是这点使得一切都不可能了……每个人都会认为，我这样做只是为了钱，我把我自己……请您相信我吧，就是艾迪特也会一辈子摆脱不了心里的怀疑，怀疑我只是为了钱才娶了她，尽管……尽管有些特殊的情况……请您相信我，封·开克斯法尔伐先生，这事是不可能的，尽管我真心诚意地、诚诚恳恳地敬重令爱而且……而且……而且也喜欢她……不过这点您总该明白吧。”

老人一动不动。起先我以为，他根本没有理解我说的话。可是渐渐地他那无力的身躯动了起来。他费力地抬起头来，直愣愣地望着面前的一片虚空。然后他用双手抓住桌沿，我发现，他想把他沉重的身体撑起来，他想站起来，可是没有马上办到。他又试了两三次，还是气力不支。最后他终于慢慢地撑了起来，因为使劲，身体还是摇摇晃晃地站在那里，在黑暗中犹如一个黑影，两个瞳孔呆滞不动，活像两块黑色的玻璃。然后他自言自语地说道，口气完全陌生，漠不关心的神气叫人听了毛骨悚然。就仿佛他自己的、人的声音已经死去：

“那么……那么一切都完了。”

这种口气听起来可怕,这种彻底自暴自弃的神气看上去真可怕。他的目光还一直呆呆地望着眼前的一片空虚,也不低头瞧瞧,就用手沿着桌面摸索他的眼镜。可是他并不把眼镜戴在他那像石头一样呆滞的眼睛前面——何必还看?何必还活?——而是笨手笨脚地把它塞进口袋里。他那发青的手指(康多尔就是从这些指头看到了死亡的征兆)又一次在桌上摸来摸去,直到最后在桌子边上也摸到了那顶揉得皱巴巴的黑呢帽。然后他转身准备离去,也不看我一眼,嘴里喃喃地说了句:

“对不起,打扰您了。”

他把帽子歪扣在头上。两只脚也不怎么听他使唤,蹒蹒跚跚,摇摇摆摆,毫无力气。他像一个梦游的人踉踉跄跄地往前走,走向房门口。接着,他仿佛蓦地想起了什么,摘下帽子,鞠了个躬,又说了一遍:

“对不起,打扰您了。”

他在我面前弯腰鞠躬,这个被命运击垮了的老人,恰好是在他心绪慌乱之际作出的这一礼貌的姿态把我彻底打倒了。我突然又感到那股温暖的泉水,那股炽热的汹涌的洪流在我心头渐渐升起,使我眼睛热辣辣的,同时我又感到我的心软了,浑身软弱无力;我觉得我又一次被同情心所压倒。我总不能就这样放他走,这个老人是来把他的孩子,他在这世界上唯一的命根子献给我的,我不能让他走向绝望,走向死亡。我总不能把生命从他身上夺走。我必须再说几句,说些使人安慰,使人平静,使人宽心的话才是。于是我急急忙忙地快步追了过去。

“封·开克斯法尔伐先生,请您别误会我的意思……您千万不能这样走掉,末了对她说……此刻这对她将是十分可怕的……而且也完全不是这么回事。”

我越说越激动，因为我感到，老人根本没在听我说话。他仿佛因为绝望化为一座盐柱①，呆呆地站着，宛如阴影中的一个影子，一个活死人。我越来越强烈地感到需要安慰他。

“的确不是这么回事，封·开克斯法尔伐先生，我向您发誓……对我来说，最可怕的莫过于伤害令爱……伤害艾迪特……或者……或者使她心里产生这种感觉，仿佛我并不是真心诚意地喜欢她……谁也不可能比我对她怀有更加亲切的感情，我向您发誓，谁也不可能比我更喜欢她……说我对她漠不关心……这的确只是她的胡思乱想……相反……相反……我原来只是这样认为，如果我现在……如果我今天把话说出来，那是毫无意思的……目前只有一件事情是重要的……那就是她要爱护自己……她的确得把病治好！”

“那么等到……等到她病治好了以后呢……？”

他蓦然间转过脸来朝向我。他的两个瞳孔，刚才还僵滞呆木，死气沉沉，这时在黑暗中闪出熠熠磷光。

我吓了一跳，本能地感觉到危险。要是我现在许下什么诺言，那我就承担了一种义务。不过在这一瞬间我突然想起：她所期望的一切，其实不都是一片虚妄吗？她反正是绝不会马上就痊愈的。很可能拖上几年，好几年，康多尔说过了，别想得太远，只要现在安慰安慰她，让她平静下来就行了！为什么不让她抱点希望，为什么不让她高兴高兴，至少让她高兴一个短时间？于是我说道：

“是的，如果她的病治好了，那自然……那我就会……就会亲自到府上去。”

---

① 见《圣经·旧约·创世记》第十九章，耶和华毁灭两座罪孽深重的城市所多玛、蛾摩拉，嘱咐罗得一家逃出时，不得回顾。“罗得的妻子在后边回头一看，就变成了一根盐柱。”

他目不转睛地看着我。浑身上下哆嗦了一阵,似乎有一股内在的力量不知不觉地把他推到我面前来。

“我可以……我可以把这话告诉她吗?”

我又感觉到了危险。可是我已经没有力量来抵御他的这道苦苦哀求的目光。于是我口气坚决地回答道:

“好吧,您把这话告诉她好了。”说着把手伸给他。

他的眼睛闪闪发光,眼眶里充满了泪水,眼泪汪汪地直盯着我。拉撒路昏昏沉沉地从坟墓里爬出来①,重见天空和神圣的天光,他的眼睛当时大概就是这样的吧。我感到他的手在我手里哆嗦不已,哆嗦得越来越厉害。然后他的头开始低垂下去,越垂越低。我及时想起他过去如何低下头来吻我的手的情景。我急忙把我的手抽回来,又说了一遍:

“好,您把这话告诉她吧,请您把这话告诉她吧,叫她放心好了。首要一点是,恢复健康,尽快恢复健康,为了她自己,也为了我们大家!”

“是的,”他喜极欲狂,重复了一遍,“恢复健康,尽快恢复健康。她现在马上就会动身了,啊,我有绝对把握。她马上就会动身出门,恢复健康,通过您而恢复健康,为了您而恢复健康……从一开头我就知道,是天主派您到我这儿来的……不,不,我不能感谢您……应该由天主来给您酬报……我这就告辞了……不,您待着吧,您别费神了,我这就走了。”

他脚步轻盈,富有弹性地向门口走去,完全是另外一种步伐,我从来没有看见他这样走路,黑衣服的下摆走路时迎风飘舞。房

① 见《圣经·新约·约翰福音》第十一章,耶稣使死了四天的拉撒路复活,走出坟墓。

门在他身后清脆地、简直可说欢快地砰的一声关上。我独自一人待在黑洞洞的屋子里,微微有些惊愕惶惑,每当一个人采取了什么决定性的举动而事先心里并没有作出决定时,总是这样。可是我出于同情心因而意志薄弱,许下诺言,一直到一小时以后我才意识到我要对此负多大的责任。一小时后我的勤务兵怯生生地敲我的房门,给我带来一封信,浅蓝的信纸,信纸的尺寸是我所十分熟悉的:

"我们后天起程。我已经答应我爸爸了。请您原谅我这几天的恶劣情绪,不过我唯恐成为您的负担,这种恐惧弄得我心烦意乱。现在我知道,我为什么必须恢复健康,为谁必须恢复健康。现在我什么也不怕了。请您明天尽量来得早些。我从来没有像现在这样焦躁不耐地期待着您的到来。永远是您的艾。"

"永远"——一看到这两个字我猛地感到一阵寒噤,这两个字不可挽回地把一个人捆住了,直到地老天荒。可是现在已经后退无路。我的同情又一次比我的意志更强。我把我自己交出去了。我再也不属于我自己了。

四十六

振作起来！我对我自己说。这是他们能够从你这里榨取的最后一点东西，这仅仅是一半的诺言，而且是永远也不可能完全实现的。你还得耐心地容忍这荒唐的爱情一两天，然后他们就动身出发，于是你又把你自己赢回来了。可是等到下午越来越逼近，我浑身麻麻辣辣的，越来越不自在，我得心里装着一个谎言去经受她那充满信赖的温柔的目光，这个念头越来越折磨我。我努力装出轻松的神气和伙伴们闲聊，可是没有用处，我十分清楚地感觉到我脑袋里面有东西在嘀嗒嘀嗒地响个不停，神经在一闪一闪地冒火，喉咙里突然干得不行，就仿佛里面有一团压下去的火在冒烟在燃烧。我完全本能地要了一杯甜酒，一口气灌了下去。无济于事，嗓子还是发干，叫人噎得难受。于是我又要了第二杯甜酒，一直等我要第三杯的时候，我才发现无意识的动机：我是想喝酒壮胆，为的是到了城外不至于一时胆怯或者伤感。我心里有点东西，我想事先把它麻醉一下，也许是恐惧，也许是羞耻，也许是一种非常善良的感情，也说不定是一种非常邪恶的感情。是的，是这么回事，就是这么回事　　所以在发起冲锋之前发给士兵双份的烧酒——我想把我自己搞得感觉迟钝，神经麻木，这样，我即将面临的严重的事情，或许是危险的事情，我就不会感觉得那么清楚。然而三杯烧酒下肚的最初的效果仅仅表现在我的双脚感到沉重，有什么东西在脑袋里嗡嗡直响，钻个不停，就像牙医的那台机器在开始那真正痛苦的一击之前磨着你的牙齿。绝不是一个心里踏实、头脑清楚的人，绝不是一个心情欢快的人在那里沿着漫长的公路——只有这一次我才觉得它长得没有尽头。我的头突突直跳，步伐迟迟疑疑地向那座使人畏惧的府邸走去。

然而上苍把一切安排得比我想象的要容易得多。另一种麻痹，更好的麻痹在等待我，一种比我在粗劣的酒精里寻找的更加精致，更加纯净的醉意。因为虚荣心也会使人眩晕，感激之忱也会使人麻醉，柔情蜜意也会使人其乐陶陶，心神迷乱。善良的老约瑟夫在大门口就惊喜交加，直跳起来——"啊，少尉先生！"——他咽了口唾沫，激动得来回直捯脚步，不时抬起头来偷偷地看上一眼——我没法用别的话来形容——就像人家在教堂里抬头瞻仰一幅圣像似的——"少尉先生请马上进到那边客厅里去吧！艾迪特小姐等少尉先生已经好一会儿了。"他悄声说道，说时口气激动，有种怯生生的兴奋情绪。

我惊讶不已，问我自己：为什么这个陌生人，这个老仆人这样欣喜若狂地望着我？为什么他这样爱我？难道人们看到别人身上的善心和同情，真会使人们也心地善良，感到幸福吗？是的，要是这样，那么康多尔就说对了，那么谁哪怕只帮助了一个人，他也的确实现了他生活的意义了，那么，竭尽全力甚至超过自己能力地舍己为人，也确实是值得的了。那么任何牺牲，甚至于谎言，只要使别人幸福，也比一切真话更加重要了。我一下子感到脚踏实地，脚底板踩得稳稳当当的。一个人感到他给别人带来快乐时，走起路来就是另外一副神气。

可这时候伊罗娜已向我迎面走来，她也是满面笑容。她的目光仿佛用两条深色的温柔的臂膀拥抱我。她还从来没有这样热情,这样亲切地握过我的手。“我谢谢您,”她说道,听上去,仿佛她是隔着一层暖洋洋、湿漉漉的夏雨在说话,“您自己也不知道,您为这孩子做了什么样的好事。您救了她,天主在上,您真的救了她!您快来吧,我简直没法向您形容,她是多么急切地等待您。”

这当儿,另外一扇门轻轻地打开了。我觉得,有人站在这扇门背后偷听。老人从这门走了进来,不再像昨天那样眼里充满了死气和惊恐,而是发射出温柔的光芒。“您来了,真好极了。您会惊讶地发现,她简直判若两人。自从她遭到不幸以来,那么多年,我从来没有看见她这样欢快,这样高兴。是个奇迹,真正是个奇迹!啊,天主,您为她,您为我们做了什么样的好事啊!”

他感情激动,说不下去了。他咽了口唾沫,连声唏嘘,同时又因为自己感动而害臊。他的感动也渐渐地感染了我。谁能无动于衷地抵抗这种感激心情的流露呢。我希望永远不当一个虚荣心重的人,永远不当一个自我欣赏,或者自视过高的人,即使今天,我也既不相信我的好心,也不相信我的力量。可是从别人的这种狂烈的、感激心切的热情里有一股自信的热浪不可抗拒地涌进我的心里。所有的恐惧、所有的怯懦陡然间似乎被一阵冷风吹得四下飘散。为什么我不能无忧无虑地让人家爱我呢,既然这能使别人这样快乐?我简直已经迫不及待地想走到那间房里去。前天我离开那里的时候,心情是那样绝望。

瞧,那儿有个姑娘坐在圈手椅里,她的目光是那样欢快,从她身上发射出这样耀眼的光辉,我简直都认不出她来了。她穿着一身浅蓝色的绸衣,使她看上去更富有少女的娇媚,孩子的稚气。泛着红色的头发里闪烁着洁白的鲜花——是桃金娘吗?圈手椅周围排满了花篮,一片五彩缤纷的丛林——是谁送给她的?——她想必早已知道,我已经在她家里了。这位翘首等待的姑娘毫无疑问已经听见了欢快的互相问好的声音和我渐渐走近的脚步声。然而这一次完全看不见那种紧张审视、严密监察的目光，平时我一进门，她总从半开半闭的眼睛里疑虑重重地向我投来这样一瞥。她轻松地坐在她的圈手椅里，腰板挺直。我这次完全忘记，这张毯子盖着一个残疾，而这张深深的安乐椅实际上是她的囚牢，因为我只是惊讶于这个成为新人的姑娘，她因为快乐更显得像个孩子，因为美丽，更富有女性的魅力。她注意到了我微露惊讶的神气，把这当做一种馈赠接受下来。她请我就座的时候，马上就用我们过去无忧无虑亲密无间的日子里那种老腔调说起话来。

“到底把您给盼来了！请您马上就坐到我旁边来吧。请您别说话。我有一些关键性的话要跟您说。”

我落落大方地坐下。因为，如果有人这样开朗、这样亲切地跟你说话，你怎么可能心慌意乱、举措窘迫？

“您只要听我说一分钟就行了。您不会打断我的，是不是？”我感到，她这一次每句话都经过深思熟虑。“您告诉我父亲的事，我全都知道了。我知道，您愿意为我做些什么。现在请您相信我答应您的每一句话：我将永远也不——请您听着，永不！——问您，您为什么干了这事，是仅仅看在我父亲的面上，还是真正为了我。在您身上仅仅是同情还是……不，请您别打断我，我不想知道这点，我不想……我不想再深思细想，折磨自己，又折磨别人。我又多亏您而活了下来，并将继续活下去，这就够了……我从昨天才开始真正生活。要是我能恢复健康，我应该感谢的只有一个人，只有您。只有您一个人！”

她犹豫了片刻，接着说道：“现在请您听一听，我这方面许的诺言。昨天夜里我左思右想，什么都想过了。我第一次像个健康的人一样头脑清醒地把一切都考虑了一遍，不像从前我还心里没底的时候,总是那么心情激动焦躁不耐。现在我才理解,心里毫无恐惧地思索,真是妙不可言,妙极了。我现在第一次能够预先体验,作为一个正常人来感受一切是怎么回事。我能这样预先体验,得归功于您,只归功于您一个人。因此凡是大人要求我做的一切,我全都愿意忍受,忍受一切,为的是让我从现在这样一个怪物变成一个人。我不会屈服,不会懈怠,因为我现在知道,这关系到什么。我将以我身体的每一根纤维,每一根神经,每一滴血来努力配合。我想,一个人这样竭力争取的东西,定能从天主那里得到。我做这一切全都是为了您,这就是说,为了不让您作出牺牲。不过,万一这一招不成功……请您别打断我!……或者也可以这么说,万一这一招不完全成功,我没有变得和别人一样的健康、灵活——那您一点也不必害怕!那我会把这一切自己承担下来的。我知道,别人作的一些牺牲我是不能接受的,尤其是自己所爱的人做的牺牲,更加不能接受。所以万一这次治疗失败,我是把一切都押在这次治疗上的—— 一切都押上了——那么您就永远不会听到我的消息,永远不会再看见我。那么我将永远也不会成为您的包袱,这点我向您发誓,因为我根本不愿意再拖累任何人,尤其不愿拖累您。好吧——这就是我想说的一切。现在一句话也别再说了!后面几天我们欢聚一堂的时间只剩下几小时了,我要设法十分愉快地度过这段时间。"

她说这番话的声音和过去完全不一样,仿佛是个成年人的声音似的。眼睛也变了,不再是孩子的惶惶不安的眼睛,也不是病人的充满痛苦、充满贪欲的眼睛。我感觉到,她现在是用另外一种爱情在爱我,不再是开头时候那种嬉笑轻快的爱情,也不再是欲情炽烈充满忧愁的爱情。我也用另外的眼光看着她。对她不幸命运的同情不再像从前一样压抑我,现在我用不着再战战兢兢、小心翼翼，只要亲切开朗就行了。我自己也不知道是怎么回事，我心里第一次对这个娇嫩的姑娘感觉到一种真正的绵绵柔情。梦寐以求的幸福即将到手，这使她容光焕发。我不知不觉地，自己都没有感觉到，就把椅子挪到她的身边，为的是握住她的手。她这次碰到我的手，不像上次，欲火中烧，人都颤抖起来了。她那凉丝丝的、窄小的手腕静静地、顺从地听任我握着，摸到她的脉搏像个小槌子似的不疾不徐地搏动，我心里非常欢喜。

然后我们无拘无束地谈到这次旅行和一些日常生活中的琐碎事情，闲聊城里、军营里的新闻。我简直不能理解，我竟然会自己折磨自己，一切不是都那么简单吗：你坐在一个人的身边，握住她的手，你一点也不拘谨，一点也不躲躲闪闪。你让人看到，你们相互之间是亲切真诚的，你并不抗拒柔情蜜意的感情，接受对方的爱慕之情并不感到羞耻，而是纯粹怀着感激。

接着我们就入席用餐。银质的烛台在烛光的照耀下闪闪发光，插在花瓶里的鲜花宛如五彩缤纷的火焰。水晶大吊灯的光芒从一面镜子反射到另一面镜子，互相映照，周围的这座府邸寂然无声，宛如一只蚌壳，黑沉沉地弯在它那光芒四射的明珠周围。有时候我好像听见了屋外的树木在静悄悄地呼吸，和风暖洋洋地撩人心魄地从青草上掠过，阵阵浓香透过敞开的窗户吹进屋里。一切比以往任何时候都更美更好。老人坐在那里，活像一个神父，腰板挺直，神情庄严。我从来没有看见过艾迪特、伊罗娜这样开朗，这样年轻。仆人穿的衬衫的胸襟从来没有这样白得耀眼，各色水果的光滑果皮从来没有这样呈现出五光十色。我们坐着边吃边喝边谈心，对于我们重新获得和睦异常欢欣。笑声像只无忧无虑啁啾鸣啭的小鸟从这个人的身上飞到那个人的身上，欢快的情绪像不停戏谑的波浪，忽涨忽落，时高时低。只有当仆人在杯子里斟满香槟,我首先举杯向艾迪特祝酒:“为您的健康干杯!”大家才蓦然间静默下来。

“是的,恢复健康,”她舒了口气,虔诚地看着我,仿佛我的愿望具有决定生死的威力,“为你而健康。”

“愿天主保佑!”她父亲站了起来,他已经控制不住自己了。眼泪沾湿了他的眼镜,他摘下眼镜,没完没了地把眼镜左擦右擦。我感到,他的手简直按捺不住地想碰碰我,我并不拒绝。我也感到有种需要,想向他表示我的感谢,我便走近他的身边和他拥抱,他的胡子都触到了我的面颊。等到他离开我怀里,我发现艾迪特正抬头望我。她的嘴唇在微微地颤抖;我感觉到,这两片半张着的嘴唇多么渴望着也能得到这同样亲切的接触。于是我迅速向她弯下身子,在她的嘴上印上一吻。

这就是我们的婚约。我并不是在有意识地深思熟虑之后吻了这个热恋中的姑娘——纯粹是内心深受感动才促使我这样做的。我自己也不知道,也不情愿就吻了她。可是这小小的、纯洁的温存亲昵我并不后悔。因为这一次她并没有像过去那样狂野地把她那突突狂跳的胸脯向我直挤过来,这个因为幸福而满面红晕的姑娘并没有把我紧紧搂住。她的嘴唇谦恭地迎接我的嘴唇,仿佛在接受一件重大的礼物。其余的人都默不作声。这时从房间的角落里传来一阵怯生生的声响。起先像是几声窘迫的干咳,可是等我们抬头一看,原来是那个仆人待在角落里低声啜泣。他把酒瓶放好,然后别过脸去,他不让我们觉察到他这不合身份的感动,可是我们每个人都感到自己的眼里热乎乎的,他的这些陌生的笨拙的眼泪引出了我们的眼泪。猛然间我感觉到艾迪特的手碰着我的手,“把手交给我一会儿。”

我不知道她的目的何在。这时候有一样凉飕飕的挺光溜的东西套到我的无名指上。这是枚戒指。“为了等我走了以后,你好想到我。”她抱歉地说道。我没有瞅那枚戒指,只是拿起她的手来亲吻。

四十七

那天晚上我是天主。我创造了世界,瞧,这世界充满了善意和公正。我创造了一个人,这人的额头闪耀着纯净的光辉犹如晨曦,在他的眼睛里映照着幸福的彩虹。我把名贵丰盛的山珍海味、佳肴美味摆满了餐桌,我弄来了各色果品、美酒佳酿。一样样酒菜像祭献的供品,放在我的面前,简直美不胜收,足证酒菜的丰盛富足。菜肴盛在耀目的大盘子里、满满当当的篮子里端了上来。醇酒喷射,佳果闪烁,吃到嘴里滋味香甜。我把光明带进这屋子,也把光明送到人们的心里。大吊灯如太阳照在玻璃杯上晶光四射,洁白的丝光桌布像皑皑白雪刺目耀眼,我扬扬得意地感觉到,人们喜爱从我身上发射出的光明,我接受他们的爱,并为此而陶醉。他们向我敬酒,我一饮而尽。他们敬我水果菜肴,我便享受他们的馈赠。他们向我表示敬意和感激,我就像接受酒食供品一样地接受他们的尊敬。

那天晚上我是天主。然而我并不是高踞在宝座之上冷漠地俯视我的杰作和我的业绩,我态度和蔼,神情温和地坐在我的杰作当中,仿佛透过我身边云层的银色烟雾,模模糊糊地看见了他们的面容。我左首坐着一个老人,从我身上发射出去的巨大的善意之光平复了密布在他额上的皱褶,驱散了那片使他眼睛昏暗的阴影。我从他身上赶走了死神,他用死而复生的嗓子讲话,发现了我在他身上完成的奇迹,感激不尽。我身旁坐着一个姑娘,曾经身患重病,受到束缚,受尽压迫,并且深深地陷入自己内心的混乱之中,可是现在她神采奕奕,看上去已经恢复健康。我用我嘴唇的气息把她救出恐怖的地狱,让她升上爱情的天堂。她的戒指在我手指上熠熠发光,宛如晨星。在她对面坐着另一个姑娘。她也在感激地微笑着,因为我使她面容娇美,并且在她光洁晶莹的额头四周堆上浓密芬芳的黑发。我对他们大家都有馈赠,并且以我亲自在座这个奇迹提高了他们的身价,他们的眼里都充满了我给予他们的光明。如果他们互相对望,我就是他们目光中的闪电。如果他们一起交谈,我就是他们话语的含义。只有我才是他们话语的意义,甚至于在我们沉默不语的时候,我也停留在他们的思想里。因为我,只有我才是他们幸福的起始、中心和根源;在他们互相称赞的时候,称赞的是我;在他们彼此相爱的时候,他们认为我是他们一切爱情的创造者。而我坐在他们当中,为我的作品而欢欣鼓舞,我看到,对我的造物表示善意是件好事。我于是在喝酒的时候也同时痛饮他们的爱,在吃饭的时候也同时享受他们的幸福。

那天晚上我是天主。我平息了动荡不安的洪水,从他们心头驱走了沉沉黑暗。可是我从我自己心里也消除了恐惧,我的灵魂宁静安详,在这以前很长时间我的心境从来没有这样安宁过。一直等到夜深了,我从桌边站起,我心里才开始闪过一缕淡淡的哀愁,这是天主在他创世的第七天①,大功告成之后心头出现的那股永恒的悲哀,而我的这缕哀愁也反映在他们失魂落魄的脸上。因为现在已是分手的时刻。我们大家都很奇怪地心情激动,似乎我们知道,一件难以比拟的事情现在即将结束,一个轻松得使人飘飘

---

① 《圣经》记载,天主创造世界一共六天,第七天休息。

欲仙的时刻像云彩一样转眼消逝，一去不返。我自己第一次因为要离开这姑娘而心悸神伤；我像个恋人似的把我向这热恋我的姑娘告别的时间一拖再拖。我心里暗忖，要是还能坐在她的床边，一再轻轻抚摩她那娇嫩羞怯的小手，一再看着幸福的玫瑰色的微笑照亮她的脸庞，该有多好。可是时间已经不早。于是我只是飞快地拥抱了她一下，吻了吻她的嘴。接吻的时候，我感到她屏住了呼吸，仿佛她想把我呼吸的温热永远保留下来。然后我就向门口走去，她父亲送我出去。再向她投去最后一瞥，再招手致意一次，然后我就走了，步伐自由自在、踏踏实实，一个人成功地做了一件事情、完成了一件劳苦功高的壮举，走起路来总是这样的。

四十八

我几步迈出房门走进前厅，仆人拿着我的军帽和佩刀已经站在那里了。要是我能快点走掉就好了！要是我不那么体恤别人就好了！可是老人恋恋不舍，还不愿和我分手。他再一次拥抱我，再一次抚摩我的手臂，一次又一次地向我表示，他是多么感激我，我为他做了什么样的好事。他现在可以放心地死去了，这孩子将会恢复健康，现在万事大吉，都是通过我，只是通过我才这样圆满。当着仆人的面让人家这样抚摩，这样奉承，而这仆人低着头，耐心地站在旁边等着，我越来越感到难堪。我已经好几次和这个老人握手告别，可是他一次又一次地从头开始。我这个被自己的同情心弄得傻头傻脑的笨蛋，我站着，我待在那儿。我没有力气挣脱出来，尽管在我内心深处有个朦胧的声音在催促我：够了，太过分了！

突然骚乱的喧闹声从门里传出来。我侧耳倾听。在隔壁屋里大概是吵起架来了，可以清清楚楚地听见激烈的声音正情绪激动地吵来吵去。我惊恐地听出，是伊罗娜和艾迪特的声音在互相争吵。她们一个像是要干什么，另一个像是在劝阻。“我求你，”我清楚地听到伊罗娜的警告，“你就待着吧。”艾迪特粗暴地回答了一句“不”，愤怒地说：“别管我，别管我！”我不再注意老人喋喋不休的唠叨，越来越忐忑不安地倾听着。在这扇关上的房门后面发生什么事情了？为什么和平破裂了，我缔造的和平，这一天天主安排的和平？艾迪特这样专横地要干什么呀？那另一个又想阻止什么呢？这时陡然间响起了那阵使人不快的声响，笃、笃、笃、笃的拐杖声。我的天啊，她该不是想不靠约瑟夫的帮助，跟着向我这儿走来吧？可是笃笃的木头击地的声音已经急匆匆地逼近了，笃……笃，右、左……笃、笃……右、左、右、左——听见这声音，我不由自主地联想到那摇摇晃晃的身体——现在她想必已经非常挨近门口了。接着轰隆一声，猛地一震，就仿佛有很笨重的一堆东西摔到门上去了。接着只听见一阵因为使劲过猛而发出的喘息声，有人猛地使劲把门把往下一摁，咔嗒一响，门应声洞开。

可怕的景象！艾迪特靠在门框上，因为使了劲，精疲力竭，还没缓过来。她用左手狠狠地抓住门框，撑住她的身体，免得失去平衡，右手把两根拐杖都抓在一起。伊罗娜一脸绝望的神情在她背后挤过来，显然想扶住她，或者用力拽住她。艾迪特的眼睛闪出焦灼愤怒的光芒。“别管我，别管我，我跟你说过了，”她对这讨厌的来帮她忙的姑娘大声嚷嚷，“谁也不用帮我的忙。我一个人能走。”

于是，在开克斯法尔伐或者仆人还没有来得及醒悟过来时，就发生了难以置信的事情。这个瘫痪的姑娘咬着嘴唇，像要使下大劲似的，两只睁得大大的、灼人的眼睛直盯着我，她猛地一推支撑着她的门框——就像个游泳的人猛蹬岸边——打算不用拐杖，完全徒手地向我迎面走来。在她猛推门框的这一瞬间，她摇晃了两下，仿佛跌进这屋子的空旷中去，可是她迅速地高高挥动两手，那只空手，和那只拿着双拐的右手，为了保持平衡。然后她再一次咬紧嘴唇，踢出一只脚，又把另一只脚拖过去，左右两脚一伸一拐，弄得她的身体像个木偶似的一颤一颤。可是她到底是在走，她在走！她在走，两只睁得大大的眼睛一眨不眨地只盯着我，她在走，仿佛拴在一根看不见的线上拽着走，她的牙齿深深地咬进嘴唇里去，脸上的轮廓都痉挛扭曲得变了形！她在走，像一只小船在狂风中吹得东倒西歪，可是她在走，她第一次独自行走，不用拐杖，没人帮忙——想必是意志力创造的奇迹唤醒了她这两条业已死去的腿。从来没有一个医生能向我解释清楚，为什么一个瘫痪的姑娘这一次，这绝无仅有的一次，能把她那两条孱弱无力的腿从僵硬、虚弱的状态中摆脱出来。我无法形容，这是怎么发生的，因为我们大家都泥塑木雕似的直瞪着她那双充满极度喜悦的眼睛。甚至伊罗娜也忘记跟着她，保护她。可是她却摇摇晃晃地走着这很少的几步路，就像被内心的一阵暴风推向前去。这不是走路，仿佛是紧贴地面的飞行，是一只剪断了翅膀的小鸟扑腾着摸索着在飞行。然而意志力，这心中的妖魔推着她一步步前进。她已经走得很近，因为完成了巨大的业绩而洋洋得意，她无比渴慕地向我伸出双臂——这两条臂膀原来一直像摆动的翅膀在保持她身体的平衡——她脸上紧张的线条已经松弛下来，化为一道因为幸福而兴高采烈的微笑。她完成了奇迹，只还有两步，不，仅仅只有一步，最后一步：我几乎都已经感觉到从她那漾着微笑的嘴里吐出来的气息——这时可怕的事情发生了。她预感到已经赢得了一次拥抱，她怀着渴慕之情，做了一个猛烈的动作，过早地把两臂张开，于是失去平衡。她的双膝像给人用镰刀割了一下似的，猛地折断。她沉重地倒下，正好倒在我的脚跟前，拐杖噼里啪啦地打在坚硬的石头地板上。我在最初的惊讶之中，非但没有去做最最自然不过的事情，跑过去把她扶起来，反而不由自主地直往后退。

可是开克斯法尔伐、伊罗娜和约瑟夫已经差不多同时跳过来，扶起这不住呻吟的姑娘。我一直还没能向那边看过去呢，我注意到，他们一起把艾迪特架走了。我只听见她因为绝望的愤怒发出窒息的呜咽，和他们小心翼翼地扶着她渐渐远去的拖沓的脚步声。在这一秒钟里，整个晚上遮住我目光的那层热情洋溢的迷雾消散了。内心的光亮一闪，我把一切都看得无比清晰。我知道，这不幸的姑娘永远也不会完全恢复健康！他们大家都希望于我的那个奇迹并没有发生。我不再是天主，而只是一个渺小、可怜的凡人，他用他自身的弱点无耻地害人，以他的同情心搅得别人心乱如麻，弄得事情一塌糊涂。我的内心清楚地、十分清楚地意识到我的职责：要么现在，向她表示忠诚，要么永远也不表示忠诚。要么现在我去帮助她，跟在他们后面赶去，坐到她的床边，宽慰她，哄骗她，说她走得好极了，她会很好地恢复健康的。要么永远也不必这么干了！可是我已经没有力气去进行这样绝望的一种欺骗。我心里感到害怕，一阵使人不寒而栗的害怕心情，害怕她那双可怕地苦苦哀求，然而又贪婪地充满渴望的眼睛，害怕这狂野的心灵的焦灼，害怕另一个人的不幸，我没有能控制住这种不幸。我没有思考我在干些什么，就抓起军帽和佩刀。我第三次，也是最后一次像个罪犯似的逃出了这座府邸。

四十九

给我点空气，哪怕就让我吸一口气也好！我都快憋死了。莫非这里树丛中的夜晚这样郁闷，还是我喝的酒，大量的酒使我透不过气来？外套贴着我的身体，紧得叫我难受，我一把扯开衣领，大衣压得我的肩膀好重，我恨不得扔掉。空气，哪怕就让我吸一口气也好！浑身燥热，憋闷，就像血液想透过皮肤向外迸流，耳朵里笃、笃、笃、笃直响——这依然是那可憎的拐杖的声音还是我太阳穴里脉搏的跳动？我为什么这样狂奔猛跑？到底出什么事了？慢慢地想想，安安静静地想一想，别去听这笃、笃、笃、笃的声音！这么说——我订婚了……不，人家给我订婚了……我并不愿意，我从来也没有想过这事……现在我可是订婚了，现在我给拴住了手脚……可是不，这并不是真的订婚……我不是跟老人说过，只有等她把病治好，可她是永远也不会恢复健康的……我的诺言只有……不，我的诺言是根本不算数的！什么事也没有发生，根本什么事也没有发生。可我为什么又吻她一下，吻在她的嘴上呢？……我不是不愿意……唉，这同情心，这该死的同情心！他们总是用这玩意来套住我，现在我可是给逮住了。我是正规合法地订了婚，他们两个都在场，她父亲和另一个姑娘，还有那个仆人……可我并不愿意，我并不愿意……现在该怎么办才好呢？……首先要平心静气地想一想！……唉，真讨厌，老是这笃、笃、笃、笃的声音……现在这声音将永远把我耳朵震聋了，她将架着拐杖老跟着我……这事是发生了，无可挽回地发生了。我欺骗了她，他们欺骗了我。我订了婚。他们给我订的婚。

怎么回事？为什么这些树木摇摇晃晃，乱作一团？还有这满天繁星，怎么那么使人头晕目眩—— 一定是我眼花了。脑袋怎么那么沉！啊，真憋气啊！我得到什么地方去把我的额头清凉清凉，那么我又可以好好思索了。或者喝点什么，把嗓子眼里这些又黏又苦的东西冲掉。前面什么地方不是有口井在路边吗？我骑着马从旁边不知经过了多少次。不，我早已走过这口井了，我刚才一定像个傻子似的奔跑来着，怪不得太阳穴突突直跳，跳得那么凶！要喝点什么就好了，喝了以后我说不定又能仔细思索。刚看见几座低矮的房子，终于从一扇半遮半掩的玻璃窗里射出一道昏黄的煤油灯的灯光。不错——现在我想起来了——这是城郊的一家小酒店，马车夫一早总在这儿停一会儿，赶紧再喝杯烧酒，暖暖身子。到那儿去要杯水喝，或者喝点辣味酒或者苦味酒，把嗓子眼里这点黏糊糊的东西煞一煞！要能喝点什么就好了，喝什么都行！我怀着一个即将渴死的人的贪欲，不假思索地推开大门。

劣质烟草的刺鼻怪味从这半明半暗的洞穴里向我迎面扑来。屋子后边是个酒柜，前面是张桌子，几个筑路工人坐在桌子旁边玩纸牌。靠着柜台，站着一个轻骑兵，背朝向我，正在和老板娘说笑。现在他感到背后有风，可是他刚转过身来一看，顿时吓得张口结舌。他马上立正，脚后跟啪地并在一起。他怎么会吓成这样？啊，原来如此，他大概把我当作一个负责检查的军官，而他自己大概早就该躺在营房的床铺里睡觉了。老板娘也心神不定地拿眼睛直往这儿瞟，筑路工人放下纸牌不玩了。我身上大概有什么东西引人注目。现在我才想起来了——可惜太晚了——这无疑是只有士兵才来光顾的一家酒店。我作为军官是根本不许踏进这种酒店的。我本能地转身想走。

可是老板娘已经毕恭毕敬地挤了过来,问我要些什么。我觉得,我这样冒冒失失地瞎闯进来,我得为此表示歉意。我说,我觉得不大舒服,她是否可以给我一杯苏打水和一杯烧酒。“就来,就来。”说着她一闪身早就跑开了。本来我只想站在柜台边把这两杯东西赶快灌下去,可是陡然间挂在屋子中间的煤油灯开始来来回回地摇荡起来,摆在架子上的酒瓶一上一下地直跳,靴子踩着的地板蓦然间变成软绵绵的一块,晃动得厉害,弄得我站也站不稳。快坐下,我对我自己说道。于是我使出最后一点力气摇摇摆摆地走到一张空桌子旁边。苏打水端来了,我一口气灌了下去。啊,清凉美味——那种想要呕吐的劲头顿时压了下去。现在赶快再喝杯烈性酒下去,然后就站起身来。可是我站不起来。我觉得,我的两条腿似乎长到地底下去了,脑袋奇怪地嗡嗡直响。我又要了一杯烧酒。然后再抽支烟,抽完之后快走。

我点燃了烟。就只坐一会儿,我用两手托着我那昏昏沉沉的脑袋,想一想,思索一下,把事情想清楚,想了一桩再想另一桩。从这儿想起吧——我订了婚……人家给我订的婚……可是这只有……才算数……不,不要躲躲闪闪……这是算数的,这是算数的……我吻了她的嘴,我是自觉自愿地这样吻她的。不过,这样做,只是为了宽慰她啊,因为我知道,她的病是永远也不会痊愈的……她刚才不是又像根木棍一样地跌倒了吗……这样一个人我是根本不能跟她结婚的,她不是一个真正的女人,她只是……可是他们不会放过我,不,他们不会再把我放开……这老人,这个精怪,这个精怪,这个长着一张忧郁的老实人的脸,戴了一副金丝边眼镜的精怪,他要拼命抓住我,绝不让我把他甩掉……他永远抓住我的手臂，一个劲地抓住我的同情心，我的该死的同情心，把我拽回来。明天他们就要在全城到处宣扬这件事情，把它登报，这样就没有挽回的余地了……是不是最好现在就给家里人打个招呼，免得妈妈、爸爸先从别人那里或者甚至于从报上得到这个消息？跟他们解释一下，我为什么订了婚，这是怎么回事，婚事并不怎么着急，这并不是当真结婚，我完全出于同情心才订这婚事的……唉，这该死的同情心，这该死的同情心！就是在团里，大伙也不会理解这件事，伙伴当中没有一个人会理解。斯泰因许贝对巴林凯的事都说了些什么？“要卖身，至少得卖个好价钱……”啊，天主啊，这帮人都会说些什么啊——我自己也弄不明白，我怎么会跟……会跟这么病弱的人订婚的……要是黛西伯母知道这事，就更了不得了。她这人看问题尖锐，眼睛里揉不得沙子，她是不懂开玩笑的。什么贵族称号，府邸庄园，别想骗她，她马上就去翻阅哥达贵族一览表①，不出两天，她就会查出来，这个开克斯法尔伐从前就是莱默尔·卡尼兹，艾迪特是半个犹太女人。对于黛西伯母，世界上最可怕的事情，莫过于在亲戚当中出现了犹太人……我母亲还好对付，钱就会把她镇住，开克斯法尔伐不是说过吗，有六七百万家产……可是我根本不把他的钱放在眼里，我根本没有想过真要娶她为妻，哪怕把全世界的钱都给我，我也不干……我不是只答应过，等她的病治好以后，只有在那时候……可是叫我怎么能把这事跟他们解释清楚呢……团里所有的人，本来就已经有点反对这个老人了，在这种事情上他们都他妈的挑剔得要命……我已经知道他们要说：团队的荣誉……这点他们连巴林凯也没有原谅。他们冷嘲热讽地说，巴

---

① 指哥达城尤斯图斯·派尔特斯出版社的《哥达系谱学手册》，该书详细记载贵族世家的渊源发展，来龙去脉。

林凯把自己卖了,卖身给这头荷兰老母牛。等到他们一看见那副拐杖,那就更糟了……不,我最好还是不写信告诉家里,暂时谁也不让知道,一个人也不许知道这事,我不能让全食堂的军官笑话我!不过怎么躲开他们呢?是不是干脆还是到荷兰去,找巴林凯?对了——我还没有回绝他呢,每天我都可以溜到鹿特丹去,叫康多尔来收拾这烂摊子吧,这都是他一个人闹的乱子……他自己应该看到如何把这事挽回过来,一切过错全都在他……最好我现在马上就乘车去找他,把一切都跟他讲清楚……告诉他,我实在支持不下去了……她刚才像一袋燕麦一样咚的一下倒了下去,实在可怕……这样一个东西总不能娶来当妻子……是的,我马上就跟他说,我不干了……我立刻就驱车去找康多尔,立刻就去……喂,马车,过来!马车,马车!上哪儿?上弗洛里阿尼胡同……门牌几号?弗洛里阿尼胡同九十七号……让马跑快点,你会得到一大笔酒钱的,只要快点……给马儿抽上两鞭……啊,我们到了,我认出来了,他住的这幢寒碜的房子,我已经又认出来了,这道令人恶心的、龌龊不堪的旋转楼梯。不过运气的是,这楼梯特别陡……哈哈,这下她拄着双拐就没法跟来了,这下她上不来了……这下我至少可以保险听不见笃、笃的声音了……什么?……那个懒懒散散的使女又已经站在房门口了?这衣衫不整的使女随时随地都这样站在门口?……"大夫先生在家吗?""不,不在家。不过,请您进屋去好了,他马上就会回来的。"这波希米亚的傻丫头!好吧,咱们进屋去坐着等吧。老是等这家伙……他从来不在家里。啊,天主啊,那个双目失明的女人,千万别又拖着脚步走进屋来……我现在可不能见她,我的神经受不了,老是照顾这个,照顾那个,没完没了……耶稣马利亚啊,她可已经来了……我听见隔壁房间里她的脚步声了……不,感谢天主,不对,这不可能是她,她走起路来,脚步不可能这么稳当有力，在那儿走路说话的准是另外一个什么人……不过我熟悉这嗓音……怎么？……是啊，那怎么啦？……这不是……这不是黛西伯母的声音吗？……是啊，这怎么可能呢？……怎么贝拉姨妈霎时间也在这儿，还有我妈妈，我哥哥跟我嫂子？……胡扯……这不可能……我不是等在弗洛里阿尼胡同康多尔家里吗？……我们家的人根本就不认识他，他们大家怎么恰好都会在康多尔家里聚会呢？可是没错，是他们，我听得出那声音，黛西伯母的那个尖锐刺耳的嗓音……我的老天爷啊，我在哪儿能赶快找个地洞钻下去啊？……隔壁的声音越来越近……现在门打开了，两扇房门是自动打开的，哎哟，真要命！——他们大家围了半圈，站在那里，似乎在等一位摄影师，他们大家都直愣愣地望着我，妈妈身穿一件黑缎长裙，镶着白色的皱边，费迪南举行婚礼的时候，我妈就穿着这身衣服。黛西伯母穿着袖口收紧衣袖宽大的衣服，带柄的金丝边眼镜架在高傲的尖鼻子上，我在四岁的时候就恨死这叫人恶心的尖鼻子了！我哥哥身穿燕尾服……大白天他穿什么燕尾服啊？……还有嫂子弗兰齐，长了一张黏黏糊糊的胖脸……啊，恶心，真恶心！他们的眼睛直盯着我，贝拉姨妈的脸上还挂着一丝恶毒的奸笑，好像她在等待什么似的……然而他们大家都围着一个半圆站在那儿，活像要觐见什么重要人物，他们大家都等着，等着……他们到底在等谁呢？

可是我哥哥现在庄严地迈出几步，蓦然间大礼帽已经拿在他的手里，他说道："祝贺你！"……我觉得，这个恶心的家伙说这话的时候，还带点嘲讽的口气，其余的人也接着道喜："我祝贺你……我祝贺你！"说着连连点头，屈膝行礼……不过怎么……他们从哪儿已经知道这事，怎么他们大家都在一起……黛西伯母不是跟费迪南闹翻了吗……我不是跟任何人都没讲过这事吗？

“可以好好地祝贺一番,好啊,好啊……七百万,这可是一大战利品,你干得真棒……七百万,那全家都能沾点光,”他们大家七嘴八舌地说个不停,脸上堆着狞笑。“棒啊,真棒,”贝拉姨妈咂吧着嘴说道,“这样弗朗茨也还捞得着上大学。是门好亲事!”“除此之外,听说还是个贵族之家呢。”我哥哥用大礼帽遮着嘴,颤着声音嚷道。可是黛西伯母已经扯起她那白鹦一样的高嗓门插起嘴来:“嘿,贵族门第这事还得仔细查一查。”现在我妈走近几步,怯生生地细声细气地说道:“你倒是把她给我们介绍一下呀,你的那位‘未婚妻小姐’?”……介绍?……这可是最糟不过的事了,他们大家都会看见那副拐杖,看见我因为我那愚蠢的同情心给自己惹来了多大的麻烦……我可要提防着点……再说——我又怎么能介绍她呢,我们不是在弗洛里阿尼胡同四楼上康多尔的家里吗?……这个瘸腿姑娘一辈子也爬不上这八十级楼梯啊……不过他们大家为什么现在都扭过头去,仿佛隔壁房间里出了什么事似的?……就是我自己也感到背后有穿堂风……在我们背后准是有人把房门打开了。是不是末了还有什么人来了?……是的,我听见有什么东西过来了……从楼梯口传来呻吟声,重物压着楼梯的咯吱咯吱声……有什么东西气喘吁吁地,挣扎着爬上楼来了……笃、笃、笃、笃……我的天啊,别是她真的上楼来了!……她拄着双拐,可要把我的脸都丢尽了……当着这帮幸灾乐祸的亲友,我可真要羞惭得钻到地缝里去了……然而这真可怕,这的确是她,只可能是她……笃、笃、笃、笃,我可是熟悉这声音的……笃、笃、笃、笃,声音越来越近……她马上就要到楼上来了……最好我把这房门插上……可这时我哥哥已经把大礼帽摘下,向我背后笃、笃的声音鞠了一躬……他究竟在向谁鞠躬啊,为什么弯腰弯得这么低……陡然间他们都放声大笑起来,笑得窗玻璃都叮叮直响。“原来这样,

原来这样,原来这——样,原来这——样!哈哈……哈哈……七百万家产原来是这——副模样,七百万家产……啊哈哈……啊哈哈……把这双拐也添上当陪嫁吧,啊哈哈,啊哈哈……”

啊!——我倏然惊醒。我在哪里?我惊慌地环顾四周。我的天主啊,我大概睡着了,在这寒碜的荒村野店里睡着了。我怯生生地向四下里扫了两眼,他们注意到什么了吗?老板娘沉静地擦着酒杯,轻骑兵执拗地把他厚实宽阔的后背朝向我。也许他们根本没有注意到我打了瞌睡。我大概也只有眯着了一分钟,最多两分钟,摁在烟灰缸里的烟头还在冒烟呢。这杂乱无章的梦幻充其量只延续了一两分钟。可是这个梦把一切暖烘烘、昏沉沉的东西都从我身上洗涤一净。突然间我冷静而又清楚地知道发生了什么事情。快走,现在首先是要赶快离开这家下等酒店!我把钱叮当一下扔在桌上,向门口走去,那个轻骑兵立刻向我立正敬礼。我还感觉到,那几个玩牌的工人抬起头来,以多么古怪的目光瞅着我。我于是知道,等我把大门关上,他们立刻就要对这个身穿军官制服的怪人议论开了,所有的人从今天起都要在我背后笑话我。所有的人,所有的人,谁也不会对这个滥用同情的傻瓜表示同情的。

五十

现在上哪儿去呢！可别回家去！千万别上楼到那间空空荡荡的小屋里去，千万别装了一脑子这些可恶的思想一个人待着！最好再喝点什么，喝点什么冷的、辣的，因为我嘴里又感觉到那股讨厌的苦味了。也许我想呕吐掉的就是这些思想吧——快把这一切冲掉，用火烧掉，抹掉，削掉！啊，这种可恶的感觉，真叫人不寒而栗！快进城去！妙极了——市政厅广场上的那家咖啡馆还没关门。挂了窗帘的玻璃窗后面还有灯光从缝隙中射出来。啊——现在快喝点什么，快喝点什么！

我推门进去，从大门口我就马上看见，他们大家还都坐在我们的老位置上，费伦茨、约茨西、斯泰因许贝伯爵、团部军医，这帮人一个不落。不过，为什么约茨西抬起头来瞪着我，显出深感意外的神情，为什么他悄悄地用胳臂肘捅了一下他旁边那人，为什么大家都这样目光专注地盯着我看？为什么骤然间谈话戛然而止？刚才他们不是还在激烈讨论，七嘴八舌，嚷得很欢，连我在门口都听见了他们的争吵。可是现在，他们一看见我，都默不作声地坐在那儿，不知怎的还显出一副尴尬的样子。一定发生什么事情了。

现在，他们已经都看见我了，我没法再向后转。于是我尽可能落落大方地缓步走了过去。我心里并不自在，我对说笑闲聊一点兴趣也没有。再说——不知怎么搞的，我觉得空气有点紧张。平时总有人会向我招手或者大叫一声“你好”，就像把个洋铁皮做的球穿过半个咖啡馆向你扔来。可是今天他们大家都呆呆地坐着，像干了坏事被当场抓住的小学生。我一面挪过一张椅子，一面因为拘束，愚蠢地说了声：

“我可以坐在你们这里吗？”

约茨西怪模怪样地瞟着我。“嚯，你们有什么说的？”他隔着桌子跟其余的人点点头，“他是不是可以坐？你们见过这样讲究礼节的吗？是的，是的，霍夫米勒今天是已经讲究过一次礼节了！”

这准是这坏小子讲的什么笑话，因为另外几个人的脸上都露出了会心的微笑或者忍住了油滑的大笑。是的，准是出了什么事。平时，要是我们当中有一个人在午夜以后走来，他们就会仔细盘问，从哪儿来，为什么到那儿去，胡猜一气，借此取乐。今天谁也没有扭过头来看我，大家不知怎么搞的都有点不好意思。我大概是突如其来地掉进了他们舒适安乐的泥淖，就像一块石头落进水里，搅乱了水里的安宁。最后约茨西终于朝后往椅子背上一靠，半眯着左眼就像瞄准射击似的，然后他问道：

“现在——已经可以向你贺喜了吗？”

“贺喜——贺什么喜？”我感到非常意外，以至于乍一开头我的确不知道他是什么意思。

“喏，那个药剂师——他刚走——他在这儿说，那个用人从城外打电话来告诉他，你已经跟……跟……喏——这么说吧，跟城外的那位年轻小姐订婚了。”

现在人家都目不转睛地直瞪着我。二、四、六、八、十、十二只眼睛都看着我的嘴。我知道，我只要一承认，紧接着他们马上就会大叫大嚷。玩笑调侃，讽刺挖苦，冷嘲热讽的祝贺会劈头盖脸地打来。不,我不能承认这事。当着这帮疯疯癫癫的家伙,这帮喜欢嘲弄人的家伙的面,我是绝不能承认的。

“胡说八道。”我咕噜了一声,试图摆脱困境。可是这样避重就轻地招架一下,他们还嫌不足。好心的费伦茨真诚地对这事感到好奇,他拍拍我的肩膀。

“你说说,东尼,我没说错吧——这纯属谣言?”

他是一番好意,这个善良的、忠实的小伙子。不过,他不应该让我这样轻易地就把“没错”这两个字说出口。看到他们这种落拓不羁,连嘲带讽的好奇心,我感到一阵无边的恶心。我觉得,要在这咖啡馆的茶桌旁解释我自己内心深处都没法弄清楚的事情该是多么荒谬。于是我不假深思熟虑,便恼火地挡了回去:

“没影子的事。”

沉默了片刻。他们惊愕地面面相觑,我想,多少都有点失望。显然我扫了他们的兴。可是费伦茨骄傲地把胳臂肘往桌子上一撑,得意扬扬地吼道:

“喏!我不是刚才马上就说了吗?我了解霍夫米勒就像了解我的裤兜一样!我当时立刻就说了:这是撒谎,是药剂师散布的肮脏的谎言。看吧,这个卖狗皮膏药的白痴,明天我要教训教训他,叫他去骗别人,别来骗我们这号人。我马上把他抓来,他还可以领到几记响亮的耳光。这小子狗胆包天,干出什么事来了?无缘无故地破坏一个正派人的名誉!他那张下流的狗嘴到处胡说我们哥们干了这么一件混账事!不过,你们瞧——我一开头就说过了——这号事情霍夫米勒是不会干的!他是不会出卖他这两条长得笔直的腿的,不会为那几个臭钱卖身的!”

他向我转过脸来,并且好心好意、态度诚恳地用他那只大手重重地拍了一下我的肩膀。

“的确，东尼，这事不是真的，我他妈高兴极了。要真有这事，那么对你，对我们大家都是个耻辱，对全团都是个耻辱。”

“可是奇耻大辱啊！”现在斯泰因许贝插进来了，“偏偏是这个放高利贷的老家伙的女儿，这老头当年用那沓票据要了乌里·诺恩多尔夫的命，竟然允许这种人塞足钱袋，买进府邸，还买了个贵族称号，这真是够丢丑的了。这还不够，还得给高贵的女儿小姐弄一个我们这号人去当乘龙快婿，他们想得倒美！这个无赖！为什么他在街上碰上我总要避开，这他心里明白。”

人声越来越嘈杂，费伦茨也就越来越激动。“这药剂师真是条混账老狗——凭我的灵魂起誓，我真恨不得现在就去扯他那叫夜的门铃，把他从家里叫出来，赏给他几下大嘴巴子。干出这样死不要脸的事情来！就因为你到城外去过几趟，就把这么肮脏的谎话加在你的头上！”

现在许恩塔勒男爵也插嘴了，这个瘦骨嶙峋的贵族家的浪荡子。

“你知道，霍夫米勒，我并不想干预你的事情——chacun son goût！不过，如果你老实问我，那么当我听说你经常在城外跟那家子泡在一起，我打一开头就不喜欢。咱们这号人得仔细考虑考虑，你跟他来往，到底给谁面子。这小子做什么买卖，或者做过什么买卖，这我一点也不知道，跟我也毫不相干。我也不说谁的坏话。不过，我们这号人得多少要有点保留——你看见了，莫名其妙一下子就产生出了一些愚蠢的闲话。不是充分了解的人，千万别沾边。我们这号人必须洁身自好，永远洁身自好，就那么轻轻一蹭就能把自己弄脏。喏，你没有卷得太深，总算万幸。”

他们大家七嘴八舌地说着，情绪激动，矛头指向老头，他们把最荒诞不经的故事都兜了出来，他们又嘲笑他的女儿，说她是“瘸腿千金”;说着说着老是有人把脸转向我,赞扬我没有真正跟这帮“贱民”混在一起。而我——我呆呆地坐着,一声不吭;他们那令人反感的赞美使我痛苦,我恨不得对他们大吼:“闭上你们卑鄙的狗嘴!”或者高声大叫:“我是混蛋!说实话的不是我,是药剂师。我,我是个胆小的、可怜的说谎的家伙!”可是我知道,已经太晚了—— 一切都太晚了!现在我已经无法再冲淡什么,再否认什么了。于是我坐着,只是默不作声地呆呆地凝望前方,一支熄灭了的烟卷叼在紧咬着的牙齿缝里,同时我毛骨悚然地意识到我这样沉默,对这可怜的姑娘,无辜的姑娘犯下了卑劣的、置人死地的背叛行为。啊——快钻进地洞里去吧!快消灭我自己!快毁掉我自己吧!我不知道眼睛往哪儿看,我不知道手往哪儿搁,这瑟瑟直抖的手很可能泄露我内心的秘密。我小心翼翼地把双手收回来,使劲地把手指头捏在一起,都捏得手疼。我想这样拼命地捏紧拳头能再控制几分钟我内心的紧张情绪。

可是在我把手指竭力捏紧的一刹那,我突然感觉到有什么硬邦邦的异物夹在手指中间。是一小时前艾迪特满脸通红戴在我手指上的那枚戒指!我赞同地接受下来的那枚订婚戒指!我已经没有足够的力气把这闪闪发亮的证明我撒谎的物证从手指上取下来。我只是像个贼似的用一个怯懦的动作,赶快把宝石往里面一转,然后再伸出手去和伙伴们告别。

五十一

市政厅广场被寒冰一样皎洁清冷的月光照得雪亮，鬼气森森，铺路石块的每一道边都照得轮廓分明，屋子的每一道线都可以延伸上去，直到屋顶和屋脊。我自己的内心也像冰块一样清晰明澈。我从来也没有像在这一瞬间思考问题这样的头脑清楚，仿佛万里晴空，云翳全无。我知道我干了什么事情，知道现在该做什么才是我的本分。我在晚上十点钟订了婚，三小时以后又怯懦地否认了这个婚约。当着七个证人的面，我们团里的一名骑兵上尉，两名中尉，一名团部军医，两名少尉和一名见习士官，我手指上戴着订婚戒指，还让人家因为我撒的卑鄙的谎言而赞扬我。我阴险地陷害了一个热恋我的姑娘，一个正在受罪、无力自卫、浑然无知的少女。我听任别人辱骂她的父亲而不提出抗议，我发了伪誓，听任人家把一个说了实话的陌生人称做骗子手。明天全团都会知道我的耻辱，那时候全都完了。那些今天像兄弟一样拍我肩膀的人，明天将拒绝和我握手，拒绝和我打招呼。被人揭露出来我撒了谎，我就不能再在部队里混下去。可是被我出卖，受我诬蔑的那些人那里，我也回不去了，甚至对于巴林凯来说，我这人也报销了。这三分钟的怯懦，毁了我的一生。我除了开枪自杀再无别的选择。

还坐在那张桌子边上的时候，我就已经清楚地意识到，只有用这种方法才能挽回我的名誉。我现在一边穿街走巷，踏月漫步，一边深思熟虑的,只不过是执行这一计划的具体方式。我的脑子里各种思想整理得井然有序,清清楚楚,仿佛洁白的月亮一直射穿了我的军帽。我把后面这两三个小时,我一生中最后几个小时仔细分配作了安排,完全是无动于衷的神气,就像是在拆开一挺卡宾枪似的。一切都要了结得干净利索,什么也不可遗忘,什么也不可忽视!首先写封信给父母亲,因为我不得不给他们增添这样的痛苦而请求他们原谅。然后给费伦茨留封信,请求他不要去责问药剂师,这件事我一死就算了结。第三封信写给上校,请求他把这事引起的一切轰动都尽可能平息下去,葬礼最好在维也纳举行,不要派代表团去,不要送花圈。当然还得给开克斯法尔伐写几句,简单扼要,叫他向艾迪特保证我对她的最衷心的爱慕,希望她不要把我想成个坏蛋。然后在家里把一切都整理得井井有条,无可指责,把欠下的几笔小额的债务都写在一张纸条上,委托人家把我的坐骑卖掉来填补可能出现的亏空。我没什么可遗赠给别人的。我的怀表和几件内衣应该归我的勤务兵所有——啊,对了,那枚戒指和金烟盒请送还给封·开克斯法尔伐先生。

还有什么?对了,把艾迪特的两封信烧掉,干脆把所有信件、照片全都烧掉!我的一切全都不要留下,毫无回忆,毫无痕迹,尽可能不惹人注目地消逝,就像我不惹人注目地生活过一样。反正,这两三个小时里有许多事情要做,因为每封信都必须写得工工整整,免得日后有人说我心里害怕或者心慌意乱。然后是最后一件事,也是最容易的一件事:躺到床上,把两三床被子严严实实地拉来蒙在头上,上面再压上一床沉甸甸的鸭绒垫子,免得隔壁的人或者街上的人听见开枪射击的声音——当年骑兵上尉费伯尔就是这么干的。他在午夜时分开枪自杀,谁都没有听见一点响声。直到天亮人们才发现他脑壳被炸得粉碎。盖着被子,然后把枪口顶住太阳穴，我的左轮手枪是可靠的，碰巧我前天还刚上过油。我知道我的手很稳。

我必须重复一遍：我这一辈子处理任何事情都没有像当时安排我的死那样井井有条、精确周密。等我似乎漫无目标地到处转悠了一个小时之后来到军营前面，一切都已安排就绪，就像公文保管柜一样条理分明，一目了然，每一分钟都已分配停当。在整个这段时间里，我的步伐完全泰然自若，我的脉搏均匀平稳，我的手始终不颤不抖，当我用钥匙去开我们军官半夜之后进出营房的那道小边门的时候，我怀着某种骄傲的心情注意到了这点。即使在黑暗中，我也一分不差地摸到了那个狭小的钥匙孔。现在再穿过院子，爬上三层楼梯！然后就我独自一人，我可以开始办理善后事宜，同时结束我的残生。可是等我穿过被月光照得通明的四方形院子，走近黑洞洞的楼梯间门口的时候，那儿有个人影动了一下。真该死，我心里暗忖：哪一个半夜回营的伙伴，就比我早回来一步，还想跟我打个招呼，末了跟我神聊半天呢！可是就一眨眼的工夫，我十分难堪地从那人宽宽的肩膀认出他是几天前才训斥过我的布本切克上校。他似乎是故意站在门洞里。我知道，这个老丘八不爱看见我们这帮人深夜回来。可是见他妈的鬼，这一切现在跟我还有什么相干！明天我就该向另外一个什么人去打报告了。所以我铁了心，想继续往前走，仿佛我没有看见他似的，可是他已经从阴影中走了出来。他那尖锐刺耳的嗓子对我嚷道：

“霍夫米勒少尉！”

我走过去，向他立正。他目光尖利地打量我。

“大衣半敞着穿在身上，是年轻先生们最时髦的打扮吧。你们以为，半夜三更在外头瞎逛就可以像个母猪似的把奶头乱晃荡是不是？往后你们还会敞着裤子吊儿郎当地走过来呢。这种样子我是不允许的！就是在午夜以后我的军官也必须把军装穿得规规矩矩，明白吗？”

我毕恭毕敬地把两个脚跟一并。“遵命，上校先生。”

他鄙夷不屑地瞅了我一眼，转过身去，也没打招呼，就昂首阔步地向楼梯走去。他那肥厚的后背在月光下使劲地摆动。可我这时心里冒火，我这辈子听到的最后的话竟然是一番辱骂。于是发生了一件事，连我自己也感到意外，完全是无意识地，仿佛是我的身体自己在动——我急急地走了几步，紧跟着他。我知道，我在做的事，其实完全是荒谬绝伦的。为什么在生命结束前一小时还想跟一个顽固脑袋去解释什么或者纠正什么？不过，这种荒谬的矛盾性，几乎在所有的自杀者身上都有，在他们变成模样变形的尸体之前十分钟还屈服于虚荣心，硬要身上干干净净地辞别人世（这人世可就只有他们不能再待下去了），在他们把子弹射进脑袋之前，得刮刮胡子（为了谁呢？），穿上干净的内衣（为了谁呢？），是的，我想起来了，甚至于听说有个女人事先涂脂抹粉让女理发师给她烫了头发，抹了最贵重的科蒂香水，然后再从五层楼上纵身下跳。就是这种从逻辑上说来完全无法解释的感情催动了我的肌肉，我现在跟在上校背后追上去，绝不是出于死亡的恐惧或者突然的怯懦——这点我必须强调——而仅仅是由于那种荒谬绝伦的洁身的本能，不要乱七八糟地，沾满污垢地消失到虚无中去。

上校想必听见了我的脚步声，因为他猛地转过身子，两只咄咄逼人的小眼睛在浓密的眉毛下惊愕地逼视我。他显然不能理解这种骇人听闻的无礼行径：一个下级军官竟然未经他的许可，胆敢尾随他。我在他面前两步的地方停住脚步，举手行个军礼，泰然自若地挺住他那凶险的目光，说道——我的声音一定也像月光一样苍白无力：

“请问上校先生,我能和您谈几分钟吗?”

两道浓眉惊讶得往上一扬,绷成了一道弯弓。“什么? 现在谈话? 午夜一点半的时候?”

他愠怒地直视我。一会儿他就要粗鲁地对我嚷开了,或者打发我到团部办公室去。可是我脸上大概有种什么神气使他心里不安。这两只严峻、逼人的眼睛打量了我一两分钟,然后他咕噜了一声。

“准没什么好事! 随你的便吧。那么——到楼上我屋里去,快点!”

五十二

我现在像个倒在地上的影子似的跟在上校背后，穿过几道走廊和楼梯，都是被煤油灯照得半昏不黑的，阴沉沉空荡荡，可是弥漫着许多人的体臭汗味。这位什维托查·布本切克上校是个货真价实地地道道的经历过多年戎马生涯的老兵。在我们的上级军官中大家最怕的是他。他长得短腿，短脖，低额头，他的毛茸茸的浓眉底下，藏着一对深陷的目光炯炯的眼睛，看起人来很少含有笑意。身体粗壮结实，步伐沉重有力，这清清楚楚地暴露了他的农民出身（他是巴拿特①人）。可是他凭这个水牛似的低额头和他钢铁一样坚硬的头颅，慢慢地、坚韧不拔地一直爬到上校的地位。他不学无术，谈吐粗鲁，动辄破口大骂，举止不登大雅，所以多年来，部里自然把他从一个外省的驻防地塞到另一个外省的驻防地去。等他得到将军的红丝绦还得走一大段路呢，这点在上层领导圈子里可以说已是既定方针。可是尽管他其貌不扬，俗不可耐，在军营里和练兵场上却没有人能和他匹敌。他熟悉操练规程上最细小的条目，犹如苏格兰清教徒之熟悉《圣经》，这些条目对他来说，并非可松可紧的法律条文——机灵一些的长官是会灵活处理使之自圆其说的——而简直是宗教的诫命，当兵的人无权讨论这些条文有没

① 匈牙利南部边境落后贫穷地区。

有意义，是不是荒谬。他完全献身给崇高的军事服役，犹如信徒之献身于天主。他不近女色，不抽烟、不赌博，一生一世没进过一次剧院，没听过一次音乐会，和他的最高统帅弗兰茨·约瑟夫皇帝一样，除了操练规程和但泽的陆军报之外，其他书刊他一概不读。世界上除了奥匈帝国的陆军之外，其他东西对他都不存在。而在陆军之中只有骑兵，骑兵之中只有轻骑兵，轻骑兵当中只有一个团，只有他那个团。在他这个团里，各方面的工作都得比任何一个团做得好，这便成了他生活的意义。

一个视野狭窄的人如果手里有权，本来无论在哪里都是叫人难以忍受的。可是在军队里，那就最为可怕。因为在部队里服役，是由上千条极端精确、大多数早已过时、僵化的条例拼凑起来的，这些条文只有狂热的老丘八才背得出来，只有傻瓜才要求别人一字不差地照办，因此在军营里，没有一个人在这位信奉神圣的操练条例的狂热分子面前感到安全。他那肥硕的身影雄踞马上，对人形成一种吹毛求疵的恐怖，他威风凛凛地坐在餐桌旁，像针一样锋利的眼睛咄咄逼人，他使餐厅里和办公室里的人都感到心惊肉跳。无论他上哪里，那里总先掀起一股恐惧的寒风，如果全团列队等候检阅，布本切克骑着他那匹矮小的锈褐色的阉马慢吞吞地走来，微微低垂脑袋，活像一头公牛冲出去之前的架势，这时队伍里任何动作都凝固僵硬，就像对面开上来敌人的炮兵，已经从炮架上卸下大炮，正在瞄准。大家知道，第一发炮弹随时可能射来，难以幸免，不可阻挡。谁也无法预料这第一颗炮弹是不是就命中他。甚至连战马也像冻成了冰块，纹丝不动，耳朵也不颤动一下，听不见刺马针的声响，听不见呼吸声。然后，这个暴君悠然自得地骑着马，慢吞吞地走过来，显然在享受从他身上发出去的慑人的恐惧。他用他那十分严密的目光挨个仔细检查，什么也别想逃过他的眼睛。这道钢铁般的训练有素的目光什么都看得见，能逮住戴得低了一指的军帽，每一粒没有擦亮的纽扣，佩刀上的每一个锈斑，马身上的污泥痕迹。只要他一查出这最最细小的违反规章的行径，马上就刮来狂风暴雨，或者不如说是一股夹杂着咒骂之声的污泥浊水的洪流劈头盖脸地冲来。在那箍得很紧的军服领子下面，喉结好像患了猝发中风症似的鼓了起来，宛如一个突发的肿瘤，剃短了的头发下面的额头涨得血红，粗大的青筋一直爬到太阳穴上。然后他就用他震耳的哑嗓子破口大骂，他把整桶的脏水秽物都倾倒在那个可能有过失也可能无辜的牺牲品的头上。有时候他的话实在不堪入耳，军官们都恼火地低头看着地上，因为他们当着士兵的面为他感到羞耻。

士兵们就像害怕真正的撒旦那样怕他，他会为了鸡毛蒜皮的小事关他们禁闭，有时候在盛怒之下甚至会挥动他那粗壮的拳头打在他们脸上。我亲身经历过，有一次，这个"癞蛤蟆"——我们都叫他癞蛤蟆，因为他发火的时候，肥肥的脖子涨得都要爆炸了——在马厩里大叫大嚷，一个小俄罗斯来的轻骑兵在旁边那个马厩里按照俄罗斯的方式画了个十字，并且嘴唇哆哆嗦嗦地开始背诵起一段简短的经文。布本切克来回折腾这些可怜的小伙子，直到他们精疲力竭。他训练他们，让他们重复进行卡宾枪的操练，直到他们的胳臂都快折了为止。他让他们长时间地骑在性子最烈的马上，直到鲜血顺着裤子流了出来。可是使人惊讶的是，这些善良老实的受害的农家子弟以他们愚鲁迟钝、战战兢兢的方式热爱他们的暴君甚于爱一切态度更温和、因而和他们更有距离的军官。仿佛有某种本能告诉他们，这种严厉的作风是来自一种顽固狭隘的愿望，一心想要维护天主喜欢的那种井然秩序。再说我们当军官的也并没有受到更好的待遇，这也使这帮倒霉鬼得到了安慰，因为一个人一旦知道,他的邻人也同样挨了一顿训斥,那么哪怕是最严厉的训斥,他接受起来也就轻快得多。公正神秘地抵消了暴力的分量:士兵们怀着满意的心情一再津津乐道地重温年轻的W亲王的故事。这位亲王和至高无上的皇家沾亲,因而认为,可以胡作非为。可是布本切克照样不讲情面,罚他十四天禁闭,就像罚哪一个老农民的儿子一样。部长大人们从维也纳打来好几次电话,全都白费力气。布本切克对这位门第高贵的罪犯一天也没减刑——话说回来,这股倔劲当时断送了他的前程。

不过更加奇怪的是,就是我们当军官的也摆脱不了对他的某种依恋。他执法如山、铁面无私的作风含有一股傻乎乎的真心实意,这使我们也为之折服。尤其使我们心服的是他那无条件的待人友好的团结精神。就像他容不得哪怕是最后一名轻骑兵制服上有一点灰尘、马鞍上有一点污泥一样,他也同样不能容忍一丝一毫的不公正行为。团里发生的每一件丑闻他都觉得是对他本人荣誉的打击。我们都属于他,大家都清楚知道,如果有谁闯了祸,最聪明的办法是直接跑去找他,他首先会把你骂得狗血喷头,然后还是会平息怒气,想办法把你救出困境。如果要让一个军官得到晋升,或者给一个处境狼狈的军官从阿尔伯莱希特基金里去争取一笔津贴,那他是不含糊的,他立刻驱车到部里去,用他的顽固脑袋硬顶,直到事情办成。不论他怎样虐待我们,使我们生气,我们大家在我们心里的一个隐秘的角落里还是感觉到,这个巴拿特的庄稼汉比一切贵族军官更加忠诚、更加诚实地捍卫着军队的意义和传统,捍卫着这看不见的光辉,我们这些薪俸很低的下级军官内心深处与其说是靠军饷为生,还不如说是靠这看不见的光辉生活。

这位什维托查·布本切克上校,我们团的首席刽子手就是这样一个人。我现在跟在他身后登上楼梯。他一辈子为人富有丈夫气概，头脑简单，作风正派诚实，然而有些愚鲁，他对待我们是这样，他要求自己也是如此。后来，在塞尔维亚战役中波蒂阿累克一战全线崩溃之后，我们出发时军容整齐、刀枪闪亮的轻骑兵团只剩下四十九名士兵活着撤回到萨维河这边来，而他最后一个留在对面敌人的河岸上。眼看着惊慌失措、溃不成军的撤退场面，他觉得这是对军队荣誉的奇耻大辱，于是他做了在参加世界大战的一切统帅和高级军官中只有极少数人在兵败之后做的事情：拔出他那沉甸甸的军用左轮手枪，向自己的脑袋打了一枪，免得目睹奥地利土崩瓦解。他从惊慌后遁的团队所呈现出来的那个可怕的画面，凭他那迟钝的感觉，已经像先知似的预感到了奥地利的覆没。

五十三

上校开了门锁。我们走进他的房间。这间房间布置得斯巴达式的简朴，看上去更像一间大学生的寓所：一张行军铁床——他不愿意自己睡的床比弗兰茨·约瑟夫皇帝在皇宫里睡的床更加讲究——墙上挂着两幅彩色画像，右边一幅是皇帝的肖像，左边一幅是皇后的肖像，另外还有四五张放在便宜的镜框里的纪念照片，拍的是军官退伍和团队晚会的场面，两把交叉的佩刀和两把土耳其手枪——这便是全部陈设。没有舒服的安乐椅，没有书籍，只有四把草垫软椅放在一张做工粗糙、空无一物的桌子四周。

布本切克使劲地捋着他的小胡子，一下，两下，三下。我们大家都熟悉这冲动激烈的动作。在他身上，这可以算是表示危险的烦躁情绪的最为明显的标记。最后他呼吸急促地咕噜了几句，也没向我让座：

“不必拘束！现在别拐弯抹角了——有话说吧。是钱上有了亏空还是追女人出了乱子？”

不得不站着说话，我觉得很难堪，再说，我觉得在强烈的电灯光照射之下，他的焦躁不耐的目光逼得我实在无处藏身。于是我只好迅速抵挡，说根本不是关于钱的事。

“那么就是桃色纠纷了！又是这档子事！你们这帮家伙都不能让自己歇一歇！就好像世界上没有足够的女人似的！他妈的容

易到手的女人有的是！可是现在接着说吧！别绕太多的弯子——到底问题出在哪儿?"

我尽可能简单明了地向他报告，我今天跟封·开克斯法尔伐先生的女儿订了婚，可是三小时之后又干脆否认了这个事实。不过，请他千万不要以为，我事后希望美化一下我这不名誉的行为——相反，我到这儿来只是为了私下向他、向我的上级说一声，我完全意识到我作为军官从我这错误的态度里必须承担的后果。我知道我的责任是什么，我会尽我的责任的。

布本切克相当莫名其妙地用眼睛直瞪我。

"你在胡说些什么呀？不名誉，后果？哪来的这些玩意，怎么回事？根本就没这档子事嘛。你说，你跟开克斯法尔伐的闺女订婚啦？这姑娘我见过一次——稀奇古怪的口味，这不是个残废畸形的女孩子吗？好，你大概事后又把这事重新考虑了一下。这根本就不算回事嘛！曾经有个人也这么干过一次，他可并没有因为这件事而变成流氓。还是说你……"他走到我跟前，"说不定你跟她发生了什么关系，现在出了什么事了？那当然就是件卑鄙的事啰。"

我又气又羞。他这种轻松的、说不定是故意轻描淡写的口吻叫我非常恼火，他就用这种轻松的样子把一切全都误会了。所以我把两个脚后跟一并，立正说道：

"上校先生，请允许我向您禀告：我在咖啡馆的老座位上当着我们团七名军官的面撒了弥天大谎，说我没有订婚。由于怯懦和窘迫，我欺骗了我的伙伴。明天哈弗利斯彻克少尉就要去责问把准确的消息告诉他的那个药剂师。明天全城就会知道，我在军官席上说了谎，这样我就作出了有失身份的行为。"

现在他惊讶不已地抬头凝视我。他那迟钝的脑子显然终于运转起来了。他的脸色渐渐变得更加阴沉。

“你说，这事发生在哪儿？”

“在我们常坐的那张桌子旁边，在咖啡馆里。”

“你说，当着伙伴们的面？大家都听见这话了？”

“是，上校先生。”

“那个药剂师知道你已经否认这件事了？”

“明天他会知道的。他和全城都会知道。”

上校使劲地把他浓密的小胡子又捻又拽，仿佛想把胡子拔掉似的。看得出来，在他低低的额头后面，他正在转念头。他开始生气地踱来踱去，两手反剪在背后，踱了一个来回，两个来回，五个、十个、二十个来回。地板在他沉重的脚步底下微微晃动，当中还夹杂着刺马针发出的轻微的叮叮的声音。最后他终于又在我面前停住了脚步。

“好，那么你说，你打算怎么办？”

“现在只有一条出路：上校先生，您也知道，我到这儿来，只是为了向上校先生告别，并且敬请您费心，事后把这一切都悄悄地了结掉，尽可能少引起轰动。不要因为我而使我们团长蒙受耻辱。”

“胡说八道，”他喃喃地说道，“胡说八道！为了这么一点子事！像你这么一个身体健康、为人正派的漂亮小伙子，会为了这么一个残废姑娘去寻短见！大概这只老狐狸把你骗上钩了，而你用正当的办法已经没法脱身。我才不去为这帮人伤脑筋呢，他们跟我们有什么关系！可是你那几个伙伴，还有，药剂师这个笨蛋他也知道这事，这当然是件麻烦事情啰！”

他又开始踱来踱去，比先前走得步子更急。他似乎在使劲地动脑子。每当他走了一趟又折回来，他脸上的红色就深一层，太阳穴上青筋毕露，就像又黑又粗的树根，最后他终于毅然决然地停住脚步。

“好，你仔细听着。这种事情必须尽快了结—— 一旦传得满城风雨，那就的确不可收拾。首先你告诉我——我们的人当中有谁在场？”

我把名字说了。布本切克从他胸口的衣袋里掏出他的记事本——那本臭名昭著的红皮小笔记本，每次他只要看见团里有谁干了一点不合适的事，马上掏出小本，就像拔出一把宝剑似的。谁要是在这小本本里被记上了一笔，就可以不必指望下次休假有他的份。按照农民写字的习惯，上校先把铅笔放进嘴里去沾沾湿，然后再用他那粗壮的、指甲挺宽的手指把姓名费劲地挨个描了下来。

“这就是全部在场的人？”

“是的。”

“肯定就这几个。”

“是，上校先生！”

“好吧。”他又把记事本塞回胸口的衣袋，就像插剑入鞘。这结尾收场的一声“好吧”，听上去也是同样铿锵的声调。

“好吧——这事就算了结了吧。明天我趁这七个人还没有把脚迈进练兵场，把他们一个不剩，挨个叫到我这儿来。谁要是谈话之后还胆敢回忆起你说的话，那就让天主对他发慈悲吧。然后我再个别找那个药剂师谈。我会想法子哄他的，你放心好了，我会找些话来骗骗他的。我也许会说，在你正式宣布订婚之前，首先要征求我的同意……或者说……或者说，你等等！”——他猛的一下子一直走到我的面前，近到我都能感觉到他的呼吸，并且用他那锋利逼人的目光凝视我的眼睛——“你说老实话，不过现在一定要老老实实：你在事先喝酒了吗，——我指的是，你在干出这件傻事来之前喝过酒吗？”

我非常羞愧。“是的，上校先生，当然，我在出城去之前，是喝了几杯甜酒，在城外，吃饭……吃那顿饭的时候喝了不少……不过……”

我等着他愤怒地狠狠训我一顿。可是他非但不骂我，他的脸突然容光焕发，喜形于色。他两手一拍，震耳欲聋地扬声大笑起来，笑声中含有自得的味道。

“妙啊，妙极了，现在我有办法了！这下子我们就可以脱离困境了。事情现在已经一清二楚！我就跟他们大家说，你当时喝得烂醉，活像一头死猪，根本不知道自己在胡说些什么。你没有用人格担保吧？”

“没有，上校先生。”

“那就全妥了。我跟他们说，你当时喝醉了。这种事情曾经发生过一次，甚至于还是出在一个大公爵的身上呢。你当时喝得烂醉如泥，一点都不知道自己在胡说些什么，根本也没有好好听别人说的话，人家提的问题，全都理解错了。这不是很合乎逻辑吗！那个药剂师我还要坦率地告诉他，我把你狠狠骂了一顿，因为你醉醺醺地跌跌撞撞地到咖啡馆里去了。——就这样，第一步算了结了。”

他这样误解我，我心头不由得升起一股怒火。我生气的是，这个从根本上说来颇为好心的顽固脑瓜完全是想给我个台阶下下，到末了他认为，我是因为胆怯才来拉住他的袖口，求他把我救出绝境。真见鬼，为什么他根本不愿理解我的行为是何等可耻！于是我振作起来。

“报告，上校先生，对我来说，这样办并没有把这事完全了结。我知道，我惹了什么样的乱子，我知道我再也没脸去见任何正派人，作为一个流氓，我不愿再活下去……”

“住口!”他打断我的话头,“啊,对不起——你让我安安静静地考虑一下,别跟我胡搅蛮缠。我自己已经知道我该怎么办,用不着你这乳臭未干的黄口小儿来教训我。你以为,这事仅仅关系到你吗?不,我的亲爱的,这只不过是第一步,现在来谈第二步,这就是说:明天一早你就走得远远的,这儿我用不着你了。这种事情得让大家渐渐忘记才行。你一天也不许再待在这儿,要不然马上就会有人愚蠢地到处打听,胡言乱语,我可不喜欢这个。我这团里的人是不许让人家盘问不休,侧目相视的。这是我不能容忍的……从明天起你就调到斯察斯劳①去当预备役军官……我亲自给你起草命令,并且把一封给中校的信交给你,信里写些什么与你无关。你要做的只有一条,就是从这儿跑掉。我干什么是我的事。今天夜里你就和你的勤务兵整好行装,明天一清早,全团官兵一个也没起床,你就离开军营。中午总结汇报的时候我就干脆宣读命令,说你有紧急使命已经调离,免得有人胡猜瞎想。至于你以后怎样和那老头,还有那个姑娘,去了结另外一段公案,那我就不管了。你自己捅的娄子,劳驾,你自己去收拾吧——我关心的只是,别把这事惹出来的臭气和流言蜚语弄到兵营里来。……就这么办吧——明天一早五点半你到这儿楼上来,一切准备就绪,我把信给你,然后开路!懂了吗?”

我沉吟着。我不是为了这个来的。我并不是想溜之大吉。布本切克感觉到了我的反抗,几乎带着威胁的口吻重复了一遍:

“懂了吗?”

“遵命,上校先生。”我用军人的口吻冷冷地回答了一声。我心里暗暗地对我自己说:“这老笨蛋想说什么,随他去胡说吧。我

---

① 又译恰斯拉夫,捷克地名。

该干什么还干什么。”

“那么——现在就谈到这儿吧。明天早上,五点半。”

我立正。他向我走来。

“偏偏是你干出了这种蠢事!我真不舍得把你送到斯察斯劳去交给那帮人。在年轻人当中你一直是我最喜欢的一个。”

我感觉到,他在考虑,是不是应该把手伸给我。他的目光柔和多了。

“你说不定还需要点什么东西吧?只要我能帮你的忙,我乐于帮忙,你别不好意思。我不愿意大伙认为你名誉扫地了还是怎么的。什么也不需要?”

“不需要,上校先生,谢谢您。”

“那就更好。好吧,那就明儿见。明天一早,五点半。”

“遵命,上校先生。”

我瞅着他,就像最后一次看他那样。我知道,他是在这个世界上最后一个和我谈过话的人。明天他将是唯一的一个知道全部真情的人。我挺直身子,把两个鞋后跟使劲一并,抬起肩膀,向后转。

可是即便是这个感觉迟钝的人大概也注意到了什么。我的眼神或者我的步态想必有些什么东西引起了他的怀疑,因为他在我背后厉声喊了个口令:“霍夫米勒,回来!”

我转过身来。他挑起眉毛,仔细地把我端详了一番。然后咕噜道,口气尖刻,同时又充满了好意:

“你这家伙,我不喜欢你这神气。你心里有事。我觉得你想要我,你打算干件荒唐的事情。不过,我不允许你为了这么一件屁事……用手枪呀怎么的,干出傻事来……我不允许……你懂吗?”

“遵命,上校先生。”

“什么,别来什么‘遵命’!在我面前谁也别想耍花招。我可不是小毛孩子。”他的声音变得更加柔和，“把手伸给我！”

我把手伸给他。他紧紧地握住我的手。

“现在，”——他目光锋利地直视我的眼睛——“现在，霍夫米勒，你用人格担保，你今天不干傻事！你用人格担保，明天一早五点半你到这儿来，动身到斯察斯劳去。”

我受不了他目光的逼视。

“我以人格担保，上校先生。”

“好，这就好了。你知道吗？我就担心你火头上会干出傻事来。你们这些火暴性子的年轻人谁也说不好……你们干什么事都是说干就干，说动枪就动枪……事后你们自己也会明白过来。这种事情一挺也就过去了。你会看见，霍夫米勒，这件事不会产生什么后果的！我会把一切都处理得妥妥帖帖，第二次你就不会再干出这么一桩糊涂事来了。好啦——现在你走吧——像你这么一个人要真毁了那就可惜了。”

五十四

我们作出的决定在很大的程度上取决于我们对自己的身份和环境的适应,这种依赖的程度远远超过我们愿意承认的地步。我们思维活动的颇为可观的一部分只不过是自动地继续操纵早已接受的印象和影响。特别是,谁要是从小在纪律严格的军事训练中受到教育,就会像屈服于一种不可阻挡的压力似的,屈从于一种服从命令的精神病。每一道军事命令对他都拥有一种在逻辑上完全不可理解的、使人意志瓦解的威力。身上穿着军装,就像精神病患者穿了强制衣服,即使他明明知道接受的任务毫无意义,他也会像个梦游者似的毫不反抗,几乎不知不觉地照章执行。

我也是这样。我活了二十五岁,其中真正塑造我性格的十五年是在军官学校和军营里度过的。从我接受上校命令的那一瞬间起,我就立刻停止独立思考或者独立行动。我不再左思右想。我只是服从命令。我的大脑不知道别的,只知道一件事,那就是到五点半我得整装待发,在这之前我得毫无怨言地做好一切准备。于是我叫醒我的勤务兵,三言两语地告诉他,由于紧急命令,我们明天得出发到斯察斯劳去。我和他一起把我的东西一件件装好。好不容易收拾好行李,准五点半我遵照命令站在上校的办公室里,接过公文。也没注意他下达了什么样的命令,我就离开了军营。

当然,这种催眠了的意志麻痹状态延续的时间有限,当我还处于军事权力的范围之内,我的任务还没有彻底完成的时候,这种麻痹状态持续着。等到牵动列车的机器一动,这种昏迷状态就从我身上脱落。我猝然惊醒,就像一个被炮弹炸开时的气浪打倒在地的人,摇摇晃晃地爬起来,不胜惊讶地发现身上毫无伤痛。我首先惊讶的是,我还活着。其次,我正坐在一列向前行驶的火车里,脱离了我已习惯的日常生活。我刚开始回忆,过去的事情立刻以惊人的速度纷至沓来。我不是想结束我的生命吗,有人把我的手从手枪上拉开。上校说过了,他要把一切都安排好。然而——我不胜慌乱地断定——他能处理的一切只关系到团队和我作为军官的所谓"好名誉"。说不定我的伙伴们此刻正在军营里站在他的面前,不消说,他们都以名誉和信誓向他保证,关于这个事件绝对一句话也不说。不过,他们心里想些什么,那是没有任何命令可以阻止的,他们大家想必都发现,我是怯懦地溜之大吉的。药剂师说不定一上来还能听从上校的劝导——然而艾迪特呢,她父亲呢,其他的人呢?——谁会去通知他们,谁会去向他们解释这一切?早上七点:现在她醒来了,她首先想到的是我。也许她已经从露台上——啊,这露台,为什么我一想起那栏杆,我总不寒而栗——用望远镜在眺望练兵场,看见我们团在急速奔驰,不知道,也料想不到,那里会缺一个人。可是到下午她就开始等我了,而我没有去,没有人告诉她什么消息。我一句话也没有给她写。她会去打电话,人家会通知她,我已经调离了,她不会明白,不会理解这件事。或者更可怕的是,她会理解这件事,马上就理解,然后……蓦然间我看见了一闪一闪的镜片后面康多尔的威胁的目光,我又听见他对我大声嚷嚷:"那将是犯罪,是谋杀!"另一幅画面已经和第一幅画面交叠在一起:她当时如何从躺椅上撑起来扑向露台的栏杆,目光里已经流露出投身深渊去自杀的神情。

我得采取一些行动，立刻采取行动！一到火车站马上给她拍份电报，电报里随便说些什么。我无论如何一定要阻止她在绝望之中干出一些鲁莽的、不可挽回的事情来。不，康多尔说过了，不得做任何鲁莽的、不可挽回的事情的是我，如果发生了什么严重的事情，要我立刻通知他。我已经向他保证一定这样做，我说这句话可是用人格担保的。感谢天主，我在维也纳还有两个小时可以办这事。火车要到中午才继续往前开。也许我还能找到康多尔。我必须找到他。

一到站，我就把行李交给我的勤务兵，叫他乘车到西北车站去等我。然后我就坐汽车赶到康多尔家，我祷告天主(平时我可并不虔诚)："天主啊，让他待在家里，让他待在家里！我只能向他解释这件事，只有他能了解我，只有他能帮忙。"

可是那个使女懒洋洋地拖着脚步向我迎来，头上包着一块花布，她在打扫房间。她说：大夫先生不在家。我问，我能等他一会吗？"嘿，不到中午他不会回来。"她是否知道他在哪里？"这个，不知道。他总是从一家走到另一家。"那么我是不是可以见见大夫太太？"我去问一声。"她搔搔胳肢窝，进屋去了。

我等着。同样的房间，同样的等待，和上次一样——谢天谢地——现在从隔壁房间又传来同样的轻轻的拖拖沓沓的脚步声。

门迟迟疑疑、畏畏缩缩地打开了。和上次一样，就像有阵微风把它吹开似的，只不过这一次迎着我传来的声音是友好的、亲切的。

"是您来了吗，少尉先生？"

"是的。"我一面说，一面又干了上次干过的傻事——向这双目失明的女人鞠了一躬。

"不过，这可要叫我丈夫难过死了！我知道，他会觉得非常遗憾的。但是,我希望,您能等他一会儿,最晚到一点他就回来了。”

“不了,可惜——我不能等了。不过……不过事情非常重要……我是不是可以打个电话到哪个病人家里去找他一下呢?”她叹了口气。“不行,我怕,打电话没法找到他。我不知道他在哪里……就是知道,您明白吗……他最喜欢去看的病人,家里根本都没有电话。不过,我是不是可以亲自……”

她走到我跟前,脸上掠过一种怯生生的表情。她想说点什么,可是我看出来,她羞于开口。最后她终于试探着说道:

“我……我发现……我已经感觉到,这准是非常紧急的事情……如果有可能,我一定跟您……我当然一定会跟您说,怎么能找到他。不过……不过……也许我可以等他一回来,亲自告诉他……大概是为了乡下那个可怜的姑娘的事吧,您一直对她这么好心……如果您愿意,我乐于承担……”

可是这时我又干了件荒唐事,我竟然不敢直视她这一双失明的眼睛。不知为什么,我感觉到,她一切全都知道,她什么都猜到了。正因为这个缘故,我才羞愧无地,只是结结巴巴地说道:

“您太好心了,太太,不过……我不想太麻烦您。如果您允许的话,我也可以给他留张条,把主要内容告诉他。不过,他在两点以前回家,这是肯定的,是不是?因为两点多一点列车就开,他得乘车到乡下去,这就是说……他到乡下去一趟,这是绝对必要的,请您相信我,我的的确确没有言过其实。”

我感到,她并没有怀疑。她再走近几步,我看到她的手不知不觉地做了个姿势,仿佛她想安慰我,让我宽心似的。

“既然您这么说,我不消说,自然相信。您放心好了。他能办的事,他一定会办的。”

“我可以给他留张条吗?”

“可以，您给他写吧……在那儿，请吧。”

她走在前面，动作稳得出奇，只有对这屋里每样东西放在哪里都知道的人，才会这样心里有数。她想必每天用她警觉的手指整理、摸索她丈夫的书桌十几次，因为她从左边的抽屉里取出三四张信纸，动作准确，就和视力正常的人一样，然后把这些纸不偏不倚，正好给我放在信夹子上。“那儿有笔和墨水。”她又准确地指在正确的位置上。

我一口气写了五页。我请求康多尔，务必马上到乡下去一趟，马上——我在这两个字下面划了三道线。我把所有的事情统统告诉了他，写得非常匆忙，无比真诚。我没有坚持住，我在伙伴们面前否认了婚约——只有他从一开始就认识到，因为害怕别人，对流言蜚语的卑微的恐惧造成了我的软弱。我并不向他隐瞒，我想自己处决自己，而上校违背我的意愿救了我的命。不过到此刻为止我只想到我自己，现在我才理解，我还拖累了另一个人，一个无辜的姑娘。立刻——他总会明白，事情是多么紧急——我要他立刻乘车到乡下去——我在“立刻”下面又划了一道，以示强调——把真实情况告诉他们，全部真实情况。什么也不要美化。他不要把我说得比实际情况更好，不要把我说得白璧无瑕。如果她不顾这一切还原谅我的软弱，那么这婚约对我来说将比以往任何时候都更加神圣。现在，这婚约对我才真正是神圣的，如果她允许，我立刻就跟她一起到瑞士去，我将辞去军职，永远待在她身边，不管她的病不久就能治好还是以后才能治好，还是永远也治不好。我将竭尽所能来挽回我的怯懦，我的谎言，我这生命只有一个价值，那就是向她证明，我并没有欺骗她，我只不过欺骗了另外那些人。我要康多尔把这一切老老实实地告诉她，告诉她全部真实情况，因为只有到现在我才知道我应该对她尽多大的责任，比对其他所有的人，比对伙伴们，比对部队，应该尽更大的责任。只有她可以审判我，只有她可以原谅我。现在她是否能够原谅我，决定权操在她的手里。我要求康多尔把什么事情都撂下，乘中午这次列车到乡下去，这可是生死攸关的事情啊。下午四点半你无论如何必须赶到那儿，不得再晚，无论如何一定要准时到达，因为要不然她会眼巴巴地等我的。这是我对他的最后的请求。我要他再帮我一次忙，我要他马上——我在这急促催人的“马上”两字下面划了四杠——到乡下去，要不然一切全都完了。

等我把笔放下，我立刻就明白了，现在我才第一次作出了最后的决定。我在写信的时候才意识到这事做得正确。我第一次感激上校救了我的命。我知道，从现在开始，我这一生只对一个人尽责任，只对她，只对这倾心爱我的姑娘尽责任。

在这一瞬间我也发现，这双目失明的女人一动不动地站在我的旁边。我心里又一次产生这种感觉，这种荒唐的感觉，仿佛信上的每一个字她都读了，我的事她全都知道。

“请您原谅我的失礼，”我立刻跳了起来，“我完全忘记了……不过……不过……我觉得这事如此重要，我得立刻通知您的丈夫……”

她朝我微微一笑。

“我站了一会儿，有什么要紧。只有这另外一件事才重要呢。无论您要我丈夫干什么，他准会去办的……我一下子就感觉到了——他说话的每一种口气我可是都熟悉的——他喜欢您，特别喜欢您……您别折磨您自己了，”——她的声音变得越来越温柔——“我请您，别折磨您自己了……肯定一切又都会好起来的。”

“但愿天主保佑！”我说道，充满了真诚的希望——人家不是说过吗,瞎子有预卜凶吉的本领?

我弯下腰去,吻她的手。等我抬起头来看的时候,我真不理解,我上一次竟然会觉得这个头发灰白、嘴巴的线条生硬、失明的眼睛神色严峻的女人长得丑陋不堪。现在她的脸上闪耀着爱情和同情的光辉。我觉得,仿佛这双永远只反射出一片黑暗的眼睛对人生现实的了解甚于那些清澈明亮地观看世界的眼睛。

我告辞的时候宛如一个霍然痊愈的病人。在这一小时内,我和另一个被生活所摈弃、茫然不知所措的女人重新、永远订了婚约,我一下子觉得这已不再是牺牲。不,不要去爱那些身体健康、充满自信、性情高傲、心情愉快、高高兴兴的人——他们不需要别人的爱!他们把别人的爱只当做别人向他们表示的敬意,别人应该向他们尽的本分,他们接受别人的爱,神情倨傲,无动于衷。别人倾心相爱,在他们看来不过是锦上添花,就像头上戴的一件首饰,套在胳臂上的一个手镯,而不是他们生活的全部意义和幸福。只有那些受命运亏待的人,只有那些内心慌乱、遭人轻视、丧失自信、相貌丑陋、备受屈辱的人才能真正通过爱情得到帮助。谁要是把自己的一生献给他们,也就补偿了人生从他们那儿夺去的东西。只有他们懂得爱,懂得为人所爱,像人家恋爱时应该有的那种样子:满心感激,态度谦卑。

五十五

我的勤务兵忠实地等在火车站大厅里。“走吧。”我对他笑道。我陡然间很奇怪地觉得心里轻松愉快。我体验到一种从未有过的如释重负的感觉，我知道，我终于把事情做对了。我救了我自己，我也救了另一个人。我甚至于对前一天夜里的那种荒唐的怯懦心情也不再感到后悔。相反，我对我自己说，这样反而更好。事情这样发展，反而更好，那些信任我的人现在知道我并不是英雄，并不是圣人，不是一个从云端里仁慈地使一个生病的可怜的生灵升到天上自己宝座前面来的天神。如果我现在接受她的爱，对我，已经不再是牺牲了。不，现在该轮到我请求宽恕，轮到她来宽恕我了。这样反而更好。

我心里从来没有觉得这么踏实过。只是有一次，担忧的阴影还轻轻地向我袭来，那是在隆登堡，一位胖先生急急忙忙地冲进车厢，气喘吁吁地在软座上一屁股坐下：“感谢天主，我总算赶上了这班车。要不是列车晚点六分钟，我就误车了。”

这句话不由自主地刺进了我的心里。怎么办，要是康多尔中午没回家？或者回家太晚，来不及赶去乘下午那趟火车？那么一切岂不全都白费！那她就在那儿等了又等。露台上那个骇人的景象立刻又像闪电似的在我脑子里出现：她双手紧紧地抓住栏杆，向下凝望，接着她已经俯身向着深渊！我的天啊，她必须及时知道我是多么悔恨我的背叛行为！趁她还没有绝望，在那可怕的事情说不定会发生之前，她必须及时知道我的悔恨！最好我在下一站就给她去个电报，用几句话坚定她的信心，以防康多尔还没有通知她。

下一站是布律恩，我跳下火车，跑到车站的电报局去。出什么事了？门口密密麻麻地挤了一大堆人，活像黑压压的一窝蜜蜂。这群人情绪激动，正在看一张布告。我不得不使用蛮力，动作粗鲁地分开人群，不顾一切地用胳臂肘冲出一条路，从一道玻璃小门挤进邮电局。现在快，赶快来张电报稿！写什么呢？千万别写得太多！“艾迪特·封·开克斯法尔伐收。开克斯法尔伐庄园。途中衷心问候，忠诚思念，公务在身，不久返回。康多尔将告详情。到彼地即作函，亲切问好。安东。”

我交了电报。这女电报员真磨蹭，东问西问：发报人？地址？一道手续又一道手续。列车可是两分钟内就要开走了。我又一次不得不使出相当大的蛮力来挤开布告前好奇的人群，这时围观的人群已比原来更多了。到底发生什么事了？我正想问一下。可是开车的汽笛声已经刺耳地响起。我刚好来得及跳进车厢。感谢天主，该做的都做了，现在她不会疑神疑鬼、惴惴不安了。这时候我才感觉到，经过这紧张的两天，不眠的两夜，我已经精疲力竭。晚上到了斯察斯劳，我得使出全身的力气才能步履蹒跚地爬上旅馆的二层楼到我房间里去。然后我就一头沉入梦乡，犹如一跤跌进无底的深渊。

五十六

我想，我大概脑袋一碰上枕头就睡着了——就像迷迷糊糊地沉进一股黑黝黝的深沉的潮水，沉啊，沉啊，一直深深地沉入平时永远无法探到的自我解脱的底层。然后，过了很久，才开始做了个梦。这个梦也不知道是怎么开头的。我只记得，我又站在一个房间里，我想，是康多尔的候诊室吧，突然间又开始传来这可怕的声音，几天来这木头的声音一直在我太阳穴里直敲，这阵有节奏的拐杖的声音，这可怕的笃、笃、笃、笃声。起先这声音很远，仿佛是从大街上传来，然后近了一些，笃、笃、驾、笃，现在已经很近了，而且来势很猛，笃、笃、笃、笃，最后近得可怕，就打在门上，我从梦中怵然惊醒，直跳起来。

我睁着眼睛直愣愣地凝视黑洞洞的陌生房间。可是又响起了笃、笃的声音，硬邦邦的指关节猛敲房门。不，我不是在做梦，有人在敲门。有人在外面敲我的房门。我从床上一跃而起，急忙打开房门。门外站着值夜班的门房。

“少尉先生，请您接电话。”

我直瞪着他。我？接电话？……我这是在哪儿呢？陌生的房间，陌生的床……原来是这样……我是在……啊，对了，我是在斯察斯劳。不过我在这里可是一个人也不认识啊，谁会半夜三更打电话给我呢？——胡闹！现在大概起码是午夜时分了吧。可是门房在催我:“请您快点,少尉先生,维也纳来的长途电话,名字我没听清楚。”

我顿时睡意全消。维也纳来的！这只能是康多尔。他肯定是要给我消息:艾迪特已经原谅我了。一切问题都解决了。我对门房嚷道:

“快下楼去,说我马上就来。”

门房走了,我急急忙忙披上件大衣,里面只穿件衬衫,跟着他就跑。电话装在楼下办公室的一个角落里,门房已经把听筒搁在耳边。我急躁不耐地把他推开,尽管他说:“线路断了。”我使劲地听着听筒。

可是什么也听不见……什么也听不见。只有从远处传来一阵轻微的嘶儿……嘶儿……的声音,就像铁蚊子的翅膀在轻轻搏动。“喂,喂。”我喊了两声,等着,等着。没有回答。只有这种揶揄人的、毫无意义的呜呜声。我觉得浑身发冷,是因为我除了披在身上的大衣之外什么也没穿还是因为陡然心里害怕使我发冷的？说不定事情到底还是败露了,或者说不定……我等着,侧耳细听,热乎乎的橡皮圈紧紧地贴在耳朵上。终于传来克尔克斯……克尔克斯……的声音,接线的开关一响,听见电话员小姐的声音:

“您的线路接通了吗?”

“没有。”

“可是刚才接过来了,维也纳来的电话！……请等一会儿。我马上查一查。”

又是克尔克斯……克尔克斯……的声音。电话机里在接线,嚓拉嚓拉、壳落壳落、咕噜咕噜直响。然后是飒飒的风声,呼呼的颤抖声,接着,又传来电线发出的轻微的嘶儿……嘶儿……呜……呜……的声音,越来越微弱。忽然间响起一个生硬粗犷的男低声的嗓音：

“这里是布拉格要塞司令部。你是陆军部吗？”

“不是，不是，”我拼命地对听筒直嚷。那声音又含糊不清地大声嚷嚷了几句什么，然后突然消失，消失在虚无之中。于是又只听见那愚蠢的呜呜声和颤动声，接着又是从远方传来一片乱七八糟莫名其妙的说话声。终于又听见电话员小姐的声音：

“对不起，我刚才查了一下。线路断了。因为有个紧急的公务电话。等对方再打过来，我马上给您信号。现在请您把话筒挂上。”

我把话筒挂上，精疲力竭，满心失望，一肚子火。远方传来的声音明明已经拉到身边，却没有能拽住，再没有比这更荒唐的事了。我仿佛过于急速地爬上了一座雄伟无比的高山，心口怦怦直跳。这是怎么回事？打电话来的只可能是康多尔。可是他怎么现在夜里十二点半打电话给我呢？

门房客客气气地走过来对我说：“少尉先生，您完全可以到楼上房里去等。一有电话，我马上跑上楼去。”

可是我拒绝了。我不愿意再错过一次电话。我一分钟也不愿浪费。我必须知道出什么事了，因为我已经感觉到，多少里路之外已经出事了。打电话来的只可能是康多尔和乡下那一家子。只有康多尔才可能把我旅馆的地址告诉他们。反正准是要紧的事情，紧急的事情，要不然不会半夜三更把我从床上叫起来的。我全身的神经都在颤抖：人家需要我，迫切地需要我！有人有什么事求我。有人有些举足轻重的话要对我说，事关生死存亡。不，我不能走，我必须留在我的岗位上。一分钟也不能错过。

于是我就坐在门房给我端来的那张硬邦邦的木头椅子上，他满脸不胜惊讶的神情，我等着，两条赤裸裸的腿藏在大衣底下，眼睛眨也不眨地直瞪着电话机。我等了一刻钟,半小时,因为焦躁不耐,说不定也因为冷而浑身哆嗦。可是同时又一而再地用衬衫的袖子擦拭额头上突然冒出来的汗水。终于响起了丁零零的铃声。我冲过去抓起听筒,现在,现在我可要知道全部情况了!

然而,这是个愚蠢的误会,门房马上就让我注意到了这点。刚才响的不是电话铃,而是外面的门铃。门房赶快给一对晚归的情侣开了大门。一位骑兵上尉带着一个姑娘踩得刺马针叮当乱响地走进敞开的大门,从门房走过时向我投来惊诧的一瞥,显然把我看成怪人。我身上披着一件军官的大衣,露着脖子,光着两条腿,直瞪着他。他向我匆匆打个招呼就和他的女伴一同消失在半明半暗的楼梯里。

现在我再也受不了了。我摇动电话机的曲柄,问女电话员:"电话还没有打过来吗?"

"哪儿的电话?"

"维也纳的……我想是从维也纳打来的……大概半个多小时之前。"

"我马上再问一次。请等一会儿。"

这一会儿可是拖了很长。终于信号来了。但是电话员小姐只是宽慰一番。

"我刚才已经向那边问了一下:还没有回音。请再等几分钟,我马上就叫您。"

等!再等几分钟!几分钟!几分钟!—— 一秒钟之内一个人就可以死去,一个命运就可以决定,一个世界就可以沉沦!为什么让我等,为什么让我等那么长时间?真不像话!这简直是让人受刑,简直是发疯!时钟已经指着一点半。我已经在这儿傻坐了一个钟头,浑身哆嗦,挨冻受冷,一个劲地等着。

终于,终于又响起了电话铃声。我全神贯注地静心听着,可是女电话员只是通知一声:“我刚得到回音。对方已经把长途电话退了。”

退了?这是什么意思?退了?“请等一等,小姐。”可是她已经挂上了。

退了?为什么退了?他们为什么在半夜十二点半打电话给我,然后又把电话退了?准是出了什么我不知道、可是非知道不可的事情。我没法穿透这遥远的距离、悠长的时间,可怕,真叫人不寒而栗!我要不要反过来给康多尔打个电话呢?别打,现在是深夜,别再给他打了!要不然他太太会心惊肉跳的。大概他也嫌时间太晚了,宁可明天一早再打电话来。

这一夜,我简直无法形容。一幅幅杂乱无章的图像在我眼前急速闪过,一个个荒谬绝伦的念头从我脑海里掠过,我自己既疲惫不堪,又分外清醒,总是全部神经都紧张地等待着,谛听着楼梯上、走廊里传来的每一个脚步声,大街上传来的每一阵丁零当啷的声音,每一个动静,每一个声息,同时又累得摇摇晃晃,真是心力交瘁,精疲力竭,然后终于被瞌睡压倒,睡得太沉,时间太长,简直像死了一样不知终始,犹如一片虚无,深邃无底。

等我一觉醒来,已是晴日临窗。一看表:十点半。我的天,我得马上去报到,这可是上校的命令!我还来不及开始思考个人的事,部队的事、公事又在我心里自动地发生作用了。我披上制服,穿戴整齐,急步跑下楼梯。门房想拦住我。不行——别的事情一律回头再说!首先去报到,这是我以人格担保,答应上校的。

我按照规定,身上系着武装带,走进办公室。可是屋里只坐着一个小个子红头发的军曹,他看见我进来,吓了一跳,抬起眼睛望我。

“少尉先生,请您遵命快下楼去吧。中校先生明确命令,整个驻地全体官兵必须在十一点整到齐。请您赶快下去吧。”

我飞快地跑下楼梯。果然,我们大家——整个驻地的全体官兵——都已经在院子里集合。我刚好来得及走到随军神父的旁边,师长已经出来。他的步子迈得出奇的缓慢庄严。他打开一张纸,开始以洪亮的声音宣读,声音传得很远:

“一件可怕的犯罪行为业已铸成,奥匈帝国和整个文明世界对此深恶痛绝。”——(我惊慌失措地想道,什么犯罪行为啊?我不由自主地浑身哆嗦起来,就仿佛是我犯了这个罪似的。)——“卑鄙地谋杀了……”(什么谋杀?)“我们衷心爱戴的皇储殿下,弗兰茨·斐迪南大公及大公夫人。”——(什么?有人谋杀了皇储?什么时候?对了,在布律恩不是有那么多人站在布告前面吗——原来是这么回事!)——“这使我们尊贵的皇室陷入深沉的悲哀和惊愕之中。但是奥匈帝国的军队首先……”

下面的话我已经听不清楚。我不知道为什么,但是“犯罪”和“谋杀”这几个字像铁锤似的砸在我的心上。倘若我自己就是那个凶手,我也不会吓得更加厉害。一件犯罪行为,一次谋杀——这不是康多尔说的吗。猛然间,这位身穿蓝色军装,胸前缀着勋章,头戴羽毛头盔的人在那里放大嗓门、喋喋不休地嚷些什么,我都听不见了。我一下子想起了昨天夜里打来的电话。为什么康多尔早上不给我消息?莫非临了真的出了什么事了?我利用宣读命令后全场混乱的局面,没向中校报到就赶快跑回旅馆,说不定在这段时间里又来了个电话。

门房递给我一份电报。他告诉我,这份电报今天一早就寄来了,可是因为我急急忙忙地从他身边冲了过去,他没能把电报交给我。我一下撕开电报的封套。一眼看去,不明白电报里写的什么。

连个签名也没有！一份完全莫名其妙的电文！后来我才明白，这不是别的，只不过是邮局的通知，我自己在下午三点五十八分从布律恩发出的电报无法投递。

无法投递？我直瞪着这几个字。给艾迪特·封·开克斯法尔伐的一份电报会无法投递？在那里这么一个小地方可是每个人都认识她的呀。现在我再也承受不了内心的紧张情绪。我立刻叫门房给我向维也纳挂个电话，找康多尔大夫。“是急事吗？”门房问道。“是的，急事。”

二十分钟以后电话接通了——不祥的奇迹！——康多尔居然在家，立刻自己来接电话。三分钟之内我就知道了一切——打长途电话可没有多少时间让你把话说得委婉动听。鬼使神差，阴差阳错把一切全都毁了，那不幸的姑娘对我的悔恨，对我内心真诚的决心一点也不知道。上校想掩饰这件事情所采取的一切措施全都是白费力气。费伦茨和伙伴们从咖啡馆出来，没有回家，又进了一家酒店。不幸的是，他们在那儿遇见药剂师正好和许多人在一起。费伦茨这个好心的笨蛋纯粹出于对我的友爱，马上就向药剂师发起猛烈攻击。他当着众人的面责问药剂师，怪罪他对我散布了这样卑鄙无耻的谎言。这可是耸人听闻极为轰动的大丑闻，第二天就传遍了全城。因为药剂师感到自己的名誉深受伤害，一大清早就跑到军营去强迫我为他作证，听到我已经不见了这个消息，觉得里面有鬼，就驱车到城外去找开克斯法尔伐一家。到了那里，他就在老人的办公室里向他大吵大闹，吼得窗玻璃都震得叮当直响。他说，开克斯法尔伐家的人用那个“愚蠢的电话”耍弄了他，他作为世世代代居住本地的市民不能让这帮放肆的军官对他这样无礼。他已经知道，我为什么这样胆怯地溜之大吉，别说这不过是开个玩笑，他不会受骗上当的，这后面掩盖着我的极端卑劣的无赖行为——即使官司一直得打到部里去，他也要把这事搞个水落石出，绝不允许这帮小流氓在公开的酒店里辱骂自己。

开克斯法尔伐费了九牛二虎之力，才算使这暴跳如雷的药剂师消了气，把他送走。惊慌之中，他只希望，艾迪特一点也没听见药剂师的那些粗鲁不堪的猜疑。然而不幸的是，办公室的窗户洞开，这些话越过天井清晰可闻地一直传入客厅的窗口，而艾迪特就坐在那里。大概她当时立刻就下定了计划已久的决心。可她还是善于作假，她再一次叫人把新衣服拿来给她看，和伊罗娜一起扬声大笑，对父亲态度亲切，七问八问，问了好多琐碎的小事，什么这个、那个有没有准备好，装进箱子。可是暗地里，她悄悄地委托约瑟夫给军营里打个电话，问我什么时候回来，有没有留下句话。军营里值勤的传令兵如实地告诉他，我是因公调离，时间未定，没有给任何人留下什么消息。这番话起了决定作用。她为心灵的焦灼所折磨，一天也不愿等，一小时也不愿等。我使她极端失望，使她受到致命的打击，她再也不愿继续信任我，我的软弱竟不幸地使她坚强起来。

吃完饭她叫人把她送到露台上去，伊罗娜似乎有一种朦胧的预感，对她这种异乎寻常的欢快情绪惴惴不安。她一步也不离她的左右。可是到四点半——正好是我平时到她们家里来的时间，也正好是我的电报和康多尔几乎同时到达的一刻钟之前，艾迪特请求她那忠心耿耿的表姐去给她取一本书。不幸的是，伊罗娜接受了这个表面看来毫无杂念的请求。这个焦躁不耐的姑娘，控制不住自己的内心，就利用这短短的一分钟时间，实践了她的决心——就像她在这个露台上向我预言的那样，就像我在噩梦中看见的那样，她干了那件可怕的事情。

康多尔发现她还活着。不可理解的是，她那轻柔的身躯并没有显出什么重大的外伤，他们用一辆救护车把这失去知觉的姑娘送到维也纳去。直到深夜，大夫们还希望能把她救活过来，所以康多尔在晚上八点从疗养院给我挂了个加急电话。可是六月二十九日那一夜，恰好是皇储遇害的那一夜，帝国各个官厅都骚动不宁，所有的电话线都被民政部门和军事部门占用，公事电话接连不断。康多尔白白等了四个钟头，线路一直不通。一直到午夜以后，大夫们一致诊断，不复存在希望，他才把电话退了。半小时以后，她去世了。

五十七

在那个八月，动员起来参战的几十万人当中只有少数人像我这样漠不关心，甚至迫不及待地出发上前线去。这点我可以肯定。这倒并不是因为我热衷于打仗，而是因为这对我是条出路，是个救星。我是逃到战争中去，犹如罪犯逃进黑暗。决定出征前的四个星期，我是在一种自我轻蔑、迷惘绝望的状况中度过的，今天回想起当时的那种处境，比想起战场上经历的最可怕的时刻更使我毛骨悚然。因为我当时确信，由于我的软弱，由于我始而关怀体贴，继而仓促遁逃的同情心谋杀了一个人，而且谋杀的是世界上唯一热爱我的那个人。我不敢走上街去，我请了病假，整天躲在屋里。我给开克斯法尔伐写了封信，为了向他表示我的一份同情。（唉，的确是因为我的这份同情啊！）他没有回信，我长篇累牍地向康多尔解释，以便为我自己辩解，他也没有回信。我的伙伴们没有给我一行字，我父亲也没给我一句话——事实上是因为在形势危急的那几个星期，他在自己的部里忙得不亦乐乎。而我却把这不约而同的一致沉默看成是共同商量好了的对我的判决。我越来越深地卷入这种妄想，仿佛他们大家都判我有罪，就像我自己判我有罪一样，他们大家都把我看成一个凶手，因为我自己也这样称呼我自己。整个帝国都因为激动而震颤，在惊慌失措的欧洲各地，所有的电话线都因为传递吓人的消息而炽烈地颤抖不已，交易所摇摇欲坠，各国军队纷纷动员，小心谨慎之辈已经在收拾箱子，而我却只在想我那怯懦的背叛行为，只在想我的罪过。因此让我摆脱自我、把我调开，对我不啻是解放。战争夺走了几百万无辜的生命，却拯救了我这濒于绝境的罪人(不过我并不因此而颂扬战争)。

慷慨激昂的词句令我作呕。所以我不说，我当时是去寻找死神。我只是说，我并不害怕死神，至少不像大多数人那样害怕，因为有些时候，我觉得退回后方比前线的种种恐怖更加可怕，我知道在后方有不少了解我罪过的知情人——再说，叫我回到哪里去呢？谁需要我，谁还爱我？叫我为谁，为什么事情活着呢？只要勇敢不表示别的更加崇高的事情，而只是表示不害怕，那么我可以心安理得、老老实实地宣称，我在战场上的确是勇敢的。因为甚至在我的伙伴当中最富男子汉大丈夫气概的人都认为比死更糟的事情——甚至打成残废，缺胳膊少腿这样的可能性也没有把我吓退。我大概会觉得自己无援无助，成了个残废，这正是对我的惩罚，对我的公正的报复。我自己的同情心在当时过于怯懦，过于软弱，所以让我现在自己成为一切陌生人同情的对象。如果说，我没有碰上死神，这可并不是由于我的疏忽。我曾经以一个置生死于度外的人的冷漠眼光去看待死神，几十次向它迎面走去。什么地方有特别艰苦的战斗，什么地方需要志愿兵，我就报名。什么地方发生硬碰硬的激烈战斗我就觉得舒服。第一次负伤以后，我要求调到机枪连，后来又要求调去当飞行员。显然我在那里驾驶我们那些简陋的飞机的确取得了种种成功。可是每次我在一份公告上面看见“勇敢”二字和我的名字印在一起，我总觉得自己是个骗子。要是有人目光过于尖锐地瞅着我的勋章，我就赶快拐到一边去。

等到后来，四个漫长无边的年头一过去，我发现，我又可以在从前的那个世界里生活了，这我自己也深感意外。因为我们这些从阴曹地府返回人世的人，衡量一切事物都用一种新的标准。良心上有条人命，对于参加过世界大战的官兵和对于和平世界的人，分量自然不同。我自己个人的罪过，在这广袤无垠的血污的沼泽里已经完全溶解在一般性的罪过之中，因为这同一个我，同一双眼睛，同一双手也架起机关枪，在利马诺瓦把第一批冲上来的俄国步兵扫倒在我们战壕前面。我后来亲自用望远镜看见了那些被我亲手杀死、被我亲手打伤的人的可怕的眼睛。这些伤兵还挂在铁丝网上呻吟达几个小时，然后才悲惨地死去。我在哥尔茨击落一架飞机，那架飞机在空中翻了三个筋斗，然后摔在石灰岩上，喷出一股烈焰，炸得粉碎。后来我们又亲手根据识别符号①搜寻那些烧成黑炭、还可怕地冒着浓烟的尸体。成千上万个和我一起走在队伍行列里的人都在干同样的事情，用卡宾枪、刺刀、喷火器、机关枪，或者赤手空拳，都在干同样的事情，我们这一代几十万、几百万的人，在法国、俄国、德国都在干同样的事情——谋杀了一条人命又算得了什么。在这史无前例、规模空前、比以往任何战争惨烈千倍，范围广及天上地下的人类大破坏、生灵大屠杀之中，一桩私人的罪过又算得了什么？

再说——还有一件新的宽心事——在后方已经再也没有证人证明我的罪过。谁也不能指控这个因为特别英勇而受到褒奖的人过去曾经胆小怯懦，再也没有人能责备我这不幸的性格软弱。开克斯法尔伐只比他女儿多活了几天，伊罗娜嫁给一个小小的公证人，住在南斯拉夫的一个村子里，布本切克上校在萨维河畔开枪自杀，我那些伙伴或者已经阵亡，或者早已把这微不足道的插曲忘得

① 士兵身上的一个铜牌上有姓名和番号，以此可以鉴别阵亡者身份。

一干二净。在这《启示录》中描绘的四个凶年当中①,“从前”的一切不是都和过去的钞票一样变得一文不值,毫无用处了吗?谁也不能控诉我,谁也不能审判我。我的心情犹如一个凶手,在小树丛里掩埋了他杀害的人的尸体,这时开始纷纷下雪,洁白的雪花又密又沉。他知道,再过几个月,这厚厚的雪毯就将覆盖他干的坏事,使它不会败露,然后任何痕迹都会永远消失。所以我鼓起勇气,又重新开始生活。既然谁也不提醒我,我自己也已经忘记了我的罪过。因为人的心在迫切想要忘却的时候,是善于深深地、彻底地忘却的。

只有一次,回忆又从遗忘的彼岸返回。我在维也纳歌剧院的正厅里坐在最后一排靠边的一个座位上,想再听一次格鲁克的歌剧《奥菲欧》,这个歌剧的纯洁、含蓄的忧伤比其他任何音乐都更加触动我的心弦。序曲刚刚结束,休息时间很短,没有开灯来照亮黑黝黝的观众席,可是还让几个迟到的观众有机会摸黑走到自己的座位上去。在我这排也影影绰绰地走来两个迟到的观众,一男一女。

“劳驾,过一下。”那位先生彬彬有礼地向我弯下身子。我没注意,也没看他就起身让座。可是他并没有马上在我旁边的那张空位上坐下,而是小心翼翼地用两只手温柔地引着那位太太往前走。他给她指路,简直像是给她开路,而且还体贴入微地帮她翻下座位,然后扶她坐进靠背椅。这种关心的样子实在太不寻常,不得不引起我的注意。啊,是个双目失明的女人,我心里想道,不由自主地看了她一眼。可是这时候,那位身体有点肥胖的先生在我身边坐了下来,我心里像裂了道口子似的一痛,我认出了他:康多尔!

① 见《圣经·新约》中最后一卷。四个凶年指第一次世界大战的四年。

这唯一的一个了解一切情况，知道我的为人，深知我的罪过的人就坐在我旁边，近到可以感到他的呼吸。他的同情不同于我的同情，不是一种杀人致命的软弱，而是一种牺牲自我的力量，就是他一个人可以审判我，我就在他一个人面前不得不感到羞惭！倘若幕间大吊灯一亮，他肯定会马上认出我来。

我浑身哆嗦起来，我急忙用手遮着我的脸，至少在黑暗中可以得到保护。我这心爱的音乐，一个和弦我也没有听见，我的心实在跳得过于激烈。这是世界上唯一知道我底细的人。他在旁边，使我感到压力。我仿佛一丝不挂地在黑暗中坐在衣冠楚楚、端庄文雅的人群之中，此刻正心惊肉跳地害怕灯火齐明的一瞬间，那时候我的丑态就会暴露无遗。所以在第一幕结束，帷幕开始徐徐落下，灯光将明未明的这一短暂的间歇，我赶快低下头从中间的过道逃了出去，我想，我逃得够快的，他没有能够看见我，认出我来。可是从这时起我又明白了：只要良心有知，任何罪过都不会被人忘却。

关于《心灵的焦灼》

法西斯上台后，由于茨威格是犹太血统，他的著作竟被斥为毒品，列为禁书，遭到焚毁。他在一九三八年流亡国外时发表的唯一一部长篇小说《心灵的焦灼》，也就不大为读者所熟悉。

为了纪念茨威格逝世四十周年，我在一九八一年花了整整一个暑假的时间赶译这部长篇小说，介绍给读者。翌年，一九八二年，正好是这位著名作家逝世四十周年，《心灵的焦灼》的中译本面世，受到读者欢迎。二十多年来，这部长篇小说再版多次，二〇〇一年，台湾志文出版社也印行了这个译本的繁体字版，从此海峡两岸的茨威格读者都得以欣赏这部长篇小说。

《心灵的焦灼》情节并不复杂。轻骑兵少尉霍夫米勒在一个偶然的机会认识了贵族地主封·开克斯法尔伐的女儿艾迪特。艾迪特是个下肢瘫痪的残疾姑娘。霍夫米勒对她的不幸遭遇深表同情。小说便围绕这同情的产生、发展、变化以及这同情带来的后果展开情节、发展冲突、刻画人物。作者借小说中人物康多尔大夫之口说出了他自己对于同情的基本观点：

> 同情恰好有两种。一种同情怯懦感伤，实际上只是心灵的焦灼。看到别人的不幸，急于尽快地脱身出来，以免受到感动，陷入难堪的境地。这种同情根本不是对别人的痛苦抱有

同感，而只是本能地予以抗拒，免得它触及自己的心灵。另一种同情才算得上真正的同情。它毫无感伤的色彩，但富有积极的精神。这种同情对自己想要达到的目的十分清楚。它下定决心耐心地和别人一起经历一切磨难，直到力量耗尽，甚至力竭也不歇息。

这段话作为小说的题解，放在全书的前面，可以看作是理解全书的钥匙。作者指出，同情别人并不像霍夫米勒所设想的那样轻而易举。真正表示同情必须有尽责任、做牺牲的思想准备。因为接受同情者并非木偶，只会消极地接受别人给予的同情而没有自己的内心活动。书中的艾迪特之所以接受霍夫米勒的同情，是因为她觉得这同情之中含有爱情。她自己爱上了霍夫米勒，她认为霍夫米勒也一定是出于爱情才这样始终如一地向她表示同情。霍夫米勒原来以为自己是出于侠义之心、高尚动机去同情弱者，所以心安理得。等他一旦发现艾迪特倾心于他，不觉惊慌失措，因为他并无进一步发展两人关系的思想准备。倘若在正常的情况下，和一个身有残疾的姑娘结婚也无不可，更何况艾迪特娇美秀丽、楚楚动人，霍夫米勒对她也并不是毫不动心。再说封·开克斯法尔伐是个百万富翁，富甲一方，有财有势，这门婚事也不无诱人之处。可是不巧的是，霍夫米勒打听到，这位贵族地主封·开克斯法尔伐其实是个暴发户，并非真正出身世家望族。他原本是个农家子弟，出身贫贱，做过小伙计，当过经纪人，放过高利贷，通过不甚光彩的手段发家致富，虽然后来改名换姓，甚至取得贵族称号，但是这段不体面的历史和卑微的出身依然像个阴影似的笼罩在他头上。尤其严重的是，他还是犹太血统，这就更加为人所不齿。作者把这个故事发生的地点放在第一次世界大战前的奥匈帝国。在这个行将崩溃的庞大帝国里，封建的门第观念，潜在的排犹势力十分强大，难以抵挡。而军官阶层，尤其是骑兵军官，却被视为社会的精华、帝国的支柱，地位优越，盛气凌人，成为人们艳羡和尊敬的对象。他们自己也目空一切，自以为高人一等。于是在艾迪特和霍夫米勒之间便出现了一条奇怪的简直难以逾越的门第悬殊的鸿沟。在艾迪特家里，一些年轻人无拘无束，感情交融，互相爱慕，这是个与世隔绝、自成天地、具有牧歌情调的理想世界；而在霍夫米勒的军营里，在他团队的伙伴中间，却是个讲门第、论出身的现实世界。在这里，一位名叫巴林凯的退职军官流落他乡，落魄潦倒，最后和一位富孀结婚，却被人斥为“卖身”，军官阶层的傲慢偏激可见一斑。霍夫米勒周旋于这两个截然不同的世界里，也就分裂成两个自我，在内心深处争斗不已，诚如歌德在《浮士德》里说的：“两个灵魂，唉，寓于我的胸中。”

使得问题进一步复杂化、矛盾进一步激化的是：艾迪特个性刚强，虽然身体病弱，却是个烈性女子。她明确表示，仅仅为了她倾心相爱的人，她才愿意接受治疗。倘若霍夫米勒并不爱她，她觉得生不如死，宁可立即结束生命，了此残生。霍夫米勒明知艾迪特并无痊愈的希望，如果他出于侠义精神继续对她表示同情，就得承担责任，做出牺牲，不顾伙伴和家人的议论讪笑，接受她的爱情，同意这门婚事。倘若拒不接受她的爱情就不啻宣判她的死刑。艾迪特的生死取决于霍夫米勒向她表示的同情究属何种性质。由此便导出全书的悲剧结尾。

茨威格在本书里采用的是他十分擅长的心理分析的方法和本世纪初奥地利作家阿尔图尔·施尼茨勒开始采用、后来为乔伊斯、伍尔夫加以发展的“内心独白”（即“意识流”）的手法。如果说，心理分析是对灵魂的剖析，那么内心独白便是灵魂的自我披露。

施尼茨勒说过:人的灵魂是一片广袤的土地。心理分析派的小说家就致力于人们灵魂的发掘和刻画。在这类小说里,没有传统小说中必不可少的那个全知全能的叙述者把人物的内心世界、感情起伏和事件背景全都告诉读者,而是由书中的主人公现身说法自我交代,或者以主人公内心独白的方式向读者敞开心扉,让读者瞥见人物灵魂深处最幽微、最隐秘的角落,感觉到灵魂最精微的震颤。《心灵的焦灼》这部长篇小说的特点和茨威格中篇小说中的名篇《一个陌生女人的来信》《象棋的故事》《马来狂人》等一脉相承。它不用众多的人物、广阔的历史背景、绚丽多彩的风俗画面、错综复杂的故事情节来收到引人入胜的效果,而是以狂暴激烈的内心斗争,变幻莫测的感情起伏,也就是以内心世界波澜壮阔的变化和深刻尖锐的矛盾来动人心弦。

这部小说的结构依然是茨威格惯用的倒叙法和第一人称叙述方式。由一个当作家的“我”的开场白,引出了霍夫米勒的自述身世。故事乍一看来,平铺直叙,没有惊心动魄的宏伟场景,没有骇人听闻的怪异事件。这场悲剧的造成是由于心灵的危机、内心的矛盾,而不是宵小作梗,恶人暗算,厄运使然。很难说谁是完美无缺的正面人物,谁是阴险狡诈的反面角色。茨威格让我们看到,写小说并不是非要捏造出一个天使、一个恶魔不可。那种非黑即白的状况在生活中并不存在,在小说中也大可不必。那样的典型描写颇有脸谱化公式化之嫌。茨威格对艾迪特是倾注了满腔同情的。他把这个受到命运残酷打击、恶意拨弄的姑娘写成一个天真无邪、美丽可爱的少女,但是保留着高傲、任性等贵族小姐的特色,稍不顺心便大发脾气,因此在霍夫米勒悔婚之后,她才会痛不欲生,愤而自尽。但是在茨威格的笔下,霍夫米勒也并没有被写成天生的恶棍,恣意玩弄女性的感情。他有正义的冲动、行善的愿望,在军官阶层中应该说还是个佼佼者，所以被人看成“奇人”，侠义的少年，高尚的善人，而且对艾迪特除了同情之外，也确有几分真挚的柔情。然而他意志薄弱，优柔寡断，瞻前顾后，顾虑重重，经过几番动摇彷徨，最后订婚、悔婚，决定自杀，匆匆出走，抱恨终天。这一切都是出于性格上的弱点而不是由于邪恶的动机。本来，人是社会的动物，不能要求人不受环境、不受社会舆论、不受阶级成见的影响而单凭自己的感情行事。这就产生了许多悲剧，有的是因为屈服于社会舆论而遗恨终生，有的则是因为反抗社会舆论而遭到不幸。茨威格在这里让我们看到，外界的影响如何激起主人公心里汹涌的波涛，内心的潮起潮落如何左右主人公感情的起伏、行动的进退，心灵的危机如何最终铸成这一对青年男女的悲剧命运。

茨威格在一九四二年发表的回忆录《昨日世界》里谈到，他之所以长期以来只写中短篇小说而不写长篇小说，是因为他感到自己才力不济，难以驾驭篇幅浩瀚的长篇小说。这自然是他自己的谦辞。他在这同一本书里介绍自己写作经验的几段话，也许可以对这个问题做出更好的回答。茨威格说，他的作品之所以取得成功，“归根结底，是由于一个个人的怪毛病，也就是：我作为读者缺乏耐心，脾气急躁。一部长篇小说、传记，或者一篇论战文章里，任何离题万里、繁复堆砌、夸张过分的文字，任何含糊不清、多余饶舌、徒使情节延宕的段落，都叫我生气。只有一页页读过去、情节始终高涨不衰，一口气直到最后一页都激动人心、叫人喘不过气来的书才给我充分的享受。落到我手里的书，十之八九，我觉得都因为充满了画蛇添足的描写，喋喋不休的对话，毫无必要的次要人物而失之庞杂，因而不够紧张，不够生动活泼。甚至最著名的古典杰作里面，也有许多枯燥、拖沓的段落，我读起来很不舒服。”①“对别人作品里拖泥带水、冗长烦琐的东西深恶痛绝，势必在自己写作时也以此自儆，教育自己要特别警惕。”②所以他宁可把素材压缩成中篇而不愿使之膨胀成长篇。像他自己说的：“如果说我深谙什么绝技，那么这个绝技就是割爱。因为如果我写了一千页，结果八百页进了字纸篓而只有两百页作为筛滤后的精华留下，我也绝不抱怨。”③

我们不妨用茨威格自己的写作原则来衡量他这部长篇小说，看它究竟是否情节始终高潮迭起，激动人心。有些评论家指责这部长篇小说中关于开克斯法尔伐的身世和退职军官巴林凯的历险奇遇这两段文字颇有旁生枝节、喧宾夺主之嫌。然而从心理分析的角度来看，描写开克斯法尔伐的身世是为以后霍夫米勒的内心斗争作深刻的心理准备，而巴林凯的插曲则是为霍夫米勒的最后变卦埋下伏笔。这样看来，这两段并不是可有可无的闲笔，不应受到“割爱”的命运。至于这本书是否能给读者以艺术享受，读者读完之后，掩卷沉思，自会得出公允的结论。

茨威格生前只发表了《心灵的焦灼》这一部长篇小说。一九三七年十一月十五日，他写信告诉心理学家弗洛伊德：“我此刻正在写一本非常沉重，但并不冗长的心理小说，它的书名将是《同情杀人》，它将描述软弱，描述那种不愿作出最后牺牲的不彻底的同情，远比暴力更加致人死命。这是回归到您的世界，这本书一直延伸到医学范围——这是我的安慰。”翌年，这部长篇小说发表，这

---

① 《昨日世界》，第三六六页。

② 同上。

③ 同上。

就是《心灵的焦灼》。茨威格把人的同情心选作这部小说的主题，绝非偶然。早在青年时代，当他还在柏林求学的时候，他就满怀同情深入到社会的底层去了解那些被社会摈斥、为人们唾弃的社会渣滓的命运。他在自己的小说里以蘸满同情之笔描写这些不幸的人的身世和遭遇，谴责那些软弱无力的懦夫，他们有同情心，却不彻底，造成了难以挽回的悲剧，正如他自己所说，"软弱，""不愿作出最后牺牲的不彻底的同情，远比暴力更加致人死命。"我们看见这些懦夫在和自己的心灵，和社会偏见苦苦地搏斗，终于遭到失败。他们想爱，又不敢爱，想行善，又不敢行善，瞻前顾后，优柔寡断，等到痛下决心，已为时过晚。茨威格着力的是心理描写，"这是回归到您的世界"，这便是弗洛伊德研究的人的精神世界，"这本书一直延伸到医学范围"，这便是弗洛伊德作为心理医生所从事的心理学的范围。但这并不是一本研究心理学的著作，而是对促使这种悲剧产生，使人遭到不幸命运的时代和社会的揭露和批判。

茨威格的同情心进一步发展，使他成为一个伟大的人道主义者。在第一次世界大战血雨腥风的年代里，他和罗曼·罗兰一起，呼吁交战各国的人民捐弃民族偏见，摆脱沙文主义的影响，停止仇杀，互相和解。他满腔热情地写出了他的名著《三大师》，赞扬敌对国家的伟大作家巴尔扎克、狄更斯和陀思妥耶夫斯基，以实际行动号召民族亲善，反对战争。因此在一九三八年彤云密布、危机四伏，第二次世界大战一触即发之际，茨威格写作这部以同情为主题的长篇小说，自然还有更深的意思，那就是启迪人的良知，要他们勇于行善，广布同情，以制止邪恶的法西斯匪帮用蛊惑人心的反动理论和欺骗宣传积极准备的大规模战争。茨威格是个历史学家，研究过法国大革命等重大历史事件，写过《玛丽·安托瓦内特传》

《玛利亚·斯图亚特传》《约瑟夫·富歇》等一系列历史传记小说。他用心理分析的方法研究历史，写的是民众的心理学、时代的心理学、社会的心理学。历史的经验教训，尤其是第一次世界大战的经历使他认识到，沙文主义的狂热和排犹主义的情绪已是冰冻三尺非一日之寒。它们早就像毒菌似的侵蚀了社会的肌体和人们的思想，只等一根火柴便可激起燎原大火。倘若它们不是蛰伏很深，蔓延很广，希特勒怎能一声令下就使全国的犹太人惨遭灾难，被送进集中营、关进炼人炉，六百万生灵化为飞灰烟尘！当然，并不是每一个德国人都赞成这样的暴行，心甘情愿地助纣为虐，为虎作伥；然而面对政治的高压，排犹的狂热，人们大多慑于声威，迫于形势，装聋作哑，委曲求全，默默地容忍了这些令人发指的暴行。要在战争叫嚣中反战，在排犹主义的狂热声浪中呼吁捍卫人道主义，均须有过人的勇气，大无畏的精神。效法卡珊德拉①，预言众人热衷的壮举乃是疯狂、终将幻灭，比随声附和、随波逐流，不知需要多少倍的胆识。

茨威格在《心灵的焦灼》中给我们刻画了一个被视为勇士的怯懦者的形象作为众人的鉴戒。然而他在这里发出的反战的呼声终未被众人听见。第二年便爆发战争，这一次战争更为惨烈，屠杀更为残暴，人们似乎丧失了理智。茨威格自己早已预见到法西斯就是战争，法西斯势必迫害犹太人和进步人士，所以在一九三四年便去国离家，流亡英国，并且取得英国国籍，后来定居巴西。但是对不幸的人充满同情的茨威格绝不会因为个人得到安全便心安理得。他在故乡的亲友被送进集中营，他如此依恋、如此热爱的“昨

---

① 荷马史诗《伊利亚特》中特洛伊的公主，预言特洛伊城终将为希腊军队攻陷，后来果然应验。

日的世界”已在冲天战火之中沉沦，每天都有成千上万无辜的人在狂轰滥炸之下丧生。他感到力不从心，无能为力。在一九四二年二月听到新加坡沦陷的消息之后，便在巴西和他夫人双双服毒自杀，留下了一封凄恻动人的绝命书，祝愿所有的朋友“经过这漫漫长夜还能看到旭日东升”，而他这个“过于性急的人却要先他们而去了”。

这个对普天下不幸的人满怀同情，对人类充满热爱的作家过早地离开了人间。他的为人值得尊敬，他的遭遇值得同情。他不是一个战士，没有战斗到旭日东升，没有亲眼看见正义战胜邪恶。但是他的作品中洋溢着的人道主义精神定会鼓舞一代代新的为正义事业而战的斗士以更大的勇气、更坚定的斗志去战胜邪恶、迎接曙光。

张玉书

二〇〇六年一月十一日蓝旗营